Gisbert Haefs

Die Rache des Kaisers

AF178566

Gisbert Haefs

Die Rache des Kaisers

Roman

Unionsverlag

Die Erstausgabe erschien 2009 im Verlag Page & Turner/Wilhelm Goldmann Verlag, München, in der Verlagsgruppe Random House.

Im Internet
Aktuelle Informationen, Dokumente und Materialien
zu Gisbert Haefs und diesem Buch
www.unionsverlag.com

Unionsverlag Taschenbuch 860
© by Gisbert Haefs 2009
© by Unionsverlag 2019
Neptunstrasse 20, CH-8032 Zürich
Telefon +41 44 283 20 00
mail@unionsverlag.ch
Alle Rechte vorbehalten
Reihengestaltung: Heinz Unternährer
Umschlagbild: Gemälde – Johann Lingelbach, *Die Plünderung Roms 1527*
(Ausschnitt), Art Collection 2 (Alamy Stock Foto); Degen – mccool
(Alamy Stock Foto); Hintergrund – Roman Sigaev (Alamy Stock Foto)
Umschlaggestaltung: Sven Schrape
Satz: Greiner & Reichel, Köln
Druck und Bindung: CPI – Clausen & Bosse, Leck
ISBN 978-3-293-20860-5

Der Unionsverlag wird vom Bundesamt für Kultur mit einem
Verlagsförderungs-Strukturbeitrag für die Jahre 2016–2020 unterstützt.

Auch als E-Book erhältlich

ERSTER TEIL

I

Als ich die ersten Schüsse hörte, war ich tief im Wald. Ich hatte kaum Erfahrung mit Feuerwaffen und überlegte einige Momente, was dieses ferne Geräusch bedeuten mochte. Dann erinnerte ich mich an die Soldaten des Kurfürsten, an die Vorführung ihrer neuen Hakenbüchsen, und ich lief los, denn die Schüsse kamen vom Tal her. Vom Dorf, wo die anderen waren, die Eltern und die Geschwister … Ich dachte nicht mehr. Etwas wie schwerer, klumpiger Brei schien mich auszufüllen, wollte in die Kehle steigen; ich würgte es hinunter, und ohne nachzudenken, wusste ich, dass es Angst war. Der Tau auf den Moosflächen, eben noch köstlich frisch zwischen den Zehen, schnitt eisig in die bloßen Füße.

Am flachen Stein unter der Eiche hielt ich an, um die beiden Körbe mit Pilzen und Beeren zu den Schuhen, der Jacke und der kleinen Armbrust zu stellen. Vorhin, beim Ausziehen der Schuhe und der Jacke, hatte ich noch an das teils vorwurfsvolle, teils belustigte Lächeln der Mutter gedacht, als sie die herbstliche Kälte im Wald erwähnte. »Zieh dich wärmer an, Jakko, und zieh nicht gleich wieder alles aus, wenn ich dich nicht mehr sehe.« Die Mutter. Der Vater. Die beiden Schwestern. Der kleine Bruder. Die hundert anderen Männer, Frauen und Kinder im Dorf. Ich unterdrückte das Keuchen und lauschte. Schüsse, kein Zweifel. Waffengeklirr. Und Schreie.

Wieder musste ich schlucken, mehrmals. Ich schnappte nach Luft und rannte weiter, zum Waldrand oberhalb des Dorfs. Der rechte Fuß verfing sich in einer Ranke, und ich schlug lang hin.

Der Sturz brachte mich zu Bewusstsein. Ohne den Efeu und den Fall wäre ich aus dem lichten Gehölz aufs Feld gerannt, zum Dorf, sagte ich mir. Wozu? Um mit bloßen Händen Kugeln zu fangen und Säbel stumpf zu machen?

Um mit den anderen zu sterben, ohne ihnen helfen zu können.

Ich lag wenige Schritte vom Waldrand entfernt im Gesträuch. Langsam, vorsichtig kroch ich in den Farn, bis ich eine Stelle erreicht hatte, von der aus ich zwischen den Wedeln ins Tal sehen konnte.

Ich erinnerte mich an den letzten Blick zurück, vorhin, eben erst. Das Gutshaus noch halb im Schatten, die Häuser, Ställe und Schuppen des Dorfs davor, in Form eines Hufeisens angelegt. Bauern auf dem Weg zu Äckern und Feldern, hier und da die Rauchsäule eines Herds oder Kamins.

Inzwischen stand die Sonne höher, das Gutshaus war nicht mehr halb im Schatten, sondern ganz unter einer Wolke. Aus dem Dach leckten Flammenzungen, als wollten sie den Rauch kosten. Den Rauch verschlingen, sich von dem Rauch nähren, den sie selbst schufen. Auch die meisten anderen Häuser brannten. Zwischen ihnen liefen kleine schwarze Gestalten umher, und immer, wenn ich einen Schuss hörte, fiel eine von ihnen um.

Drüben, jenseits des Dorfs, rannte jemand den Feldweg hinauf, der zum östlichen Wald und den Köhlerhütten führte. Ein Reiter folgte ihm. Etwas blitzte im Morgenlicht auf, und der Fliehende fiel.

Männerstimmen wie fernes Poltern von Stiefeln auf Bohlen. Ein langes Kreischen: der Flug eines entsetzten Vogels, und der Vogel löst sich auf und lässt den Flug, den Schrei, jäh ins Nichts stürzen. Es gab viele Frauen und Mädchen im Dorf, aber in allen Schreien, die ich hörte, waren nur die Stimmen der Mutter und der Schwestern.

Ich weiß nicht, wie lange ich dort gelegen und gestarrt und

lautlos geweint, wie oft ich die Tränenschleier zerrissen und verwischt habe, um das Grauen sehen zu können. Sehen zu müssen. Ich weiß auch nicht mehr, wer der Junge war, der dort lag und zitterte. Ein Fremder, dessen lange Verwandlung zu dem, was ich heute bin, in diesen Momenten begann.

Vielleicht dachte dieser fünfzehn Jahre alte Fremde an den Wall, der das Dorf nicht hatte schützen können. Ein immer wieder ausgebesserter Erdwall mit Mauerstücken und Palisaden. Oben lag das Gutshaus, dessen Erdgeschoss nach außen keine Fensteröffnungen hatte. Am unteren – von dort, wo ich lag, linken – Ende des Hufeisens das Tor, nachts und bei Gefahr verschlossen. Morgens wurde es geöffnet, und niemand hatte etwas von einer Gefahr gewusst. Abends hatten wir dort die Pilger eingelassen, drei müde Männer, die zu den Gebeinen der Drei Könige nach Köln unterwegs waren, in Erfüllung eines Gelübdes. Wahrscheinlich habe ich, um nicht an die anderen zu denken, an sie gedacht, deren Pilgerfahrt zu einem blutigen Ende gelangt war.

Immer noch stiegen Rauchsäulen von den Gebäuden auf, aber nicht aus Herden oder Kaminen, und sie wurden dünner. Im Gutshaus, das fast ganz aus Stein gebaut war, hatte das Feuer das Dach gefressen, dann keine weitere Nahrung gefunden und war erloschen.

Niemand schrie mehr. Es gab Bewegungen dort unten, aber keine Hast oder gar Flucht. Männer stiegen auf Pferde, andere trugen Gegenstände aus halb zerstörten Häusern zu Karren, und vom Herrenhaus her schwankten Gestalten unter aufgetürmten Lasten.

Die Sonne stand noch nicht im Zenit. Mittlerer Vormittag; Brandschatzung und Gemetzel mochten etwas mehr als zwei Stunden gedauert haben. Ich fragte mich, wo diese zwei Stunden geblieben waren; es kam mir so vor, als hätte ich mich eben erst in den Farn gelegt.

Ist es möglich, dachte ich, *inwendig so zu gefrieren, dass die Zeit stillsteht? Gibt es zwei Zeiten – eine innere, die gefrieren kann, während die andere, die äußere weiterfließt?* Ich konnte mich nicht einmal erinnern, vor diesem Gedanken einen anderen gedacht zu haben. Es war, als höbe ich den Kopf aus einem langen, zähen Strömen des Entsetzens, um nach Luft zu schnappen.

Die Männer dort unten hatten wahrscheinlich ein paar Karren und Packtiere mitgebracht; sie würden alle nutzbaren Tiere und Fuhrwerke des Dorfs mit Plündergut beladen – und die Übrigen? Was sollte mit den Tieren geschehen, die sie nicht mitnahmen?

Ich schloss die Augen. Warum dachte ich jetzt an Kühe, Schweine und Gänse? *Um nicht an die Toten zu denken,* sagte ich mir. *Ich muss an die Toten denken. Ich will an die Toten denken. Ich möchte …*

Plötzlich füllte ein dumpfes Dröhnen das Tal, eine Welle, die zu mir emporbrandete und dann verebbte. Ich öffnete die Augen und starrte hinunter, sah aber nichts, was diesen Ton hätte verursachen können.

Wie eine wunde Glocke, dachte ich. *Die kleine Kirche!*

Ich konnte das alte Bauwerk nicht sehen, nahm aber an, dass sie auch das Kirchlein angezündet hatten. Die Flammen mussten alles zerstört oder geschwächt haben, und wahrscheinlich war nun die Glocke aus dem Turm gefallen.

Noch heute erinnere ich mich an die Anblicke und Gerüche, die rauchenden Häuser im Tal, die Riechspur eines Luchses oder einer Wildkatze nicht weit vom Farn, in dem ich lag, den Hauch von Geißblatt im Vormittagswind; und ich erinnere mich an meine Gedanken. Fiebergedanken, deren einziger Sinn es war, nicht an das zu denken, was sich dort unten zugetragen hatte. Denken als Flucht, als Ausweg, zur Verschleierung des Gesehenen; denken, um nicht zu denken; erinnern, um zu vergessen. Ich zählte Farnwedel und bewegte den Kopf, bis eine bestimmte

Gruppe von Wedeln genau senkrecht zur Firstlinie des Herrenhauses stand und zwei andere, einzelne, die letzte Rauchsäule zu stützen schienen.

Und ich dachte an die wunde Glocke. Den Todesseufzer der Glocke, die aus ihrer Befestigung zu Boden stürzte. Aus dem Himmel auf die Erde. In der Kirche – in jeder Kirche, so hatten die Eltern gesagt, als ich kleiner war – wohnte Gott. Und vielleicht wohnte Er nicht in einem kostbaren Gefäß, sondern in den Mauern, im Turm, in der Glocke. Nun, da Seine Behausung zerstört und das Erz, das Ihm als Stimme gedient hatte, gestürzt war, konnte Er nicht mehr dort sein. Vielleicht erfüllte Er das Tal, zu Licht geworden, oder schweifte als Rauch, trauernder Rauch, durch die Reste des Dorfs. Aber das Licht im Tal war nicht anders als sonst, und der meiste Rauch hatte sich verzogen. Wenn Gott nun das Dröhnen gewesen wäre? Verhallt, Gott und der Schall verschollen.

Hatte Gott aber in der Kirche gewohnt, wie konnte Er dann zulassen, dass all dies geschah? Er hätte es verhindern können und hatte es dennoch geschehen lassen. Waren Ihm die Menschen gleichgültig? Dann sollte Er auch ihnen gleichgültig sein. Oder war all dies eine Prüfung? Für wen?

Außer mir und den Männern dort unten, den Mördern, war niemand mehr übrig. Ein ganzes Dorf ausgelöscht, um mich zu prüfen? Wozu?

Vielleicht ging es aber gar nicht um mich oder um das Dorf, sondern um jene, die dort geplündert und gemordet hatten. War es eine Prüfung für sie, die sie bestanden oder bei der sie versagt hatten? Welcher Gott würde ein ganzes Dorf abschlachten lassen, um die Schlächter zu prüfen? War es am Ende nicht mein, unser Gott, sondern ihrer – ein Schlächtergott?

Ich versuchte, mich an Stellen aus der Schrift zu erinnern. Dort gab es so viel Blut, so viel Vernichtung der Feinde Gottes, so viele Heimsuchungen seines Volkes … *visitationes populi sui.* Eher gleichzeitig als nacheinander kamen mir zwei Gedankenketten in den Sinn, die sich um die Sinne schlangen und das Denken fesselten. Das Grauen. Der Gott. *Entweder will Gott das Grauen verhindern und kann es nicht,* dachte ich, *oder Er kann, will aber nicht, oder Er kann nicht und will nicht, oder Er kann und will. Wenn Er will und nicht kann, ist Er nicht allmächtig. Wenn Er kann und nicht will, ist Er krank. Wenn Er weder will noch kann, ist Er ohnmächtig und krank. Wenn Er will und kann – warum tut Er es dann nicht?*

Weit hinten, in einer scheußlichen Ecke meiner inneren Scheune, wie ich es heute nennen möchte, flimmerten zwei andere Gedanken, flüchtige Irrlichter, trotzdem jedoch Teile der ersten dieser beiden Ketten: *Wir sollen keinen Gott außer Ihm anbeten – heißt das nicht, es gibt andere Götter, aber ihr gehört mir?* Und: *Vielleicht ist dieser unser Gott das Grauen, und andere …*

Aber dann bildete sich die zweite Kette, aus schweren, ungefügen Gliedern, Satzgliedern gleich: Wenn die Heilige Schrift, wie die Kirche sagte, nur auf Latein gelesen werden durfte, war Latein die Sprache Gottes, die Regeln des Lateinischen waren die Regeln des Himmels, und mit den schnell flackernden Gedanken auf Deutsch war *Deus* gar nicht zu erfassen.

Es beruhigte mich. Es beruhigte mich nicht. Während ich da lag und starrte und grübelte, die Gedankenketten zu lösen und die Kettenglieder zu verstecken suchte, bildeten sie sich neu. Ketten, vielleicht Schlangen, wie jene eine im Paradies. Prüfung für mich, ob ich mich von irdischem Grauen verführen lassen würde, die Helligkeit des Himmels zu leugnen.

Aber verführt wird man doch nur zu etwas Angenehmem, Verlockendem, nicht zu Entsetzen. Und die Männer dort unten hatten Entsetzliches getan. Von dem sie nun fortstrebten, aus dem Tal. Ich sah, wie sich der Zug aus Reitern, Karren und Fußsoldaten bildete; und ich kroch rückwärts aus dem Farn, bis ich mich sicher glaubte und mich aufrichtete.

Weiter links, außerhalb des Tores, kurz bevor der Weg das Tal verließ, mussten die Mörder näher an den Wald herankommen, in einer langen Biegung. Dorthin lief ich, so schnell ich konnte, um eine Stelle zu finden, von der aus sie besser zu sehen waren. Es gab keinen Grund, sie besser sehen zu wollen, aus der Nähe, dennoch trieb mich etwas dazu.

Die Vorhut – ein paar Männer, die nicht besonders aufmerksam wirkten, sondern plauderten und lachten – hatte bereits das Ende des Tals erreicht, als ich mich hinter efeuüberwucherten Buchenschösslingen fallen ließ. Sie bildeten eine Art Hecke, und von dort bis zu den Männern, bis zur Straße waren es kaum mehr als fünfzehn Schritte. Ich wollte die Uniformen sehen, mich bemühen, sie mir einzuprägen, aber die Fußsoldaten, die locker vorbeischlenderten, trugen keine Uniformen. Also keine plündernden Soldaten, sondern Räuber? Einer, dessen Gesicht ich erkennen konnte, war abends als Pilger ins Dorf gekommen.

Sie hatten geschossen; die schweren Hakenbüchsen oder leichteren Arkebusen mussten auf den Karren liegen, ebenso Vorratsbeutel und alles andere. Vier Reiter waren etwa in der Mitte des Zugs. Aber nicht nur wegen der Pferde fielen sie mir auf; ihre Kleider und Hüte waren anders, prächtiger als die der Übrigen. Offiziere, vielleicht Hauptleute – Hauptleute einer schweifenden Räuberbande. Keine Uniformen, keine Abzeichen; selbst wenn ich mehr von der Welt gesehen hätte, könnte ich keine Ränge unterscheiden und nicht an den Uniformen erkennen, woher diese Männer kamen, diese Mörder. Nur die Gesichter könnte ich mir einzuprägen versuchen.

Um sie besser aufspüren und finden zu können. Plötzlich war dieser Gedanke da – kein bewusst gefasster, gereifter Entschluss, sondern etwas wie eine Offenbarung, neu und doch fast vertraut. Selbstverständlich. Mit brennenden Augen musterte ich die Gesichter und bemühte mich, möglichst viele Einzelheiten zu behalten.

Zwei von ihnen ritten vor, zwei hinter dem Karren in der Mitte des Zugs. Der Erste, vorn links, hatte ein schmales, fast spitzes Gesicht mit buschigen weißen Brauen und einem gestutzten weißen Schnurrbart, wirkte jedoch gar nicht alt. Als er sich umwandte und einem der hinter ihm Reitenden – vielleicht auch denen auf dem Karren – etwas zurief, sah ich unter der Krempe des Huts die langen, zu einer Art Pferdeschwanz gebundenen Haare im Nacken; auch sie waren weiß. Ich dachte dann *Hermelin*, schließlich *Wiesel*.

Der zweite Offizier, vorn rechts, wandte sich dem ersten zu und schien eine Bemerkung zu machen. Die fleischigen, fast wulstigen Lippen bewegten sich, das übrige Gesicht, eine breite, seltsam leblos wirkende Fläche, machte die Mundbewegungen nicht mit. Das Gesicht einer Maske oder eines zermalmenden Götzen – *Moloch*, sagte ich mir. Als er die linke Hand hob, um den Hut zurechtzurücken, sah ich ein metallisches Blitzen; alles ging jedoch zu schnell, als dass ich es genauer hätte bestimmen können. Vielleicht ein eiserner Handschuh oder ein klobiger Ring.

Auf dem Bock des Karrens saßen zwei Männer; sie schienen mit den Augen an den wogenden Hintern der beiden Pferde zu hängen, als hätten sie derlei nie vorher gesehen. Der Linke hatte eine Nase, die einem Schweinerüssel glich; der Rechte hatte den Kopf gesenkt, sodass ich das Gesicht nicht sehen konnte.

Auf der Ladefläche des Karrens, umgeben von Beuteln und Säcken, saß ein Priester, oder jedenfalls ein Mann in dunkler Kutte und mit Tonsur. Er hatte die umwickelten, von etwas wie einer dünnen Kette zusammengebundenen Unterarme auf die Knie gelegt. Die Entfernung sowie das Spiel der Lichter und Schatten –

eben fuhren sie unter einer Linde vorbei – mochten mir etwas vorgaukeln, aber ich war mir ziemlich sicher, dass der Priester oder Mönch die Lippen wie im Gebet bewegte. Und dass ihm Tränen die Wangen herabrannen. Es waren fleischige Wangen, fast Beutel, und von der Mitte des Schädels bis zur halben Stirn hatte er ein flammendes Brandmal. Ein Gefangener vielleicht, den sie mit Feuer gefoltert hatten.

Links hinter dem Karren ritt ein Riese, an die sechseinhalb Fuß groß, falls der mächtige Oberkörper nicht zu winzigen Beinen gehörte. Groß, breite Schultern, aber nicht fett – ein Hüne voller Muskeln. Außer der fleischigen Nase war nichts in seinem Gesicht auffällig, aber insgesamt wirkten die Züge bedrohlich; es war das Gesicht eines grimmen, fressgierigen Bären. Auf dem Kopf trug er einen schlichten Helm. Die linke Ohrmuschel fehlte. *Der einohrige Bär,* dachte ich. Er hielt die Zügel in der rechten Hand und ließ die linke baumeln: eine Pranke, groß wie ein Essbrett oder eine kleine Schaufel. Ein Sonnenstrahl fiel darauf, und ich sah, ehe der Widerschein mich blendete, eine schwarze Linie am Mittelfinger, die der dicke Ring sein musste, der den Licht speienden Stein trug.

Der vierte Reiter, rechts hinter dem Karren, trug einen ausladenden Hut mit wippenden Federn, die das Gesicht teils verdeckten, teils verschatteten. Sichtbar und denkwürdig war nur die Nase, lang und gekrümmt wie der Schnabel eines Raubvogels. Außerdem war sie wohl irgendwann einmal gebrochen, sodass sie nicht nur an der Oberlippe, sondern auch noch am linken Mundwinkel zu schnüffeln schien. *Sperber,* dachte ich – *nein, Mordfalke.*

Mehr musste ich aber von seinem Gesicht nicht sehen, denn ich kannte es bereits. Es gehörte einem der Pilger, die wir abends aufgenommen hatten. Erbärmlich und entstellt und arm war er mir vorgekommen; nun wirkte er bedrohlich und unheimlich, ein fleischgewordener Fluch.

Ich blickte nach links, zum Talausgang: Ob es dort eine Stelle gab, noch näher am Weg, zu der ich mich schnell und unauffällig begeben könnte?

Aus den Augenwinkeln sah ich eine flüchtige Bewegung. Als ich mich umdrehen wollte, flog ein Schatten durch die Luft. Das Gewicht eines Mannes lastete plötzlich auf mir, drückte mich beinahe in den Boden, und eine harte Hand presste sich auf meinen Mund.

Als ich aufhörte, mich vergeblich zu wehren, ließ der Druck ein wenig nach. Der Mann näherte seinen Mund meinem Ohr und flüsterte: »Kein Laut.«

Unter der pressenden Hand zu nicken, war nicht ganz einfach, aber ich brachte zumindest ein Zucken zustande.

»Still, ja?«

Er rutschte zur Seite, sodass ich mich aufrichten konnte. Nun erst sah ich, dass hinter ihm ein zweiter Mann stand. Er hielt einen gespannten Bogen in den Händen; die Spitze des Pfeils schien vor meinem linken Auge zu glitzern.

Etwas an den Männern wirkte fremd, aber das bemerkte ich erst nach und nach. Zuerst sah ich nur die Pfeilspitze, dann die Kleidung – schlichte Sachen, wie einfache Reisende sie tragen – und erst danach, im Zwielicht des Waldes, die Gesichter.

Sie waren dunkler als alle, die ich bis dahin gesehen hatte. Die Haut war braun, aber ein anderes Braun als jenes, das die Gesichter von Feldarbeitern am Ende des Sommers zeigen. Auch die Haare und die Augen waren dunkel, und die Züge insgesamt irgendwie anders geschnitten, ohne dass ich die Andersartigkeit hätte benennen können.

Beide trugen Stiefel, darüber weite Beinkleider und offene Reisemäntel oder Umhänge; die Gürtel waren zu sehen, und an ihnen hingen Dolche in gewöhnlichen Scheiden. Ich erinnerte mich plötzlich an Bilder von Fremden, die so ähnlich ausgesehen hatten; aber deren Dolche und Scheiden waren krumm und verziert gewesen. Krumme Messer an den Gürteln wären mir beinahe vertraut vorgekommen; die gewöhnlichen Stichwaffen machten alles noch fremder.

Das stimmt natürlich so nicht; dieser Anblick ist eine Dreingabe meines erfindungsreichen Gedächtnisses. So habe ich sie oft gesehen, aber an jenem Tag im Wald hatten sie kriechen müssen und die Umhänge zurückgelassen, und da sie auf dem Bauch lagen – auch der Zweite, der mit dem Bogen, hatte sich hingelegt –, kann ich weder Gürtel noch Dolche bemerkt haben. Wahrscheinlich habe ich auch die oben niedergelegten Gedanken über das, was Gott kann und nicht will oder will und nicht kann, viel später zum ersten Mal gedacht – nicht damals, mit fünfzehn, überwältigt vom Entsetzen, das weder Luft zum Atmen noch Raum zum Grübeln ließ.

Damals wusste ich auch nicht, in welcher Sprache sich die beiden berieten, als die Mörder das Tal verlassen hatten. Arabisch – inzwischen habe ich davon mehr vergessen, als ich noch beherrsche. Aber das hat keine Bedeutung für die Geschichte, die zu erzählen man mich gedungen hat. Ebenso wenig das, was in den folgenden fünf Jahren geschah. Ohne die Kenntnisse und Fertigkeiten, die ich in diesen Jahren erwarb, hätte ich all das, was aufzuschreiben ist, weder erlebt noch überlebt. Insofern hat es eine gewisse Grundbedeutung, wie die Mauern sie haben, die den Palast oder den Kerker tragen. Ob das Leben, von dem ich zu berichten habe, Palast war oder Kerker, mögen andere erwägen; hierzu ist es nicht nötig, die Grundmauern des Gebäudes genau zu kennen. Aus diesen fünf Jahren sei also nur verzeichnet, was für die Erfassung des übrigen Berichts unabdingbar ist.

Der Mann, der sich auf mich geworfen und mir den Mund zugehalten hatte, war Grieche und muss damals um die fünfunddreißig gewesen sein. Je nachdem, wo wir uns gerade aufhielten, nannte er sich Georg, Georges oder Giorgio; unter uns hieß er Jorgo. Er war versklavt worden und ein Diener von Kassem ben Abdullah. Den zweiten Diener sah ich nicht gleich; Ibrahim, der Jude war, eigentlich Abraham hieß und sich Avram nannte, hütete die Pferde, während die anderen durch den Wald schlichen. Und Kassem, natürlich, mein Herr, mein Vater, Freund und Leiter – aber über ihn und die anderen wird später genug zu schreiben sein.

Nachdem die Mörder fort waren, warteten wir eine Weile, um sicher zu sein, dass sie nicht zurückkommen würden. Dann gingen wir ins Tal zu den Ruinen und den Toten.

Da dies nicht die Geschichte meiner Empfindungen ist, brauche ich mich nicht an das Grauen zu erinnern. Einhundertneun Tote; ich wäre der hundertzehnte gewesen. Kassem wollte weiterreiten; die beiden anderen zeterten und flehten (so klang es, und so sah es aus), bis er bereit war, länger zu verweilen. Schließlich fasste er selbst mit an. Meine Eltern und Geschwister legten wir in ein kleines Grab, auf dem ich ein Holzkreuz errichtete. In den Querbalken ritzte ich die Namen, abgekürzt, so gut es ging. Für die anderen Dorfbewohner gab es ein großes gemeinsames Grab.

Später erfuhr ich, dass Jorgo und Avram sich dafür eingesetzt hatten, mich mitzunehmen, wenigstens bis zum nächsten größeren Ort. Ich war zu ausgehöhlt, als dass ich Gedanken auf meine Zukunft hätte verschwenden können. Später überlegte ich, ob es eine andere Möglichkeit gegeben hätte – für mich, nicht für Kassem, Jorgo und Avram. Sie hätten mich zurücklassen oder erschlagen können.

Und ich? Hätte ich denn zurückbleiben sollen, um allein das Dorf wieder aufzubauen, allein die Felder zu bestellen? Seit wir aus der Stadt in dieses Dorf gekommen waren, hatte ich das Bauernleben gehasst – vier Monate, seit der Flucht. Ich wusste nicht einmal, warum wir dorthin geflohen waren, mit der Billigung des Grafen, dem die Ländereien und das Gutshaus gehörten. Aber was wusste ich schon? Die Eltern hatten mich lesen, schreiben und rechnen gelehrt, dazu Latein und Französisch, und nichts davon war auf den Äckern hilfreich, abgesehen vielleicht davon, dass ich beim Melken und Roden und Graben nutzlosen Gedanken und Wünschen hatte nachhängen können, die die Arbeit nicht leichter, sondern noch scheußlicher machten. Mehr konnte ich nicht mitnehmen; mehr als das, was sich in meinem Kopf befand und was ich am Leib trug, hatten die Mörder und Plünderer nicht zurückgelassen.

Eines gab es noch …, aber da ich die Fremden, die bei mir waren, nicht kannte und ihnen nicht vertraute, konnte ich das Versteck nicht aufsuchen und öffnen. Das wollte ich bei nächster Gelegenheit tun, später, bald.

Einen Gegenstand allerdings fand ich, den ich mitnehmen konnte und der mir in all den Jahren das Denken und Lachen und Leben erleichtert, oft auch erst ermöglicht hat. Und angeblich war es dieser Gegenstand, der Jorgo und Avram dazu brachte, sich für mich zu verwenden: mich mitzunehmen, zu ihrer Unterhaltung und Erbauung.

In den Trümmern unseres Hauses fand ich, zu meinem Erstaunen unversehrt, den kleinen harten Kasten mit meiner Fiedel: Freundin, die ich weinen lassen konnte, wenn ich keine Tränen zeigen durfte, die oft spottete, wenn ich ein ernstes Gesicht zu machen hatte, die manchmal Kehlenschlitzer tanzen ließ, bis sie meinen Hals vergaßen, und die zuweilen zwischen mir und dem Hungertod eine Wehr aus Brotstückchen und kleinen Münzen errichtete.

Fast fünf Jahre des Lernens und des Reisens vergingen, bis ich ins Tal zurückkehrte.

2

Ehe wir die Brücke über die Mosel erreichten, hatte Jorgo noch gespottet: über meine Vorfreude, über meine Erinnerungen an eine große Stadt. »Du wirst sehen, Kleiner, je größer der Zwerg, desto winziger das Dorf.«

Dann kamen wir zur Brücke, und Jorgo, der eine halbe Länge vorausritt, begann zu fluchen, auf Griechisch und Arabisch, durcheinander. Avram grinste, Kassem schwieg, ich lauschte, um neue Wortfügungen zu lernen.

»Dieses Land, bah, diese Gegend, von den unfähigen Göttern der Vorzeit aus Kameldung und Eselskotze geformt, mit Bewohnern, deren sämtliche Gedanken nicht einmal ausreichen, eine Nussschale zu füllen. Anderswo gibt es wenigstens anständige Wegelagerer, die man mit dem Degen kitzeln kann, aber hier ... Einreisezoll, Ausreisezoll, Fahrgeld, Brückenmaut, und jede windschiefe Scheune ist ein eigener Staat. Nicht zu reden von ...«

Kassem unterbrach ihn. »Nicht zu reden, Jorgo. Zu schweigen ist jetzt förderlich und tugendhaft.«

Jorgo hob eine Hand und verstummte.

Wir hatten in den letzten Tagen die südlichen Grenzwachen des Erzbischofs und Kurfürsten von Köln bezahlt, dass sie uns reiten ließen, ohne alle Satteltaschen zu durchwühlen und die Waffen einzuziehen. Danach die nördlichen Wächter des Fürstentums Jülich, das bis an den Rhein reichte, Maut für die Benutzung einer Brücke – in Wahrheit ein aufgeschütteter und mit

Knüppeln befestigter Damm, der Lücken der alten Römerstraße über die Ahr schloss –, einer Furt, einer kleinen Fähre, Einreisezoll an der Grenze des Kurfürsten und Erzbischofs von Trier, noch eine Fähre, und nun sahen wir den Mautschuppen am Nordende der Balduinbrücke vor uns.

Kassem zahlte, wie immer, und im Geiste ergänzte ich die Liste all der Ausgaben, die er in den vergangenen fünf Jahren für mich gemacht hatte. Auf der Brücke trieb ich mein Pferd an, um schneller nach Koblenz zu kommen, in die Stadt, aus der wir – die Familie, geliebte Schatten – in jenes abgelegene Tal geflohen waren. Noch immer wusste ich nicht, was der Grund dafür gewesen sein mochte. Und neben der Freude, die große Stadt meiner Erinnerungen zu sehen, empfand ich eine ungewisse Hoffnung. Darauf, Kenntnisse zu erlangen, Erklärungen, endlich verstehen zu können, was geschehen war, warum, und ob es vielleicht sogar eine Erhellung hinsichtlich des Mordens gäbe.

Denn nichts von dem, was in den Jahren seither geschehen war, hatte die Bilder und die Gefühle tilgen können. Es verging kein Tag, an dem ich nicht an das Grauen dachte. Oft wurden die Erinnerungen durch Zufälle ausgelöst – ein aufgeschnapptes Wort, ein Anblick, ein Klang, das Lachen einer Frau. Alle lachenden Frauen waren die Mutter, alle Mädchen die Schwestern, alle Kleinkinder der Bruder, alle Männer … nein, nicht alle; ich hatte zu viel Umgang mit Männern gehabt. Aber viele Männer, aus der Ferne erblickt, oder Männer mit einer bestimmten Haltung, die mir den Rücken zuwandten, waren der Vater. Die meisten Erinnerungen waren jedoch in Gerüchen geborgen. Jeder Hauch von Süße war Brei, und ich sah die Mutter, die den kleinen Bruder fütterte; jeder Braten wurde von meinem Vater gedreht, und einmal, als ich bei einer Dirne lag, wehte mich aus ihrem langen dunklen Haar etwas an, das dem Duft der hellen Haare der Schwestern glich, wenn Mutter ihnen den Kopf gewaschen hatte, und ich war nicht fähig, das zu vollenden, wofür ich gezahlt hatte.

Am Südende der Brücke, auf dem kleinen Platz vor dem Stadttor, stiegen wir ab. Das große Tor der großen Mauer der großen Stadt Koblenz war eng und niedrig, und dahinter gelangten wir in schmale Gassen voller Unrat und Menschen und Pferdekot. Später, abends, würde es aus den Schenken und aus vielen Häusern nach Essen riechen, nach Wein und Bier, aber es war geschäftiger Nachmittag, und alles roch nach den Ausscheidungen von Tieren und Menschen, nach Schweiß und Leder, klammen Wollstoffen und mürben Füßen.

Einen Block südlich der Burg fanden wir ein Gasthaus mit Ställen. Nach kurzem Feilschen erhielten wir zwei Räume im Obergeschoss an der Rückseite des Innenhofs. Die Einrichtung bestand aus strohgefüllten Matratzen, einem Tisch, Schüssel und Wasserkrug. Immerhin schienen die Decken vor nicht allzu langer Zeit gewaschen worden zu sein und keine Schlummertiere zu bergen.

Jorgo, Avram und ich nahmen das linke der beiden Zimmer und brachten unser Gepäck und das von Kassem hinauf. Nach flüchtiger Reinigung wechselte ich ein paar Worte mit Avram und Jorgo und klopfte dann an Kassems Tür.

»Komm herein«, sagte er, ohne zu fragen, wer da sein mochte.

Als ich eingetreten war und kurz den Kopf vor ihm neigte, erhob er sich von der Matratze, auf der er gesessen und gedacht oder vielleicht gebetet hatte.

»Du willst Spuren suchen, mein Sohn?«

»Ja, Herr. Was dich nicht überraschen dürfte.«

Er lächelte. »Alles andere hätte mich in Verwunderung und Verwirrung geworfen. Brauchst du Hilfe? Soll einer von den anderen mitgehen?«

Ich zögerte einen Moment. »Ich glaube nicht, dass es nötig sein wird.«

Er nickte. »Du wirst uns hier finden. Oder nicht, je nachdem. Vielleicht essen wir später hier, vielleicht in einer anderen Schenke. Zur Nacht finden wir uns hier ein.«

Ich stieg die enge Treppe hinab, durchquerte den Hof und suchte den Wirt. Seine dröhnende Stimme – wie Gebell, das in einem schwarzen Keller hallt – führte mich zur Küche, wo er den Koch beschimpfte und eine Schankdirne gröblich aufzumuntern suchte.

»Und wenn dein Arsch zu fein ist, sich tätscheln zu lassen, solltest du ins Kloster gehen«, sagte er.

»Ist er nicht.« Die junge Frau schob den Unterkiefer vor und erwiderte seinen Blick. »Ich habe ihn geschlagen, weil er beim Tätscheln einen Finger in Höhlungen schieben wollte, die nicht seinem Finger bestimmt sind.«

»Ah.« Der Wirt lachte plötzlich. »Wohlgetan, o Schöne.« Er wandte sich mir zu. »Und Euer Begehr, Herr?«

»Nicht tätscheln und nicht geschlagen werden«, sagte ich. Die junge Frau zwinkerte mir zu, ehe sie die Küche verließ. »Sondern eine Antwort. Wer ist Euer Amtmann?«

»Unserer? Oder der von Trier?«

»Eurer.«

Der Wirt kratzte sich das struppige Kinn. »Der alte Haidlaub. Wie seit hundert Jahren. Aber das wird Euch nichts sagen.«

»Doch, das sagt mir etwas. Wo kann er jetzt sein? In seiner Amtsstube?«

»Vermutlich. Kennt Ihr den Weg?«

»Ich kenne ihn. Und danke Euch.«

Damals erinnerte ich mich an einen stattlichen Mann, einen halben Kopf größer als ich, mit hellgrauen Augen und dunklem Schopf. Vater hatte ihn mit dem Vornamen angeredet, Christian, und er war für Haidlaub »du, Georg« gewesen. Selbst heute, Jahre später, sehe ich, wenn ich die Augen schließe, den Amtmann

Haidlaub so, wie er in meiner Kindheit war. Aber wenn ich an mich denke, sehe ich mich ebenfalls jünger als der Spiegel; ah, ich fürchte, die Erinnerung ist fehlerhaft. Vielleicht wählt sie aber auch nur das aus, was ihr (oder uns) gut oder eben noch erträglich erscheint, und über gewisse Lücken, die sich mit der Zeit auftun, lässt sie ein Gewirk aus Beschönigung und Einfallsreichtum wuchern.

Der Mann, der mich mit zusammengekniffenen Augen musterte, war grau und ein wenig kleiner als ich; aber die hellgrauen Augen blickten immer noch scharf.

»Ihr wünscht?«, sagte er.

Zwei Schreiber, die bei meinem Eintreten aufgeschaut hatten, beugten sich wieder über ihre Listen. Durch die kleinen Fenster der Amtsstube fiel mattes Nachmittagslicht, aber es war noch zu früh für Lampen.

»Erkennt Ihr mich nicht, Herr?«

Haidlaub legte den Zeigefinger an die Nase. Dann öffnete er die Augen weit. »Jakko?«, sagte er. »Bist du ... seid Ihr Jakob Spengler?«

»Bin ich. Aber Ihr müsst mich nicht ›Ihr‹ nennen.«

»Dann sag du wie früher Ohm Krischan. Und setz dich. Woher kommst du? Gewachsen bist du; ein Mann. Wo bist du gewesen? Was ... Aber setz dich doch! Ich glaube, du wirst eine lange Geschichte zu erzählen haben, nicht wahr?«

Ich schaute mich um. Die Stube war niedrig, vollgestopft mit Schreibpulten und Schränken, in denen sich wahrscheinlich amtliche Schriften und Blätter mit Gesetzen und Anweisungen stapelten. Neben der Eingangstür stand eine Bank, auf der Bittsteller warten mochten, ehe die Büttel im Vorraum sie zum Amtmann ließen. Mit Ohm Christian, den beiden Schreibern – die uns aus den Augenwinkeln beobachteten – und mir war die Stube beinahe überfüllt.

»Vielleicht nicht hier?«, sagte ich. »Wenn du Zeit hast, später, bei einem Glas Wein?«

»Weißt du noch, wo ich wohne, Junge? Dann komm zu mir, wenn die Sonne untergegangen ist.«

Haidlaub wohnte in einem kleinen Haus in der Nähe des Südtors. Wie die meisten anderen Gebäude hatte es ein Erdgeschoss aus behauenen Steinen, ein Obergeschoss aus Ziegeln und Balken und ein schräges Schieferdach. Der kleine Garten neben dem Haus, früher von Haidlaubs Frau mit Küchenkräutern bepflanzt und säuberlich gehegt, war verwildert.

»Sie ist gestorben, vor einem Jahr.« Er fuhr sich mit der Hand über die Augen. »Seitdem …« Mit dem linken Arm beschrieb er einen Halbkreis, der den unordentlichen Wohnraum umfasste und wahrscheinlich auch den Garten einschließen sollte. »Komm, setz dich.«

Aus einem Krug goss er hellen Wein in zwei Becher. Brot, Schmalz und eine entzündete Unschlittkerze befanden sich bereits auf dem Tisch. Der Stuhl, auf den ich mich setzte, wackelte ein wenig.

Wir tranken einander zu. Mit einem länger ungesäuberten Messer kratzte er Schmalz aus dem Topf und verteilte es auf seinem Brot. Dabei sagte er, ohne mich anzusehen: »Fünf Jahre, nicht wahr? Du bist mit Fremden gekommen, um mir zu sagen, dass euer ganzes Dorf zerstört ist und alle tot sind, bis auf dich.« Er beendete die Verteilung des Schmalzes und sah mir in die Augen. »Soll ich beginnen? Meine Geschichte ist kürzer, fürchte ich.«

Ich nickte nur. Irgendwie hatte ich gehofft, von ihm Erhellendes zu hören. Wer die Mörder gewesen waren, dass man sie gestellt oder wenigstens namentlich erfasst und geächtet habe, wenn man sie denn schon nicht fangen konnte. Den ganzen Weg zu seinem Haus hatte ich versucht, meine Schritte und das heftige

Pochen des Herzens in Einklang zu bringen. Aber »kürzere Geschichte« konnte nur eines bedeuten.

»Wir wissen nichts«, sagte er. »Nicht mehr, als du uns damals erzählt hast. Wanderer, angeblich Pilger, die in kleinen Gruppen durchs Land ziehen und sich in eurem Dorf verabredet haben, um alles zu erschlagen und niederzubrennen. Es gab Gerüchte, Gewisper, in den Wochen danach; das ist immer so, wenn derlei geschieht. Jemand hat dies oder das gesehen, aber es ist nicht sicher, ob es Sichtung oder Gesicht ist. Einbildung, verstehst du? Etwas ist geschehen, und vielleicht hat der Schatten, den ich auf dem Feld gesehen habe, etwas damit zu tun.« Er hob die Schultern.

»Fünf Jahre«, sagte ich leise, »habe ich gehofft, hier mehr zu erfahren.« Ich trank einen Schluck des leichten, süßsäuerlichen Weins, aber damit konnte ich nicht die Enttäuschung hinunterspülen. »Wirklich nicht mehr als ... das?«

»Überlegungen, allenfalls; aber die wirst auch du angestellt haben.«

»Das habe ich. Ohne zu großen Erkenntnissen zu gelangen.«

Er rieb sich die Nase. Dann faltete er die Hände auf dem Tisch, neben dem Schmalzbrot, das er noch nicht angefasst hatte. »Sag, was du denkst, dann sage ich dir, ob es das ist, was ich gedacht habe.«

»Pilger«, sagte ich mit einer Stimme, die mir fremd erschien, »verabreden sich nicht, um ein Dorf zu vernichten. Räuber lauern Reisenden auf oder überfallen einsame Höfe. Inzwischen mag es anders sein, aber vor fünf Jahren wird es nicht viele Räuber mit Büchsen gegeben haben.«

Haidlaub nickte. »Weiter.«

»Sie sind vorgegangen wie Soldaten. Ein sorgsam erwogener, verabredeter Angriff. Hinterher, nehme ich an, haben sie sich wieder zu kleinen Gruppen aufgelöst. Oder hat man eine größere Truppe reiten und marschieren sehen?«

»Nichts dergleichen. Hier und da sind Fremde gesehen worden.« Er lachte; es war jedoch eher ein Glucksen. »Wie jeden Tag seit tausend Jahren. Oder mehr. Die Straßen am Rhein, am Ufer … Wann wären hier keine Fremden unterwegs? Wie die, mit denen du gereist bist.«

»Wie diese. Meine Freunde. Fünf Jahre haben sie mich genährt und geschützt und ausgebildet … Aber davon später.«

Ich nahm etwas Brot, wischte das Messer an meinem Jackenärmel ab und bediente mich aus dem Schmalztopf. Ohm Krischan wartete, bis ich abgebissen hatte; dann begann auch er zu essen.

»Noch etwas?«, sagte er mit vollem Mund.

»Sie sind also von irgendwoher gekommen, wahrscheinlich von weiter fort. Sie haben sich in unserem Dorf getroffen und alles ermordet und zerstört. Sind noch andere Dörfer überfallen worden?«

Haidlaub schüttelte den Kopf; seine scharfen Augen bohrten sich in meine. »Wir nähern uns«, sagte er. »Weiter?«

»Wenn sie also von weit her gekommen sind, um nur unser Dorf zu überfallen, kann es kein Zufall gewesen sein. Nicht zufälliges Morden und Brennen, weil das Dorf eben so am Weg lag. Es war eine geplante und gezielte Tat.«

»So sieht es aus.«

»Soldaten, wenn sie so etwas tun, haben einen Auftrag. Der Auftrag wird nicht gelautet haben: Reitet oder marschiert zu diesem Dorf und bringt alle um.«

»Sondern?«

»Vielleicht so: Es gibt da ein Dorf, in dem bestimmte Leute leben, die beseitigt werden müssen. Damit es nicht so sehr auffällt, und damit keine Zeugen bleiben, die euch später dieser Tat bezichtigen können, bringt alle um und plündert. Was meinst du?«

Haidlaub legte das Brot auf sein Essbrett. »Ich fürchte, so

ähnlich ist es gewesen. Aber damit sind deine Fragen nicht beantwortet, oder?«

Ich beugte mich vor und sagte leise, durch die Zähne: »In dem Dorf haben Bauern und ihre Familien gelebt. Niemand, der irgendwem in weiter Ferne etwas hätte tun können. Es gab dort, außer den Bauern, nur das Gutshaus des Grafen, der nicht da war. Und es gab … uns. Meinen Vater, unsere Familie.«

Ohm Krischan nickte.

»Was hat mein Vater getan, ehe wir in das Dorf gezogen … geflohen sind? Mit Erlaubnis des Grafen oder ohne sein Wissen? Was hat der Graf getan, dass Soldaten aus der Ferne kommen und alles niedermachen? Was weißt du, Ohm?«

Er wich meinem Blick nicht aus. »Ich weiß nichts«, sagte er. »Oder nicht viel. Dein Vater hat für den Grafen gearbeitet – daran wirst du dich wohl erinnern. Auch wenn du jung warst und keine Einzelheiten erfahren hast, nicht wahr?«

»Ich weiß, dass mein Vater die Geschäfte des Grafen betreut hat. Er musste oft reisen, damals.«

»Weißt du, wohin er gereist ist?«

»In die Städte der Kurfürsten – Köln, Mainz, Trier«, sagte ich. »Ich weiß, dass er in Frankfurt war, in Luxemburg, aber er ist auch nach Brandenburg gereist und nach Bayern, nach Frankreich und Flandern und Burgund. Hilft uns das?«

Haidlaub griff wieder nach seinem Brot und biss ein großes Stück ab. »Städte und Lande«, sagte er, »in denen Geschäfte gemacht werden. In denen auch Staatsgeschäfte gemacht werden. Die man oft nicht von den anderen trennen kann.«

»Kann man sie je von den anderen trennen? Bedingen beide Arten des Geschäfts nicht einander?«

Haidlaub versuchte, gleichzeitig zu kauen und zu lächeln. »Ich bin nur ein alter Amtmann. Ich sorge im Auftrag des Rats für die Ordnung in Koblenz, und manchmal muss ich mich mit dem anderen Amtmann, dem Schultheiß, den der Trierer in die Burg gesetzt hat, ein wenig balgen, weil die Anliegen des Bischofs und Kurfürsten nicht immer die gleichen sind wie die des Rats. Ich nehme an, das ist in Köln und Frankfurt und Dijon und Paris nicht anders. Mehr weiß ich nicht von Staatsgeschäften.«

»Die Kurfürsten, die den Kaiser wählen?«, sagte ich. »Köln, Mainz, Trier? Gewählt wird er in Frankfurt. Brandenburg und Sachsen sind auch kurfürstliche Häuser. Dijon, sagst du, und Paris? Kann es …«

Er hob die Hände. »Leg mir nichts in den Mund, Junge. Ich weiß nicht, was dein Vater hier, da und dort für den Grafen zu erledigen hatte. Was die Anliegen des Grafen waren.«

»Wo finde ich ihn? Den Grafen, meine ich. Glaubst du, er wird bereit sein, mir etwas zu sagen?«

Haidlaub schüttelte den Kopf. »Du würdest bestenfalls zum Hofmeister gelangen, vielleicht zum Kämmerer. Außerdem« – er seufzte – »wird der jetzige Graf nicht viel wissen von dem, was sein Vater und dein Vater unternommen haben. Er ist noch jünger als du.«

»Heißt das, der Graf ist gestorben?«

»Vor fünf Jahren.« Ohm Krischan sagte es wie nebenher, ohne besondere Betonung. »Im Hunsrück, wo es immer Räuber gegeben hat. Auf der Reise nach Trier ist seine Kutsche überfallen und geplündert worden. Er und all seine Leute wurden erschlagen.«

Ich schwieg ein paar Atemzüge lang. »Vor fünf Jahren?«, sagte ich dann. »Zur gleichen Zeit?«

Haidlaub nickte. »Vielleicht zehn Tage nachdem du mit deinen fremden Freunden verschwunden bist. Zähl die Tage und die Meilen zusammen, Jakko; was erhältst du dann?«

»Soldaten, die in kleinen Gruppen durchs Land ziehen, ein Dorf überfallen und ein paar Tage später den Grafen töten? Zuerst seinen Vertrauten, dann ihn selbst?«

Haidlaub hob die Schultern. »Es könnte auch alles Zufall sein.« Dann runzelte er die Stirn. »Was willst du mit den Fragen anfangen?«

»Antworten suchen. Antworten, die mir helfen, das zu verstehen, was geschehen ist. Und die Männer zu finden, die meine Familie und die anderen gemordet haben.«

Ohm Krischan atmete scharf durch die Zähne ein. »Du weißt, der Herr sagt, ›Die Rache ist mein‹, nicht wahr?«

»Vielleicht ist Er mit anderen Dingen beschäftigt.«

»Darüber werde ich nachdenken, wenn du weitergereist bist. Ehe du gehst, will ich dir noch etwas geben, aber zuerst möchte ich hören, was du in all den Jahren getan und gesehen hast.«

Christian Haidlaub war seit vielen Jahren Amtmann in Koblenz, und er mochte kaum gereist sein, doch hatte er nicht nur mit den Bewohnern der Stadt und den zahllosen Fremden zu tun, die über die alten Rheinstraßen und den Fluss zogen und Handel betrieben. Mindestens ebenso wichtig waren die Beziehungen zwischen der Stadt und dem Erzbischof und Kurfürsten von Trier, dessen Amtsleute in der Burg saßen und im Lauf der Jahre Haidlaub dazu gezwungen hatten, sich mit dem, was er »Staatsgeschäfte« nannte und nicht zu kennen vorgab, überaus gründlich zu beschäftigen. Ich war nicht überrascht, dass er die Namen ferner Orte und Lande kannte, nicht fragen musste, in welcher Weltgegend sich dies oder jenes befand und zugetragen hatte. Als ich Krakau erwähnte, fragte er, ob ich König Sigismund gesehen hätte, ob dieser sich im Wawel aufgehalten habe und ob der Altar der Marienkirche wirklich so schön sei. Ähnliche Fragen stellte er auch zu anderen Orten. Ich weiß bis heute nicht, ob es aus Wissbegier geschah; vielleicht wollte er auf diese Weise herausfinden, ob ich die Orte tatsächlich gesehen hatte.

Einen weiteren Grund für seine Fragen nannte er mir allerdings selbst, wenn auch nicht unmittelbar.

»Dein Herr, wie du ihn nennst, dieser Kassem – woher kommt er?«

»Aus Tunis. Das ist …«

Er hob die Hand. »Ich weiß.« Er lächelte kurz. »Von dort kamen Roms beste Feinde. Fünf Jahre seid ihr also gereist? Köln, Bremen, Hamburg, Dresden, Prag, Krakau, Kiew, Nowgorod, Reval, Stockholm, Wisby, Danzig, Kopenhagen, London, Paris, Gent, Löwen, Leiden … Habt ihr unterwegs gehungert? Gebettelt? Gearbeitet?«

»Ohm Krischan – wenn du wissen willst, ob mein Herr Kassem reich ist, warum fragst du nicht gleich?«

»Nun denn – ist er reich?«

»Er ist reich, klug, gebildet, tapfer. Und fromm.«

»Ein frommer Heide?«

Ich seufzte. »Sie sagen, es gibt keinen Gott außer Gott, und Mohammed ist Sein Prophet. Sie sagen auch, ein früherer Prophet war Isa ben Mariam – Jesus, Sohn der Maria. Ist einer, der zu diesem Gott betet, ein Heide? Ich weiß es nicht. Ich habe zu unserem Herrn gebetet, als die Mörder alles vernichtet haben.«

»Und Er hat es nicht verhindert, willst du sagen?« Haidlaub legte den Kopf in den Nacken und starrte an die niedrige Decke. »Ich wollte mit dir kein Streitgespräch über den wahren Glauben führen, Junge.«

»Ich weiß, Ohm. Du willst wissen, ob Kassem in den christlichen Landen als Kundschafter reist. Für einen Herrn, vielleicht für den Türken.«

»Und? Tut er das?«

»Rede ich mit dem Amtmann oder dem Ohm?«

Haidlaub sah mich streng an, aber dann blinzelte er. »Kleiner Teufel«, sagte er, »das hast du dir vorher überlegt, und deswegen wolltest du nicht in der Amtsstube reden, nicht wahr?«

Ich bemühte mich nicht, ein Grinsen zu unterdrücken. »Aus

der Nähe von Tunis kamen, sagst du, Roms beste Feinde, und heute ist Rom das Herz der Christenheit.«

»Also Kundschafter für den Fürsten von Tunis, der dem Großen Türken gehorcht ... Und ein kluger Mann. Wie klug?«

»Wie misst man Klugheit, Ohm? Zwei, die nebeneinander herdenken, wie Läufer nebeneinander rennen, und wer als Erster das Ziel erreicht, ist der Bessere? Oder zwei Männer schleudern Gedanken an eine Felswand, und der hat gesiegt, dessen Gedanken den tieferen Eindruck im Stein hinterlassen?«

Haidlaub verzog das Gesicht. »Redet ein kluger Mann mit anderen klugen Männern? Oder beobachtet er schweigend?«

»Er redet mit ihnen, und ich habe keinen gehört, der mehr gewusst hätte als er.«

»Du warst also dabei?«

»Nicht immer, aber oft. Ich war ja auch Dolmetsch, wenn es nötig war. Und – ja, er ist reich, und er hat Zahlungsanweisungen, Gutschriften, für die meisten großen Banken. Außerdem hat er Reisebriefe, in denen Fürsten und Amtsleute ersucht werden, ihn vorzüglich und mit Achtung zu behandeln. Ihn und seine Begleiter.«

»Von wem ausgestellt?«

Ich hob die Schultern. »Ich habe nicht alle gesehen. Ich weiß, er hat solche Briefe von Papst Leo, vom Dogen, vom Herzog von Ferrara – ah, du weißt schon: von einem Bischof in Palermo an einen Domherrn in Frauenburg, von einem adligen Magister in Bologna die Bitte an einen Magister zu Köln, sich des weit gereisten Freundes anzunehmen.«

»Wolltest du mit dem Schultheiß des Bischofs reden?«

Die jähe Abschweifung ließ mich ein paar Augenblicke zögern. »Es wäre vielleicht sinnvoll, oder?«, sagte ich dann.

»Es wäre gefährlich«, sagte Haidlaub. »Mein Amtsbruder in der Burg und sein geistlicher Herr halten nicht viel von heidnischen Fremden. Und du weißt vielleicht, dass in anderen Gegenden die Bauern aufbegehren; da ist dann jeder Fremde, der vielleicht Bauernbotschaften überbringen könnte, schnell in den Kerker gesteckt.«

Ich leerte meinen Becher und erhob mich. »Ich danke dir für die Warnung – und für alles andere, Ohm«, sagte ich.

»Ich werde den Schultheiß zu meiden suchen. Und im Gasthaus nicht laut reden.«

Haidlaub erhob sich ebenfalls. Seine Hand tastete nach etwas in einem Kästchen, das neben ihm auf einer hohen Truhe stand; dabei sah er mich forschend an.

»Du willst also einen langen Rachefeldzug beginnen?«, sagte er. »Dazu wirst du Hilfe brauchen. Und Geld.«

»Ist das Dorf wieder aufgebaut worden?«

Er schüttelte den Kopf. »Bauern aus der Umgebung werden wohl Steine und heile Balken geholt haben. Aber niemand will da leben, wo so viele Menschen ohne Segen abgeschlachtet wurden. Warum?«

»Mein Vater hatte etwas verborgen, was ich damals nicht bergen konnte. Wenn niemand sich dort aufhält …«

»Ich wünsche dir Glück, Söhnchen. Die Fährte ist kalt; vielleicht hilft dir aber ein kleiner Glücksbringer.«

Er zog die geballte Hand aus dem Kästchen und hielt sie mir hin. Ich streckte die Hand so aus, dass meine Handfläche unter seiner Faust schwebte. Er öffnete sie und ließ etwas Kaltes in meine Hand gleiten.

Ich betrachtete es. Und fühlte eisige Finger an meinem Herzen.

»Das ist …«, sagte ich; dann versagte mir die Stimme.

Es war eine feine Silberkette mit einem silbernen Kreuz, ohne den Leib des Herrn. Auf der Rückseite waren ein G und ein S eingeritzt, ineinander verschlungen.

»Ich habe gefragt, hier und da«, sagte Ohm Krischan. »Wochen nachdem du abgereist warst, kam ein Händler auf den Markt, ein Mann aus Cochem, und zeigte mir das. Ich habe es ihm abgekauft.«

Die Kette hatte meine Mutter an Festtagen getragen. Vater hatte sie ihr zu meiner Geburt geschenkt.

»G und S, Gerwine Spengler«, sagte Haidlaub leise. »Ein Mann, dessen linke Hand aus Eisen war, hat sie in Cochem verkauft.«

»Was … was schulde ich dir? Du hast sie ja bezahlt.«

»Du schuldest mir nichts, Junge.« Er legte mir beide Hände auf die Schultern und starrte mir in die Augen. »Bleib gesund, hörst du? Und bedenke, dass die Rache des Herrn ist, wenn du sie vollziehst. Gib mir Nachricht.«

Der Schmuck meiner Mutter. Ein Händler aus Cochem. Ein Mann mit Eisenhand. Ein Gegenstand und zwei Mitteilungen. Während ich langsam durch die kaum beleuchteten Gassen zum Wirtshaus ging, tanzten diese drei wie Teilnehmer eines regellosen Reigens durch meine Gedanken.

3

Kassem, Jorgo und Avram saßen in der Schankstube des Gasthauses – Schankhalle wäre treffender. Sie bot mindestens fünf Dutzend Leuten Platz; etwa die Hälfte der Stühle war besetzt.

Jorgo schob sein von unansehnlichen Resten bedecktes Essbrett in die Tischmitte, lehnte den Kopf an den Tragbalken, hob den Becher und sah mich über dessen Rand an. Dabei kniff er ein Auge zu.

»Du siehst aus, als hätten dir die Geister der Ahnen die Dämmerung durch Spottgesänge verfinstert«, sagte er.

Ich ließ mich auf einen freien Stuhl sinken. »Keine Spottgesänge. Die werden sie dir gleich singen.«

Von der Fackel, die in einer Eisenfaust am Tragbalken steckte, löste sich ein glimmender Span. Ich bildete mir ein, ihn zischen zu hören, aber bis er in Jorgos krausem Schopf landete, war das ärmliche Feuer bereits erloschen.

Avram kicherte leise und langte nach dem Span. Jorgo knurrte; offenbar klebten an dem harzigen Hölzchen ein paar Haare, die nun ausgerissen wurden.

»Zu gedeihlicher Erinnerung – da.« Avram hielt ihm den Span hin.

»Was hast du erfahren?«, sagte Kassem. Die anderen tranken Wein; vor ihm stand ein Napf mit einem Kräutersud. »Und hast du etwas gegessen? Zur Kräftigung der Seele bei schlechten Nachrichten?«

»Ich habe etwas gegessen, mein Vater. Und so schlecht sind

die Nachrichten nicht. Sie haben nur alte Wunden aufgerissen.«

Jorgo setzte zu einer vermutlich spöttischen Rede an, schloss aber den Mund wieder, als Kassem die Hand hob.

Ich berichtete, was ich von Haidlaub erfahren hatte, und zum Schluss zog ich die Kette aus der Gürteltasche und legte sie auf den Tisch.

»Etwas zu trinken, feiner junger Herr?« Plötzlich stand die Schankmagd neben mir. Sie sah die Kette und sagte leise: »Oh.«

»Wein«, sagte ich, »und keine Schläge.«

Sie lachte. »Ihr habt mir keinen Anlass dazu gegeben.« Im Weggehen setzte sie kaum hörbar hinzu: »Leider.« Ihre Augen schienen sich nicht von der Kette lösen zu wollen.

»Sie würde dafür gern und gründlich sündigen.« Jorgo schmatzte.

»Was hat es damit auf sich?«, sagte Kassem.

»Sie gehörte meiner Mutter, Herr. Ihre Initialen sind auf der Rückseite eingeritzt. Ein Mann mit einer eisernen Hand hat sie einem Händler in Cochem verkauft, und dieser war einige Tage danach hier in Koblenz, auf dem Markt.«

Kassem nahm die Kette, betrachtete das Kreuz, drehte es um und nickte. »Aber er wusste keinen Namen, nicht wahr?«

»Nein, und auch nichts von anderen Männern. Aber …« Ich zögerte, schloss die Augen und sah die Männer das zerstörte Dorf verlassen. Der Zweite der Anführer, der Moloch: wulstige Lippen, ein beinahe regloses Gesicht, und als er die Linke hob, blitzte etwas metallisch.

Wir schwiegen, bis die Schankmagd einen neuen Krug mit Wein und einen Becher gebracht hatte. Als sie sich vorbeugte, um den Krug auf den Tisch zu stellen und den leeren zu entfernen, stützte sie sich mit der Hand auf meine Schulter. Ich hob die Rechte und berührte flüchtig ihre Finger.

»Eben erst heimgekehrt und schon verabredet«, sagte Avram. »Und ihre Hände sind nicht aus Eisen. Aber gib acht auf die Kette.« Er blickte hinter der Magd her.

Kassem beugte sich vor. »Der Amtmann«, sagte er leise; dabei schaute er sich um. Als er sicher war, dass niemand uns belauschen konnte, fuhr er fort: »Er warnt dich vor dem Amtmann des Bischofs, nicht wahr?«

»So ist es, mein Vater.«

»Wir sollten dennoch zu ihm gehen.«

»Wir?« Ich runzelte die Stirn. »Der Schultheiß, sagt Haidlaub, mag keine Fremden. Schon gar keine, die …«

Kassem lächelte. »Keine Ungläubigen. Sag es ruhig. Trotzdem. Wenn ich die Verteilung der Macht und Zuständigkeit begriffen habe, und du wirst zugeben, das ist in dieser Wirrnis kleiner Länder nicht einfach, dann ist dein alter Freund für die Belange der Stadt zuständig, aber Recht und Ordnung in der Umgebung liegen beim Schultheiß, nicht wahr?«

»So ist es wohl.« Ich zögerte. »Aber …«

»Lausche, was ich mir denke; dann urteile.«

Wir steckten die Köpfe zusammen und hörten, was Kassem vorschlug.

»Herr«, sagte ich schließlich, »du bist mein Vater und mein befehlender Fürst. Steht es mir zu, dir nun zu sagen, dass ich keinen Fehl daran finde?«

Kassem lächelte und legte die Hand auf meinen Arm. »Dann wollen wir es morgen tun.« Er leerte seinen Napf mit Kräutersud und stand auf. »Ich will zwei oder drei Dinge bedenken und die richtigen Schreiben suchen. Euch wünsche ich eine gedeihliche Nacht.«

Nach kurzem Schweigen sagte Avram: »Und nun sag mir, wie sich deine Seele anfühlt.«

»Hat er so etwas?« Jorgo grinste.

»Wie eine Flüssigkeit, die sich längst gesetzt hatte und nun durch Schütteln wieder trüb geworden ist.«

Avram sah sich um. Es war noch lange nicht Mitternacht, und der Schankraum war immer noch halb gefüllt.

»Was könnte die trübenden Flocken wieder auf den Boden deines Gemüts sinken lassen?«, sagte er dann. »Mehr Wein, bis du deine Seele nicht mehr von diesem Tisch unterscheiden kannst? Deine Fiedel? Die Schankmagd?«

»Die ist noch beschäftigt.« Jorgo gluckste. »Magst du uns eine Musik spielen und dazu trinken, bis sie nicht mehr arbeiten muss?«

Dafür, dass ich nachts nicht ins gemeinsame Zimmer zurückgekehrt war, hatte ich von Jorgo und Avram einige Bemerkungen erwartet, aber an diesem Morgen waren alle schweigsam. Wir nahmen Brot, trockene Früchte, ein wenig Käse und Kräutersud zu uns; danach erteilte Kassem uns letzte Anweisungen und beglich die Zeche.

Während er mit dem Wirt verhandelte, schaute Jorgo hinter der Magd her, die durch den Raum tänzelte.

»Sie ist munter«, sagte er halblaut, »und du wirkst müde.«

Avram schnaubte. »Es hat also alles seine Ordnung.«

Jorgo beugte sich zu mir und flüsterte: »Wie heißt sie eigentlich? Und hat sie jetzt den Schmuck?«

»Sie heißt Maria, und den Schmuck wollte sie nicht mehr, als sie gehört hatte, was es damit auf sich hat.«

»Klug.« Jorgo nickte nachdrücklich. »Wer etwas an sich nimmt, an dem Blut klebt, zieht Unheil auf sich.«

»Gilt nicht für dich«, sagte Avram. »Dir stehen die Kette und das Blut deiner Mutter zu.«

»Hättest du sie ihr denn gegeben?«, sagte Jorgo, als wir aufstanden, um Kassem zur Tür zu folgen, wo wir schon vor dem Frühstück unser Gepäck aufgetürmt hatten.

»Nein, sie soll ihr kein Unglück bringen.«

Während sie ihre und Kassems Bündel nahmen, ging ich zu Maria.

»Kurze Wonne, schnelles Scheiden«, sagte ich. »Ich danke und wünsche dir Glück.«

Sie lächelte. »Besser so als langes Zanken. Ich hoffe, du findest dein Ziel.«

Ich verneigte mich ein wenig, und sie hauchte mir einen Kuss auf die Wange.

Nachdem wir die Pferde gesattelt hatten, gingen Kassem und ich zur Burg. Vor dem Eingang lungerten die üblichen Tagelöhner, die auf irgendeine schäbige Arbeit hofften. Die Burgtore standen offen, und die beiden Wächter trugen weder Waffen noch Uniformen – Büttel, vielleicht auch nur Diener, jedoch keine Soldaten.

»Der edle weit gereiste Herr Kassem bittet um ein Gespräch mit dem trefflichen Schultheiß«, sagte ich, als einer der beiden uns in den Weg trat.

»Herr von Seggling ist nicht da«, sagte der Mann. »Soll ich Euch bei Hauptmann Strasser melden?«

Ich blickte Kassem an und sagte auf Arabisch: »Für unser Anliegen vielleicht der bessere Mann, mein Vater.«

Kassem blickte streng und finster. »Sag ihnen, wir nehmen ungern, aber gezwungen an.«

Ich wandte mich wieder an den Wächter. »Der Edle ist nicht erfreut, aber besser mit dem Hauptmann sprechen als mit niemandem.«

Der Wächter bat uns zu warten. Nach kurzer Zeit kehrte er zurück und forderte uns auf, ihm zu folgen.

Als wir den Burghof zur Hälfte durchquert hatten, kam uns der Hauptmann entgegen. Er war barhäuptig und schloss im Gehen seine betresste Jacke. An den Fingern der rechten Hand waren Tintenspuren zu sehen.

»Ein edler weit gereister Herr?«, sagte er. »Ich habe für diesen formlosen Empfang um Nachsicht zu bitten, aber …« Er setzte ein Lächeln auf, das vermutlich zerknirscht wirken sollte. »Der Schultheiß ist unterwegs, und da nichts Dringliches anliegt, ist hier alles ein wenig nachlässig.«

Ich murmelte etwas, Kassem murmelte zurück, und ich gab vor, dies zu übersetzen. »Mein Herr Kassem ist überrascht, aber natürlich sind die Abläufe nicht seine Angelegenheit. Wo mögt Ihr seine Empfehlungsschreiben prüfen, Herr?«

»Empfehlungsschreiben?« Der Hauptmann kratzte sich den Kopf und blickte sich wie suchend um. Im Burghof standen ein paar Karren, und aus einer offenen Stalltür lugte ein Pferdeknecht.

»Mögt Ihr mit der Schreibstube vorliebnehmen?«, sagte Strasser; er klang halb zweifelnd, halb entschuldigend. »Die Empfangsräume sind in einem Zustand, der …« Er hob die Schultern.

»Wie es Euch beliebt.«

Wir gingen schweigend hinter ihm her, eine halbe Treppe hinauf, fast genau gegenüber vom Tor. Auf dem ersten Treppenabsatz blieb der Hauptmann stehen, stieß eine Tür auf, deutete eine Verneigung an und bat Kassem mit einer Handbewegung, als Erster einzutreten.

Es war eine karge Stube mit ein paar Tischen und groben Stühlen; weder Teppiche noch Wandbehang oder Bilder schmückten sie, und der kalte Feuerplatz – schlecht gemauert und lange ungereinigt – machte alles noch ein wenig unbehaglicher. Auf einem der Tische lagen Papiere zwischen Tintenfässern und zerzausten Federn.

»Ich bedaure«, murmelte Strasser, »aber …«

»Die Dinge sind, wie sie sind«, sagte Kassem.

Ich übersetzte, und der Hauptmann seufzte.

»So ist es. Im Frieden ist das Befinden der Soldaten nicht das erste Anliegen der Befehlenden.«

Er schob Stühle zurecht. Als wir uns niedergelassen hatten, blickte er zuerst Kassem an, dann mich.

»Arabisch, nicht wahr?«, sagte er. »Ich verstehe nichts, aber ich habe es schon einmal gehört. Was ist Euer Begehr? Und – die Schreiben?«

Kassem reichte mir zusammengerollte Papiere, die er aus einer Innentasche seiner weiten Jacke zog.

»Dies«, sagte ich nach einem flüchtigen Blick, »ist von Papst Leo, der alle Gläubigen auffordert, dem edlen Herrn Kassem behilflich zu sein. Und dies« – ich reichte Strasser den zweiten gesiegelten Bogen – »ist von seinem Neffen, damals noch Giulio de' Medici zu Florenz, inzwischen als Clemens selbst unser Heiliger Vater. Dass Papst Leo in die Glorie eingegangen ist und sein ebenfalls bereits in Gottes Schoß ruhender Nachfolger Hadrian meinem Herrn Kassem keinen Brief ausgefertigt hat, sollte allenfalls geringe Bedeutung haben.«

Strasser schien beeindruckt. Ich weiß nicht, ob er imstande war, die prunkvollen lateinischen Sätze zu erfassen, aber er senkte den Kopf vor den Schreiben, als wolle er die Siegel küssen. Oder jedenfalls das von Papst Leo, dessen Schriftstück obenauf lag.

»Was ist Euer Wunsch?«, sagte er.

Kassem sah mich an. »Sprich. Du weißt, was mein Wunsch ist.«

»Ja, mein Vater.« Ich wandte mich an den Hauptmann, der uns aufmerksam musterte.

»Der Herzog von Ferrara«, sagte ich, »hat meinen Herrn gebeten, eine Botschaft zu übermitteln. Und dies.« Ich griff in den Ausschnitt meines Wamses und zog einen Beutel heraus. Als ich ihn auf den Tisch legte, klirrte der Inhalt.

»Was ist darin?« Strasser hatte die Augen zusammengekniffen.

»Zweihundertfünfzig Florentiner Gulden.«

Der Hauptmann pfiff durch die Zähne. Seine Augen waren immer noch zusammengekniffen, aber nun sah es so aus, als wolle er dadurch das Herabrinnen von Tränen verhindern. »Viel Geld. Wofür ist es bestimmt?«

»Ein lombardischer Capitano, Hauptmann also wie Ihr, hat dem Herzog von Ferrara einen Dienst geleistet, für den ihm noch diese Summe zusteht. Er heißt Antonio Galliano.«

Der Hauptmann ließ die Mundwinkel sacken und schüttelte den Kopf. »Ich würde ja gern helfen, aber ich kenne diesen Namen nicht.«

Kassem räusperte sich. »Du solltest den Köder auswerfen«, sagte er halblaut.

Ich langte an meinen Gürtel und holte aus dem dort hängenden Beutel weitere Münzen, die ich auf den Tisch legte.

»Und diese zehn Gulden sind bestimmt für den Mann, der uns hilft, Galliano zu finden.« Ich hob die Hand, als Strasser den Mund zu einer Antwort öffnete. »Wartet, Hauptmann. Der Herzog hat meinen Herrn gebeten, dies für ihn zu erledigen, als er hörte, dass wir ins Gebiet des hohen Herrn zu Trier reisen würden. Denn, so sagte er, Hauptmann Galliano steht seit einigen Jahren in Diensten des Kurfürsten – möglicherweise aber nicht unter seinem richtigen Namen.«

»Ah.« Strasser runzelte die Stirn. »Unter welchem denn?«

»Das wissen wir leider nicht. Wir können den Capitano nur beschreiben – so, wie man ihn uns beschrieben hat.«

»Wie sieht dieser Mann aus?«

»Er hat vor Jahren in einem Gefecht die linke Hand verloren und trägt seitdem einen beweglichen Unterarm aus Eisen. Und nach einer anderen Verletzung ist eine Seite seines Gesichts unbeweglich geworden.«

Strasser schloss die Augen und lehnte sich zurück. Er dachte sichtlich angestrengt nach. Ich bemühte mich, nichts zu zeigen und keinesfalls schneller zu atmen, aber mein Herz pochte so laut, dass ich beinahe sicher war, er werde es wohl hören.

»Hauptleute mit einer Hand aus Eisen sind selten.« Strasser sprach halblaut; er öffnete die Augen wieder und sah uns abwechselnd an. »Und man redet natürlich über sie. Blutige Heldengeschichten, wisst Ihr.«

Er lächelte knapp. »Am Neckar, in, uh, Hornberg, gibt es einen Ritter Götz; der hat auch eine eiserne Hand. Vielleicht kennt er diesen Hauptmann. Es gibt so etwas wie eine Bruderschaft der Eisenfäuste.«

»Ihr wisst also nichts?«

Strasser betrachtete die zehn Gulden und seufzte. »Nicht viel. Ein wenig. Vor Jahren – vier? Vielleicht fünf? Ich weiß es nicht genau. Vor Jahren ist so einer durch das Gebiet des Kurfürsten gereist. Ich hatte von ihm gehört, wie man so Geschichten aufschnappt, und ich habe ihn gesehen. In Trier; einen Abend haben wir gezecht und geprahlt, wie alte Krieger das tun.«

»Seid Ihr sicher, dass es Galliano war?«

»Ich bin sicher, dass er eine Eisenhand hat, links, und sein Gesicht nicht richtig bewegen kann. Aber …« Er zögerte und schüttelte den Kopf. »Galliano heißt er nicht. Auch nicht Antonio. Und er ist nicht aus der Lombardei, sondern aus Kastilien.«

Um meine Hoffnung nicht zu zeigen und meine Erregung zu verhehlen, wandte ich mich an Kassem und übersetzte, obwohl er alles verstanden hatte.

»Meinst du, er könnte es sein?«, sagte Kassem. »Vielleicht sind diese Eisenhände ja doch nicht so selten.«

»Er steht also nicht im Dienst Eures Herrn?« Ich bemühte mich, ein wenig enttäuscht zu klingen.

»Nein. Er stand auch nie in seinen Diensten. Er ist damals, wenn ich mich nicht irre, mit einigen anderen auf einer Pilgerfahrt gewesen und wollte, glaube ich, von Trier nach Süden. Lothringen? Kann sein.«

»Was gibt es denn dort an Zielen für Pilger?«

»Nein, nein, die Pilgerfahrt war beendet. Sie waren bei den Drei Königen in Köln und wollten zurück in den Süden.«

Wieder tat ich so, als müsse ich übersetzen.

Kassem zog den Reisemantel enger; es war kalt und klamm in der Schreibstube. »Frag ihn, ob er sich an den Namen erinnert – vielleicht auch an die anderen, mit denen er unterwegs war.«

»Also«, sagte ich, »er war mit anderen unterwegs von Köln nach Lothringen, sagt Ihr. Und – Kastilier? Erinnert Ihr Euch, welchen Namen er genannt hat? Habt Ihr vielleicht auch die anderen gesehen, mit denen er unterwegs war?«

Der Hauptmann starrte auf die zehn Gulden. »Antonio?«, murmelte er. Dann, lauter: »Nein, nicht Antonio. In den Geschichten heißt er immer nur ›Der Eiserne aus Toledo‹. Alonso. Don Alonso. Meint Ihr, er könnte derjenige sein, den Ihr sucht?«

»Wie viele Hauptleute mit eiserner Hand wird es denn damals im Land des Kurfürsten gegeben haben?«

Strasser schnaubte. »Nicht viele. Nein, Ihr habt recht; wahrscheinlich ist er es, und vielleicht hat er sich in Ferrara als Lombarde ausgegeben.«

Ich beugte mich vor und schob ihm die zehn Münzen hin. »Wir haben Euch zu danken, Hauptmann – für Auskünfte und für Eure Zeit. Seid so gut, die Gulden anzunehmen. Aber sagt, wisst Ihr von den anderen noch etwas?«

»Sucht Ihr die auch?«

Ich schüttelte den Kopf. »Es könnte sein, dass wir über einen der anderen schneller den finden, der sich in Ferrara Galliano nannte.«

»Ja, das stimmt. Sie waren – ich glaube, sie waren vier, und noch ein paar einfache Mannen bei ihnen. Vier Hauptleute. Don Alonso. Dann ein Italiener, aber der hatte keine Eisenhand und hieß auch nicht Antonio Galliano, sondern … Johannes der Täufer?«

»Giovanni Battista?«, sagte ich. »Oder Giambattista?«

Strasser lächelte und nickte. »Ja, genau. Giambattista irgendwas; an den Nachnamen kann ich mich nicht erinnern. Der Dritte war ein Franzose mit Raubvogelnase, den nannten sie mal Falco, mal Falcone, mal Faucon – also irgendwie Falke, wegen der Nase, nehme ich an, aber das war wohl ein Spitzname. Und der Vierte hieß Lukas.«

»Ein Deutscher?«

»Ich habe ihn nicht viel sagen hören, aber er klang, als käme er aus der Kölner Gegend. Auch von ihm weiß ich keinen Nachnamen.«

»Und sie wollten nach Süden?«

»Ich bin nicht sicher, aber es war die Rede von Lothringen. Und wahrscheinlich weiter.«

Wir dankten dem Hauptmann, den wir mit den zehn Gulden zurückließen; den schweren Beutel steckte Kassem wieder ein.

Schweigend gingen wir durch die Stadt zum Südtor, vor dem Jorgo und Avram warteten. Als wir sie und die Pferde erreicht hatten, kniete ich vor Kassem nieder.

»Vater«, sagte ich, »ohne dich wäre ich nicht in die Burg gegangen und hätte nichts erfahren. Wie kann ich dir danken?«

»Steh auf.« Er berührte meine Schulter. »Wer das Unmögliche sucht, ist auf das Unwahrscheinliche angewiesen. Aber es ist alles im großen Buch des Schicksals verzeichnet, und Allahs Fingerzeige kann nur jener lesen, der auch an unwahrscheinlichen Stellen nach ihnen sucht.«

4

Kurz nachdem wir losgeritten waren, kam endlich die Sonne heraus, und der klamme Herbst verwandelte sich in einen freundlichen Spätsommer. Jorgo ritt voraus, Kassem – offenbar in Gedanken versunken – als Zweiter, Avram und ich, jeder mit einem Packpferd, wechselten uns am Ende ab. Manchmal, wenn der Weg es gestattete, ritten wir ein Weilchen nebeneinander. Zuerst hatte ich mich nach Einsamkeit gesehnt, um über die Unterredung mit dem Hauptmann und die unerwarteten Offenbarungen nachdenken zu können. Aber immer, wenn ich tatsächlich allein ritt, streunten meine Gedanken in der Welt umher, und ich konnte sie nicht bündeln.

»Eigentlich«, sagte Avram irgendwann, »hätte ich erwartet, dass dein Gesicht sich verfinstert, je näher wir dem Dorf kommen. Aber du scheinst beinahe fröhlich.«

»Ich fühle mich eher nach Gesang als nach Tränen.«

»Magst du im Sattel deine Fiedel spielen?«

Ich lachte. »Und den Zügel des Packpferds dabei mit den Zähnen halten? Lieber nicht.«

»Was willst du nun mit den Namen anfangen?«

»Ich weiß es nicht. Noch nicht. Ich bin … überwältigt, könnte man sagen. Ich hatte nicht geglaubt, so bald wirklich etwas zu erfahren.«

»Überwältigt wie dieser Hauptmann in der Burg, was?« Avram gluckste. »Unser guter Herr hat alles bestens erwogen. Lerne daraus – für das, was du demnächst tun willst.«

»Wie meinst du das?«

Avram schwieg einen Augenblick; dann sagte er: »Es ist immer wie ein Gefecht, Jakko – eine Schlacht mit Worten und Gebärden und, na ja, Zubehör. Glück gehört dazu, versteht sich. Ich nehme an, mit dem Schultheiß wäre alles nicht so einfach gewesen.«

»Bitte erhelle mich, weiser Mann.«

»Ganz einfach. Erstens hätte der Schultheiß, da er kein Soldat ist, wahrscheinlich nie etwas von diesem Spanier gehört. Und ob er den Hauptmann gefragt hätte? Ich weiß es nicht. Zweitens wäre er weder durch päpstliche Siegel noch durch ein paar Gulden so leicht zu beeindrucken gewesen.«

»Mag sein.«

»Jedenfalls – du musst die Geschütze, sagen wir, Gulden, so in Stellung bringen, dass der Gegner sie nicht mehr aus den Augen lässt. Dann schickst du über den anderen Flügel die Reiter vor, in diesem Fall die wundersamen Schreiben mit den wunderlichen Siegeln.«

»Die Reihenfolge war andersherum.«

»Gleichviel. Dann lässt du die Arkebusiere ihre Fragen abfeuern und hältst die Männer mit den Piken bereit, um notfalls Zwischenfragen zu stochern, und zuletzt kommen die mit den Schwertern und Dolchen. Aber am wichtigsten ist immer die Stoßrichtung des Angriffs – dieser war glänzend vorgetragen, sodass der Gegner ihn gar nicht als Angriff empfunden hat.«

»Du meinst, wenn wir gesagt hätten, wir suchen einen Mörder mit Eisenhand, hätte der Hauptmann geschwiegen?«

Avram grinste. »Kann sein. Vielleicht hätte er es als Zumutung empfunden, einen Mörder kennen zu sollen. Oder er hätte sich gesagt, dieser Spanier ist ein Held, er kann nichts wirklich Unrechtes getan haben, und außerdem sind er und ich Waffenbrüder, also sage ich nichts.«

Wir verbrachten die Nacht in einem kleinen Gehölz. Morgens begann es zu regnen – ein dünner, feiner Regen, der nach und nach alles durchtränkte. Im Tal des Rheins mochte es weiter ein schöner Spätsommer sein, aber hier auf den Hunsrückhöhen hatte sich der Herbst durchgesetzt, und mir kam es so vor, als zögen sich um uns Regenfäden zu einem Wassergewirk zusammen, das die Luft immer undurchsichtiger machte.

Kurz vor Sonnenuntergang – aber es war keine Sonne zu sehen – erreichten wir das Dorf. Wir hatten gehofft, aus Steinen und nicht völlig verbrannten Balken eine behelfsmäßige Unterkunft bauen zu können, doch waren die Steine von Moos und Flechten überzogen, und alle brauchbaren Balken mussten die Bauern der näheren Umgebung im Lauf der Jahre geholt haben. Sie hatten wohl auch die sauber behauenen Steine und sämtliche Ziegel des vor fünf Jahren nur halb zerstörten Gutshauses geborgen und neuer Nutzung zugeführt, sodass wir die Nacht lieber im Wald am Hang verbrachten.

Ich glaube nicht an Geister und habe auch damals nicht an sie geglaubt; dennoch war das wispernde Dunkel voll von ihnen. Jeder einzelne Nachbar aus dem Dorf erklomm Farnwedel, schaukelte auf Zweigen, segelte im Schrei eines Nachtvogels. Immer wieder die Eltern, die Schwestern, der kleine Bruder, und alle waren wie vor fünf Jahren, nicht gealtert, nicht verwandelt, nicht verwest. Sie kamen und gingen, sprachen miteinander und riefen mir Worte zu, die ich deutlich zu hören glaubte, jedoch nicht verstehen konnte.

Avram hatte die erste Wache, aber da ich ohnehin nicht schlafen konnte, löste ich ihn bald ab. Erst gegen Ende der Nacht fielen mir die Augen zu, und es gelang mir eben noch, Jorgo zu wecken, ehe ich in einen Sumpf aus Blut und Blei tauchte, den ich nicht Schlummer nennen mag.

Bis dahin hatte ich versucht, Zwiesprache mit den wesenlos Schwebenden zu halten, teilzunehmen an ihrem Austausch, und da dies unmöglich war, suchte ich Zuflucht in späteren Erinnerungen. Aber die beschworenen Bilder aus den Jahren des Reisens und Lernens konnten die der Toten nicht vollständig überdecken.

Andere Tote fielen mir ein, und vorübergehend kamen sie mir zu Hilfe. Zwei Straßenräuber in den Bergen, auf dem Weg von Westfalen zur Weser – einen tötete Avram mit dem Degen, dem anderen brach Jorgo das Genick; danach sagte Kassem, es sei nun an der Zeit, mit meiner Ausbildung zu beginnen. Sie dauerte eigentlich immer noch an, aber in den fünf Jahren hatte ich gelernt, mit Bidhänder, Kurzschwert und Messer umzugehen, konnte Schusswaffen laden, richten, abfeuern und notfalls flicken. Vor allem Jorgo hatte mir viele Möglichkeiten gezeigt, Gegner niederzuringen, über die Schulter zu werfen und lautlos mit den Händen zu töten. Ich hatte all dies anwenden müssen, in polnischen Wäldern und russischen Steppen, auf einem schwedischen Schiff, dessen Besatzung nicht aus Seeleuten, sondern aus Seeräubern bestand, in einer dunklen Gasse Londons, in einer Schenke in Paris … Ich fühlte mich ausreichend gewappnet, bereit, mich jenen Lebenden zu stellen, die zu suchen mein Ziel, nein, mein Zweck war. Doch half all dies mir nicht, die Geister der Toten zu verscheuchen. Meiner Toten, der Menschen, die ich geliebt hatte und die mich in der Nacht umtanzten.

So saß ich auf einem Kissen aus Lumpen und Reisig, den Sattel im Rücken, atmete die kalte Nacht, roch den feuchten Waldboden, lauschte dem Regen auf dem Laubdach über uns und starrte dorthin, wo Glutpünktchen aufglommen, wenn ein Windhauch sich zur Feuerstelle verirrte. Weiter fort, rechts von mir, hörte ich ein Käuzchen schreien. In der Ferne grunzte irgendwo ein Wildschwein, das offenbar auch nicht schlafen konnte, und wie zur Antwort schnaubte leise eines unserer Pferde. Jorgo schnarchte. Ich zog die schwere Lederdecke fester um mich, und ich glaube, es war zu dieser Zeit, in dieser Unstunde zwischen Nacht und Morgengrauen, dass ich zum ersten Mal seit Langem zu beten versuchte.

Es war ein ganz einfaches Gebet, und da es keinerlei Wirkung hatte, richtete ich es nacheinander an alle mir bekannten Götter. Aber weder der allgütige Vater der Christen noch Allah der Allerbarmer noch Jener, Dessen Name – wie ich von Avram gelernt hatte – nicht genannt werden darf, mochte sich dazu herablassen, mir beizustehen, und auch Thors Hammer und Jupiters Blitz hatten offenbar dringendere Aufgaben, als mich von denen zu befreien, die durch meine Gedanken geisterten.

Als Avram mich wach rüttelte, schien schwächlich die Morgensonne durch Wolken, aus denen es nicht mehr regnete. Schweigend aßen wir gestriges Brot und Früchte; dann führte ich die anderen hinab zu den Resten des Dorfs.

Es war beinahe Mittag, bis wir endlich alle Trümmer beseitigt und die schwere Steinplatte verschoben hatten, über der in einer besseren Zeit das Familienfeuer gebrannt hatte. Darunter war die Höhlung, vom Vater und von mir mit Holz und Wachstuch ausgekleidet. Beide Beutel lagen darin, aber auf den ersten Blick sah ich, dass Wasser eingedrungen war, und ich spürte, dass mein Herz zunächst bersten wollte und dann schrumpfte.

Kassem, Avram und Jorgo hatten ein paar Schritte entfernt Feuer gemacht und mich mit den Beuteln allein gelassen. Die Münzen hatten kaum gelitten, aber von den Schreiben zweier Bankhäuser war wenig mehr zu lesen als deren Namen und Ort, und die Aufzeichnungen meines Vaters bestanden nur noch aus gequollenem Papier und zerlaufener Tinte. Hier und da waren zufällig noch ein paar Buchstaben zu enträtseln.

Kassem schien mit einer Mischung aus Erwartung und Misstrauen den Topf zu betrachten, der auf Steinen stand, zwischen denen das Feuer brannte. Vielleicht galt die Miene auch den Gewürzen, die Avram eben ins Gebrodel streute und verrührte. Der Gesichtsausdruck änderte sich kaum, als Kassem die Augen hob und mich musterte.

»Mein Sohn«, sagte er, »du siehst nicht so aus, als hättest du die Flasche mit dem guten Dschinn gefunden, der dir alle Wünsche erfüllen wird.«

»Du bist scharfsichtig, mein Vater. Der gute Dschinn war mit anderen Dingen beschäftigt.«

»Hat sich ein böser Ifrit der Dinge angenommen?« Jorgo wandte mir den Rücken zu und starrte zum Talausgang.

»Ein gehässiger Schelm.« Ich seufzte und ließ mich auf einem geschwärzten Balkenstück nieder. »Ich weiß nicht, ob Dschinn oder Ifrit – die Alten aus dem Norden hatten einen boshaften Gott namens Loki, der allen gern schäbige Streiche spielte. Vielleicht war der hier.«

»Hat er sein Wasser abgeschlagen?« Avram warf einen Blick auf die Öffnung des einen Beutels, aus dem das aufgequollene, von zerlaufener Tinte verfärbte Papier ragte.

»So ähnlich.«

»Und die Münzen?«

»Feucht, einige sind ein wenig verdreckt und verfärbt, aber Gold und Silber rosten ja nicht.«

Kassem nickte. »Ein Teil deiner Hoffnungen, aber der andere war ebenso wichtig, nicht wahr?«

»Fast wichtiger.«

Jorgo kam zu uns; mit dem Daumen wies er über die Schulter zum Talausgang. »Ich dachte, ich hätte was gesehen, aber das war wohl eine Täuschung. Und du, Junge, musst noch viel lernen – was kann denn wichtiger sein als Gold und Silber?«

»Kenntnisse«, sagte Avram. »Mit deren Hilfe man die rostige

Vergangenheit erschließen und eine goldene Zukunft bereiten kann.«

»Man könnte«, sagte Jorgo mit einer Grimasse, »durch Gold und Silber auch zu Kenntnissen gelangen.«

»Es ist also nichts zu entziffern?«

»Nein, mein Vater. Nur hier und da einzelne Zeichen, die nicht verschwommen sind, aber keinen Sinn ergeben. Ich werde also nicht erfahren, was mein Vater ... mein leiblicher Vater getan hat, warum wir uns hier verbergen mussten, wen ich nach Gründen fragen könnte.«

»Lasst uns essen«, sagte Avram. »Mit vollem Bauch denkt man fröhlicher.«

Er hatte aus Fleisch-, Brot- und Gemüseresten eine dicke Suppe gekocht, die zwar nicht schmackhaft war, aber die Mägen füllte und uns eine Weile vom Reden abhielt.

»Und jetzt?«, sagte Jorgo, als wir den Topf geleert hatten.

Er stand auf, um die Näpfe und den Kessel zu spülen; dabei sagte er über die Schulter: »Ich meine, wir haben ja diesen Umweg gemacht, damit du suchen kannst. Was tun wir jetzt? Herr?«

Kassem blickte zum Talausgang. »Wir reiten; es gibt keinen Grund, länger zu verweilen.«

»Ja, aber wohin?«

»Nach Süden.« Er schien einen Augenblick zu zögern. »Im Frühjahr«, sagte er dann, »finden wir vielleicht einen Hafen, vom dem aus uns ein Schiff in den Osten bringt.«

»Italien?«, sagte Avram. »Von Venedig nach Zypern und von dort – heim?«

»So oder ähnlich. Und sobald ich an Bord eines Schiffes gehe«, setzte er nach kurzer Pause hinzu, »enden alle Verpflichtungen. Wer will, mag mich begleiten, aber ihr seid dann frei.«

Avram und Jorgo blickten einander an; jeder schien darauf zu warten, dass der andere etwas sagte.

»Frei?«, sagte Jorgo schließlich. »Herr, in deinem Dienst waren wir immer frei; wie sollen wir die Knechtschaft ertragen, ungebunden und ohne dich zu sein?«

»Das könnt ihr noch eine Weile erörtern, bis Venedig«, sagte ich. »Da wir aber gerade davon sprechen, möchte ich etwas anderes bereden. Und beenden.«

»Beenden? Was beenden?« Jorgo kniff die Brauen zusammen und starrte mich beinahe finster an. Avram schwieg, aber um seinen Mund zuckte etwas, das vielleicht ein listiges Lächeln hätte werden können. Er unterdrückte es und blickte zu Kassem.

Ich kniete vor dem Araber nieder. »Herr«, sagte ich, »Vater – und ihr auch, meine Brüder. Euch gegenüber trage ich eine Dankesschuld, die ich nicht begleichen kann; ich werde sie bis an mein Ende hegen. Ihr habt mir das Leben gerettet und mich in all dem unterwiesen, was ich brauche, um jene Ziele zu erreichen, die ich mir gesetzt habe. Dafür kann ich euch nie ausreichend danken. Etwas anderes ist jene Schuld, die man begleichen kann, wenn die Umstände es gestatten, und dieser Beutel« – ich berührte den kleinen Ledersack, in dem die Münzen lagen – »macht es mir möglich. Du, Vater und Herr, hast mich fünf Jahre lang gelehrt und genährt und gekleidet. Und ganz gleich, ob in Venedig oder vorher, ich kann mich nicht von dir trennen, mich nicht frei fühlen, ehe dies beglichen ist. So lass denn zu, Vater, dass ich mich freikaufe.«

Viele Tage zuvor hatte ich begonnen, eine Art Rechnung aufzustellen; beendet hatte ich sie in Köln, mit der Hilfe eines Kaufmannsgesellen. Die Reinschrift, auf dickem gelblichem Papier, zog ich nun aus der Jacke und reichte sie Kassem.

»Du wirst sehen«, sagte ich dabei, »dass ich meine Handlangerdienste für dich nicht allzu hoch bewerte. Und da ich annehmen durfte, dass mein Vater vor allem rheinische Gulden besaß, habe ich alles in kurfürstlichen Florin berechnet.«

Kassem hatte sich während meiner kurzen Rede erhoben. Als ich ihm das Papier gab, verneigte er sich, ehe er es entgegennahm.

»Du warst mehr als ein Handlanger – mein Sohn«, sagte er. »Dolmetsch, Waffengefährte, Musiker; und Gefäß meiner Zuneigung. Steh auf. Ich will dich umarmen, ehe ich dies lese.«

Die Wange, die sich an meine legte, war feucht, und seine Stimme klang ein wenig belegt. Als er mich losließ, sah ich Avram nicken und lächeln, und Jorgo hatte beide Daumen gereckt.

Dies war meine Berechnung.

5 Jahre – 1825 Tage
Tageslohn eines Handlangers 5 Pfennig

1825 mal 5 = 9125 d =	43 fl	95 d

Nahrung:

2 lb Getreide mal 1825 = 3650 lb =	11 fl	
1 lb Fleisch mal 912 = 912 lb =	17 fl	

Anderes:

Pferd, Sattel, Zaumzeug etwa	150 fl	
drei Paar Schuhe	1 fl	80 d
fünf Hosen		90 d
zwei Jacken		45 d
ein Mantel		30 d
Hemden und Kleinigkeiten	1 fl	
Degen, Bogen, Pfeile, Messer	10 fl	
	191 fl	5 d
abzüglich Lohn	43 fl	95 d
Summa	147 fl	120 d

Kassem schwieg eine kleine Weile. Dann schüttelte er den Kopf.

»Du bist mein lieber Sohn geworden«, sagte er. »Ich entlasse dich aus allen Pflichten und Verpflichtungen. Aber ich kann von dir kein Geld annehmen. Außerdem« – er lächelte flüchtig – »hast du deinen Verdienst zu gering und meine Ausgaben zu hoch angesetzt.«

»Das mag sein, Vater, aber wenn ich nichts zurückerstatten kann, werde ich mich ewig unfrei fühlen.«

Kassem nickte. »Ich verstehe dich. Nun gut – dann gib jedem der beiden fünfzig Gulden, und sobald du das getan hast, werde ich die Rechnung zerreißen.«

»Fünfzig Gulden!«, sagte Jorgo ehrfürchtig. »Aber … aber was willst du tun, kleiner Bruder?«

»Ich will in einer kleinen Stadt im Süden einen Mann aufsuchen, der eine eiserne Hand hat. Vielleicht kennt er andere Männer mit dieser Auszeichnung.«

»Dann lass uns reiten«, sagte Kassem. »Bis unsere Wege sich trennen.«

Ich ritt als Letzter los. Vorher kniete ich eine Weile am Grab der Eltern. Vergebens versuchte ich, zu beten oder mit ihnen stumme Zwiesprache zu halten. Schließlich bohrte ich das Schwert in die eingesunkenen Reste des Grabhügels, ließ die Halskette meiner Mutter in das enge, tiefe Loch gleiten, klopfte den Boden wieder fest und folgte den anderen.

5

Der Beutel enthielt mehr Gold als Silber, und während ich den unfassbaren Reichtum zu begreifen suchte, der nun mein sein sollte, fragte ich mich immer wieder, woher das Geld stammte und was mein Vater getan hatte, um es zu bekommen. Florentiner Gulden, venezianische Dukaten, französische *écus de soleil,* flandrisches und englisches Silbergeld, vor allem aber kurfürstliche Gulden aus dem Rheinland, die in allen Gegenden des Reichs nicht nur als Grundlage für gegenseitige Verrechnung geschätzt wurden. Vier bis sechs Gulden, je nach Ort und Umstand, waren der Jahreslohn für einen Knecht, und in Köln hatte ich gehört, eine gewöhnliche, »anständige« Familie – die eines Schreibers oder eines Handwerksmeisters – brauche sechzig bis achtzig Gulden im Jahr, um gut, wenngleich nicht üppig zu leben.

Und ich trug, wenn ich den Wert der fremdländischen Münzen einigermaßen richtig einschätzte, mehr als eintausendfünfhundert Gulden in diesem Lederbeutel.

Dadurch änderte sich äußerlich zunächst nichts, inwendig jedoch einiges. In gewisser Weise fühlte ich mich frei, doch war es mir ein Bedürfnis, Kassem weiterhin als meinen Vater und Herrn zu behandeln. Avram und Jorgo, die mich mit freundlichem oder gar liebevollem Spott als kleinen Bruder angesehen und angeredet hatten, versuchten ein paar Tage lang, einen anderen Umgang und Tonfall einzuführen; zum Glück hielten sie es nicht durch, sodass die Münzen, die ich ihnen gegeben hatte, unser Verhältnis nicht vergifteten.

Sie gestatteten mir jedoch etwas, das ich ohne sie nicht oder doch nur mit Kassems Hilfe hätte tun können. Kurz nachdem wir die Trümmer des Dorfs verlassen hatten, um uns wieder dem Rhein zu nähern, begann sich ein Gedanke zu formen, und als ich ihn ausreichend begrübelt hatte, trug ich ihn abends am Rastfeuer den anderen vor.

»Wenn einer der Männer, die ich suche, wirklich aus Köln ist, gibt es dort vielleicht Spuren«, sagte ich. »Jemanden, der sich an ihn erinnert, oder an den Jungen, der er einmal war. Deshalb will ich noch einmal dorthin reiten.«

»Eine große Stadt mit vielen Menschen.« Kassem wackelte mit dem Kopf. »Dort die Erinnerung an einen suchen, der sich vielleicht bemüht hat, keine Erinnerung zu hinterlassen? Es könnte bloße Vergeudung von Zeit sein.«

»Eine dreckige Stadt mit vielerlei Gestank.« Jorgo rümpfte die Nase. »Vielleicht hat er dort einen schlechten Geruch hinterlassen; und du willst ihn aus allem anderen herausschnüffeln? Ah bah.«

»Du wirst nicht ruhig schlafen können, wenn du es nicht tust, oder?«, sagte Avram. Er blickte Kassem an. »Sollen wir ihn allein reiten lassen?«

»Brauchst du Begleitung, mein Sohn?«

»Ich glaube nicht, Vater. Aber danke für den Vorschlag, Avram. Allein komm ich schneller hin und wieder zurück, und die Wege am Rhein scheinen sicher. Jedenfalls kamen sie mir so vor.«

Kassem nickte. »Wir werden langsam nach Süden reiten und in Mainz, oder vorher, einige Tage rasten.«

Am nächsten Mittag erreichten wir die alte Rheinstraße etwa einen Tagesritt südlich von Koblenz. Dort trennten wir uns. In Köln, das ich ohne Zwischenfälle erreichte, begab ich mich zum Handelshaus, in dem jener Kaufmannsgeselle arbeitete, der mir bei der Aufstellung meiner Schulden geholfen hatte. Er hieß Leo, und er hatte mir nicht nur bei der Rechnung, sondern mehrere Abende und Nächte hindurch auch beim Zechen geholfen.

Er begrüßte mich fröhlich, nannte mir auf eine Frage hin einen Namen und eine Straße, und wir verabredeten uns für den Abend in einer Schenke in der Nähe des ewig unfertigen Doms. Den Bekannten, den er mir genannt hatte, nahm ich abends dorthin mit, und bei Bier, Brot und Käse vollendeten wir die Arbeit.

Das heißt, Leos Freund Anton vollendete sie; ich schlug lediglich Änderungen vor und verwarf etliche Entwürfe. Anton war ein begabter Zeichner und zuweilen von den Kölner Ratsherren gehasster Verfertiger von Flugblättern, auf denen Vertreter der Obrigkeit als Geier, Ratten, räudige Löwen oder alberne Affen dargestellt waren – je nachdem, was sie gerade begangen hatten. Als die Mitternacht näher rückte, war Leo betrunken, der Freund müde, die Arbeit fertig. Ich hielt vier Blätter in der Hand, auf denen Anton nach meinen Beschreibungen die Gesichter von Wiesel, Moloch, Mordfalke und Bär gezeichnet hatte. Der Bär hatte allerdings beide Ohren; ich konnte ja nicht wissen, wann er das linke verloren hatte und wer sich möglicherweise aus früherer Zeit an ihn erinnerte.

»Danke, Tünn«, sagte ich. »Gute Arbeit; was schulde ich dir?«

»Einen halben Gulden für Papier und Stifte und Zeit. Und noch ein Bier. Was willst du jetzt damit anfangen?«

»Ich werde sie, ah, vor allem das hier, ein paar Leuten zeigen und Fragen stellen.«

Er nickte. »Fang am besten in den alten Schenken am Hafen an.«

Das tat ich, und als ich zehn Tage später die anderen bei Bingen traf, hatte ich einen vollständigen Namen und eine unvollständige Geschichte.

»Lukas Haspacher.« Ich zeigte Kassem, Jorgo und Avram das Bild des Bären. »Er hat vor über zwanzig Jahren einen reichen

Kölner Bürger erschlagen und beraubt. Damals war er achtzehn. Seine Verwandten, Tagelöhner und arme Handwerker, leben noch in Köln, aber sie wollten mir nichts sagen. Die Nachbarn behaupten, hin und wieder hätte es Gerüchte oder Geschichten über ihn gegeben, aber alle sind sich einig, dass es dieser Mann ist.«

»Der Ritt hat sich also gelohnt, mein Sohn«, sagte Kassem.

»Dafür, mein Vater, hätte ich sogar zu Fuß nach Köln gehen mögen.«

Wirre Gerüchte aus dem Süden ließen uns mit dem Aufbruch zögern, und jeden Tag hofften wir, mehr zu erfahren. Aber weder die Amtsleute des Kurfürsten bei Rhein, fern vom kurpfälzischen Machtzentrum Heidelberg, noch die Wächter und Wirte im Lande des Erzbischofs von Mainz konnten uns viel berichten.

»Die Bauern rotten sich überall zusammen – mehr wissen wir nicht«, sagte ein Mann in einem Gasthaus außerhalb von Mainz, in dem wir Schankraum und Schlafsaal mit sechs weiteren Reisenden zu teilen hatten.

»Sie rotten sich nicht zusammen«, sagte einer der anderen Gäste. »Sie erheben sich – sie stehen auf – sie fordern, dass man sie als Menschen behandle, nicht als Vieh. Nennst du das zusammenrotten? Ich nenne es gerechtes Aufbegehren.«

»Wie auch immer du es nennst«, sagte Jorgo, »es macht das Reisen schwierig.«

Bis dahin hatte ich mich nicht sonderlich um die Gerüchte gekümmert. Bauernaufruhr im Elsass, im Allgäu, in Schwaben, in den württembergischen Landen – nun ja, was auch immer die Ursachen sein mochten, viel konnten ein paar mit Mistgabeln und Sensen bewaffnete Bauern wohl kaum gegen die Söldnertruppen der Fürsten ausrichten. Eigentlich wartete ich jeden Tag auf die Nachricht, dass man die Aufstände niedergeschlagen habe.

Von den Ursachen wusste ich nichts. Oder jedenfalls nicht viel. Dass es den Bauern überall schlecht ging, hatte ich in den vergangenen Jahren gesehen, in den Gegenden des Reichs, durch die wir geritten waren, wie auch in Polen, Russland, Schweden, England, Frankreich ... Es mochte ein Naturgesetz sein oder von Menschen bewirkt, durch ungerechte Verteilung von Macht und Reichtum, aber es hatte mich nicht berührt. Oder nicht sehr. Nach der eiligen Abreise aus Koblenz, die fast einer Flucht gleichgekommen war, hatte ich mit den Eltern und Geschwistern in jenem verlorenen Bauerndorf gelebt und alles gehasst, was mit dem Bauernleben zusammenhing – die Feldarbeit, die stetige Beschäftigung mit Milch und Mist und Mehl ... Im Dorf hatte es gute und schlechte, freundliche und unfreundliche, öde und lustige Leute gegeben. Einige hatte ich gemocht, andere verabscheut, die meisten waren mir gleichgültig gewesen. Wie immer und überall, sagte ich mir an jenem Abend bei Bingen; und was ich gehasst hatte, war nicht dieser oder jener Mensch gewesen, sondern das bäuerliche Leben insgesamt.

Seither beschäftigte mich die Frage, warum wir überhaupt in dieses Dorf geflohen waren – und wie ich die Mörder finden konnte.

Später am Abend, als einige der anderen Gäste sich schon schlafen gelegt hatten und wir ungestört reden konnten, wandte ich mich an Kassem.

»Vater, weißt du mehr über diese Dinge? Die Bauern, den Grund für die Unruhen, die wahrscheinliche Dauer?«

Er schaute in seinen Becher mit unvergorenem Traubensaft; dann blickte er auf und lächelte. »Ich will dir einige Fragen stellen«, sagte er. »Sie könnten dir helfen, die Erklärungen, die du suchst, selbst zu finden. Jedenfalls zum Teil. Was weißt du von der Art, wie Fürsten an das Geld gelangen, das sie brauchen?«

»Steuern«, sagte ich. »Abgaben. Zoll. Maut.«

»Wer zahlt all dies?«

Ich hob die Schultern. »Jeder von uns, der handelt, der eine Brücke benutzt, in einen Hafen kommt, eine Grenze überschreitet.«

Jorgo knurrte etwas Unverständliches. Als Kassem ihn anblickte, sagte er: »Um Vergebung, Herr – unfreundliche Gedanken an die tausend Grenzen in diesem Land, das ein Reich zu sein behauptet.«

»Dies ist Teil der Schwierigkeiten.« Kassem schloss die Augen, wie er es oft tat, wenn er seine Gedanken sammelte. »Ich glaube«, sagte er dann, als er sie wieder öffnete, »mit Fragen allein kommen wir nicht weiter. Ich will versuchen, es einfach zu erklären, aber es ist nicht einfach.«

Der Sultan, sagte er, ein beliebiger Sultan oder Fürst eines beliebigen Landes, habe zehn Berater, jeder dieser Berater habe zehn Helfer, und jeder dieser Helfer wiederum Unterhelfer. Sie alle seien damit befasst, das Land zu verwalten, zu ordnen, Befehle zu erteilen, entgegenzunehmen und auszuführen. Mit der Fingerspitze malte er eine Art Pyramide auf die Tischplatte.

»Sie alle«, sagte er, »sind möglicherweise wichtig, tragen aber nichts zum Leben bei – nichts, was man anfassen, berühren kann. All das, was wir wirklich zum Leben brauchen, Brot und Obst und Schuhe und Wagen und Schiffe, wird von denen geliefert, die unter ihnen in der Pyramide sind. Ganz unten sind die Wichtigsten, die, ohne deren Arbeit wir alle hungern müssten. Die Bauern. Die Macht aber ist weiter oben, und sie ist mit dem Reichtum vermählt. Jene, die uns alle ernähren, haben keine Macht und keinen Reichtum; jene, die all das, was andere herstellen, lediglich ordnen und verwalten und verteilen, haben alle Macht und allen Reichtum – je weiter oben in der Pyramide sie sind, desto mehr von allem haben sie. Ist das gerecht, Sohn?«

»Es ist, wie es ist«, sagte ich. »Allah hat es so eingerichtet –

Allah oder andere Götter, und wie du, Herr, mir oft gesagt hast, steht es dem Menschen nicht zu, die Anordnungen Allahs zu bezweifeln.«

Jorgo schnaubte leise; Avram stützte das Kinn auf die gefalteten Hände und lächelte, sagte jedoch nichts.

»Das ist richtig.« Kassem klopfte mit dem Finger auf die Spitze der Pyramide. »Wenn es richtig ist, ist es richtig – ist es aber richtig? Ist diese Pyramide Allahs Werk? Oder ist sie Menschenwerk? Die Fürsten Europas sagen, sie seien von Gott eingesetzt; aber gab es sie immer schon? Oder waren die Dinge vorher anders?«

Ich zögerte. »Gab es nicht«, sagte ich dann, »früher andere Ordnungen? In Rom, ehe es Kaiser gab, und in Griechenland?«

»Und an anderen Orten.« Kassem nickte. »Wenn es also früher andere Ordnungen gab, wie kommt es dann, dass heute alle Macht bei den Fürsten ist?«

»Sie werden sich irgendwann durchgesetzt haben.«

»Wie, Sohn meines Herzens? Wie haben sie sich durchgesetzt?«

»Setzt sich nicht immer der Bessere durch?«

Kassem blickte Jorgo an. »Was willst du sagen?«

»Sieht man, dass ich etwas sagen will?«

Kassem rümpfte die Nase. »Man riecht es sogar.«

Jorgo grinste. »Na gut. Kleiner Bruder – im Wald sind zehn Räuber. Im Rudel sind zehn Wölfe. Wer wird Führer des Rudels – wer wird Räuberhauptmann? Du sagst, der Bessere setzt sich durch, aber was heißt das? Wer ist gut, wer ist besser?«

»Der Klügste?«

»Wenn Philosophen klüger sind als Nachtwächter, warum dürfen Nachtwächter den Philosophen dann befehlen, nach Sonnenuntergang heimzugehen?«

»Weil man ihnen die Macht gegeben hat.«

»Ah. Und mit der Macht sind sie – was?«

»Stärker?«

Avram klopfte mir auf die Schulter. »Wir nähern uns«, sagte er. »Warum ist einer Herr und ein anderer Knecht?«

»Weil er stärker ist?« Ich schüttelte den Kopf. »Das kann nicht sein. Jorgo, du und ich – zusammen sind wir stärker als unser Herr Kassem, aber er ist unser Herr.«

Heute erscheint es mir unglaublich, dass ich bis zu jenem Abend nie ernsthaft über diese Dinge nachgedacht hatte. Oder nein, nicht unglaublich, aber seltsam. Glaubhaft ist es durchaus; ich hatte die Eltern verloren, war mit Kassem und den anderen gereist, hatte überall Mächtige und Ohnmächtige gesehen und keinerlei Anlass gehabt, an dieser Ordnung der Dinge zu zweifeln. Keinen Anlass und auch keine Zeit; denn wie ich heute weiß oder zu wissen glaube, sind wir – nicht alle, aber die meisten, mich eingeschlossen – zu träge und zu sehr mit anderem beschäftigt, um tiefe Gedanken zu denken. Wer von Sonnenaufgang bis Sonnenuntergang hart arbeiten muss, um zu essen, hat keine Zeit, an etwas anderes als die Arbeit und das Essen und jene zu denken, deren Überleben von seiner Arbeit abhängt. Äußerste Not kann Gedanken zeugen. Muße kann Gedanken zeugen. Das Gefühl, von einem Gott oder vom Schicksal auserwählt zu sein, kann Gedanken zeugen. Wer wird ein Haus, in dem er immer gelebt hat, umbauen wollen, wenn er gar nicht weiß, dass es andere Formen von Häusern gibt und dass man Häuser umbauen kann? Wer wird ein Leben ändern, Umstände verändern wollen, wenn er nicht weiß oder wenigstens ahnt, dass ein anderes Leben möglich ist? Der Junge, an den ich mich mühsam erinnere, hat wahrscheinlich dumpf empfunden, dass etwas anderes möglich sein sollte, doch wusste er bis zu jenem Abend nicht, was.

»Räuber«, sagte Jorgo. »Der Gemeinste, Tückischste, Stärkste, Rücksichtsloseste wird Hauptmann; vielleicht ist er auch der Klügste. Irgendwann ist er nicht nur Fürst der Räuberbande im Wald, sondern er dehnt sein Reich auf die angrenzenden Felder aus. Und eines Tages wird er König, und weil niemand wissen darf, dass er durch Tücke und Gewalt so hoch gestiegen ist, sagt er den anderen, Gott habe ihn erhoben.«

Ich fühlte mich verloren und zugleich erregt, im Besitz eines gewaltigen, unerforschten Landes. »Und du, Vater?«, sagte ich.

Kassem lächelte. »Die Räuber richten alles so ein, dass es so bleibt, wie sie es gern hätten. Vielleicht bin ich kein Räuber, aber meine Vorfahren waren Räuber, und weil alles so geordnet ist, dass der oberste Räuber an der Spitze bleibt, stehe ich irgendwo im oberen Teil der Pyramide, und ihr steht unter mir. Macht und Reichtum gibt es nur oben; deshalb werdet ihr, wenn ihr euch von mir befreit habt, nicht versuchen, die Pyramide einzureißen, sondern nur, in ihr aufzusteigen.«

Wir stritten eine Weile darüber, erwogen Begriffe wie Klugheit und Verdienst und Weisheit und die Möglichkeit, vom Räuber zum Bürger, vom Wolf zum Lamm zu werden.

»Bürger sind Wölfe«, sagte Avram plötzlich. »Wer oben ist, kann dies nur sein, weil er die unter ihm beherrscht. Der Räuber an der Spitze saugt denen unter ihm das Blut aus, und auch die zweitunterste Stufe der Pyramide besteht aus Blutsaugern. Jeder saugt die unter ihm aus und wird von denen oberhalb ausgesaugt. Und die unterste Schicht ist in diesen Landen der Bauer.«

So erfuhr ich, dass in den meisten Fürstentümern des Reichs die Bauern dem jeweiligen Grundherrn gehörten, ihm Frondienste leisten mussten, ohne seine Erlaubnis nicht heiraten oder an einen anderen Ort gehen durften. Sie hatten dem Grundherrn und dem nächsten Kloster – wenn diese nicht dasselbe waren – Teile der Ernte abzugeben, zusätzlich zur Fron auch noch Hand- und Spanndienste zu leisten. Man erwartete, dass mindestens eines der Kinder des Bauern für den weltlichen oder geistlichen Herrn arbeitete, und insgesamt sei es, sagte Kassem, durchaus nicht unüblich, dass neun Zehntel der gesamten Einkünfte des

Bauern an den Herrn und das Kloster und die Stadt und das Land flössen. Die unterste Schicht der Pyramide. Die Schicht, die alles andere trug und ernährte und sozusagen keine Rechte hatte, denn wenn ein Bauer sich beschweren wolle, müsse er dies vor einem Gericht tun, in dem ebenjene Herren säßen, gegen die er zu klagen wünsche.

Kassem sagte noch einige andere Sätze, über die ich in der folgenden Zeit lange und gründlich nachdenken musste und konnte. Ich musste, um sie zu begreifen und ihre Tragweite zu erfassen; und ich konnte, weil wir immer wieder kleine Strecken zurücklegten, ohne wirklich voranzukommen, sodass wir viel Zeit – leere Zeit – in Gasthäusern verbrachten.

Leere Zeit, ja, aber hohl war sie nicht. Zumindest für mich war sie inwendig gestriemt von Gedanken, Erinnerungen, Versuchen des Erinnerns, Berechnungen dessen, was künftige Erinnerungen sein könnten. Ich rief mir Einzelheiten ins Gedächtnis: Dinge, die ich im Dorf gesehen und gehört hatte, Arbeitsgänge, halb vernommene und damals gar nicht verstandene Klagen: das Leben der Bauern.

Erstmals begriff ich, dass etwas, was ich als Behelligung meines Vaters angesehen hatte, eine andere Seite besaß. Immer wieder waren Leute aus dem Dorf zu uns gekommen, um sich von meinem Vater Schreiben ausfertigen zu lassen. Wie die Schwestern – der Bruder war noch zu klein – hatte ich selbstverständlich lesen, schreiben und rechnen gelernt, von den Eltern; selbstverständlich hatte ich es anfangs als lästig empfunden und mich später über die Bauern erhaben gefühlt, denen Zeichen und Ziffern eine geheime, unzugängliche Kunst waren, beinahe Magie. Erst jetzt begriff ich, dass ihre Unkenntnis nicht eigenes Verschulden war.

Sondern über Jahrhunderte absichtlich bewirkte Ohnmacht. Für die Herren ist es nicht erstrebenswert, den Knechten Wissen zu vermitteln. Statt das Wort der Herren und der Priester gleichsam als Wort Gottes hinzunehmen, könnten lesende Knechte andere Worte suchen und lesen, am Ende gar eigene Worte finden und aufhören wollen, Knecht zu sein. Ich begriff, welchen Reichtum die von den Eltern vermittelten Kenntnisse bedeuteten, und begann, mich meiner gedankenlosen Trägheit zu schämen.

Aber selbst wenn sie hätten lesen können … Wer soll denn lesen und schreiben lernen, wenn er sich von Sonnenaufgang bis Sonnenuntergang auf den Äckern und in den Ställen plagen muss, nur um Abgaben leisten und vom Rest eher schlecht als recht essen zu können? Keine Zeit zum Lernen. Und selbst wenn, dann gäbe es keine Zeit, das Gelernte zu nutzen, zu lesen. Und selbst wenn sie hätten lesen können, was hätten sie lesen sollen? Das einzige Buch war die Heilige Schrift, und deren Sprache war Latein; so waren sie selbst für das Wort Gottes auf die Vermittlung der geistlichen Herren angewiesen, deren Anliegen keineswegs sein konnte, die eigene Bedeutung und Macht zu mindern, indem sie die Schafe ihrer Herde mündig machten. Diese würden sich dann vielleicht nicht mehr treiben, scheren und schlachten lassen wollen.

In vielen Teilen des Reichs hatten sich die Schafe nun trotz allem erhoben, waren aufgestanden gegen ihre weltlichen und geistlichen Herren. Zu Beginn des Winters gab es kaum noch sichere Straßen. Bauernhaufen – die einen redeten von Horden, die anderen von Heeren – beherrschten weite Landstriche; die Gerüchte sprachen von belagerten Städten, geplünderten Klöstern und niedergebrannten Schlössern. Die Gegenwehr der Herren war zu erwarten, ließ aber auf sich warten, denn da Frankreichs König François wieder einmal beschlossen hatte, die Lombardei, sein Geburtsland, vom Reich zurückzuerobern, hatten die Fürsten auf Geheiß des Kaisers Landsknechte geworben und über die Alpen geschickt; Soldaten, die nun zu Hause fehlten.

Ohne meine Gedanken und ihre Wirrnis wirklich wiedergeben zu können, habe ich ihnen auf diesen Blättern zu viel Zeit und zu viele Wörter gewidmet. Ich will nun sozusagen mitten in den Winter springen und bei den Taten und Vorgängen bleiben; die Gedanken werden sich später von selbst wieder aufdrängen.

Wir hatten gehört, neu angeworbene Soldaten des Kurfürsten hätten die Straße nach Heidelberg und das dortige Hinterland wieder sicher gemacht. Also ritten wir verschneite Weinberge entlang und durch eisige Städte am Rhein, um uns an einer für die Weiterreise günstigen Stelle übersetzen zu lassen.

6

Das Schiff hieß Miralda, der Herr und Eigner nannte sich Alberto Samper – der Große Alberto, wie ein grelles buntes Schild an der Bordwand verkündete. Es zeigte, abgesehen von dem Namen, vor allem leicht bekleidete Maiden, einen Bären, eine Laute und den Stab und spitzen Hut eines Zauberers.

Die Miralda ankerte nördlich der Stadtmauer von Oppenheim, einige Hundert Schritte flussabwärts. So, wie es im seichten Uferwasser lag, konnte es nur geringen Tiefgang haben. Es war ein breites, behäbiges Schiff mit einem gewöhnlichen Mast in der Mitte und einem kleineren weiter vorn. An den Seiten gab es seltsame Mühlräder; das Heck war erhöht, und auf dem Dach der Kajüte stand ein Mann. Er trug einen leuchtend roten Mantel und einen breitkrempigen gelben Hut mit schillernden Federn; auf die Heckreling gestützt, starrte er ins graue Wasser. Sein Gesichtsausdruck, falls ich ihn vom Ufer aus richtig deutete, schwankte zwischen Verdruss und Entsagung. Wozu die hängenden Enden des Schnurrbarts zweifellos beitrugen.

»Seid Ihr der Herr dieser Barke?«, sagte ich.

Er hob den Kopf und sah zu mir herüber. »Ich bin der Große Alberto Samper, Fürst dieses schwimmenden Palasts. Was ist Euer Begehr?«

»Eine Frage.«

Er hob die Arme und ließ sie in einer Gebärde der Verzweiflung fallen. »Fragen sind entweder klug oder dumm«, sagte er. »Die klugen Fragen erweisen die Dummheit des Antwortenden, und die Dummheit dessen, der dumme Fragen stellt, vermag die Klugheit des klug Antwortenden nicht auszuloten.«

Ich lachte. »Ich sehe, Ihr seid ein Philosoph. Darf ich an Bord kommen?«

Er deutete auf den Steg, der mittschiffs neben dem ufernahen Mühlrad Bordwand und Land verband. »Seid mir willkommen. Alles, was die Ödnis unterbricht, soll man preisen.«

Er erwartete mich auf dem erhöhten Achterdeck, wobei er die schlappen Flügel seines Schnurrbarts in die Höhe zu zwirbeln suchte. »Welche Fragen plagen Euch«, sagte er, »und welche Antwort könnte die Plage lindern?«

»Ich habe mit einigen Gefährten Unterschlupf in der Stadt gesucht und Fragen gestellt. Der Wirt der Herberge sagte, am Ufer liege dies prächtige Schiff, und sein Herr sei ein kundiger und weit gereister Mann und besser geeignet, solchen Fragen zu lauschen. Habt Ihr einen Tisch?«

Er blinzelte. »Ist das die Frage?«

»Ich wollte Euch einige Zeichnungen zeigen, die vielleicht auf einem Tisch ausgerollt werden könnten.«

Er nickte, blickte in den grauen Spätnachmittagshimmel, aufs graue Wasser, hob die Schultern und sagte: »Zeit für einen kleinen Trunk, der Fragen mildert und Antworten klüger klingen lässt, als sie sind. Kommt, folgt mir.«

Wir stiegen vom Achterdeck hinab; er öffnete die Tür zur Kajüte und deutete hinein. »Meine karge Heimstatt. Nach Euch.«

Die karge Heimstatt war ausgelegt mit dicken Teppichen. Mitten unter dem breiten Heckfenster stand ein kleiner Ofen aus Eisen. Er wärmte den Raum, und da ich keinen Rauch bemerkt hatte, nahm ich an, dass das Feuer darin eben erst erloschen war. Ich sah Truhen aus kostbaren, fein beschnitzten Hölzern, ein Regal voller Bücher, ein an Wand und Boden befestigtes breites Bett, neben dem Bett einen Schreibtisch, neben dem Ofen eine

Bank, drei gepolsterte Stühle und einen kleineren Tisch, auf dem eine umwickelte Flasche mit vier Bechern stand.

»Karg, fürwahr.« Ich pfiff leise.

»Zur Entspannung zwischen Kunst und Krieg.« Er füllte zwei Becher, reichte mir einen, ließ sich auf einen der Stühle sinken und sagte: »Setzt Euch. Wer seid Ihr?«

»Jakob Spengler. Ein reisender Spielmann mit Fragen und einer langen Suche.«

»Spielmann?« Er klang zugleich erfreut und abwehrend.

»Sorgt Euch nicht – ich suche keine Arbeit.«

Er trank einen Schluck, wischte sich den Mund mit dem Handrücken und grinste. »Gut. Aber da wir dem gleichen Stand angehören, können wir auf die Förmlichkeiten verzichten. Trink, Bruder Spielmann, und sag, was du spielst und was du suchst.«

»Die Fiedel. Und diese Männer.« Ich zog die gerollten Zeichnungen aus der Jacke und legte sie auf den Tisch. Dann trank ich, während er die Blätter glättete, und fast hätte ich abermals gepfiffen, denn der rote Wein war köstlich, ohne schwer zu sein.

Samper blickte von den Zeichnungen auf; eine senkrechte Falte furchte seine Stirn. »Warum suchst du diese Männer?«

Ich versuchte, die Untertöne und Nebenklänge zu deuten, und entschied mich für die unvollständige Wahrheit. »Sie haben mir etwas Teures genommen; dafür suche ich Vergeltung.«

Die Falte schwand. »Diesen hier«, sagte er, »und diesen habe ich gesehen. Hier, auf der Miralda.«

Er schob mir zwei Blätter zu. Es waren Lukas Haspacher, der Bär, und Giambattista, das Wiesel.

»Du klingst nicht so, als ob dir ihr Besuch lieb gewesen sei«, sagte ich.

»Ich werde nicht vor Wonne kreischen, wenn ich sie wiedersehe.« Er kniff ein Auge zu. »Sag mir, was sie dir getan haben; dann sag ich dir, was ich berichten kann.«

Ich sagte es ihm in zwei oder drei dürren Sätzen.

»Scheußlich.« Er musterte mich – zweifelnd, wie es mir schien. »Und du meinst, du kannst es mit ihnen aufnehmen?«

Ich hob die Schultern. »Das kann ich dir hinterher sagen.«

»Ich bitte darum; es ist immer gut, den Fortgang einer Geschichte zu hören. Sie waren hier, vor Jahren – vier, fünf Jahre dürften es sein. Sie haben einer Vorstellung beigewohnt und hinterher versucht, zwei Tänzerinnen zu schänden und mein Geld zu nehmen.«

»Versucht?«

Er zeigte ein kaltes Lächeln. »Ich befahre den Rhein und die Nebenflüsse, soweit sie schiffbar sind. Von Basel bis zum Meer. Wir spielen für Leute aller Stände, und nicht alle sind immer zufrieden, und nicht alle Unzufriedenen sind wohlerzogen. Man lernt, sich zu schützen. Der da« – er deutete auf Haspacher – »wollte im Frühjahr, als wir bei Frankfurt lagen, wieder an Bord kommen; ich habe es ihm untersagt.«

Mehr wusste er nicht, konnte mir auch keinen Namen für das Wiesel nennen. Ich erkundigte mich, was auf der Miralda zu sehen sei – »anmutige Tänze auf dem Boden und auf dem Seil, Zauberei, Theaterstücke von Plautus oder *Die Kupplerin Celestina* oder Schwänke und Novellen, die ich selbst bearbeite, all dies begleitet von Musik.«

»Miralda ist ein hübscher Name für ein Schiff; hat er eine Bedeutung? Und heißt du wirklich Alberto?«

»Eine Tänzerin«, sagte er versonnen. »Sie war meine Geliebte … Nun ja, das sind all meine Tänzerinnen, aber sie war eine besonders Geliebte. Sie hieß Miranda und ist gestorben, vor Jahren. Ich wollte das Schiff nach ihr benennen, zum Gedenken; aber dann habe ich mir gesagt, dieser Kahn ist breitärschig, sie dagegen war feingliedrig und geschmeidig; deshalb habe ich den Namen ein wenig abgewandelt.«

Eigentlich, sagte er, heiße er nicht Alberto Samper, doch habe es sich zwangsläufig ergeben, dass er nun so heiße. »Die Eltern kamen aus der Steiermark, aus dem Sausal, und das ist auch der Familienname. Sie waren Künstler wie ich – Tanz und Gaukelei und Fingerfertigkeit, du verstehst. Ich bin in Straßburg geboren und aufgewachsen, und dort hat ein Schreiber mit schlechter Feder aus dem L ein K gemacht – möchtest du Sausak heißen?«

Ich lachte laut. »Nur höchst widerwillig. Und Alberto?«

»Der Name ist mir zugeflogen. Ich kann die Eltern nicht mehr fragen, warum sie mir dies angetan haben – Albuin Apollonius Sausak! Damit lässt sich allenfalls in Lächerlichkeit sterben, nicht mit Kunst Geld verdienen.«

»Was dir beschieden zu sein scheint.« Ich beschrieb mit der Hand einen Bogen, um auf die Kajüte und ihre Einrichtung zu deuten, und hob den Becher. »Auch der Wein ist vortrefflich.«

»Man wird nicht reich, aber es reicht.« Er grinste. »Reich wird man nur als Händler; dazu fehlt mir die Lust an Waren. Oder als Pfaffe; dazu fehlt mir die Lust an geistiger Unterjochung. Oder als Adliger; dazu fehlt mir die Unmenschlichkeit. Was bleibt also?«

Seine Leute, sagte er, seien in der Stadt, um in den Schenken mit ihren Fertigkeiten zu prahlen und Geld auszugeben, damit die Oppenheimer es am nächsten Abend auf die Miralda zurückbrächten.

»Heute wird nicht gespielt?«

»Man hat mir bedeutet, es wäre besser, heute nicht zu spielen; es ist ein wem auch immer geheiligter Tag.« Er blickte mürrisch in seinen Becher. »Und wir ankern hier draußen, weil das Gelände dem Kurfürsten gehört, dessen Amtmann nicht da ist. Zehn Schritte weiter flussabwärts ist Klosterland, und die hohen Herren der Kirche halten nichts von meiner Kunst. Zehn Schritt weiter flussauf ist städtischer Grund, und der Rat von Oppenheim verlangt Hafenzoll, Liegemaut und außerdem zwei Zehntel der Einnahmen als Sonderabgabe zur Beseitigung von Kriegsschäden oder zur Mästung der Schutzengel. Wirst du mit deinen Gefährten morgen Abend kommen?«

»Zu meinem Bedauern«, sagte ich, »reiten wir morgen weiter – drüben auf dem Ostufer. Wir werden früh die Fähre besteigen.«

»Bedauerlich.« Er hob den Becher und leerte ihn. »Ich glaube, wir könnten einander länger als einen Becher ertragen und feine Geschichten austauschen. Komm wieder, wenn du zufällig da bist, wo die Miralda dann sein wird – und bring den Fortgang der Geschichte mit. Und deine Fiedel.«

»Wenn ich meine Aufgaben erledigt habe«, sagte ich. »Vielleicht gibt es dann einen Platz für die Fiedel und mich unter deinen Musikern.«

7

Jorgo und ich ritten voran, Kassem und Avram folgten in geringem Abstand. Er war jedoch groß genug, um sie zu retten. Aus einem dichten, verschneiten Nadelwald brachen plötzlich mehrere Dutzend Männer hervor. Ehe wir auch nur den Versuch machen konnten, unsere Tiere herumzureißen und zu fliehen, waren wir von Piken und Spießen umgeben. Ich blickte zurück und sah Kassem die Hand heben. Einzugreifen wäre sinnlos gewesen für ihn und Avram; immerhin gelang ihnen die Flucht.

Jorgo stieß einen lästerlichen arabischen Fluch aus, aber als er mich anschaute, sah ich, dass er lächelte.

»Hör gut zu«, sagte er leise.

Ich betrachtete die struppigen Männer, die uns umringt hatten. Sie trugen alle möglichen Farben und Fetzen – nichts, was man Uniform hätte nennen können. Hinter den Ersten, die Piken und Lanzen hatten, tauchten nun andere auf, die nur mit Knüppeln, Sensen und Dreschflegeln bewaffnet waren. Ein etwas besser gekleideter Reiter trieb sein Pferd näher zu uns, und die anderen machten ihm Platz.

»Der Anführer«, murmelte ich auf Arabisch. »Was soll ich hören?«

»Wir freuen uns. Wir sind nämlich gekommen, um zu helfen und mitzumachen, verstehst du?«

Ich versuchte ebenfalls zu lächeln. »Du meinst ...«

»Ich meine, sonst erleben wir den Abend nicht.«

»Was sind wir?«

Jorgo blinzelte. »Ich bin Krieger, Söldner, du bist, ah, reisender Spielmann.«

Wir waren umringt, doch fühlte ich mich nicht bedroht. Die Gesichter der Männer zeigten Stoppeln und Schmutz, dazu alle möglichen Empfindungen zwischen Gleichgültigkeit und Neugier; Hass oder auch nur die Bereitschaft, die vielen verschiedenen Waffen einzusetzen, konnte ich nicht sehen.

»Holt sie von den Pferden«, sagte der Reiter, als er nur noch wenige Schritte von uns entfernt war. Er sprach laut; seine Stimme war hell und schneidend, schien jedoch im nächsten Moment brechen und kippen zu wollen. »Runter mit ihnen«, wiederholte er, »schlagt sie tot und seht, was sie bei sich haben.«

»Feine Begrüßung für Männer, die gekommen sind, euch zu helfen«, sagte Jorgo.

»Helfen?«, sagte einer der Männer, von denen ich nicht wusste, ob sie Bauern waren oder Knechte oder Tagelöhner.

Keiner von ihnen schien über den Befehl des Reiters begeistert zu sein.

»Sie lügen, um ihren Hals zu retten. Holt sie runter und schlagt sie tot. Los, worauf wartet ihr?« Diesmal kippte die Stimme; was ein Befehl sein sollte, wurde beinahe zum Kreischen eines Jungen. Die meisten der Männer zögerten; nur zwei oder drei Arme reckten sich, um nach uns zu greifen.

»Zieh«, sagte Jorgo; mit einer schnellen, fast lässigen Bewegung hatte er das Schwert gezogen – eher sah es so aus, als wäre es ihm aus der Scheide in die Hand geflogen. »Es wird …«

»Aufhören!«

Das Wort, gebrüllt von einer dicken, schwarzen Stimme, traf uns wie ein unsichtbarer Rammbock. Die gereckten Arme sanken, und einige Lanzen, deren Spitzen sich uns genähert hatten, wurden wieder aufgerichtet.

Aus dem verschneiten Dickicht rechts des Weges brach eine

riesige Gestalt. Als der Mann – oder Unhold – im Freien stand, sah ich, dass er auch die Größten der anderen um einen Kopf überragte. Und er war anderthalb Männer breit, eine mächtige Masse aus Knochen und Muskeln; so, wie er sich bewegte, konnte er kein überflüssiges Fett am Leib haben. Was von seiner Kleidung zu sehen war, bestand aus verschiedenen zusammengenähten Tierfellen. Ein schwarzgrauer Bart bedeckte die untere Gesichtshälfte und fiel bis auf die Brust; der Schädel war kahl und unbedeckt. Über die linke Schulter ragte der Griff eines ungeheuren Bidhänders, und unter dem rechten Arm trug er eine Armbrust.

»Brüder in Christo«, sagte er, »sind wir denn Wegelagerer, oder sind wir Streiter für Gottes Reich auf Erden? Wer wird Fremde töten, ehe er gehört hat, was sie zu sagen haben? Macht Platz!«

Die anderen wichen zur Seite; ich glaubte, in einigen Gesichtern etwas wie Erleichterung zu sehen.

»Misch dich nicht ein, Schrat«, sagte der Reiter. »Ich habe hier den Befehl.«

»Niemand befiehlt Christi Streitern, ohne von ihnen gewählt zu sein. Und niemand stirbt, ohne sein Leben gerechtfertigt zu haben. Wer seid ihr, woher kommt ihr, was wollt ihr hier?«

»Ein Krieger und« – Jorgo wies mit dem Daumen auf mich – »ein Spielmann. Wir kommen von jenseits des Rheins. Wir wollen euch helfen, wir wollen uns euch anschließen.«

»Das mag so sein, vielleicht ist es aber auch anders.« Der Riese kniff ein Auge zu. »Warum wollt ihr uns helfen, und wie?«

»Müssen wir das hier bereden?«, sagte Jorgo. »Im Sitzen, an einem Feuer, redet sich besser.«

Einige der Männer nickten, andere murmelten etwas, das wie Zustimmung klang. Der Reiter spuckte aus und trieb sein Pferd zur Seite, in den Wald. Der Riese musterte uns noch ein paar Augenblicke lang, dann sagte er: »Folgt mir.«

Wenige Hundert Schritte entfernt vom Weg kamen wir zu zwei verlassenen Köhlerhütten – verlassen, ehe die Bauern sie übernommen hatten. Notdürftige Unterkunft für einige der Männer; die meisten mussten wohl im Wald schlafen, und einige hatten sich Höhlungen in die alten Meiler gewühlt.

Vor einer der Hütten brannte ein Feuer, gehütet und geschürt von vier Männern, die nun langsam, sichtlich widerwillig aufstanden, um anderen Platz zu machen und deren Aufgaben am Weg zu übernehmen.

»Rechnet ihr mit vielen Reisenden?«, sagte Jorgo.

Der Riese hob die Schultern. »Wer rechnet, verrechnet sich leicht; euch haben wir … genommen, ohne mit euch gerechnet zu haben. Wer seid ihr, und was wollt ihr wirklich?« Dann wies er auf das Feuer und setzte hinzu: »Steigt ab.« Wie nebenher betrachtete er unsere Sättel, die Stiefel, die sichtbaren Teile der Ausrüstung.

Ich schaute mich um. Wir waren immer noch umgeben von Lanzen und Sensen, Flucht schien mir unmöglich. Jorgo schüttelte kaum merklich den Kopf, stieg ab und wickelte die Zügel seines Pferds um einen tief hängenden kahlen Ast.

Wir hatten uns eben erst auf Klötze am Feuer gesetzt, als der unfreundliche junge Reiter erschien, absprang und einem der Bauern die Zügel zuwarf.

»Ich will hören, welche Art Lügen ihr erzählt«, sagte er, »und dafür sorgen, dass sie nicht geglaubt werden.«

Der Riese knurrte leise, sagte jedoch nichts.

»Er ist Spielmann«, sagte Jorgo, »ich bin Krieger. Beide sind wir ohne Dienst und ohne Herrn. Das ist, in diesen Zeiten, vielleicht gut, wenn man weit fort ist, aber hier, im Reich, ein schlechter Zustand. Und da die letzten Herren, denen wir gedient haben, nichts waren als adlige Schurken, dachten wir, es wäre nicht schlecht, unser Glück bei denen zu suchen, die keines haben. Es könnte sein, dass wir es gemeinsam schneller finden.«

Der abgesessene Reiter war auf der anderen Seite des Feuers stehen geblieben und hatte die Arme vor der Brust verschränkt. »Glück?«, sagte er. »Ich glaube, ihr seid unterwegs, um euch irgendwo zu verdingen, und jetzt erzählt ihr etwas anderes, um euren Hals zu retten und uns Sand in die Augen zu streuen.« Er warf den Kopf in den Nacken, dass beinahe der teure, weiche Hut abgefallen wäre.

»Du wirst es wissen«, sagte ich. »Unterm Schnee ist vielleicht irgendwo Sand, wenn du ihn nicht aufgebraucht hast, als du deinen Hals retten wolltest – Fürstensöhnchen.«

Der Riese grinste, und einige der anderen Männer lachten mehr oder minder offen. Einer sagte etwas, das mit »Herr Leopold« begann – das war offenbar der junge Reiter – und in einem fast unverständlichen Genäsel endete. Immerhin konnte ich den Fetzen, die ich halbwegs begriff, entnehmen, dass Leopold der vierte Sohn eines kleinen Grafen sei, der sich den Bauern angeschlossen habe, um sich an den älteren Brüdern schadlos zu halten, die ihn aus der Burg gedrängt hatten.

»Habt ihr verstanden?«, sagte der Riese, an Jorgo und mich gewandt. »Sie reden alle so, wie man in ihren Dörfern eben redet, nicht so, dass man zwei Meilen weiter noch etwas verstehen kann.«

»Ich habe verstanden«, sagte Jorgo, »dass er euch etwas vorgelogen hat und bei euch bleiben konnte. Was ist mit uns?«

Leopold reckte das Kinn. »Sie haben bestimmt Gold«, sagte er laut, »und andere gute Dinge, die wir gebrauchen können und teilen sollten. Schlagt sie tot!«

Einer der Bauern – offenbar aus einem anderen Dorf; ihn konnte ich verstehen – trat einen Schritt vor. »Das soll die Versammlung entscheiden, und Wendel«, sagte er. »Und hier bestimmst nicht du … Fürstensöhnchen« – er warf mir einen Blick zu, und ich glaubte, ein Zwinkern zu sehen –, »sondern Karl.«

Die anderen nickten und murmelten Zustimmung.

»Wenn ich denn hier bestimme«, sagte der Riese, »dann bestimme ich, dass wir morgen früh aufbrechen, zurück zu den anderen. Dort werden die beiden geprüft und gerichtet, vom Rat und den Sprechern. Bis dahin wird sich sogar Leopold benehmen wie ein Christenmensch, nicht wie ein Junker.«

In den nächsten Tagen und Nächten hatten wir Glück mit dem Wetter; es blieb kalt und klar, Wald und Wege waren verschneit und wurden noch nicht zu Schlamm und Morast. Damit war allerdings unser Glücksvorrat erschöpft. Mehr stand uns nach dem Ratschluss der höheren Mächte offenbar nicht zu.

Karls Umgänglichkeit und die gelegentlichen Scherze einzelner Bauern änderten nichts daran, dass wir Gefangene waren. Junker Leopold spielte eine seltsame Narrenrolle: Er ritt und knurrte und murrte, und wenn er Befehle gab, beachtete man sie nicht; alle anderen gingen zu Fuß, und unsere beiden Pferde wie auch einige andere dienten als Lasttiere. Beritten hätten wir sicherlich fliehen können, und es war nicht nötig, uns dies zu erklären.

Drei Tage marschierten wir nach Nordosten, wobei wir Dörfer und größere Gehöfte mieden. Tags liefen wir und froren, nachts schliefen wir und froren. Niemand hinderte Jorgo und mich daran, miteinander zu reden, aber immer waren mehrere Männer nah genug, um jedes geflüsterte Wort mithören zu können. Die Waffen hatten sie uns abgenommen; dass sie darauf verzichteten, unsere Taschen und unser Gepäck zu durchwühlen, bedeutete lediglich, wie Jorgo sagte, dass sie es später gründlicher tun würden, denn »sie teilen alles, nehme ich an, und deshalb nehmen sie jetzt nichts, was sie im richtigen Lager dann wieder abgeben und noch einmal teilen müssten.«

Am ersten Abend erfuhren wir mehr über Karl; er setzte sich zu uns an ein karges Feuer im Windschatten eines Felsens und tat, als erzähle er uns von sich; tatsächlich versuchte er, uns geschickt auszuhorchen, indem er berichtete und uns in Gespräche über das verwickelte, was er erzählt hatte. Glücklicherweise bemerkten wir es rechtzeitig und gaben nichts preis, was uns hätte gefährden können.

Er hieß Karl Wingart und war vierzig Jahre alt – »wenn meine Mutter sich nicht geirrt hat. Sie war eine tugendhafte Frau, und zur Vollkommenheit fehlten ihr nur wenige Einzeltugenden. Wahrhaftigkeit, zum Beispiel, und … nein, eheliche Treue mag ich es nicht nennen, da sie nicht in diesem heiligen wiewohl öden Stand lebte. Sagen wir, ihr fehlte jede Neigung zur Keuschheit. Aber ihre Lügen waren wunderbar, und sie hat sich bemüht, mich und die anderen Geschwister – wir waren sieben – nicht allzu oft hungern zu lassen und nicht mehr als zwei- oder dreimal am Tag zu schlagen.«

Er hatte als Knecht eines freien Bauern gearbeitet, bis eines Tages Werber vorbeikamen, die Männer für einen großen Kriegszug suchten. Karl hatte für und gegen die Franzosen gekämpft, ebenso für und gegen den Kaiser und den Papst und diesen und jenen Fürsten.

»Vor vier Jahren ward ich dessen überdrüssig, und ich habe mir gesagt, dass es anderes im Leben geben muss als Saufen und Huren und Gemetzel, und dass mich vielleicht der Herr längst gerufen hat, ich aber unter dem Klirren der Waffen und der Becher und beim Stöhnen der Verwundeten und der Weiber seine Stimme nicht hatte hören können. Deshalb habe ich die Waffen abgelegt und mir im Wald eine Einsiedelei gebaut. Nicht weit von hier, übrigens, aber weit genug von den Menschen.«

Jorgo grinste; im schwachen Flackerlicht des Feuers sah er aus wie einer jener Dämonen, die fantasievolle Zeichner an den Seitenrand wunderlicher Abenteuergeschichten malen.

»Weit genug, um sie nicht zu hören, aber nah genug, dass sie zu deiner Ernährung beitragen konnten, nehme ich an«, sagte er. »Die meisten heiligen Einsiedler, die ich gesehen habe, waren nämlich nur Haut und Knochen, und so ganz allein im Wald wird man nicht fett.«

Karl klopfte sich auf den Bauch. »Ich bin nicht fett, aber ich wollte mich nicht schwächen. Weiß ich denn, wozu ich noch gebraucht werde? Nein, ich weiß und wusste es nicht, und während ich in der Stille des Waldes auf die Stimme des Herrn wartete, habe ich dafür gesorgt, dass ich nicht für irdische Belange untauglich werde.«

»Wie kommt es«, sagte ich, »dass du dich so gewählt ausdrücken kannst? Woher …«

»So plappert der immer«, sagte einer der Bauern, die mit uns am Feuer saßen.

»Woher?« Karl zog die Brauen zusammen. »Du meinst, als Hurensohn und schweifender Totschläger?«

»Das hast du gesagt, nicht ich.«

»Ich sage fast immer die Wahrheit.« Er grinste. »Hab ich von meiner wahrheitsliebenden Mutter. Als ich mit Frundsberg zog, hatte ich einen Fähnleinführer, einen abgefallenen Mönch … Nein, eigentlich nicht; er hat den Orden des heiligen Dominikus vor der Weihe verlassen. Halb abgefallen, sagen wir. Er hat geglaubt, unter meiner Rohheit etwas anderes spüren zu können, und in den Marschpausen und im Lager hat er mir Lesen und Schreiben beigebracht. Reiner Eigennutz – er wollte sich mit irgendwem unterhalten. Nicht nur über den vorigen Kampf.«

Er habe, sagte er, seitdem alles gelesen, was er zu lesen bekommen konnte, und jeden Tag die Erfinder des Buchdrucks gepriesen. Italienisch und Französisch, dazu ein paar Brocken Spanisch habe er in den Söldnerhaufen aufgeschnappt, aber vieles werde ja immer noch auf Latein geschrieben und gedruckt, und das habe er nie meistern können – wie denn auch?

»Und wie wird man vom lesenden Landsknecht zum frommen Einsiedel?«, sagte Jorgo.

»Ich weiß nicht, wie es mit der Frömmigkeit steht.« Karl breitete die Arme aus; dabei glitt ihm das Vielfachfell – sein Allerleirauh – von den Schultern, und er zog es wieder fester. »Ich war des Mordens überdrüssig, und immer hatte ich die Priester bewundert, die so fest im Diesseits verwurzelt sind und dabei ins Jenseits zu blicken vorgeben. Ich dachte, wenn ich mich bemühe, werde ich vielleicht ein wenig von dem sehen können, was sie so prächtig verkünden. Und ich wusste ja nicht, was ich tun sollte, nachdem ich den Waffen entsagt hatte. Also habe ich einen Teil des letzten Soldes und sogar ein wenig von der letzten Beute für Bücher ausgegeben, auch für heilige Bücher. Achtzehn deutsche Übersetzungen der Heiligen Schrift habe ich besessen, und alle waren auf unterschiedliche Art schlecht. Sie waren in verschiedenen Mundarten geschrieben, von denen ich einige besser, andere kaum verstand, und alle besaßen nichts, was wert gewesen wäre, die Jahre zu überdauern. Vor ungefähr zwei Jahren hörte ich dann, es gebe eine neue, bessere Übersetzung. Das Neue Testament des Doktor Martinus Luther. Ich habe es erworben und zu lesen begonnen, und dann habe ich die anderen verbrannt – es war Winter, kälter als jetzt; so hatten sie doch noch etwas Gutes für mich.«

»Hat Gott denn zu dir gesprochen?«, sagte ich.

»Nein. Oder ich habe ihn nicht verstanden. Vielleicht hat er die Stimmen der Waldvögel benutzt, das Rauschen der Blätter, das Knirschen der Stämme; vielleicht auch die Kräuselwellen eines Bachs oder die Zeichen, die der Flug der Fledermäuse in die Dämmerung schreibt. Es mag auch sein, dass die Fußstapfen der Ungeheuer, die durch meine Träume trampeln, seine Zeichen sind. Bildzeichen, die ich nicht enträtseln will. Und nun haben wir genug geredet; schlaft, meine Brüder, und eure Träume seien frei von Unholden.«

Am nächsten Abend war er müde und mürrisch und wollte nicht erzählen. Jorgo berichtete von Kämpfen in fernen Landen, aber auch das munterte Karl nicht auf. Erst als ich einen der Bauern fragte, warum sie uns wie Gefangene behandelten, statt uns als Bundesgenossen zu betrachten, tauchte er für Augenblicke aus seiner Müdigkeit auf.

»Seid froh«, sagte er, »dass Junker Leopold ihnen gesagt hat, sie sollten euch totschlagen. Sie haben sich daran gewöhnt, das Gegenteil von dem zu tun, was er will. Ohne ihn hätten sie euch vielleicht wirklich umgebracht.«

»Hätten wir nicht«, sagte der Bauer, an den ich mich gewandt hatte. »Jedenfalls nicht, ohne sie gründlich zu plündern und dann zu beraten.«

»Aber warum sind wir so gut wie gefangen? Glaubt ihr uns nicht, dass wir uns euch anschließen wollen?«

Der Bauer zuckte mit den Schultern. »In einer Klemme sagt jeder, was ihm nützlich vorkommt.«

»Ihr wisst schon zu viel«, sagte Karl. »Wie viele wir hier sind; dass wir zum Odenwald gehen, wo Meister Wendel Hipler über euch befinden soll mit den anderen; und sicher habt ihr gehört, dass wir im Frühjahr … etwas unternehmen wollen.«

Jorgo schnaufte. »Das wissen die Herren doch auch ohne uns. Wem sollten wir es verraten?«

»Sie wissen es nicht. Vielleicht ahnen sie es, sicher befürchten sie es, aber sie wissen nicht, wo wir sind, und auch nicht, wie gut oder schlecht der Zustand, die Bewaffnung, die Pläne sind. Und schon gar nicht, wer uns zu führen versucht.«

Den Rest des Weges zum großen Lager dachte ich über dies »versucht« nach; ich bildete mir ein, einen seltsamen, halb traurigen, halb verächtlichen Unterton gehört zu haben.

Als wir nachmittags das Lager erreichten, war ich zunächst enttäuscht. Ich hatte mit gewaltigen Bauernmengen gerechnet, mit

Wällen aus Geschützen, Hügeln aus Arkebusen und Hainen aus Lanzen. Insgesamt mochten es vielleicht zweihundert Männer sein, dazu einige Frauen und etliche Dirnen, die sich in dem kleinen Tal am Rande des Odenwalds aufhielten. Es gab dort zwei Bauernhäuser und ein paar Scheunen oder Hütten sowie Ställe; dazwischen hatten sie notdürftige Unterkünfte aus kaum behauenem Holz errichtet, mit Rinde gedeckte Unterstände und ärmliche Zelte.

»Ist das alles?«, sagte ich leise, als wir die kaum noch von Schnee bedeckte, zerstampfte Fläche zwischen den Gebäuden erreichten.

Jorgo warf mir einen schrägen Blick zu. »Was erwartest du denn? Die meisten werden zu Hause sein und im Frühjahr zurückkommen, wenn – wenns losgeht.«

Wendel Hipler, den sie »Meister Wendel« nannten, war nicht da; er halte sich in einer der näheren Städte auf, um zu verhandeln und Vorbereitungen zu treffen, sagte man. Er werde in zehn oder fünfzehn Tagen zurückkommen. In seiner Abwesenheit leitete ein Bauernrat alles, und noch am ersten Abend beriet er über uns.

Acht Bauern saßen um den Tisch in der größten Stube des oberen Hauses; Jorgo und ich hatten zu stehen. Als die Räte hören wollten, wie man uns gefangen oder gefunden habe, drängte Junker Leopold sich vor. Mit hoher, immer wieder kippender Stimme behauptete er, wir seien eigentlich seine Gefangenen, man solle nichts auf unsere Worte geben – »sie werden sich nur herausreden wollen« – und uns am besten gleich totschlagen.

Die acht Räte wechselten Blicke; dann sagte der Älteste von ihnen: »Ist der Kaiser da? Holt ihn her.«

Jemand von den etwa anderthalb Dutzend Männern, die sich mit uns in der Stube drängten, verschwand und kam bald darauf mit Karl zurück.

Jorgo murmelte: »Natürlich; wenn man Karl heißt, ist man auch Kaiser. Kaiser, Einsiedler, Schrat, was noch?«

»Weißt du, was wir …«

»Ihr antwortet nur auf Fragen!« Der Mann neben dem Ältesten starrte uns finster an. Er hatte nicht gerade gebrüllt, aber doch sehr laut und harsch gesprochen.

Jorgo verschränkte die Arme vor der Brust und setzte ein freches Grinsen auf. »Und wenn uns eure Fragen nicht gefallen? Und wenn wir keine Antwort wissen?«

Der Mann wandte sich an den Ältesten. »Sollen wir sie zuerst prügeln, Hans?«

»Das haben die Herren oft genug mit uns gemacht, und findest du, es war gut?«

Hier und da hörte ich ein Murmeln; ich war mir jedoch nicht sicher, ob es beifällig oder missmutig klang. Ich beschloss, Jorgo das Reden beziehungsweise Antworten zu überlassen. Ich hatte keine Ahnung, wie ich mich verhalten sollte, und ich hoffte auf den erfahrenen Gefährten und seine schnelle Zunge.

Karl trat ächzend ein. »Ich wollte meine Füße aufwärmen«, murrte er. »Was wollt ihr von mir?«

Die Stube des Bauernhauses, dachte ich, müsste nun eigentlich bersten. Mit den Räten, den Zuschauern und uns war sie ohnehin überfüllt. Ich stellte mir vor, wie sie sich, von außen betrachtet, ausbeulte, und unterdrückte das Kichern, das in mir aufsteigen wollte.

»Was hast du zu diesen beiden zu sagen?« Der Älteste – Hans Dengler, wie ich später erfuhr – deutete auf uns und schaute dabei die Masse namens Karl an.

»Die beiden? Sie sagen, sie wollen sich uns anschließen.«

»Glaubst du das?«

Karl grunzte. »Ist das wichtig? Sie können uns helfen, und wenn sie es tun, wenn sie uns nützlich sind, ist es mir gleich, ob sie freiwillig bleiben oder ein bisschen bewacht werden müssen.«

Einer der Räte schüttelte den Kopf. »Das Reich Gottes auf Erden errichten mit einer Lüge?«

»Wenn ich einen Nagel ins Holz treiben will, kümmert mich die Farbe des Hammers nicht.«

Der Älteste runzelte die Stirn. »Welche Nägel willst du mit ihnen einschlagen?«

Karl sah sich um; er wandte sich eher an die Zuschauer als an die Räte. »Was haltet ihr von einem guten Fiedelspieler? Für die langen Winterabende, und dann im Frühjahr, zur Erheiterung zwischen den Kämpfen?«

»Viel«, sagte einer; ein anderer ergänzte: »Wenn er wirklich gut ist.«

»Was haltet ihr von einem, der am Feuer und vorm Einschlafen gute Geschichten erzählen kann?«

»Weiter, Mann«, sagte der Älteste; ich sah ein Lächeln um seinen Mund zucken und schwinden.

»Was halten wir von einem tüchtigen, wenn auch nicht eben erfahrenen Kämpfer? Das wäre der dritte Mann. Der vierte Mann ist ein sehr tüchtiger, sehr erfahrener Krieger. Der fünfte und sechste, also die beiden letzten Männer, können beide lesen und schreiben. Ich biete euch damit sechs nützliche Männer, und alles, was ihr tun müsst, ist, diese zwei hier nicht totzuschlagen.«

Der missmutige Rat, der vorhin nach der Lüge im Aufbau des Gottesreichs gefragt hatte, hob die Hand. »Alles schön und gut«, sagte er, »aber brauchen wir Musik, um unsere Ziele zu erreichen? Haben wir nicht genug Männer, die dreinschlagen können, und zum Schreiben die evangelischen Prediger?«

»Die werden auch predigen müssen, die Seelen aufrichten, wenn der Mut stolpert, und sie können nicht all das niederschreiben, was Meister Wendel geschrieben haben will.«

»Trotzdem – ein paar Zeichen kritzeln ... Zum Kämpfen brauchen wir sie sicher nicht.«

»Nicht zum Kämpfen, mein guter Sebastian; ziellos dreinschlagen und hoffen, etwas zu treffen, das kann jeder. Sogar du.«

Die Zuschauer kicherten und tuschelten.

Nachdem wieder Ruhe eingekehrt war, wandte Karl sich an Sebastian, der ihn und uns mürrisch betrachtete.

»Ich dachte eher daran, dass sie, vor allem aber er da« – er wies auf Jorgo – »uns im Umgang mit Waffen unterweisen kann. Uns beibringen kann, wie wir nicht nur jeder für sich, sondern alle zusammen kämpfen, wie ein großer Leib.«

Weiter hinten murmelte jemand: »*Hoc est corpus …*«

»Kein Hokuspokus da.« Karl grinste. »Und was die Musik angeht – fürs Marschieren braucht man gute Sohlen und zwischendurch Brot und Wasser, aber ist euch schon einmal aufgefallen, dass man leichter geht, wenn dabei gesungen wird? Es ist nicht nötig, nicht so nötig wie Sohlen, aber es hilft.«

Der Älteste blickte die übrigen sieben Räte an. »Ich glaube«, sagte er langsam, »wir sollten die beiden dem Kaiser übergeben. Karl, es gilt deinen Kopf, wenn sie etwa fliehen. Und alles muss von Wendel gebilligt werden; bis dahin ist es vorläufig. Nun geht.«

So begann unsere Gefangenschaft bei den Bauern, und sie sollte den ganzen Winter andauern.

An jenem ersten Abend geschah nicht mehr viel. Karl nahm uns mit zu einer der kleineren Hütten. Darin gab es einen offenen Feuerplatz mit verhängtem Abzug an der Rückwand, einen rohen Tisch, ein paar Schemel und zwei lieblos zusammengefügte Pritschen mit Strohsäcken und Decken, all dies kaum beleuchtet von einer vereinsamt stinkenden Unschlittkerze und ein wenig Glut. In der hinteren rechten Ecke sah ich, als meine Augen sich an das Licht gewöhnt hatten, die Umrisse einer schmalen Leiter in einem Loch in der Bretterdecke verschwinden.

»Hier unten«, sagte Karl, »schlafe ich, und manchmal noch einer. Ihr holt eure Sachen und bringt sie nach oben, und beschafft euch am besten einen Eimer, den ihr mit hochnehmen könnt. Nachts, wisst ihr, machen wir dann den Käfig zu, damit die Vögel nicht entfliegen. Wir werden die Leiter entfernen und die Luke verriegeln. So seid ihr sicher vor Anfechtungen aller Art.«

Ich blickte Jorgo an; er hob die Schultern. »So ähnlich würde ich es auch machen«, sagte er, »wenn ich so misstrauisch wäre wie du. Komm, Jakko, holen wir unsere Sachen.«

»Noch etwas.« Karl bemühte sich nicht einmal, das Grinsen zu unterdrücken. »Bringt aus euren Satteltaschen all das mit, was wir euch bisher nicht abgenommen haben. Bei uns gehört alles allen, und wenn wir euch den Winter überfüttern, wollen wir zu unserer Erbauung dafür euer Geld zählen.«

Drei Männer – bewaffnet – begleiteten uns zu einer Art Stapelplatz, wo die Sättel und alle Lasten lagen, die die Pferde getragen hatten. Unsere Pferde, die nicht mehr uns gehörten, waren auf eine umzäunte Weide getrieben worden, wo sie mit den wenigen anderen Reittieren grasten. Unsere Sättel, die nicht mehr uns gehörten, mussten wir liegen lassen, wie uns einer der Männer sagte. Wir nahmen unsere Mantelsäcke und die Satteltaschen; als ich mich nach meinen Waffen bückte, sagte der Wächter nur: »Ah, ah!«

Am nächsten Morgen wechselte das Wetter. Es erschien mir ziemlich, dass die trübe Zeit der Gefangenschaft mit Trübsal des Himmels begann. Es blieb kalt, aber es wurde feucht, Schneeregen und ein schneidender Westwind setzten ein. Bald waren die Wege und der Platz zwischen den Hütten tiefer Morast, und die kalte Nässe kroch uns unter die Kleider.

Karl zählte vor dem Frühstück unser Geld, zusammen mehr als eintausendfünfhundert Gulden. Er pfiff durch die Zähne, als er den Haufen betrachtete, der aus geleerten Taschen und Beuteln auf den Tisch gelangt war, und dann pfiff er noch einmal, als er mit Zählen fertig war.

»Nett von euch, dass ihr euch uns angeschlossen habt«, sagte er. »Wenn ihr euch jetzt noch ein bisschen Mühe gebt mit dem Schreiben und den Waffenübungen, habt ihr es beinahe verdient, dass wir euch den Winter über durchfüttern.« Er lachte dröhnend, strich die Münzen in einen großen Ledersack und stand auf. »Kommt, lasst uns das Fasten der Nacht brechen und mit dem Durchfüttern anfangen.«

In dem Haus, in dem wir am Vorabend gerichtet worden waren, gab es eine große Küche mit gemauertem Herd, und draußen, auf der anderen Seite der Herdwand, hatte man einen Backofen gebaut. Offenbar wurde hier für alle – oder fast alle – Bewohner des Lagers gekocht.

»Meister Wendel hat das so eingerichtet«, sagte Karl, als ich ihn danach fragte. »Alles ist knapp, und wenn es sorgsam geordnet wird, geht weniger verloren.«

Es gab frisches Brot und eine dicke heiße Suppe, in der winzige Fleischbröckchen und Gemüsefetzen schwammen. Da die meisten schon gegessen hatten, fanden wir am Ratstisch des Hauptraums Platz, um uns zu setzen. Karl stellte den Ledersack zwischen seine Füße. Nachdem er den Holzlöffel abgeleckt und den Holznapf mit dem letzten Stück Brot ausgewischt hatte, seufzte er und sagte: »Ach ja.« Dann stieß er einen gewaltigen Rülpser aus, nickte und sagte: »Abermals ach ja. Nun wollen wir den guten Hans suchen; er hat den Schlüssel.«

»Welchen Schlüssel?«, sagte ich.

Jorgo schüttelte den Kopf und sah mich an, mit einer Mischung aus Mitleid und Tadel. »Den Schlüssel zur Kriegskasse, Junge.«

»Zum Staatsschatz des irdischen Gottesreichs, das da kommen möge«, sagte Karl.

Dengler hatte sich in einen langen Reisemantel gehüllt. Er stand neben dem Trog und tätschelte Jorgos Pferd; über seiner Schulter hing ein offener Beutel, aus dem er Hafer in den Trog geschüttet hatte. Ein anderer Mann leerte gerade einen Eimer Wasser in einen ausgehöhlten Steinblock, der als Tränke diente.

»Ein schönes Tier«, sagte der Älteste. »Zu schade für das, was es hier wird tun müssen. Aber es gibt keine Hilfe.«

»Was wird es tun müssen? Es war übrigens bis gestern meines«, sagte Jorgo.

»So schnell vergehen die irdischen Besitzverhältnisse.« Karl schnalzte laut. »Aber es hat dem Herrn gefallen, all diese Dinge mit minderer Dauerhaftigkeit zu versehen.«

»Es wird schleppen und ziehen müssen«, sagte Dengler, »und irgendwann werden wir es essen. Was ist in dem Beutel, Karl?«

»Etwas mehr als eintausendfünfhundert Gulden. Die freundliche Gabe unserer neuen Mitstreiter.«

»Dann wollen wir dafür sorgen, dass nichts Unrechtes damit geschieht. Nein, nein, ihr bleibt hier; es ist besser, wenn ihr nicht wisst, wo ...« Er beendete den Satz mit einem flüchtigen Lächeln.

Jorgo und ich blieben bei den Pferden stehen und sahen zu, wie die Tiere den Hafer vertilgten.

»Kleiner Bruder«, sagte Jorgo nach längerem Schweigen, »wir werden eine Weile ohne warmes Bad und behagliches Reden auskommen müssen.«

»Ich werde es lernen«, sagte ich.

Jorgo nickte. »Lernen? Ja, dies und anderes.«

8

So viel zu lernen, und das Leben so kurz. In diesem nasskalten Winter lernte ich, wie viele Gedanken, gute Worte, Verbindungen, Geld und Einfälle nötig sind, um auch nur dreihundert Männer und einige Frauen zu ernähren; wie schwierig musste es da sein, einen ganzen Heerbann oder die für das Frühjahr erwarteten Bauernhaufen zu versorgen? Dies lernte ich von Karl, von Hans Dengler und von Wendel Hipler, der uns nur einmal kurz aufsuchte, aber immer wieder Anweisungen schickte. Und da er dem Rat nichts befehlen konnte, kamen diese als »Empfehlungen«.

Vom Lager lernte ich, mit vielen Menschen auf wenig Raum zu leben, ohne unaufhörlich zu streiten. Bis heute weiß ich nicht, was leichter ist: Liebe verbergen oder Hass verhehlen. Hass ist jedoch ein zu großes Wort für das, was ich dem einen oder anderen gegenüber empfand; besser sollte ich sagen, dass ich lernte, Abscheu nicht zu zeigen.

Von Karl und Jorgo lernte ich, den Gebrauch von Waffen zu verbessern und den Gebrauch von Menschen zu erfassen. Was ich zuvor nicht einmal geahnt, ja in jugendlicher Überheblichkeit geleugnet hatte, sah ich bei diesen beiden jeden Tag. Ein wenig auch bei Dengler, doch war er nicht so weit herumgekommen wie die beiden. »Gebrauch« von Menschen mag verwerflich klingen, aber wie soll ich es sonst nennen – die Fähigkeit, Menschen schnell einzuschätzen, ihren Fähigkeiten und Neigungen entsprechend einzusetzen und möglichst keinen zu verletzen? Gerechtigkeit gegen jedermann walten lassen? Aber Gerechtigkeit behandelt alle gleich, nicht jeden anders; wie alle Tugenden ist sie gnadenlos, und das, was ich bei Jorgo und Karl sah, hatte nichts mit Tugend gemein, denn es geschah nicht aus sich heraus, sondern diente einem Zweck: alle zu einem Werkzeug zu formen.

Irgendwann im Verlauf dieses Lernens begriff ich, dass Karl und Jorgo etwas besaßen, was ich trotz allen Eifers nie würde erwerben können: die Gabe, Männer in den Sieg und in den Untergang zu führen. Denn es ist eine Gabe, keine erlernte Fähigkeit; durch Lernen kann man sie verfeinern, jedoch nicht erringen. Später habe ich es bei anderen gesehen; Leyva und Frundsberg hatten es, und in gewisser Weise verfügte auch Kassem darüber. Ich konnte es nur erfühlen, staunen und … folgen.

Neue Lieder und Melodien lernte ich auch an den langen Feuerabenden, wenn ich mit der Fiedel wortlos scherzen oder klagen wollte und immer wieder ein Bauer, angeregt vielleicht durch eine Tonfolge, aufsprang und ein Lied aus seiner Heimat sang oder einen Tanz begann. Ich glaube, dass ich eher recht als schlecht durch den Winter kam, lag eher an meiner Fiedelei als an dem, was ich vor allem tat und wobei ich am meisten lernte: Ich wurde einer der Feldschreiber dessen, was man später den Odenwälder Haufen nannte.

Einige – wenige – Bauern konnten ein paar ungelenke Zeichen kritzeln, manche sogar Kleckse zustande bringen, die Ähnlichkeiten mit ihren Namen hatten. Nicht mehr. Dabei gab es viel zu schreiben und noch mehr zu lesen. Anweisungen, Empfehlungen, Berichte, Bestellungen, Ersuchen um Lieferung von Nahrungsmitteln, Waffen, Tieren oder Stoffen. Der Nachschub musste geregelt, Erkundigungen über den Zustand von Wegen mussten beschafft werden. Mit anderen Lagern in anderen Gegenden – im Elsass, am Bodensee, im Allgäu, in Franken, Thüringen, Schwaben und der Schweiz – waren Nachrichten und Anfragen auszutauschen. Vom Rat beschlossene Regeln und Pläne waren aufzuschreiben, ebenso die von Räten und den wenigen erfahrenen Kriegern festgelegten Feldordnungen, Befehlsketten, allerlei Vorkehrungen.

Und natürlich die Klagen der Bauern, ihre Anliegen und Forderungen an Klöster, Burgen, Städte und das Reich. Dies war die eigentliche, die wichtigste Arbeit. Dengler sagte, sie werde überall erledigt, in allen Zusammenschlüssen.

»Es gibt immer mehrere Möglichkeiten.« Er rieb sich die Augen; es war ein weiterer langer Arbeitstag gewesen, jener Tag, an dem mittags Meister Wendel erschien, ein paar Stunden blieb, Leute aufmunterte, andere tadelte, sich mit dem Rat besprach und dann schnell wieder fortritt. Nach Öhringen, wie es hieß, wo er ein weiteres Winterlager von Bauern besuchen und die Vorbereitungen für das Frühjahr vorantreiben wolle. Ich hatte ihn nur aus der Ferne gesehen.

»Mehrere Möglichkeiten«, wiederholte Dengler. »Wir haben sie heute Mittag wieder und wieder beredet. Wir haben Forderungen, die wir für gerecht halten. Vielleicht werden das Reich und die Gerichte sie annehmen, wenigstens in Teilen, dann müssen wir nicht kämpfen. Die Klöster und die kleinen Fürsten werden sie nicht hinnehmen, so viel ist gewiss. Wahrscheinlich müssen wir sie zwingen; ich glaube nämlich nicht, dass der Kaiser es tun wird.«

»Das heißt«, sagte Jorgo, »dass wir Krieg und Frieden zugleich vorbereiten sollen. Falls dus nicht verstanden hast, Jakko.«

Im Kamin des Ratsraums war nur wenig Glut verblieben; zu spät, um weitere Scheite aufzulegen. Jorgo hatte die Ellenbogen auf den Tisch gestemmt und stützte das Kinn auf die gefalteten Hände. In seinem Krug war noch ein Rest dünnen warmen Biers; meiner war leer.

»Ich habe das verstanden«, sagte ich. »Was ich nicht verstehe, ist, dass es nicht mehr Einigkeit gibt.«

Karl bewegte das Gesäß; der Schemel knackte unter ihm. »Wen oder was meinst du?«

»Die Prediger, zum Beispiel. Sie berufen sich auf Luther, aber zugleich verfluchen sie ihn. Und jeder von ihnen hat andere Vorstellungen, wie man das Unrecht beseitigen und das Neue Reich aufbauen sollte.«

»Verfluchen sie ihn?« Jorgo rümpfte die Nase. »Ich kanns verstehen; ich mochte ihn nicht.«

»Kennst du ihn? Es klingt, als hättest du ihn getroffen«, sagte Karl; er hob den Kopf und schaute Jorgo neugierig an.

»Wir haben ihn besucht, vor, ah, dreieinhalb Jahren, auf der Wartburg«, sagte Jorgo. »Unser damaliger Herr, ein weit gereister arabischer Fürst, sagte hinterher: ›Ich mag diesen Mullah nicht.‹ Ging mir ähnlich.«

»Mullah?« Dengler schüttelte den Kopf. »Was ist das? Ich kenne das Wort nicht.«

»So etwas wie ein Dorfprediger«, sagte ich, »oder der weise Mann des Orts.«

»Warum habt ihr ihn nicht gemocht?«, sagte Karl. »Ich dachte immer, alle, die ihn sehen und hören, lieben ihn.«

»Es ist, ah, sag dus, kleiner Bruder.«

»Er hat die Freiheit gegeben und sie sogleich wieder genommen«, sagte ich.

»Wie meinst du das?« Karl blinzelte.

»Er hat uns gezeigt, dass man über Gott und Christus und die Kirche und die Welt anders denken und reden kann als der Papst. Aber er ist dagegen, dass jemand anders denkt und redet als … Martin Luther. Er wollte die starre, verkommene, alte Lehre erneuern, aber er mag nicht dulden, dass einer nun seine Lehre ändert oder erneuert.«

Karl schwieg ein paar Atemzüge lang; dann sagte er halblaut: »Er hat es geschrieben. ›Ich will meine Lehre ungerichtet haben von jedermann, auch von allen Engeln. Denn da ich ihr gewiss bin, will ich durch sie euer und auch der Engel Richter sein, dass, wer meine Lehre nicht annimmt, nicht möge selig werden.‹ Oder so ähnlich.«

»Müntzer war hier«, sagte Dengler plötzlich. »Vor einiger Zeit, ehe ihr gekommen seid. Er sagt, Luther hat sich auf die Seite der Fürsten gestellt und spricht gegen die Anliegen der Bauern und Handwerker und vieler Bürger. Martinus der Doktor Fürstenknecht.«

Karl gähnte und stand auf. »Ihr werdet diese Fragen heute nicht beantworten können«, sagte er. »Und die Prediger? Nun ja, wir brauchen sie, weil die Bauern das Reich Gottes errichten wollen und es ohne geistliche Leitung nicht können. Wir brauchen sie, weil sie lesen und schreiben können. Aber sei sicher, Jakko: Nichts, was sie sagen und schreiben, wird Bestand haben, wenn es nicht von den Räten, von Hipler und den anderen gebilligt wird. Kümmere dich nicht so sehr um sie, sondern um das, was die Bauern erzählen. Wir wollen alle Klagen und Anliegen in einer großen Denkschrift zusammenfassen, und wie Meister Wendel sagt, wird diese Arbeit in allen Lagern getan. Sieh zu, dass nichts, was wichtig ist, ausgelassen wird. Und nun schlaft gut.«

Die meisten Bauern hatten Vorräte für den Winter mitgebracht, die jedoch nicht ausreichten. Natürlich durfte nicht geplündert werden, denn im Frühjahr sollten sich möglichst viele Landleute der Erhebung anschließen. Also wurde alles, was wir benötigten, in den binnen eines Tages erreichbaren Dörfern und auf Bauernhöfen gekauft.

Manche Dinge waren allerdings nur in Städten zu beschaffen, und es befriedigte mich kaum, dass mein Geld dabei Verwendung fand. Ausgerechnet Junker Leopold wurde von Dengler damit betraut, für mich Papier, Tinte und Federn zu besorgen; das Schreibzeug, das ich mitgebracht hatte, genügte kaum für die ersten drei oder vier Tage.

Als der Junker zurückkehrte und vom Pferd stieg, wäre er beinahe gestürzt. Torkelnd – ich sah es durchs Fenster des Ratsraums, in dem ich mit einigen Bauern saß und schrieb – überquerte er den Platz zwischen den Gebäuden und kam zu uns. Seine Augen waren rot und unterlaufen, und er stank nach Wein.

»Da«, sagte er; dabei ließ er ein in ein Tuch gewickeltes Bündel neben mir fallen: nicht auf den Tisch, sondern auf den Boden. Dann deutete er auf mich, öffnete den Mund, schloss ihn wieder, plumpste neben das Bündel, lehnte den Rücken an die Wand und begann zu schnarchen.

In den folgenden Wochen setzte sich für mich aus Hunderten Gesprächen mit den Bauern ein Bild des Grauens, der Misshandlungen und Ungerechtigkeiten zusammen, das ich nach und nach in sachlicher Sprache niederzulegen versuchte. Es war nicht einfach, und es wurde noch schwieriger dadurch, dass jeder einzelne Bauer seine Geschichte erzählen wollte – seine, die seiner Familie, der Eltern und Großeltern.

Unter den Männern waren aufsässige, gewalttätige Kerle, daneben gab es bedrückte und schwermütige. Viele waren dumpf, doch vermutete ich, dass einige von ihnen mit Anleitung und ein wenig Unterricht, vor allem aber mit etwas Zeit und weniger Schinderei ein lichteres Leben hätten führen können. Wenn es denn ihren Herren genehm gewesen wäre. Gute Männer, Familienväter waren unter ihnen, natürlich auch dritte, vierte oder fünfte Söhne, denen nur die Arbeit als Knecht bei der eigenen Familie, bei Nachbarn oder in den Stallungen und auf den Äckern der Herrschaft blieb. Einige waren kaum der Sprache mächtig, andere hatten so gründlich den Predigern gelauscht, dass sie nicht nur Luthers Neues Testament fast ganz auswendig konnten, sondern auch lange Schilderungen ihrer Mühsal in biblischen Wendungen vorzutragen vermochten.

Nach und nach gewöhnte ich mich sogar an die zunächst fast

unverständlichen Mundarten, und immer wieder staunte ich darüber, dass Männer aus Dörfern, die nur wenige Meilen voneinander entfernt waren, so unterschiedlich und oft auch für einander undurchdringlich reden konnten.

Eine der ersten Geschichten, die ich hörte, betraf nicht so sehr das Verhältnis zwischen Bauern und Herrschaften, sondern zwischen Stadt und Land. Ein Bürger, erfuhr ich, habe einen Bauern, einen der Brüder des Berichtenden, im Streit erschlagen und dafür fünf Gulden Strafe zahlen sowie sechs Wochen im Kerker verbringen müssen. An einem der nächsten Markttage sei ein weiterer Bruder des Bauern dem inzwischen wieder freigelassenen Bürger begegnet und habe ihn erschlagen, so den Mord am Bruder zu rächen. Seine Strafe waren nicht fünf Gulden und sechs Wochen, sondern die Folter und der Strang. Dies, sagten andere, sei fast überall so.

Da ich bald begann, in – mir nahezu ausnahmslos gerecht erscheinenden – Einzelklagen zu ertrinken, änderte ich nach einigen Tagen meine Vorgehensweise und versuchte zunächst, einen Überblick über die herkömmlichen Lasten der Bauern zu gewinnen. Danach, sagte ich mir, werde es leichter sein, Gebrauch und Missbrauch zu unterscheiden und die Vielzahl der Beschwernisse als ordentliche Beschwerden niederzuschreiben.

Insgesamt, so fand ich heraus, blieb den Bauern weniger als die Hälfte dessen, was sie zwischen Sonnenaufgang und Sonnenuntergang jahrein, jahraus in Schweiß und Mühsal erarbeiteten. Da gab es vor allem die Abgaben an die Grundherren, genannt Zinsen oder Gülten, zweimal im Jahr zu entrichten: Getreide, Wein, Erbsen, Bohnen, Käse, Gänse, Herbst- oder Fastnachtshühner, Eier, neuerdings sogar Anteile an Küchenkräutern und ähnlichem »Gefälle«. Früher einmal, sagten die Klügeren unter den Bauern, seien die Steuern im Reich als Geldsummen festgesetzt, dann von den Grundherren in Ernte- und sonstige

Erträge umgerechnet worden. Durch die fortschreitende Entwertung des Geldes wäre es für die Bauern billiger und gerechter, ihre Erzeugnisse auf den Märkten zu verkaufen und einen Teil des Ertrags in Münzen zu entrichten, die Herren bestünden jedoch auf *naturalia*. Diese seien inzwischen mehr wert als die ursprünglich festgesetzten Summen und würden von den Herren teilweise weiterverkauft, mit gutem Gewinn. Auch in schlechten Jahren seien die Abgaben unvermindert zu entrichten, wobei die Herren dann auch das Saatgetreide nähmen, sodass im nächsten Jahr gar nichts mehr bleibe. Dann kämen Söldner, »Blutzapfer«, und am Schluss falle der ganze Hof samt Land und Gut an den Herrn.

Sodann gab es den Zehnten für die Kirche, und zwar als Großer Zehnt auf Körner und Wein, als Kleiner Zehnt auch auf Kraut, Rüben, Erbsen, Obst zu entrichten, dazu der Blutzehnt auf Tiere.

Wollte man aus Wasserläufen, die der Herrschaft gehörten, etwa seine Felder bewässern, musste man Wasserzins zahlen, ebenso für die Nutzung des Waldes; einige sagten, sie hätten diese Abgaben auch dann zu entrichten, wenn sie Wasser und Wald gar nicht nutzten. Fischen sei kaum noch irgendwo gestattet; man müsse den früher billigen Fisch heute teuer bei den Herren und den Klöstern kaufen.

Es gab noch mehr Herrenrechte, von denen ich mir nicht einmal hatte träumen lassen. Wenn die Herren jagen wollten, hatten die Bauern Zäune niederzulegen und mussten es hinnehmen, dass bei der Jagd ihre Felder verwüstet wurden und, nicht selten, sogar die Gebäude; außerdem mussten die Jagdgesellschaften untergebracht und versorgt werden. Für all das gab es keinerlei Gegenleistung, und es wurde auch keine Rücksicht auf Jahreszeiten genommen – der Bauer hatte auch dann als Treiber zu dienen, wenn er eigentlich die Ernte einbringen sollte.

Unentgeltlich hatten sie für die Herren und die Klöster zu

pflügen, zu säen, zu ernten, mussten Mist fahren und Waldarbeit erledigen, spinnen, weben, brauen, mahlen, Hand- und Spanndienste leisten und die Ernten und Herden der Herrschaften hegen und bewachen. Und jene, die noch der Leibeigenschaft unterlagen, konnten ohne Erlaubnis weder heiraten noch fortziehen; wenn sie starben, fiel ein großer Teil ihres Besitzes an die Herrschaft.

Zu alledem kamen auch noch Steuern auf Käufe und Verkäufe, eine Landessteuer zur Tilgung öffentlicher Schulden, auf kirchlichem Land eine »Weihsteuer« zur Deckung der Ausgaben beim feierlichen Amtsantritt eines neuen Kirchenfürsten, und schließlich hatte jeder Erwachsene monatlich einen halben Gulden »Wehrgeld« zu zahlen, obgleich die Herren eigentlich bereits durch die sonstigen Abgaben zu Schutz und Schirm verpflichtet waren.

»Und wovon lebt ihr?«, sagte ich irgendwann einigermaßen fassungslos.

»Nennst du das leben?«, knurrte einer; die anderen bemühten sich zu lachen, aber es gelang ihnen nicht recht.

Ein besonderer Klagepunkt war die Ersetzung gewählter Amtmänner, Richter und Räte – auch in den Städten – durch Vögte oder Schultheißen des jeweiligen Herrn, sodass man, wenn man dem Unrecht zu trotzen wagte, sein Recht bei jenen suchen musste, die nicht dem Gesetz, sondern dem Herrn dienten.

Als ich mit den Aufzeichnungen so weit gediehen war, sah ich mich – entsetzt und kundiger als zuvor – endlich in der Lage, die vielfältigen Forderungen der Bauern zu erfragen, zu sichten, zu ordnen und in verständliche Sätze zu kleiden. Natürlich bin ich nach all der Zeit nicht sicher, dass mein Gedächtnis die Reihenfolge und den Wortlaut bewahrt hat – seis drum. Hier die Gesuche:

- Beendigung der Willkür der Herrschaften und ihrer Amtleute; alles Strittige ist vor ordentlichen Gerichten zu verhandeln;
- zuständig sei jeweils das nächste Gericht; es soll den Herren nicht mehr möglich sein, nach Gutdünken ein ferneres Gericht zu wählen, zu dem der Bauer nur reisen kann, wenn er tagelang seine Feldarbeit ruhen lässt und deshalb oft auf einen Schiedsspruch verzichtet;
- wer sich etwas zuschulden kommen lässt, soll nach Fug und Recht bestraft werden, aber die Herren sollen sich nicht länger an dessen Familie, Frauen und Kindern vergreifen dürfen;
- wenn einem Bauern etwas gestohlen und der Dieb gefasst wird, soll das Diebesgut dem Bestohlenen zurückgegeben werden, nicht dem Herrn;
- wenn ein Leibeigener stirbt, sollen Amtleute der Herrschaft nicht mehr Vieh, das beste Bett oder Kleider einziehen, sondern dies soll der Witwe bleiben;
- die Herrschaft soll nicht länger bestimmen können, wen einer heiraten darf und wen nicht; ebenso soll der Brauch enden, dass der Herr beim Tod einer ihm nicht leibeigenen Ehefrau eines Bauern ein Drittel des Guts einzieht;
- abzuschaffen sei der Zwang, dass bei Blutgerichten alle Erwachsenen bis zum Ende anwesend sein müssen und in dieser Zeit nicht arbeiten können; jede Gemeinde soll einen Vertreter wählen dürfen;
- Amtleute sollen wieder von der Gemeinde gewählt werden;
- Kauf- und andere Urkunden sollen von jedem Amtsschreiber ausgefertigt werden können, nicht nur vom Landesschreiber, der weit fort residiert und zu dem zu reisen teuer ist;
- nach Recht und Gebrauch bestehende Dienstpflichten sollen nicht länger auf fremde Herrschaften übertragen werden können;

- Neuregelung des Zugangs zu Gewässern und Wäldern und deren Nutzung;
- Herren sollen bei Jagden nicht Äcker und Scheunen der Bauern verwüsten und hinfort dergleichen Schäden ersetzen;
- wenn ein Kind, das der Bauer bereits mit einer Aussteuer versehen hat, vor der Heirat stirbt, soll die Aussteuer nicht länger an die Herrschaft fallen, sondern zurück an die Familie; ebenso soll der Besitz eines unehelichen Kindes bei dessen Tod nicht dem Herrn verfallen, sondern bei der Familie bleiben;
- Bauern haften nicht mehr für Schulden der Herrschaft;
- Bauern sollen nicht mehr gezwungen werden, ihr Getreide in einer von der Herrschaft bestimmten Mühle mahlen zu lassen, sondern sie sollen jede Mühle wählen können; Einnahmen aus Brückenzoll und Wegemaut sollen wieder zur Erhaltung und zum Bau der Brücken und Wege verwendet werden, nicht der Herrschaft zufallen, welche zugleich die Bauern zwingt, dergleichen Arbeiten unentgeltlich zu leisten;
- wenn ein Vogt oder sonstiger Amtmann eines Herrn – oder dieser selbst – Gemeindeland oder -gewässer nutzt, soll er dafür wie jeder andere bezahlen;
- wo Leibeigenschaft noch besteht, ist diese abzuschaffen.

Es gab noch zahllose weitere Einzelklagen, die nicht die Allgemeinheit betrafen und von Leuten, die dazu begabter oder besser ausgebildet waren als ich, allgemein hätten formuliert werden müssen. Da hatte eine Gemeinde eine Badestube gebaut und an einen Betreiber verpachtet; der Herr hatte sie diesem gewaltsam genommen und einem Günstling gegeben, der nichts an die Gemeinde entrichtete; oder ein Herr – ich glaube, es war ein Abt – hatte in seinem Herrschaftsbereich vor Kurzem willkürlich verfügt, nur ein bestimmter, vom Kloster benannter Händler dürfe Salz verkaufen.

Vielleicht wäre es angemessen zu sagen, dass all diese Forderungen die Einführung von Recht und Gesetz – in vielen Fällen Wiedereinführung alten, von den Herren beseitigten Rechts – und Beendigung maßloser Unterdrückung enthielten.

Nichts davon fand ich erstaunlich, nachdem mir endlich die Ungeheuerlichkeit der Zustände und der Herrenwillkür klar geworden war. Aber nein, das stimmt nicht, eines erstaunte mich durchaus, und zwar bis zu vorübergehender Sprachlosigkeit: die Billigkeit und Bescheidenheit der Forderungen. Natürlich gab es in unserem Lager und wohl auch in anderen einige Umstürzler und Feuerköpfe, doch wollte die Mehrheit der Bauern keinen Umsturz, sondern lediglich Gerechtigkeit.

Jedenfalls galt dies gegenüber den weltlichen Herren. Die Güter der Kirche – das war eine andere Sache. Fast ein Drittel des Reichs gehörte Klöstern und Kirchenfürsten, und das sollte enden. Im Evangelium, sagten die Bauern – denen es die Prediger gesagt hatten –, stehe nichts von weltlicher Herrschaft und Reichtümern für Kirchenfürsten. Es steht nicht einmal etwas von Kirchenfürsten darin. Einige wollten die Herrschaften, falls diese die berechtigten Forderungen annähmen, sogar für entstehende Verluste entschädigen, indem sie ihnen Teile des ungerechten Kirchenbesitzes übergaben. Die wenigsten wussten, wo Babylon liegen mochte, aber alle waren sich einig darin, dass die Kirche, vertreten durch den Papst, die Große Hure Babylon sei.

Und da mir die Forderungen, die ich zu Papier brachte, so vollkommen gerecht erschienen, glaubte ich eine Weile ernstlich, die Herren, unter denen ja verständige Männer sein mussten, würden sie vielleicht nicht samt und sonders billigen, aber doch ernsthaft über sie verhandeln.

Das war, ehe die Frühlingssonne den Schnee und die Hoffnungen auflöste.

9

Zwischen Jorgo und Karl, den beiden alten Kriegern, hatte sich etwas wie eine vorsichtige Freundschaft entwickelt, und auch mir gegenüber verhielt sich der Kaiser-Schrat-Einsiedler nun wie ein alter Bekannter. An einem Spätwinterabend ergab es sich, dass wir drei allein im Ratsraum am Feuer saßen, und Karl erzählte von seinen Zeiten als Landsknecht. Ich bat um Vergebung, lief zur anderen Hütte, kehrte mit den Zeichnungen von Wiesel, Falke, Bär und Moloch zurück und breitete sie vor ihm auf dem Tisch aus.

»Bist du bei deinem Schweifen einem dieser Männer begegnet?«

Karl glättete die Bilder, hob sie einzeln hoch, damit mehr Licht vom Feuer auf sie fiel, und ließ sie mit einem tiefen Knurren wieder sinken. »Was ist damit?«

»Sie haben mir etwas Teures genommen; dafür will ich Vergeltung.«

»Ein guter Einsiedler würde jetzt sagen, dass du deine Feinde lieben sollst.« Jorgo rieb sich die Nase; ich war sicher, dass er hinter der Hand lächelte.

»Ein guter Kriegsmann sagt das auch.« Karl starrte mich ausdruckslos an und schaute dann wieder auf die Zeichnungen. »Zwei kenne ich nicht, dem hier« – er tippte auf Giambattista, das Wiesel – »bin ich begegnet, und von dem da habe ich gehört.« Er hob das Bild von Lukas Haspacher hoch; dann legte er die vier Zeichnungen aufeinander und schob sie mir hin.

»Warum sollte ich sie lieben?«

»Sendboten des Satans«, sagte er langsam, »Handlanger des Todes. Wenn du dich an ihnen rächen willst, musst du sehr gut sein. Ich glaube, es wäre einfacher, ihnen zu vergeben und sie zu lieben.« Plötzlich kicherte er. »Wenn du alle Männer zusammenbringst, denen sie ›etwas Teures genommen haben‹, wie du sagst, hättest du ein Heer.«

»Bis ich das zusammengesucht habe – was kannst du mir von ihnen sagen?«

Karl nahm die Blätter wieder an sich und suchte das des Wiesels heraus. »Piranesi«, sagte er; dabei ließ er die Mundwinkel sacken. »Ihm bin ich vor zwölf, ah, bald dreizehn Jahren begegnet, im Jahre des Herrn fünfzehn-zwölf. Sagt dir Prato etwas?«

Jorgo seufzte. »Die Gefilde der Hölle«, murmelte er.

»Warst du auch dort?«, sagte Karl.

»In der Nähe.«

»Mir sagt es nichts, außer dass es eine Stadt ist. In Italien.«

Karl faltete die Hände auf dem Tisch. »Es gab immer Krieg da, in Italien; zuerst Frankreich, Spanien, der Papst, das Reich und England gegen Venedig, dann der Papst, Spanien und Venedig gegen Frankreich. Sie haben die Franzosen besiegt und ihre Truppen die Stadt Prato plündern lassen. Es heißt, dabei sind in zwei oder drei Tagen fünfzigtausend gefoltert, geschändet und gemetzelt worden.«

»Ich war bei einer venezianischen Truppe«, sagte Jorgo, »etwas außerhalb, an der Straße nach Pistoia und Lucca. Ich habe nur davon gehört und hinterher die … Reste gesehen.«

»Wie bist du danach eigentlich Sklave geworden? Nebenher gefragt?«, sagte Karl.

»Immer noch Venedig. Ein Schiff mit Söldnern, zur Ablösung von Truppen auf Kreta. Aufgebracht von tunesischen Korsaren, und als Kriegsgefangener auf den Sklavenmarkt. Reicht? Gut. Also, wo warst du in Prato?«

»Ich«, sagte Karl, »war bei den Päpstlichen. Ich glaube, damals habe ich zum ersten Mal daran gedacht, der entsetzlichen kostbaren Welt den Rücken zu kehren. Es hat dann aber noch gedauert. Piranesi – bei einem anderen päpstlichen Fähnlein – hat den Männern das Gemächt und den Frauen eine Brust abgeschnitten.« Er machte eine kurze Pause. »Vor dem Töten«, setzte er dann hinzu. »Hunderte waren es, von beidem, und die Körbe haben tagelang in der Nähe unseres Quartiers gestanden und gestunken. Er war, oder ist, auch einer der härtesten Zweikämpfer, von denen ich je gehört habe; seine Gefährten sagten, er habe mehr als zwei Dutzend Gegner im Duell getötet, alle Soldaten, alle nicht im Krieg, sondern wegen irgendwelcher Streitigkeiten. Du solltest dich vorsehen.«

»Das werde ich. Weißt du, wo er heute ist?«

Karl zuckte mit den Schultern. »Ich nehme an, in Italien; ich weiß es aber nicht.«

»Und der da?« Ich klopfte auf das Bild des Bären Haspacher.

»Von dem weiß ich nur den Vornamen – Lukas. Da gibt es ähnliche Geschichten wie über Piranesi; ein harter Bursche. Er ist angeblich nicht weit von hier gesehen worden, irgendwo im Fränkischen. Es heißt, er hätte im Zweikampf den Sohn irgendeines Fürsten getötet; angeblich ist er jetzt von den Adligen gebannt und kann sich nicht mehr bei ihnen als Söldner verdingen. – Aber sag, was hat einer wie du mit denen zu schaffen?«

Zwei Namen. Ich schrieb sie nicht nieder; wie hätte ich sie je vergessen können? Giambattista Piranesi. Lukas Haspacher. Außerdem Alonso der Moloch und der französische Falke. Ich hoffte, irgendwie ins Fränkische reiten zu können, um Haspacher zu suchen, sobald ich frei war, und vielleicht, dachte ich, würde es mir in den nächsten Monaten gelingen, auch die beiden anderen Namen zu erfahren. Und die Orte, wo ich die Männer suchen könnte.

Karl und Jorgo waren mit ihren Erlesenen ein paar Tage verschwunden. Die »Erlesenen« waren die Besten der Bauern und Knechte, die die beiden den Winter über ausgebildet hatten. Nicht alle waren von Anfang an im Lager gewesen; immer wieder gingen Männer zu ihren Familien, und wenn sie zurückkamen, brachten sie meistens neue Leute mit. Auch aus der weiteren Umgebung kamen Bauern, daneben sogar etliche junge Männer – oft Handwerksgesellen, aber mehr Vogelfreie, entlaufene Diebe und anderes Treibgut – aus den kleineren Städten.

In gewisser Weise diente meine Arbeit, das Sammeln und Schreiben, der Vorbereitung von Recht und Frieden; Karl und Jorgo bereiteten den Krieg vor, der das Unrecht beenden sollte. Sie brachten den Bauern bei, mit Schwert, Pike und Spieß umzugehen, Reihen zu bilden und auf bestimmte Befehle hin vorzurücken, zurückzuweichen, als Gruppe zu schwenken oder sich seitwärts abzusetzen.

Die Erlesenen waren jene, die sich mit schwierigeren Waffen am besten bewährt hatten: Bogen und Armbrust. Eigentlich galten sie als veraltet, aber die Bauern, von denen sich einige mit dem Schmieden und fast alle mit Holzbearbeitung auskannten, konnten sie selbst herstellen. Sie hatten ja keine fürstlichen Arsenale zur Verfügung.

Die meisten, auch die Räte, waren anfangs gegen Jorgos Vorschlag gewesen.

»Damit kann man doch keinen mehr erschrecken«, hatte Dengler gesagt.

»Wir wollen ja auch nicht erschrecken, sondern töten. Ein Armbrustbolzen durchschlägt jede Rüstung so gut wie eine Kugel, Pfeile dringen durch die weniger gut geschützten Stellen und sind unangenehm für die Pferde der Herrschaften. In der Zeit, in der man eine Arkebuse lädt und feuert, können wir zwei Bolzen oder zehn Pfeile abschießen. Also?«

Also stimmten sie Jorgo zu, vor allem, als Karl sich auf seine Seite schlug. An Feuerwaffen herrschte nämlich Mangel. Es gab einige schwere alte Hakenbüchsen und drei neuere leichte Arkebusen – besser als nichts, jedoch nicht genug, um aus den Schützen eine Gruppe zu bilden.

»Pulver und Blei? Fast nichts«, hatte Karl gesagt. »Aber das holen wir uns aus den Burgen der Herren. Mit etwas Glück finden wir auch ein paar Feldschlangen oder schwerere Geschütze. Aber wir müssen zuerst in die Burgen gelangen, und dazu brauchen wir Leitern, Rammböcke, Schwerter – und Bogen und Armbrüste.«

Es waren fünfundsiebzig Erlesene: fünf Rotten zu je vierzehn Mann, jeweils geführt von einem Rottmeister. Und Karl und Jorgo. Sie hatten die Rotten an einem eisigen Spätwintertag in den Wald geführt – üben und jagen. Als sie vier Tage später zurückkehrten, kam auch der Frühling. Der Schnee schmolz, die Wege wurden zu Schlamm und Morast, und die Boten, die die Verbindung zwischen den Bauernlagern aufrechterhielten, kamen nur mühsam voran.

Aber sie kamen; am 23. März hielt ich ein gedrucktes Blatt in den Händen, an dessen Vorbereitung ich wie zahlreiche andere Schreiber beteiligt gewesen war. Ich wusste nicht und habe auch nie erfahren, wer die gedruckte Fassung schließlich erarbeitet hatte. Es waren zwölf Artikel, die die wesentlichen Forderungen der Bauern enthielten, und abermals war ich verblüfft ob der bescheidenen Rechtschaffenheit der Wünsche.

Andererseits bargen einige der Artikel Folgerungen, die erst offensichtlich wurden, wenn man über das nachdachte, was sich aus den schlichten Sätzen ergab. Gleich der erste Artikel, der beinahe harmlos wirkte, enthielt gewissermaßen genug Schwarzpulver, um sämtliche befestigten Klöster des Reichs zu sprengen: Man wolle hinfort die Pfarrer selbst wählen und auch entlassen, wenn sie den Boden des Evangeliums verließen. Damit wäre die

Kirche, die nicht nur einen wehrhaften Staat in Italien unterhielt, sondern ein Drittel des Reichs besaß und beherrschte, mit einem Schlag überflüssig und entmachtet. Diese Pfarrer, hieß es weiter, wolle man gern durch den Kornzehnten ernähren.

Die übrigen Artikel waren dagegen in meinen Augen gerecht und billig. Christus habe uns alle erlöst, als Erlöste seien wir gleich, also könne und dürfe es keine Leibeigenschaft geben. Eine gewählte und von Gott gesetzte Herrschaft wolle man gern achten, man strebe keinesfalls Gesetzlosigkeit an, aber es müsse alle Willkür enden. Wild und Fische in fließenden Gewässern sollten wieder allen gehören, ebenso alle Wälder, die nicht gekauft seien. Alle Herrendienste, die in den vergangenen Jahrzehnten über das den Vorfahren bekannte Maß hinaus verhängt worden seien, sollten abgeschafft werden, und die fortbestehenden Dienste seien so nach Jahreszeit und Arbeitsaufwand einzurichten, dass den Herrschaften Genüge, den Bauern jedoch kein Schaden getan werde. Abgaben sollten sich nach dem Vermögen der Bauern richten und nicht zu deren Untergang führen. Willkürliches Erlassen neuer Gesetze und Strafen habe zu unterbleiben. Beim Tod eines Bauern erbe hinfort dessen Familie, nicht die Herrschaft. Und: »Was hiervon gegen die Heilige Schrift verstößt, soll nicht gelten.«

Die zwei folgenden Monate erscheinen mir auch in der Rückschau als der gewaltige Strudel, der alles fortriss und kaum Zeit zum Atmen ließ. Ich weiß nicht, ob Meister Wendel oder einer der anderen Anführer jemals eine Art Überblick behielt, glaube es aber nicht. Denn wenn jemand den Überblick behalten hätte, wäre er wohl auch imstande gewesen, für irgendeinen Zusammenhalt zu sorgen. Vielleicht aber auch nicht; vielleicht waren die Bauernhaufen gar nicht zu einem Heer zusammenzufassen, und das mag auch an den grässlichen Predigern gelegen haben.

Die Herren dachten bis auf wenige keinesfalls daran, die

Forderungen der Bauern billig zu heißen und zum Gegenstand von Verhandlungen zu erheben. Hier und da gab es, wie ich später hörte, Scheinverhandlungen: immer dann, wenn der jeweilige Bauernhaufen bedrohlich groß war, zu groß für die eilig aufgebotenen Heere der Fürsten. Dann wurde verhandelt, man sagte den Bauern, man wolle ihre Forderungen prüfen und sei bereit, etliche Artikel sofort und die anderen später anzunehmen. Die Bauern ernannten Verhandlungsführer und zerstreuten sich, gingen zurück zu ihren Familien und ihren Feldern, und sobald sich der Haufen aufgelöst hatte, wurden die Vertreter der Bauern hingerichtet, und die Söldner hetzten die versprengten Bauerngruppen und schlachteten sie ab.

Eine große Mitschuld trifft, wie ich bereits sagte, die grässlichen Prediger. Grässlich waren sie, weil sie Feuer und Aufruhr predigten, durch den Inhalt ihrer Predigten jedoch zugleich dafür sorgten, dass der Umsturz gar nicht erfolgen konnte. Als er dies später schrieb, meinte Luther nicht die evangelischen Feldprediger, sondern sich selbst: »Prediger sind die allergrößten Totschläger. Denn sie ermahnen die Obrigkeit, dass sie entschlossen ihres Amtes walte und die Schädlinge bestrafe. Ich habe im Aufruhr alle Bauern erschlagen; all ihr Blut ist auf meinem Hals. Aber ich schiebe es auf unseren Herrgott; der hat mir befohlen, solches zu reden.« Wenn man dies im Mund und im Geiste dreht, trifft es auf jeden Prediger zu, Luther selbst wie die sich evangelisch nennenden Aufrührer wie jeden katholischen Geistlichen, der vor dem Kampf die Waffen segnet. Das Reich Gottes auf Erden? Vielleicht erringen wir einmal Friede auf Erden, nachdem wir alle Prediger aller Götter erwürgt haben, dass sie uns nicht mehr aufhetzen können.

Die Bauern wollten das Reich Gottes auf Erden, die Gleichheit aller und Gerechtigkeit unter dem Evangelium. Es gab Totschläger und Mordbrenner unter ihnen, wie in jeder großen

Menschengruppe. Aber die meisten von ihnen waren einfältig und guten Willens, und nur äußerste Verzweiflung brachte sie zum Aufbegehren. Die Prediger, die ihre Lehrer und Lenker und Schreiber waren, bestärkten sie in allem. Das Reich Gottes, sagten sie, werde bald kommen, der Sieg sei gewiss. Und wenn dann die Hauptleute der Feinde, wie der Truchsess Waldburg, im Namen Gottes sprachen und die Forderungen zu prüfen verhießen und sie aufforderten, die Waffen niederzulegen und im Namen Gottes heimzugehen, taten die Bauern dies, und die Prediger hielten sie nicht davon ab. Auch sie waren einfältig, doch da sie mehr wussten, war ihre Einfalt desto größer.

Denn Wörter sind das vornehmste Werkzeug, sie sind aber auch das schlimmste Gift, über das die Menschheit verfügt. Wenn all unser Trachten und Sehnen sich auf den Gehalt eines Wortes richtet, das uns heilig ist, werden wir jenen, der es uns gegenüber ausspricht, für einen Bruder und Verbündeten halten und uns nicht fragen, ob es für ihn vielleicht eine andere Bedeutung hat.

Oft habe ich mich gefragt, ob das blutige Ringen, das mit der Hinschlachtung von mehr als hunderttausend Bauern endete, ein anderes Ende hätte finden können, wenn unter ihnen einer aufgestanden wäre, der die Gaben eines Alexander oder Caesar gehabt hätte. Es gab ihn nicht, aber vielleicht hätte es ja sogar genügt, alles einem Karl oder Jorgo zu übergeben. Andere Hauptleute, für kurze Zeit zur Führung bestimmt oder, wie Götz, zur Leitung gezwungen, konnten oder wollten nichts wenden.

Ich will jedoch nicht vorgreifen, sondern mit meinen Wörtern dorthin zurückgehen, wo der Strudel zu kreisen und zu schäumen begann.

An einem jener Märztage, da wir auf den Befehl zum Aufbruch warteten, bat ich Karl, mir mehr über Meister Wendel zu erzählen.

Karl sagte, Hipler habe lange Jahre den Grafen von Hohenlohe als Kanzler gedient, sei von diesen jedoch schlecht behandelt worden und habe sie verlassen. Nun reise er durch die Lande, sammele heimlich die Unzufriedenen und bespreche mit ihnen das weitere Vorgehen. »Ein feiner, geschickter Mann«, sagte Karl, »ein guter Rechtsgelehrter und Schreiber, wohnt irgendwo bei Wimpfen. Er ist die große Spinne, in deren Netz wir die Fürsten fangen wollen.«

Zwei andere unter den führenden Männern hielten sich ebenfalls jeweils kurz im Lager auf. Einer war der ehemalige kurmainzische Amtmann Friedrich Weigand, von dem es hieß, er schreibe und drucke die besten Schriften zur Vorbereitung des Aufstands.

Der Letzte schließlich war Jörg Metzler, ein Weinbauer und Wirt, in dessen Wirtshaus in Ballenberg bei Krautheim sich die unzufriedenen Bauern trafen. Auch Hipler und Weigand machten dort auf ihren verschwörerischen Reisen halt.

Boten von Metzler und Hipler forderten uns Ende März auf, entweder sofort zu einem anderen Tal im Odenwald zu kommen, dem Schüpfgrund, oder spätestens am 4. April beim Zisterzienserkloster Schönthal zu einer Versammlung und Beratung einzutreffen. Dengler und die anderen Räte wollten einen geordneten Aufbruch; auch Karl sprach sich dafür aus.

»Der Schüpfgrund?«, sagte er. »Wenn wir hinterher nach Schönthal wollen, wäre das ein Umweg; lasst uns lieber gleich zum Kloster pilgern.«

»Um dort zu beten?«

Er grinste mich an. »Wir werden Schießpulvergebete sprechen, als gute Pilger, und Klingengesänge anstimmen.«

Jorgo und ich hielten auf dem Weg – wie die anderen gingen wir zu Fuß – mehrere eigene Versammlungen und Beratungen ab, zu zweit.

»Ich will verschwinden, im Land versickern«, sagte ich bei der ersten Gelegenheit, als wir unbelauscht waren. »Sobald es möglich ist.«

»Ich will sehen, wie die Erlesenen kämpfen«, sagte Jorgo; er klang mürrisch und erwartungsvoll zugleich. »Meine Arbeit, verstehst du? Außerdem ...« Er sah sich um. Niemand schien uns besonders zu beachten, aber wir marschierten in einem immer weiter anwachsenden Haufen bewaffneter Bauern. »Außerdem kommen wir hier nicht heil raus.«

»Du hast wahrscheinlich recht. Wann denn? Was meinst du?«

Er lachte leise. »Wie jeder Krieger weiß, ist keine Unordnung größer als das Gewühl einer wohlgeordneten Schlacht.«

»Erst die Erlesenen kämpfen sehen, dann verschwinden?«

»Mal sehen, wie es geht.«

Alle, die unterwegs zum Zug stießen, brachten neue Gerüchte und Behauptungen mit. Die meisten waren widersprüchlich oder gar fantastisch; einige wurden später jedoch bestätigt. Hipler, Metzler und die anderen hatten offenbar den 2. April als den Tag festgelegt, an dem der Aufstand beginnen sollte. Und Hiplers Reise als Große Spinne war erfolgreich gewesen: Seine alte Heimat, das Land der Hohenloher, gehörte zu den Gebieten, in denen erste, noch fast unblutige Siege errungen wurden. Dort gelang es den Aufständischen, die Grafen zum Eid auf die Zwölf Artikel zu zwingen, und beim Schwur mussten die Fürsten die Handschuhe ausziehen, während die Bauern ihre anbehielten.

Im Schüpfgrund wurde Jörg Metzler zum obersten Hauptmann gewählt – wie sich zeigen sollte, war dies nur vorläufig. Sehr bald begriff man, dass mehr als Wille zur Auflehnung nötig war, um einen Krieg zu führen, und zwar vor allem Kriegserfahrung, die Metzler nicht hatte. Aus dem Schüpfgrund brachten die Männer noch etwas mit – einen Namen: Sie nannten sich das »evangelische Heer«. Anders als Metzlers Hauptmannsrang blieb der Name erhalten, zumindest als einer von mehreren. Nachdem weitere Bauernhaufen dazugestoßen waren, nannten sie sich auch »lichter Haufen« oder »heller Haufen«, und dabei sollten alle an das Licht Christi und die Helligkeit der Erlösung denken. Viele taten dies tatsächlich.

Was sie auch mitbrachten aus dem Schüpfgrund, war der erste Entwurf für eine Ordnung des Heeres mit Ämtern, Rängen und Pflichten. Darin waren auch »Nachrichter« vorgesehen: Henker.

»Muss so sein«, sagte Jorgo, als ich mich darüber verwunderte. »Das kann alles nur gelingen, wenn es Ordnung und Zucht gibt. Wie willst du Bauern zum Mitmachen bringen, wenn du sie zuerst ausplünderst? Allein um Plünderungen zu verhindern, ist so etwas nötig. Nicht zu reden von anderen Gründen.«

Die Leute, Bauern wie Stadtbewohner, wurden nicht nur durch gutes Zureden zum »Anschluss in brüderlicher Liebe« bewogen, »dem Worte Gottes und der Lehre Pauli Beistand und Folge zu tun und das Übel zu strafen und auszurotten unter Geistlichen und Weltlichen, Edlen und Unedlen«. Auf dem Marsch unserer Odenwälder Gruppe habe ich derlei nicht selbst gesehen, aber von anderen Haufen war zu hören, dass man auch Zwang angewandt habe – schließt euch an, oder wir brennen euch alles nieder.

Besonders gut darin, hieß es, sei Rohrbach gewesen, den sie selten Jakob und meistens »Jäcklein« nannten. Von ihm wird bald noch mehr zu reden sein.

Als wir am Nachmittag des 4. April das Kloster Schönthal erreichten, hatten Metzler und seine Leute es bereits besetzt; offenbar wollte Metzler es vorübergehend als Hauptquartier nutzen. Der Abt war geflüchtet und hatte Dokumente und Teile des Klosterschatzes mitgenommen; es gab jedoch immer noch genug zu plündern, goldenes und silbernes Kirchengerät, kostbare Gewänder – und in den Kellern ganze einundzwanzig Fuder Wein. Man feierte ein großes Gelage, und die Berauschten ließen sich von ihren Anführern nicht daran hindern, die Gebäude zu verwüsten,

Altäre zu schänden, die bunten Kirchenfenster, Schnitzereien, Bilder und selbst die Orgel zu zertrümmern.

Zu denen, die nur mäßig zechten und sich an den Plünderungen nicht beteiligten, gehörte eine Truppe, die mir zunächst geheimnisvoll erschien, da ich nichts über sie wusste und sie nur von Weitem sah: die »Schwarze Schar«, auch der »Schwarze Haufen« genannt. Sie zelteten ein wenig abseits der Bauernmassen, und blieben auch tagsüber eher für sich.

»Was hat es mit denen auf sich?«, fragte ich Karl abends – es muss der 5. oder 6. April gewesen sein –, als wir nach langem Hin- und Herlaufen, Beratungen und Geschrei müde am Feuer saßen.

»Die Schwarzen? Hast du nie von Florian Geyer gehört?«

Ich schüttelte den Kopf. »Du weißt doch, ich bin nicht von hier.«

»Alter fränkischer Adel«, sagte Karl. »Hat sich vor Jahren mit irgendeinem Kirchenfürsten gestritten und ist seitdem exkommuniziert. War in Frankreich und England; da hat er angeblich mit König Heinrich maßlos gezecht. Ich glaube, danach war er für die Brandenburger als Hauptmann im Kampf gegen Polen tätig. Und jetzt hat er sich uns angeschlossen. Dabei hält er uns für zusammengelaufenes Gesindel und nicht tüchtig zum Kämpfen.«

»Was sind das für Leute, die Schwarzen?«

»Zum Teil wohl Männer, mit denen er schon lange gekämpft hat; erfahrene Landsknechte und Rittersöhne. Die meisten aus Franken; sollen aber auch andere dabei sein.«

»Andere? Woher?«

Karl sah mich von der Seite an. »Meinst du, einer von denen, die du suchst, könnte hier auftauchen?«

Ich hob die Schultern und schaute ins Feuer. »Ich weiß nicht«, sagte ich nach einer Pause. »Sie sind Krieger; irgendwo müssen sie sein.«

»Irgendwo ist ein weites Feld.« Karl grunzte. »Sie könnten auch in Frankreich sein oder mit dem Kaiser in Italien. Ah, hast du schon gehört, was da geschehen ist?«

»Etwas Neues? Großes?«

Karl nickte. Er wirkte plötzlich nachdenklich, fast ein wenig bedrückt. »Wenn wir nicht so einsam im Wald gesteckt hätten. Wenn wir nicht zu sehr mit anderem befasst gewesen wären. Eigentlich hätten wir es längst hören müssen.«

»Du sprichst zu klar für mich«, sagte ich. »Mach es ein bisschen rätselhafter.«

Jorgo tauchte aus dem Dunkel auf und ließ sich neben uns auf den Boden plumpsen. Er stank nach Bier, Schweiß und einem billigen Duftwasser, woraus ich schloss, dass er bei einer Dirne gewesen war.

»Worüber redet ihr?«, sagte er. »Habt ihr nichts zu trinken, dass ihr reden müsst?«

Ich reichte ihm einen Krug mit immer noch dünnem, aber nicht mehr warmem Bier. »Wir reden von Dingen, die sich angeblich in Italien ereignet haben. Ich weiß aber noch nicht, was es sein soll.«

»Pavia?«

»Pavia«, sagte Karl; er klang mürrisch.

»Was ist mit Pavia, und warum sagst du es, als ob es um dein Begräbnis ginge?«

»Vor ein paar Wochen haben die Spanier und deutsche Landsknechte unter Frundsberg dort die Franzosen geschlagen und ihren König Franz gefangen.«

»Ah«, sagte ich. »Zweifellos wichtig. Aber was hat das mit dir oder uns zu tun?«

Jorgo lachte; es war eher ein Meckern. »Wenn der französische König gefangen ist, ist der Krieg beendet. Wenn er beendet ist, haben die Landsknechte nichts mehr zu tun. Siehst du es jetzt?«

Ich nickte. »Jetzt sehe ich es. Sie sind wieder für die Fürsten verfügbar – gegen die Bauern.«

»Wir haben zu spät angefangen«, sagte Karl. »Wir hätten im Winter losschlagen sollen, als auf den Feldern ohnehin nicht gearbeitet werden konnte und die Landsknechte im Süden beschäftigt waren. Jetzt kommen sie zurück, und bald werden viele Bauern weggehen und sich um ihre Äcker kümmern.«

»Aber Meister Wendel musste doch erst seine Fäden ziehen. Und« – ich gluckste – »uns musstet ihr erst mal fangen.«

»Ihr zwei werdet sicher den Krieg entscheiden. Wahrscheinlich hätte Hipler früher anfangen sollen, seine Fäden zu spinnen; kann sein, dass jetzt alles zu Spinnerei wird.«

Dann kam ein anderer Adliger ins Lager: der Mann mit der eisernen Hand, Götz von Berlichingen. Die Hintersassen seiner Brüder hatten sich dem Bauernheer angeschlossen, die Burgen der Brüder wurden belagert, und Götz ritt ohne große Begleitung nach Schönthal, als habe er nichts zu befürchten und sei sicher, allein durch sein Wesen und seine Worte etwas zu erreichen.

Man sagte, er hasse die Pfaffen ebenso wie die großen Fürsten, die keine freien Ritter unter sich dulden mochten, und überhaupt hasse er die dumpfe Ordnung des schwäbischen Bundes und die dumpf behäbigen Korn- und Geldsäcke in den Städten. Von Gerichten schien er nicht viel zu halten, dafür desto mehr von eigenhändig ausgetragenen Fehden, und angeblich hatte er schon mehrfach einfachen Bauern gegen große Herren beigestanden. »Weil er den einfachen Mann liebt«, sagten einige; »weil die großen Herren, gegen die es ging, ohnehin seine Gegner waren«, sagten manche.

Gleichviel – er kam ins Lager, verhandelte mit Hipler und Metzler und den anderen, trank mehrere Becher mit ihnen und erreichte, dass die Belagerung seiner Brüder aufgehoben wurde.

Karl, der von Hipler gelegentlich zu Beratungen geholt wurde, kam kurz vor Sonnenuntergang wieder zu unseren Zelten am Lagerrand. Er torkelte ein wenig, sprach aber beflissen klar.

»Er wird sich uns anschließen«, sagte Karl, nachdem er von den Verhandlungen berichtet hatte. »Er reitet zurück zu seiner Burg, um die anderen Ritter der Gegend aufzuwiegeln. Und wenn wir hier alles geregelt haben und nach Franken ziehen, wird er zu uns stoßen. Ich glaube, sie wollen ihn dann zum Feldhauptmann machen.«

Meine Gedanken waren nicht bei den Anliegen der Bauern, sondern bei meinen eigenen. »Kann man zu ihm?«, sagte ich. »Mit ihm sprechen?«

»Das wollen viele. Versuchs, aber versprich dir nichts.«

»Wo ist er? Im Kloster?«

»Am Feuer.« Karl winkte zwei Männer herbei. »Passt auf ihn auf«, sagte er. »Und bringt ihn wieder her.«

In der Mitte des Lagers loderte ein riesiges Feuer. Man hatte dort Bretter über Klötze gelegt, aber auch einige richtige Tische aus dem Kloster herbeigeschafft. Es roch nach Harz und feuchtem Holz, nach versengtem Fleisch und Fett, das immer wieder zischend in die Flammen tropfte, nach Bier und nach verschwitzten Männern.

Berlichingen war weder zu übersehen noch zu überhören. Er saß an einem der Klostertische, zwischen Hipler und Metzler; eben ließ er die berühmte Eisenhand auf die Tischplatte krachen und lachte dröhnend über etwas, das einer der anderen gesagt hatte. Mit der anderen Hand hob er einen Humpen und trank, lang und gründlich. Metzler und Hipler hatte ich mehrmals von Weitem gesehen, aber natürlich kannten sie mich nicht, und von den anderen Männern am Tisch war mir keiner bekannt, sodass ich niemanden bitten konnte, mich dem Ritter Götz vorzustellen. Einfach zu den Anführern an den Tisch gehen und mich in ein Gespräch drängen? Ich überlegte; dabei beobachtete ich Götz. Wieder lachte er laut, schlug Metzler mit der richtigen Hand auf die Schulter und griff abermals zum Humpen. Er setzte ihn an den Mund und hielt ihn lange gekippt, aber zufällig fiel vom Feuer Licht auf seine Kehle, und ich sah den Kehlkopf sich nicht bewegen. Entweder beherrschte er die Kunst, ohne zu schlucken, zu trinken, oder er trank gar nicht, sondern tat nur so.

»Zu wem willst du denn?«, sagte einer meiner Bewacher.

»Zu Berlichingen, aber ich kann ja nicht einfach so ins Gespräch platzen. Wartet; irgendwann wird er aufstehen, um sich zu erleichtern.«

»Müssen wir die halbe Nacht hier stehen?«, murrte der andere Bewacher.

»Ihr könnt mich auch allein stehen lassen; ich geh euch nicht verloren.«

Sie tuschelten miteinander, blieben aber neben mir.

Ich beobachtete weiterhin die Männer am Tisch. Hipler trank mäßig und redete nicht viel; Metzler soff wie einige andere auch und schien die Zunge nicht mehr recht um längere Wörter wickeln zu können. So sahen seine Mundbewegungen jedenfalls aus; hören konnte ich natürlich nichts. Berlichingen setzte erneut seinen Humpen an die Lippen, ohne dass sich der Kehlkopf bewegte; dann wandte er sich Metzler zu und sagte etwas, wobei die Hand mit dem Humpen hinter Metzlers Rücken verschwand. Danach war das Gefäß offenbar leer; Berlichingen brüllte nach Bier, knallte den Humpen auf den Tisch und stand auf.

»Wartet bitte«, sagte ich. »Ihr könnt mich auch von hier im Auge behalten.«

Götz schaute sich um, wie suchend; dann sagte er etwas zu Hipler, lachte und ging mit übertriebenem Torkeln nach links, zur Ecke eines der Wirtschaftsgebäude des Klosters. Ich folgte ihm, wobei ich einen großen Bogen um den Tisch der Anführer machte. Hipler starrte in den Nachthimmel, und Metzler ließ den Kopf auf die Arme sinken, die er auf dem Tisch verschränkt hatte.

Als ich Berlichingen erreichte, schlug er eben sein Wasser an der Hauswand ab. Ich hörte ein Rülpsen und mächtiges Rauschen; offenbar hatte er doch zwischendurch etwas getrunken.

»Auf ein Wort, Herr«, sagte ich.

Er bewegte nicht den massigen Leib – nur den Kopf und die echte Hand. Sie fasste den Griff eines langen Messers, das er am Gürtel trug; im Flackerlicht vom Feuer sah ich die Augen, die er auf mich richtete. Sie waren klar, kalt, listig. Und nüchtern.

»Was gilts?«

»Wie Ihr bin ich kein Bauer und nicht ganz freiwillig hier. Wie Ihr.«

»Und?« Die Hand verließ den Messergriff, und Götz drehte sich nun ganz zu mir.

»Es heißt, die Herren eiserner Hände seien eine Art Bruderschaft. Ich suche einen Eurer Eisenbrüder, Herr.«

Berlichingen kniff ein Auge zu. »Händel?«

Da ich von seinen Vorlieben gehört hatte, sagte ich: »Eine alte Fehde. Er ist Kastilier, Alonso – mehr weiß ich nicht.«

»Du bist … Ihr seid Ritter?«

»Sohn, Enkel und Urenkel von solchen, ja.« Wer sollte mich in dieser Nacht des Lagers von Schönthal denn der Lüge überführen?

Wieder kniff er ein Auge zu, diesmal das andere. »Du lügst«, sagte er leise. »Es gibt keine Fehde zwischen Edlen, die einander nicht beim Namen kennen. Aber Alonso Zamora ist keiner, den man schützen muss. Keiner, den ich schützen will.« Er spuckte aus.

»Ich weiß«, sagte ich, und aufs Geratewohl setzte ich hinzu: »Es gibt Ritter, und es gibt … Schlächter.«

»Er ist einer von Leyvas Leuten und bei ihm, soviel ich weiß. Irgendwo zwischen Pavia und Rom, nehme ich an.« Er wies mit dem Hinterkopf zur Lagermitte. »Einer von Geyers Leuten ist vor Jahren mit ihm geritten; frag den.«

»Wer ist es?«

»Ein Kölner. Haspacher.«

»Lukas Haspacher?«

»Genau der.«

»Ich danke Euch, Herr. Darf ich noch eine Bitte wagen?«

»Die letzte.«

»Sagt ihm nichts von mir; derlei will behutsam erwogen sein.« Berlichingen schnaubte. »Was hätte ich mit Geyers Leuten zu reden?«

»Und seid nicht verwundert«, sagte ich leise, »falls Ihr mich nicht seht, wenn das evangelische Heer Euch demnächst besucht.«

»Ha!«, sagte er. »Sei du nicht verwundert, wenn es mir gelingt, mich nicht besuchen zu lassen. Und schweig.« Er blinzelte, nickte knapp und ging zurück zum Tisch der Anführer. Ich schaute hinter ihm her; erst nach fünf oder sechs Schritten fiel ihm offenbar ein, dass er torkeln sollte.

In dieser Nacht schlief ich kaum. Mein Gespenst mit der Eisenhand hatte einen Namen bekommen, Alonso Zamora. Wenn er einer der Leute von des Kaisers bestem Feldkapitän Leyva war, musste wohl auch er zu des Kaisers Leuten gehören. Der dritte Name; und eine kalte Fährte, die plötzlich nicht mehr so kalt schien.

Am Morgen wollte ich versuchen, in die Nähe des Schwarzen Haufens zu gelangen, aber ehe ich einen Schritt hätte tun können, wurde zum Aufbruch geblasen und getrommelt. Der Zufall ließ jedoch die Schar des Florian Geyer – alle zu Pferd, wenn sie auch zu Fuß kämpfen mochten – in unserer Nähe vorbeireiten, als wir noch damit befasst waren, Zelte, Waffen und Vorräte einzupacken und auf Karren und Tragtiere zu laden.

Ich sah Lukas Haspacher. Von rechts, von der Seite, an der ihm die Ohrmuschel verblieben war. Doch gab es keinen Zweifel: Er war der Hüne, den ich mir vom Waldrand aus eingeprägt hatte.

Aber – wie vorgehen? Abgesehen davon, dass er groß, stark, erfahren und offenbar vollkommen rücksichtslos war, gab es zwei Schwierigkeiten: Ich musste ihn allein stellen, oder jedenfalls unter Umständen, die andere daran hinderten, sich einzumischen. Ich konnte ja nicht davon ausgehen, dass die vom Schwarzen Haufen einfach zusehen würden, wenn einer von ihnen angegriffen wurde – nur: Wie sollte ich ihn dazu bringen, mich anzugreifen, was die Sache aber auch nicht unbedingt ändern musste? Und falls es mir gelang, ihn zu stellen und, mit Glück, zu töten, wäre es ein schaler Sieg, wenn ich ihm nicht sagen konnte, warum ich ihn gesucht hatte.

Auf dem Marsch bemerkte Jorgo bald, dass ich mit den Gedanken woanders war. Als er fragte, ob ich krank sei, zum Mond fliegen oder mich mit einem Bussardweibchen paaren wolle, sagte ich ihm, was mich beschäftigte; ich konnte ihm, wenn auch von Weitem, sogar den Gegenstand meines Grübelns zeigen.

»Abwarten«, sagte Jorgo. »Der Marsch endet sicher irgendwann in einem Getümmel; vielleicht findet sich dann eine Gelegenheit. Aber sieh dich vor; er wirkt nicht so, als ob er sich mit einer Pfauenfeder erschlagen ließe.«

Niemand schien zu wissen, wohin wir eigentlich zogen. Heilbronn wurde als Ziel genannt, doch marschierten wir später daran vorbei.

Bei Neckarsulm genossen wir eine besondere Art Erholung. Auf dem Marsch dorthin hatten Reiter mehrmals unsere Nachhut überfallen und etliche Männer niedergemacht. Ich sah nichts davon, da ich in der Mitte des Zuges ging, hörte jedoch hinter uns, weit weg, immer wieder Schüsse, Schreie und das Klirren von Waffen. Das Lager auf den Wiesen vor der Stadt wurde entsprechend angelegt, mit umgekippten Karren als Wehr und vielen Wachen mit Arkebusen und Hellebarden.

Neckarsulm gehörte den Deutschherren, die gründlich verhasst waren; die Bürger der Stadt schlossen sich uns an, zeigten den Anführern, wo die Ordensritter ihre Schätze aufbewahrten, und halfen beim Plündern. Wir wurden sozusagen gut bewirtet, in der Stadt wie draußen auf den Wiesen.

Irgendwann am Nachmittag ging ich zu einem der Bratfeuer, um zu sehen, ob ich ein Stück Fleisch und, nach all dem warmen Dünnbier der vergangenen Monate, vielleicht auch einen Becher Wein bekommen konnte.

Karl stand neben einigen anderen Unterführern, an einen Lastkarren gelehnt; in der einen Hand hielt er ein Hühnerbein, in der anderen einen Humpen, und von seinen Lippen troff eine Mischung aus Fett und Heiterkeit. Er sah mich, winkte mich zu sich und deutete auf zwei Männer, die an einem Tisch – zwei Böcke und eine schwere Platte – Fleisch zerteilten und mit Krügen hantierten.

»Greif zu«, sagte er. »Und – hast du was bemerkt?«

»Was denn?«

Er grinste breit. »Wachen, zum Beispiel? Aufpasser?«

Ich schaute mich um. Zum ersten Mal sah ich keinen der Leute aus dem Lager in meiner Nähe. »Ich bemerke, dass ich nichts bemerke«, sagte ich. »Deine Anweisung?«

»Iss, Junge.« Er zwinkerte. »Wir sind nicht mehr verborgen, jeder weiß, wer wir sind und wer uns führt. Was könntest du noch verraten? Aber hast du wirklich nichts bemerkt?«

Ich zögerte; dann, langsam, sagte ich: »Ich habe einen meiner ... besonderen Freunde bemerkt.«

Karls Gesicht verlor alle Umgänglichkeit. Er löste sich vom

Karren und ging ein paar Schritte zur Seite, weg von den anderen. Ich folgte ihm.

»Wer ist es?«

»Einer von Geyers Schwarzem Haufen.«

»Mach keinen Unsinn.« Er sprach durch die Zähne. »Du kannst nichts unternehmen.«

»Wirst du mich daran hindern?«

Er seufzte. »Ich werde dir jedenfalls nicht helfen. Und du allein gegen ihn? Unmöglich. Außerdem haben wir hier anderes zu tun, als uns gegenseitig umzubringen.«

»Ich kann warten.«

Er nickte, riss mit den Zähnen das letzte Stückchen Fleisch vom Hühnerknochen und warf ihn hinter sich. »Da«, sagte er, »so wie dem Bein wird es dir gehen. Such dir schon mal einen schattigen Platz für die lange Nacht aus.«

10

Ehe wir an Heilbronn vorüberzogen, wurden wir auf ebenem Feld in der Nähe von Erlenbach gesegnet. Diesmal war es keiner der Prediger, die uns zuweilen segneten, obgleich es ihnen nach eigenem Verständnis nicht zustand; diesmal war es eine Frau, die überall nur das »Schwarze Weib« genannt wurde.

Angeblich konnte sie zaubern, hellsehen, Teufel und andere Feinde bannen. Barfuß lief sie übers Feld, zwischen den Rotten und Fähnlein, in einem wehenden hellen Kleid und mit wehenden schwarzen Haaren. »Spieß, Hellebarde, Schwert und Kugel können euch nichts anhaben«, schrie sie. »Tötet die Adligen, lasst von den Burgen keinen Stein auf dem anderen. Gott will es!«

Sie kam, sagte man, aus Böckingen, wie Jakob Rohrbach, dessen Geliebte – fast hätte ich »Muse« geschrieben – sie war. Und es hieß, dass sie ihn antrieb, wenn er schwanken wollte.

Aber wann hätte Rohrbach je geschwankt? In Böckingen, nicht weit von Heilbronn, hatte er eine Weinwirtschaft und einen vielleicht nicht guten, aber doch lauten Ruf als gescheit, stur und gewalttätig. Ein Jahr zuvor hatte man ihn des Mordes am Schultheiß von Böckingen verdächtigt; in der Untersuchung konnte man es ihm nicht zweifelsfrei nachweisen. Aber das bloße Gerücht genügte; für die zum Aufstand bereiten Bauern war Rohrbach damit Held und Anführer. Sein Wirtshaus wurde zum Hort der Aufrührer und Treffpunkt der Boten; Hipler und Metzler seien mehrfach dort eingekehrt, sagte man.

Am 1. April ging Rohrbach nach Flein, wo er am 2. mit Trommeln und Pfeifen zu einer Versammlung in Waffen rief. Der Aufstand breitete sich schnell aus; alle nahen Orte zwang Rohrbach, ihm Männer und Waffen zu stellen. In Flein ließ er die Krieger Christi schwören, dass sie Mönche und Pfaffen vertreiben, nicht mehr fronen und alles miteinander teilen würden. Er ließ Burgen, Klöster und Stifte einnehmen und plündern. Überall leerten sie die Opferstöcke; aus Herrenhäusern und Burgen nahmen sie Büchsen, Pulver, Blei und alle sonstigen Waffen mit. Wenige Tage später vereinigte sich sein Haufen, inzwischen über tausendfünfhundert Mann stark, mit dem »evangelischen Heer« in Schönthal. Dort sah ich ihn von Weitem, einen starken Mann mit wilden Augen und loderndem Schopf. Aber ich sollte ihn bei Weinsberg noch aus der Nähe betrachten dürfen.

Abends sprach ich kurz, leise, mit Jorgo.

»Sie bewachen uns nicht mehr.«

»Ich weiß. Aber das ändert nichts. Ich will die Erlesenen kämpfen sehen; danach …«

»Und nach dem, was ich zu erledigen habe.«

Später am Abend kamen Boten. Sie brachten Nachrichten zu den Anführern, und ich glaube, es war Jäcklein Rohrbach, der dafür sorgte, dass die Meldungen sofort ans Heer weitergegeben wurden. Es waren Schreckensgeschichten von Blutbädern, die der Truchsess Waldburg-Zeil an der Donau unter den Bauern anrichtete. Was die Männer besonders erbitterte, war die Botschaft, dass die Feinde uns nicht ehrenvoll als Krieger, sondern als ehrlose Wegelagerer zu behandeln und zu richten gedachten: kein Kriegsrecht für die Bauern.

»Sie wollen uns durch Schrecken gefügig machen«, sagte Jorgo; er spuckte ins Feuer.

»Uns?«

Er knurrte etwas. Dann sagte er: »Uns, ja. Noch.«

Die letzte Nachricht, die von Mund zu Mund durchs Lager ging, betraf die nahe Stadt Weinsberg. Dort, hieß es, habe Graf Ludwig Helfrich von Helfenstein den Befehl, und er und seine Leute hätten auf dem Ritt von Stuttgart dorthin alle Bauern hingeschlachtet, die ihnen in den Weg kamen. Er erwarte Verstärkung, Reisige aus Stuttgart, den Marschall von Habern mit pfälzischen Reitern, und wenn wir etwas ausrichten wollten gegen Weinsberg, ließ Jäcklein uns sagen, müssten wir uns beeilen. Graf Helfrich sei auch derjenige, der uns auf dem Marsch so tückisch überfallen und gehetzt habe.

Noch vor dem Morgengrauen des nächsten Tages – es war der Ostersonntag, was die Blutprediger als guten Umstand deuteten: Der Himmel sei mit uns – brachen wir auf nach Weinsberg, nicht mehr als zwei Stunden Marsch entfernt. An den Hügeln vor der Stadt wurden die einzelnen Fähnlein und besonderen Gruppen verteilt. Jorgo hatte mich zu sich gewinkt, als Botenjungen oder Adjutanten – »Suchs dir aus«. Mit Karl und den Erlesenen standen wir hinter Geyers Schwarzem Haufen. Zwei- oder dreimal glaubte ich, Lukas Haspacher im Gedränge zu sehen, aber ich konnte nicht sicher sein. Es gab dort zu viele große Männer auf Rappen.

Plötzlich ertönten von der Stadt aus Schüsse, und wir sahen zwei Männer laufen. Das heißt, einer versuchte zu laufen und dabei den anderen zu stützen. Es dauerte nicht lang, bis wir erfuhren, was geschehen war. Man hatte zwei Unterhändler zum Tor geschickt und die Übergabe der Stadt verlangt; der Graf – oder wer immer am Tor befehligte – hatte auf sie schießen lassen. Einer der beiden war schwer verletzt worden.

»Wie kann man nur so dumm sein.« Jorgo hängte sich die Armbrust auf den Rücken und ruckte am Griff des kurzen Nahkampfschwerts, bis es weiter links auf der Hüfte saß. »Gibt es eine bessere Möglichkeit, uns ... die Bauern anzustacheln? Man schießt nicht auf Unterhändler!«

»Schau mal!« Ich stellte mich auf die Fußspitzen, um selbst besser zu sehen, und wies auf den Schwarzen Haufen. Neben Florian Geyer war ein Bauer aufgetaucht, der ihm etwas zu berichten schien.

»Ha«, sagte Jorgo. »Sieh mal, wie der geht! Das ist kein Mann, das ist eine Frau.«

Tatsächlich war es eine Frau aus Weinsberg. Sie hatte sich an Geyer gewandt, weil sie ihn als ersten der Anführer erreichen konnte. Geyer schickte sogleich zwei Boten los, um den anderen Führern Bescheid zu geben. Ich sah Karl mit einem der Schwarzen Reiter reden; bald darauf wussten auch wir, dass die meisten Bürger Weinsbergs für die Bauern waren, dass vor allem die Oberen und der Graf mit seinen Männern die Stadt verteidigen wollten, und dass die Frau uns zu einer kleinen Pforte führen würde.

Die beiden Reiter kehrten zu Geyer zurück. Wir warteten, und trotz aller angenommenen inneren Entferntheit fieberte ich. Bei uns tat sich zunächst nichts – kein Befehl, kein Handzeichen. Dafür setzte sich plötzlich der Haupthaufen mit Gebrüll und Trommelschlag in Bewegung: Die Bauern rannten zur Stadt und begannen den Sturm auf die Tore. Erst jetzt gab Florian Geyer das Zeichen: ein erhobener Arm, der jäh sackte, als wolle er etwas zu Boden schmettern. Der Schwarze Haufen rückte vor, beinahe gemächlich, und die Erlesenen folgten.

Die Mauern waren gut besetzt, auch dort, wo wir die Stadt erreichten. Allerdings schienen die Schützen vor allem bei den Toren zu warten; wir wurden lediglich mit ein paar schlecht geschossenen Pfeilen und einem Steinhagel empfangen. Unmittelbar unterhalb der Mauer teilte Geyer die Truppen auf. Etwa die Hälfte der Erlesenen und vielleicht ein Drittel der Schwarzen sollten Karl und der Frau in die Stadt folgen, die anderen mit Geyer die Burg angreifen, die ein wenig außerhalb auf einem Berg lag. Sie hatten Sturmleitern und Seile mit Haken bei sich.

Ich war hin- und hergerissen, wusste nicht, welcher Gruppe ich mich anschließen sollte. Jorgo nahm mir die Entscheidung ab.

»Bleib neben mir. Dein Freund ist auch dabei.«

Offenbar hatte er Haspacher gesehen. Ich kam nicht dazu, ihn zu fragen; einer nach dem anderen liefen wir durch die schmale Pforte, die die Frau uns geöffnet hatte.

Drinnen schlug der Kampflärm wie eine Flutwelle über uns zusammen. Überall in der Stadt wurde geschrien, geschossen, gefochten. Ich hörte das Dröhnen einer Kanone, Todesschreie, Anfeuerungsrufe; neben mir prasselten Steine von der Mauer herunter, wo man bemerkt hatte, dass wir eingedrungen waren. Ein paar gut gerüstete Männer, offenbar Krieger des Grafen, und ein Schwall eher schlecht als recht bewaffneter Bürger kamen uns entgegen. Karl brüllte etwas, die Erlesenen hoben die Armbrüste und feuerten eine Bolzensalve ab. Ich biss die Zähne zusammen, als ich die ersten Bürger und Kämpfer fallen sah; dann schossen in Häusern Verborgene mit Arkebusen auf uns, und es fielen auch einige der Erlesenen. Die Männer des Schwarzen Haufens bildeten kleine Gruppen, sprengten Haustüren und drangen in die Gebäude ein, aus denen geschossen worden war.

Vom Rest des Kampfs weiß ich nicht mehr viel. Pulverdampf, Schwertergeklirr, Blut und Schreie. Ich glaube, ich habe einen Bürger getötet, der mit einem Bratspieß auf mich eindrang und keinesfalls aufgeben wollte. Vielleicht habe ich das aber auch nur geträumt. Irgendwann hörte ich jemanden stöhnen, hinter mir, und als ich mich umschaute, lehnte Jorgo an einem Haus, hob die Hand zum Kopf und rutschte langsam an der Wand zu Boden. Ich beugte mich über ihn und sah, dass ihn eine Kugel gestreift haben musste. Die Stirn war aufgerissen, Blut rann ihm über das Gesicht, aber er atmete noch.

Einige der Erlesenen waren in der Nähe; ich rief zwei von ihnen herbei, und gemeinsam schleppten wir Jorgo zur Pforte und hinaus auf die Wiese vor der Mauer. Dort lagen schon etliche Verwundete und auch ein paar Tote; es schien eine Art vorläufiger Verbandsplatz zu werden. Ein Feldscher, ein oder zwei Bader und einige Bauernknaben kümmerten sich um die Verletzten und legten Verbände an, so gut es ging. Es hielt sich auch einer der Prediger dort auf; als er sich uns näherte, winkte ich ab.

»Lasst nur; ich kümmere mich um ihn«, sagte ich den Erlesenen.

Einer schlug mir auf die Schulter; beide liefen schnell zurück zur Pforte.

Ich bat einen der Jungen um Wasser und Tuch. Als er mir einen halb vollen Eimer und Reste eines zerrissenen Hemds oder Schlafrocks gebracht hatte, säuberte ich vorsichtig Jorgos Wunde, wusch ihm das Gesicht und wickelte die Fetzen um den Schädel. Ich ging zu den Toten. Einer lag auf seinem Mantelsack. Ich beschloss, dass er diesen nicht mehr brauche, nahm ihn mit und schob ihn Jorgo unter den Hinterkopf.

Der Kampflärm in der Stadt schien ein wenig abzuflauen. Plötzlich hörte ich Gejohle, und als ich aufblickte, sah ich zwei Bauernfahnen auf der Burg wehen. Der Schwarze Haufen und die Erlesenen hatten sie eingenommen.

Später hörte ich, dies sei der Augenblick gewesen, da der Widerstand in der Stadt zusammenbrach. Die stürmenden Bauern hatten bereits einige Stadttore genommen. Diejenigen unter Weinsbergs Bürgern, die sich am Kampf beteiligt hatten, ließen die Waffen sinken und flohen zu ihren Häusern. Die Krieger des Grafen zogen sich zum kleinen Hügel zurück, auf dem die Kirche stand, um sich dort bis zum Ende zu verteidigen. Metzler und ein anderer der Anführer ritten in die Stadt und versuchten, ein Gemetzel und ausuferndes Plündern zu verhindern, hatten aber nur zum Teil Erfolg.

Es dauerte nicht lange, bis Jorgo wieder zu sich kam. Er wollte den Kopf heben, stöhnte, fasste nach seiner Stirn, betastete den Stoff und sah mich an.

»Hast du mich herausgebracht, kleiner Bruder?«

»Ich konnte dich doch nicht da drin liegen lassen.«

Er versuchte zu lächeln; es war jedoch eher ein Zähnefletschen. »Wie steht der Kampf?«

»Ich glaube, er geht zu Ende. Die Schwarzen und deine Erlesenen haben die Burg genommen; in der Stadt ist es nicht mehr so laut, aber ich weiß nichts Genaues.«

»Hast du was zu trinken?«

Ich setzte ihm meinen wassergefüllten Balg an die Lippen.

»Ah«, sagte er, nachdem er getrunken hatte. »Jetzt schulde ich dir mein Leben; und einen guten Schluck.«

Ich tippte ihm sanft auf die Brust. »Kommst du allein zurecht?«

»Vorläufig ja.« Er richtete sich auf und schaute sich um. »Die Prediger kann ich mir allein vom Hals halten. Was hast du vor?«

Ich deutete zur Mauer. »Ich will sehen, ob ich ihn finde.«

»Sieh dich vor.« Er klang besorgt. »Und wenn du ihn findest, denk an die Kniffe, die wir dir beigebracht haben.«

Ich stand auf und versuchte, auf ihn hinunterzulächeln, aber es missglückte wahrscheinlich. »Wir sehen uns«, sagte ich. »Spätestens in der Unterwelt.«

In der Stadt herrschte das Entsetzen. Um die Kirche wurde immer noch gekämpft. Bei den meisten Häusern waren Türen und Fensterläden geschlossen; wahrscheinlich hatten dort Bürger Zuflucht gesucht. Bei anderen waren die Türen zertrümmert, und aus dem Inneren drangen Schreie und Klagelaute. Einige Häuser standen in Flammen, und überall lagen Tote und Verwundete auf der Straße.

Ich schwitzte, mochte aber Helm und Brustschutz noch nicht ablegen. Immerhin dachte ich, ich könnte es wagen, das große

Schwert über der Schulter zu tragen und nur das kurze in die Hand zu nehmen.

Hinter der nächsten Biegung lag einer der Erlesenen im Rinnstein. Der halbe Kopf fehlte, und zwischen dem Rest und dem Helm breitete sich eine düstre Lache aus Blut und Gehirnmasse aus. Ich schloss einen Atemzug lang die Augen und versuchte, ein Gebet zu denken, doch gelang es nicht. Dann bückte ich mich und nahm die neben ihm liegende Armbrust, die Tasche mit den Bolzen, setzte einen ein, spannte die Waffe und ging weiter.

Aus einer Nebengasse kam einer von Geyers Schwarzer Schar. Er hielt einen kurzen Speer in der Rechten und in der Linken einen Lederbeutel, der schwer zu sein schien und aus dem es leise klirrte.

»Hast du den Haspacher gesehen?«, sagte ich. »Ich muss ihm einen Befehl überbringen.«

Er grinste und machte eine ruckartige Kopfbewegung nach hinten. »Er vergnügt sich; du solltest ihn besser nicht stören.« Er ging weiter; dabei kicherte er.

Als ich in die Gasse bog, hörte ich eine Frau oder ein Mädchen wimmern. Zwanzig Schritte weiter sah ich den Rücken eines der Männer von der Schwarzen Schar. Halb stand er vor einem gekippten Handkarren, halb lag er darauf und auf der Frau. Sie hatte das Gesicht zur Seite gedreht; es war blutverschmiert. Als er meine Schritte hörte, wandte er den Kopf und starrte mich an. Es war Lukas Haspacher.

»Verschwinde, Bauer«, knurrte er.

Ich schob die Spitze des kurzen Schwerts durch einen Spalt in seinen Beinkleidern und ritzte sein Gesäß.

»Schwein!«, brüllte er. »Was soll das? Warte …« Er ließ von der Frau ab und wollte aufspringen, ließ sich dann jedoch wieder auf sie sinken, diesmal mit Gesicht und Bauch zu mir. Die Schwertspitze leckte an seiner Kehle, und offenbar entnahm er meinem Gesicht, dass ich nicht zum Scherzen aufgelegt war.

»Wir haben etwas zu klären«, sagte ich durch die zusammengebissenen Zähne. Mein Herz pochte so laut, dass ich meinte, er müsse es hören.

»Ich kenne dich nicht. Was sollen wir zu klären haben?«, knurrte er. Dann glitten seine Blicke von meinem Gesicht zu etwas, das sich hinter mir befand.

»Auseinander!«, sagte eine harsche Stimme. »Was immer ihr auszutragen habt, tut das woanders. Und später.«

Ich blickte mich schnell um, ohne das Schwert von Haspachers Kehle zu nehmen. Hinter mir stand ein Unterführer der Schwarzen Schar, den Bidhänder halb erhoben.

Ich sah keine Möglichkeit, mich mit beiden zugleich auseinanderzusetzen, tat einen Schritt zurück und ließ das Schwert sinken. »Wie du befiehlst, hoher Herr.«

»Wir werden an der Kirche gebraucht, Lukas. Los, heb dir die Frau und den Zweikampf für später auf!«

Er wartete, bis Haspacher sich erhoben hatte; dann nickte er uns gleichgültig zu und ging.

»Wo und wann?«, sagte ich.

Haspacher betrachtete mich; ich sah eine Mischung aus Abscheu und Mordlust. »Heute Nachmittag«, sagte er mit heiserer Stimme, »vor dem unteren Tor. Und was immer du mit mir klären willst, heb es dir fürs Jenseits auf. Ich werde dich abstechen wie eine Sau.«

Lange vor Mittag wurden die Kämpfe in der Stadt eingestellt. Die Kirche war erstürmt, das von Reisigen und Rittern verteidigte Schloss ebenfalls. Im Schlosshof und auf dem Kirchturm hatten die siegreichen Bauern einige Adlige aufgehängt. Metzler ließ überall ausrufen, Weinsberg sei eingenommen, niemand solle mehr getötet werden; für den Mittag rief er die Anführer zur Beratung über die Gefangenen und die nächsten Schritte.

Ich ging zum Verbandsplatz, wo Jorgo saß und an einem Kanten Brot kaute. Ich setzte mich zu ihm, aß und trank ebenfalls ein wenig, aber wir sprachen kaum. Er stupste mich irgendwann und sagte: »Und? Gefunden?«

»Wir haben gleich eine Verabredung, um dies und das zu klären.«

»Dann sollte ich mitkommen«, sagte er, »und noch ein paar von den Erlesenen.«

»Ich will das allein durchstehen.«

Er zog die Oberlippe hoch. »Dummkopf. Keiner wird dir helfen; wenn ihr das vereinbart habt, ist es nur zwischen euch. Ich wäre aber bei den Schwarzen nicht sicher, dass nicht von denen ein paar eingreifen.«

Die Sonne stand im Zenit. Vor dem unteren Tor waren keine Leute aus Geyers Schar zu sehen. Weiter rechts drängten sich auf einer Wiese zahlreiche Bauern; sie schienen einem Redner zu lauschen und brüllten zwischendurch Beifall und unverständliche Bemerkungen.

Die Kundgebung, oder was es war, endete, aber die Leute zerstreuten sich nicht, sondern begannen, Reihen zu bilden. Jorgo, der hinter mir stand, murmelte etwas und seufzte; als ich zu den Bauern gehen wollte, hielt er mich fest und sagte: »Ich weiß nicht, ob du das sehen willst.«

»Was meinst du?«

Er hob die Schultern; unter dem blutdurchtränkten Kopfverband wirkten seine Augen wie Sickergruben des Grauens. »Ich bleibe jedenfalls hier«, sagte er.

Zwei der Erlesenen folgten mir, die anderen sechs blieben bei Jorgo. Ich ging nach rechts, zum Ende der sich bildenden Reihen, knapp hinter den Bauern entlang. Einen hörte ich sagen: »Im Schloss? Fünf niedergehauen, einen haben wir gehängt.«

»Ich hab den Burgpfaffen erstochen«, sagte sein Nachbar.

»Ich war bei der Kirche.« Der Nachbar zur anderen Seite schüttelte den Kopf; er klang fast empört. »Da hatten sich wirklich ein paar in der Gruft versteckt. Die haben wir totgeschlagen.«

»Und danach? Gabs in der Kirche was zu holen?«

Der eben noch Empörte lachte. »Reichlich, aber bestimmt nicht so viel wie auf dem Schloss.«

»Komm, ich will nach vorn.«

Am Ende der Reihe sah ich, dass Jäcklein Rohrbach ein wenig weiter rechts stand, mit anderen Bewaffneten und einer Gruppe von Gefangenen. Sie waren gefesselt, und ihre Kleidung wies die meisten ganz deutlich als Vornehme aus. Einige andere schienen Knechte und Pferdeknaben zu sein. Und nun sah ich auch, dass die Bauern sich nicht zu einer Musterung aufgereiht hatten. Sie bildeten eine Gasse und hielten Spieße bereit. Ich hörte sie Namen nennen – Graf Ludwig von Helfenstein, Hans Konrad Schenk von Winterstetten, Burkhard von Ehingen, Friedrich von Neuhausen und etliche andere, allesamt adlig.

»Ah, die Gräfin haben wir auch erwischt«, sagte ein Mann am Kopf der Spießgasse, als eine junge, schöne Frau zu den Gefangenen gezerrt wurde. Sie trug ein Kind auf dem Arm. Aus den Wortfetzen ringsum erfuhr ich, dass der Junge zwei Jahre alt war und nach seinem Großvater benannt war – Maximilian, natürlicher Vater der Gräfin, Karls Vorgänger auf dem Kaiserthron.

»Natürliche Tochter?«, sagte einer. »Pah, bei uns heißt so was Bankert! Sind die denn was Besseres?«

Sie warf sich vor Rohrbach und den anderen auf die Knie, hob das Kind hoch, weinte und bat, dem Kleinen den Vater, ihr den Gatten zu lassen.

»Gnade?«, schrie einer am Anfang der Gasse; er hob den Spieß und spuckte aus. »Hast du vielleicht Gnade gezeigt, Weib, als du mich mit Hunden gehetzt hast? Soll ich die Striemen zeigen, die du mir mit der Peitsche auf den Rücken gemalt hast?«

»Erbarmen für die Herren, die unsere Väter und Brüder wegen nichts im Verlies haben verfaulen lassen? Die uns ausgesaugt haben, bis wir nicht mal mehr Blut hatten?« Ich glaube, dies schrie das Schwarze Weib, aber ich konnte sie im Gedränge nicht sehen.

Einer der Männer neben Rohrbach bewegte sich, setzte dem Fürstenkind den Spieß auf die Brust. Der Kleine schrie laut auf, und das feine weiße Hemdchen begann, sich zu verfärben.

»Da«, sagte der Spießschwenker, »sollst später auch mit der Narbe zeigen können, dass du dabei gewesen bist.«

»Hört auf!« Das war der Graf, der einen Augenblick lang seine Bewacher abschütteln konnte. »Lasst die Frau und meinen Sohn! Und für mich … Ich gebe euch dreißigtausend Gulden, wenn ihr mich gehen lasst!«

Fünf Gulden, höchstens, erhielt ein Knecht im Jahr, und ein freier Bauer samt Familie würde kaum über mehr als fünfzig verfügen, und davon wäre der größte Teil nicht in Münzen.

»Es ist ohnehin unser Geld«, schrie jemand; »das hast du uns alles abgepresst!«

»Und wenn du uns zwei Tonnen Gold bietest – du musst sterben«, sagte Rohrbach. Er wandte sich an den Trommler, der neben ihm stand. »Fang an!«

Trommelwirbel ertönte. Einer nach dem anderen wurden die Gefangenen in die Gasse gejagt. Die ersten wurden sofort niedergestochen, die nächsten kamen fünf oder sechs Schritte weit. Ein paar der jungen Pferdeburschen wurden mit Spießen durchbohrt, die man dann aufrecht hielt, bis das arme Fleisch oben nicht mehr wimmern konnte.

Ein grausames Ende für grausame Unterdrücker … Ich begriff, weshalb Jorgo, der es offenbar geahnt hatte, es nicht hatte sehen wollen, aber ich stand wie gelähmt, gefesselt, unfähig, mich zu rühren oder auch nur den Kopf abzuwenden.

Losreißen konnte ich mich erst, als einige begannen, den toten

Grafen zu zerstückeln und mit seinem Fett ihre Messer, Spieße oder Schuhe zu schmieren. Meine Augen brannten, und mein Herz hämmerte, als ich zu Jorgo und den anderen zurückging; die beiden Erlesenen, die die ganze Zeit neben mir gestanden hatten, schwiegen, und ihre Gesichter waren grau.

Wie die von Wendel Hipler und anderen, die plötzlich aus dem unteren Tor gelaufen kamen. Florian Geyer war bei ihnen, folgte ihnen jedoch nicht zu Rohrbach, sondern wandte sich an mich. Lukas Haspacher und sieben andere von der Schwarzen Schar blieben hinter ihm stehen.

»Bist du der Mann, mit dem der Haspacher sich schlagen will?«, sagte Geyer.

Ich nickte. Und ich schluckte. Ein breiiges Würgen schwappte in mir, aber es war nicht Angst wie damals, als ich am Waldrand lag. Es war Hass, und ich hoffte, ihn schlucken zu können, ohne ihn zu verlieren.

»Dein Name?«

»Speng...« Ich schluckte noch einmal und räusperte mich. »Jakob Spengler.«

»Der Kleine muss schlucken«, sagte einer der Schwarzen; er stieß Haspacher an und lachte. »Hat bestimmt die Hosen voll.«

Geyer hob die Hand. »Ruhe! Sind dies da deine Gefährten?«

Jorgo trat vor. »Nur ich; die anderen wollen für Ordnung sorgen.«

Geyer kniff die Augen zusammen. »Du bist einer der Führer der Erlesenen, nicht wahr? Zusammen mit Kaiser Karl dem Schrat. Gut gekämpft habt ihr – schade um dich.«

»Wieso?«, sagte ich. »Was hat er ...«

Geyer unterbrach. »Ich sorge dafür, dass alles ordentlich abläuft. Nur ihr zwei kämpft, keiner mischt sich ein. So ist es Brauch beim Schwarzen Haufen: Die Kämpfer legen alles ab, was sie bei sich tragen, Besitz und Rüstung, behalten nur die Waffen.

Es geht ans Leben. Keine Kampfpausen. Der Sieger erhält Besitz, Rüstung und Waffen des Verlierers. Und Zeit bis zum nächsten Morgengrauen; danach kann jeder von der Schwarzen Schar ihn töten. Das gilt auch für seine Gefährten.« Er zeigte einen Augenblick lang ein kaltes, schiefes Lächeln. »Falls du siegst, Spengler. Wenn du stirbst, ist dein Gefährte frei.«

»Das ist nicht üblich so, Herr«, sagte Jorgo. »Es …«

»Es ist das Gesetz des Florian Geyer und des Schwarzen Haufens. Willst du es anfechten?«

Ich berührte Jorgos Arm. »Lass. Es gilt.«

Geyer wandte sich an Haspacher. »Hast du noch etwas zu sagen? Zu verfügen?«

Haspacher grinste. »Nur dies, Herr: Ich habe einen guten Wein gefunden. Gib mir später im Schlosshof die Ehre, mit mir zu trinken.«

Jorgo nahm mich beiseite; besorgt schaute er mir ins Gesicht. »Du bist bleich«, murmelte er.

»Gut so. Er wird es für Angst halten.«

»Ah, ist es etwas anderes? Wenn du dich vor ihm nicht fürchtest, bist du dumm. Er ist gut.«

»Ich weiß. Ich werde mich vorsehen. Nein, Jorgo, es ist Hass.«

Er nickte; dann grinste er breit. »Gut. Und vergiss nicht, was Avram und ich dir beigebracht haben.«

Ich ging zu den Erlesenen und legte Helm und Brustschutz, die Armbrust und meinen Mantel ab.

»Machs gut, Junge«, sagte einer. Die anderen nickten und murmelten etwas, wirkten aber nicht sehr munter.

»Bidhänder, Kurzschwert und Messer«, sagte Geyer.

Ich drehte mich zu ihm und seinen Leuten um. Haspacher warf mit einer verächtlichen Gebärde einen klirrenden Lederbeutel zu seinen anderen Sachen.

»Bereit?«

»Ja, Herr«, sagte ich. Dann wandte ich mich an Haspacher. »Auf ein Wort, ehe wir beginnen?«

Er hob die Schultern. »Wozu? Lass uns die Sache hinter uns bringen.« Er ging ein paar Schritte weg, wandte sich mir zu und hob den Bidhänder.

Ich stellte mich ihm gegenüber, die schwere Waffe ebenfalls erhoben. Haspacher war doppelt so alt wie ich und zehnmal so erfahren; nachdem er die Rüstung abgelegt hatte, zeichneten sich seine mächtigen Muskeln unter dem losen Hemd ab. Ich wusste, dass ich den Kampf schnell entscheiden musste, dass ich bei einem langen Ringen hoffnungslos unterlegen sein würde.

»Bereit?«, sagte Geyer. »Dann – los!«

Haspacher griff an, ließ den Bidhänder einmal über seinem Kopf kreisen und führte einen wuchtigen Schlag schräg abwärts aus. Ich fing ihn mit meiner Klinge auf, jaulte leise und fühlte das Schwert aus meinen Händen gleiten. In Haspachers Gesicht sah ich Geringschätzung, wenn nicht gar Verachtung. Zwei-, dreimal hieb er mit der schweren Waffe nach mir, doch gelang es mir jedes Mal, der Klinge knapp auszuweichen. Mit einem Fluch ließ er den Bidhänder fallen und riss das kurze Nahkampfschwert aus der Scheide. Ohne jede vorbereitende Bewegung streckte er sich in einen langen harten Stich, der auf meine linke Brustseite zielte. Ich duckte mich, drehte mich auf einem Fuß, und sein rechter Arm sauste mit dem Schwert über meine rechte Schulter. Ich packte mit beiden Händen seinen Unterarm, vollendete meine halbe Drehung und nutzte meine Bewegung und seinen Schwung dazu, ihn über meine Schulter einige Schritte weit durch die Luft fliegen zu lassen. Den Arm hielt ich einen winzigen Augenblick länger als nötig fest. Etwas knackte.

Haspacher versuchte, sofort wieder auf die Füße zu kommen. Er bückte sich nach dem Stichschwert, nahm es in die Linke und fuhr herum. Erst als er sich ganz aufgerichtet hatte, zog ich langsam mein Kurzschwert. Sein Schwertarm war im Ellbogengelenk gebrochen; der Unterarm zeigte vom Körper weg, und dort, wo ein Knochensplitter aus dem Fleisch ragte, troff Blut.

Er musste scheußliche Schmerzen haben, aber er bleckte nur die Zähne. »Anfängerglück«, sagte er mit flacher Stimme. »Dich schaff ich auch mit der Linken.«

Ich machte einen Scheinangriff, wich seinem Gegenstoß seitlich aus, zog mich ein paar Schritte zurück. Geduckt und stoßbereit umkreisten wir einander.

»Bleib stehen!«, zischte er nach der dritten Runde.

»Ein Dorf im Hunsrück«, sagte ich leise. Wir waren weit genug von den anderen entfernt; sie konnten nichts verstehen. »Du, Alonso, Falco und Piranesi und ein Haufen Handlanger.«

Er öffnete die Augen weit. »Lange her.« Dann ächzte er und verzog das Gesicht, als ich mit einem plumpen Hieb seinen Körper verfehlte und den gebrochenen Arm traf.

»Fünf Jahre«, sagte ich. »Mein Vater, die Mutter, drei Geschwister und das Dorf.«

»Spengler, ah, deshalb kam es mir so vor ...«

Er ließ das Schwert sinken und richtete sich halb auf, stach dann nicht mit der Spitze, sondern schlug plötzlich mit der Klinge aufwärts. Ich hatte den Schlag erwartet und fing ihn nicht mit dem Schwert auf, ließ meine Klinge an seiner hinabgleiten. Ein kleines Zucken des Handgelenks – Jorgo hatte es mich gelehrt –, die Parierstange an Haspachers Schwert war überwunden, und ich trennte am Gelenk die Hand mit der Waffe vom Arm. Der Hieb endete in seinem Oberschenkel.

Er taumelte, dann sackte er auf die Knie. Aus dem linken Arm spritzte das Blut. Ich setzte die Schwertspitze auf seine Brust, über das Herz.

»Soll ich dich langsam zerschneiden, oder willst du einen schnellen Tod?«, sagte ich mit zusammengebissenen Zähnen.

Er hustete, schloss die Augen, schwankte, öffnete sie wieder. »Mach Schluss«, keuchte er.

»Dann sag mir, wie heißt Falco? Wo sind er und die beiden anderen jetzt? Und wer hat den Befehl gegeben?«

Einen Augenblick sah er mich an, wirkte beinahe erstaunt. Er flüsterte: »Frag mich das in der Hölle«, und ließ sich gegen die Schwertspitze fallen.

Geyers Männer schleppten den Leichnam fort, zu einem Hügel aus Gefallenen. Geyer zog sein Kurzschwert, hob es vor mir, neigte knapp den Kopf und sagte: »Guter Kampf, Spengler. Denk ans Morgengrauen.« Er wies auf den Stapel aus Haspachers Sachen und wollte sich abwenden.

»Eine Frage – mit Verlaub, Herr?«

»Frag.« Er musterte mich, und zum ersten Mal sah ich, dass seine Augen eisgrau waren.

»Vier Anführer und ein Haufen Landsknechte haben vor fünf Jahren mein Dorf zerstört, meine Eltern und Geschwister getötet. Haspacher war einer; deshalb.«

Er nickte; plötzlich wirkte er nachdenklich, fast versonnen.

»Alonso Zamora, ein Spanier mit Eisenhand. Ein habichtsnasiger Franzose, den sie Falco oder so ähnlich nannten. Ein Italiener namens Giambattista Piranesi. Kennt Ihr einen von ihnen, und wisst Ihr, wo ich sie finden könnte?«

»Falco?« Er verzog das Gesicht, als wolle er ausspucken. »Ich kenne ihn als Jérôme de Castelbajac. Von den anderen weiß ich nichts. Und wo du ihn finden kannst? Vielleicht in Italien. Oder überall.«

»Danke, Herr.«

Florian Geyer nickte und wandte sich zum Gehen. Über die Schulter sagte er: »Denk ans Morgengrauen, Spengler, und – viel Glück.«

Jorgo wandte mir den Rücken zu und sprach mit einem der Männer, als ich zu den Erlesenen kam. Sie begrüßten mich mit Grinsen und Schulterklopfen.

»Aber gute Pferde mit Sattel und allem, hörst du? Und Wegzehrung«, sagte Jorgo. Dann drehte er sich zu mir um, schaute an mir herab und wieder herauf und schüttelte den Kopf.

»Und um dich habe ich mich gesorgt!«, sagte er. »Schwarzes Schwein! An meine Brust!«

Er umarmte mich, dann schob er mich von sich und fuhr sich mit dem Handrücken über die Augen. »Komm, los«, knurrte er. »Bis zum Morgengrauen bleibt uns nicht viel Zeit. Geyers Leute reiten schnell. Helft ihr uns, ihr trefflichen Burschen?«

Zwei der Erlesenen nahmen Haspachers Sachen.

»Wohin?«, sagte ich.

»Zwei Pferde drüben an der Nordseite, wo wir schneller wegkommen.«

»Ich will noch Karl Lebwohl sagen – weißt du, wo er steckt?«

Jorgo blieb stehen; er taumelte und fasste sich an den blutigen Verband. »Keine Zeit, keine Zeit, sonst fall ich vom Pferd.«

Wir stützten ihn, und es dauerte einige Zeit, bis wir die Nordseite erreicht hatten, genauer: den Nordrand des Verbandsplatzes. Dort warteten mehrere Erlesene auf uns, und vier Pferde. Neben einem stand Karl.

»Ich begleite euch ein Stückchen«, sagte er. Er wandte sich an die anderen. »Männer«, rief er, »ihr habt prächtig gekämpft. Wenn ich zurückkomme, will ich keinen von euch mehr sehen. Schließt euch Geyer an oder Hipler, oder geht heim. Alles wird sich auflösen und neu zusammensetzen.«

»Für wen ist das vierte Pferd?«, sagte ich.

»Ein Packtier.« Er sah zu, wie Haspachers Erbe darauf verstaut wurde. »Los, los«, sagte er dann. »Sagt euer Lebewohl, wir müssen los, wenn ihr überleben wollt.«

Wir ritten nach Norden, vorbei am Schemelberg; Karl stellte sich in den Steigbügeln auf und schaute zurück.

»Weit genug – jetzt ab nach Westen, Heilbronn und weiter«, sagte er. »Und hoffen, dass die Wege frei sind.«

Jorgo hatte sich wieder ein wenig gefangen. »Sehe ich das richtig?«, sagte er.

»Ich war beim Kriegsrat im Schlosshof.« Karl seufzte und schüttelte den Kopf. »Alle Klöster sollen aufgelöst werden, die Mönche sollen hacken und sich plagen müssen wie die Bauern. Morgen wollen sie nach Heilbronn ziehen, dann nach Würzburg und dort Domherren, Pfaffen und den Fürstbischof verjagen. Florian Geyer will alle befestigten Häuser und Burgen niederbrennen; ein Edelmann soll auch nicht mehr Türen haben als ein Bauer. Er sagt, wenn das Volk frei werden soll, müssen alle den Bauern gleichgemacht werden, bis nur der Stand der Gemeinfreien bleibt. Wendel Hipler will die geistlichen Herren beseitigen, aber die Ritter als Verbündete, und das, was sie verlieren, will er ihnen aus den geistlichen Gütern ersetzen. Metzler ist auch dafür, Rohrbach ist für Geyers Vorschläge, kann aber Geyer nicht leiden, der ihn verabscheut.«

»Und?«, sagte ich. Als ich zufällig zu Jorgo schaute, sah ich ihn grinsen.

»Und?« Karl hob die Schultern. »Das Reich brennt, aber die Bauernhaufen vereinigen sich nicht. Jeder kämpft für sich allein. Das evangelische Heer wird sich auflösen – ein Teil mit Hipler, ein Teil mit Geyer, ein Teil mit Jäcklein. Wir haben in Weinsberg gewonnen, dabei ist alles verloren.«

»Und?«

Er grinste mich von der Seite an. »Ich habe ein paar Gulden mitgenommen, Brot, Fleisch, Wasser, Wein. Braucht ihr einen kräftigen Reisegefährten?«

ZWEITER TEIL

II

Bis zum Abend ließen wir Heilbronn hinter uns. Auf Neben-
wegen ritten wir nach Westen; ich glaube, auf einer Karte hätte
unser Weg sich arg windungsreich ausgenommen. Die Überlegung, dem Neckar folgend zunächst nach Norden zu reiten, ließen wir nach kurzer Beratung fallen; dort gab es zahlreiche Städte
und Burgen, die möglicherweise belagert wurden. Genau nach
Westen mochten wir ebenfalls nicht reiten, da wir die Gegend
um Sinsheim vermeiden wollten. Das große Kloster würde zweifellos eines der Hauptziele der dortigen Bauern sein. Nebenwege,
Hinterland, allem ausweichen, was Menschenmengen anziehen
konnte, gleich ob Bauern oder Fürstentruppen.

Acht Tage brauchten wir so, um den Rhein dort zu erreichen,
wo die Pfinz in ihn mündet. Karl kannte sich in der Gegend ein
wenig aus; genug jedenfalls, um zu wissen, dass der Fluss dort
kaum schiffbar ist und sich in großen Schleifen zwischen Auwäl-
dern und morastigem Flachland windet: keine Herrenhäuser oder
Burgen, ein paar Dörfer und einzelne Gehöfte. Andererseits ist
es von dort nicht weit bis nach Speyer, sodass wir damit rechnen
durften, von Bauern und Fischern Nachrichten zu erhalten.

Der Beutel, den mir Lukas Haspacher widerwillig hinterlassen hatte, enthielt neben einigem Kleingeld fast achtzig Gulden.
Da auch Karl einiges an Münzgold besaß, in Weinsberg erbeutet, hatten wir keine Schwierigkeiten, unterwegs bei Bauern und
in abgelegenen Dörfern Nahrung, zuweilen auch Unterkunft zu
finden.

»Weit kommen wir damit nicht.« Jorgo hatte sich auf einen Steinblock am Rheinufer gesetzt, die Stiefel ausgezogen und ließ die weit gereisten Füße vom Wasser umspülen, zu allgemeiner Abschreckung, wie er sagte. »Wohin wollen wir eigentlich?«

»Ich will nach Süden.« Karl stand bei den Pferden, die trotz Jorgos Füßen Rheinwasser soffen. »Weit nach Süden.«

»Wie weit?«, sagte ich.

»Istrien. Es gibt, ah, es gab da eine Witwe.« Er schüttelte den Kopf und spuckte auf den Boden. Als er weitersprach, klang er verdrossen und wehmütig zugleich. »In Capo d'Istria, falls euch das was sagt. Gehört zu Venedig. Ich hatte mit den Venezianern ein bisschen Ärger und habe mich über die Grenze abgesetzt, nach Triest – zu den Österreichern. Dann war ich bei einer Truppe, die in der Nähe von Verona aufgerieben wurde, und wir, die Überlebenden, haben uns nach Norden begeben. Ich zu Gott, die anderen zum Teufel, fürchte ich.«

»Karge Auswahl«, murmelte Jorgo. »Hat sich Gott immer noch nicht bei dir gemeldet?«

»Vielleicht wartet er in Capo d'Istria auf mich, unter ihrem Bett. Oder unter einem anderen. Es gibt da viele Witwen. Und das Wetter ist besser. Ich glaube, eigentlich waren die Gebiete nördlich der Alpen nicht für Menschen vorgesehen.«

»Weiter Weg«, sagte ich. »Und nicht ungefährlich, vor allem, wenn man allein reist.«

Karl hob die Schultern. »Das ist, wie es ist. Und ihr? Ihr wollt wirklich den ganzen Rhein hinunter nach euren beiden Freunden suchen?«

»Nicht den ganzen. Kassem hat sicher irgendwo eine Nachricht hinterlassen. Wahrscheinlich an einer Stelle, wo sie niemandem auffällt.«

»Hast du eine Vorstellung, wo?«

»Zwei oder drei, ja.«

»Und danach?«

»Danach wollte er nach Venedig. Zu fünft reist man besser, nehme ich an. Wenn du magst, und wenn Kassem nichts dagegen sagt.«

Jorgo hob den Kopf. »Nur unter einer Bedingung.«

»Welche?«

»Du müsstest dein Schnarchen einschränken.« Er grinste.

Ich nahm an, dass Kassem und Avram nichts gegen einen umgänglichen Gefährten einzuwenden haben würden, der allein durch seine Ausmaße jene Wegelagerer verscheuchen mochte, die sich durch unsere Waffen nicht abschrecken ließen.

»Es sei denn, du wärest sehr in Eile«, sagte ich.

Karl rümpfte die Nase. »Die Eile ist vom Teufel. Und Witwen halten sich länger als Jungfern.«

In den folgenden Tagen ritten wir vorsichtig und, so gut es ging, außer Sicht rheinabwärts, ohne jedoch allen Schleifen zu folgen. Das große, prächtige Speyer, das ich gern besucht hätte, sahen wir in der Abenddämmerung weit jenseits des Flusses liegen. Flussfischer erzählten uns, die Stadt habe sich den Bauern angeschlossen, es werde nicht gekämpft, aber es erschien uns sicherer, möglichst unsichtbar zu bleiben. Zwei Tage später sahen wir abends die Oppenheimer Fähre eben vom Ostufer ablegen und verbrachten die Nacht in einer Scheune.

Am nächsten Morgen warteten wir auf den Fährmann.

Wie ich gehofft hatte, waren Kassem und Avram zurück zum Rhein geritten; beim Fährmann hatten sie ein kurzes Schreiben in arabischen Zeichen zurückgelassen. Darin stand, sie wollten versuchen, auf anderen Wegen nach Heidelberg und von dort, wenn die Lage der Dinge es erlaube, nach Augsburg zu gelangen.

»Sind sie über den Rhein gegangen?«, sagte ich.

Der Fährmann schwieg beharrlich, bis ich ihm einen halben Gulden gegeben hatte.

»Ich habe sie wieder nach Oppenheim gebracht«, sagte er dann. »Und soweit ich weiß, sind sie von dort nach Worms und weiter nach Speyer geritten.«

Plötzlich kam mir ein anderer Gedanke. »Hast du die Miralda gesehen?«

»Sie ist zuerst flussaufwärts gefahren – getreidelt, und vorgestern wieder abwärts hier vorbeigekommen.«

»Was willst du von der Miralda?« Jorgo betrachtete mich unter hochgezogenen Brauen.

»Vielleicht wissen die dort mehr von den Vorgängen; vielleicht können sie uns sichere Wege nennen.«

»Wer oder was ist die Miralda?«, sagte Karl.

»Ein Schiff mit Künstlern – Schauspieler, Musiker, Taschenspieler, Gaukler, derlei.«

Karl nickte. »Sei sicher, die wissen auch nichts, aber vielleicht erbauen sie uns ein wenig.«

Wir fanden die Miralda unterhalb eines Dorfs, das bis auf blökende Kühe verlassen oder in bleiernem Nachmittagsschlaf versunken schien. Sie schaukelte, den Bug flussaufwärts gerichtet, an ihrer Ankerkette, einen Steinwurf vom Ostufer entfernt. Die Pforte, durch die bei Bedarf der Steg geschoben wurde und zu der eine senkrechte Leiter führte, war geschlossen. Die Backbordwand, etwa anderthalb Mannshöhen über dem Wasser, war zu beiden Seiten des Schaufelrads mit Flecken bedeckt, die an Kuhfladen erinnerten und zu suppen schienen. Auf der Kante der Bordwand ragten Stangen schräg nach oben, zwischen denen Netze gespannt waren.

Ein bärtiger Mann stand auf dem Achterdeck und schaute zu uns herüber, als wir die Pferde zügelten. Ohne hastige Bewegungen richtete er eine Arkebuse auf uns.

»Ist der Große Alberto zu sprechen?«, rief ich.

Der Mann hob eine Hand. Ich konnte nicht hören, ob er etwas sagte, aber ein paar Augenblicke später erschien der Große Alberto in der Kajütentür. Er blickte zu uns, erkannte mich, kam an die Bordwand und rief: »Hast du Papisten bei dir, Evangelische oder Menschen?«

»Menschen.«

Samper wandte sich an den Wächter auf dem Achterdeck und gab ihm wahrscheinlich einen Befehl. Der Mann bewegte sich zum Heck; als er über das Geländer kletterte und sich in den unten schaukelnden Kahn gleiten ließ, sah ich, dass er ein Zwerg war.

»Legt ihr Wert auf eure Pferde?«, sagte er, als das Boot ein paar Schritte vor uns knirschend den Uferkies berührte.

»Gibt es hier Pferdediebe?« Jorgo wies mit dem Daumen hinter sich, aufs Dorf. »Da ist doch offenbar niemand.«

»Die kommen wieder. Wir werden arbeiten müssen. Bis gleich.«

Er legte wieder ab, ruderte zurück zur Miralda, wechselte ein paar Worte mit Samper und ließ sich ein Tau zuwerfen. Während er erneut zum Ufer kam, tauchten hinter der Bordwand mittschiffs weitere Leute auf.

Wir zogen die Miralda zum Ufer, bis man den Steg benutzen konnte. Es war nicht ganz einfach, die Pferde an Bord zu bringen – zerren, schmeicheln, locken, schieben. In der Nähe des Masts gab es zwei Tröge, die ich bei meinem ersten Aufenthalt an Bord nicht bemerkt hatte. Aber wer sucht schon auf einem fremden Schiff nach Trögen? Ein Mann schöpfte mit einem Eimer Wasser aus dem Rhein und füllte den linken Trog, ein anderer schüttete Hafer in den rechten. Wenn die Miralda rheinaufwärts getreidelt wurde, sagte ich mir, mussten gelegentlich Zugtiere versorgt werden.

»Was hat es mit den angeblichen Pferdedieben auf sich?«, sagte

Jorgo, nachdem ich ihn und Karl dem Großen Alberto vorgestellt hatte.

»Kommt in die Kemenate«, sagte er. »Da lässt sich besser reden.« Er wandte sich an eine junge Frau, die aus dem Verschlag am Bug auftauchte. »Sei so gut und bring uns warmen Wein und Brot.« Dann deutete er auf die mit Netzen bespannten Stangen an der Bordwand. »In diesen trüben Zeiten«, knurrte er, »muss man Vorkehrungen treffen. Gegen Pferdediebe und anderes Gesindel. Kommt.«

In der Kajüte wollte er zuerst von unseren Erlebnissen hören. Als ich mit gelegentlichen Ergänzungen von Jorgo – Karl aß und schwieg – berichtet hatte, hob Samper den Becher. »Auf Lukas Haspachers Ende«, sagte er. »Möge seine Seele in der Hölle braten. Falls es die gibt. Und wenn, dann möge er recht bald viel Gesellschaft erhalten. Papistische und evangelische vorzugsweise.«

»Was haben dir die Frommen angetan?«, sagte ich.

»Sie machen uns brotlos.«

»Kannst du wegen der Kämpfe keine Aufführungen machen? Ist es denn hier am Rhein so schlimm?«

Er schnitt eine Grimasse. »Ein bisschen kämpfen, bah, wen stört das? Nach dem Kampf will man sich entspannen. Nein, es sind die Frommen überhaupt, auch ohne Kampf.

Die Pfaffen waren immer schon Heuchler, haben meinen Tänzerinnen zwischen die Beine gestarrt und ›Unzucht‹ gemurmelt.«

»Man murmelt«, sagte Jorgo mit einem Grinsen, »immer das, wonach man sich gerade sehnt. Hörte ich.«

»Natürlich. Aber das gilt offenbar nicht für die Evangelischen. Sie haben beschlossen, das Reich Gottes auf Erden zu errichten, und im Reich Gottes darf nicht gelacht werden. Alles ist ernst, wir sollen schuften und uns ernähren, um weiter schuften zu können, nicht etwa essen, was uns schmeckt. Sie zerschlagen die Bilder und Statuen in den Kirchen, die vielleicht anderen heilig sind, weil nur bleiben soll, was ihnen heilig ist. Sie murmeln nicht, sie brüllen; sie genießen nicht, sondern wollen sich plagen. Und wer nicht genießen mag, ist selbst ungenießbar.« Er ließ all dies schnell und fast ohne Atempausen heraussprudeln.

»Gibt es für deine Rede einen unmittelbaren Anlass?«, sagte ich.

»Theater ist lästerlich. Du sollst dir kein Bildnis machen, ja? Nicht vom Herrn und nicht von seiner Schöpfung. Außerdem ist jede Form von Spiel Blasphemie, weil sie den Ernst schändet, mit dem wir bei allem zu Werke gehen sollen. Bah. Ihr werdet es hören und sehen.« Er deutete auf die Kajütenwand, hinter der das Ufer war. »Abends melken sie ihre Kühe, dann sprechen sie ein paar Gebete, und dann kommen sie ans Ufer, um uns zu verfluchen. Muss ihnen wohl Vergnügen bereiten – was eigentlich lästerlich ist.«

»Ihr könnt also nicht spielen, nichts aufführen?«

Er hob die Schultern. »Hier liegen wir einigermaßen sicher; sie schimpfen, aber mehr tun sie nicht. Bis jetzt. Und jeden Tag frage ich alle Boote, die rheinaufwärts kommen, ob sie etwas von den Zuständen flussab wissen. Sobald ich verlässlich höre, dass in Mainz oder Bingen oder wo auch immer nicht dieser Wahnsinn herrscht, werden wir aufbrechen. Aber bis dahin?«

Ich wechselte Blicke mit Jorgo und Karl; dann sagte ich: »Da es am Ufer offenbar nicht recht heiter zugeht, würden wir gern für eine Nacht die Gastlichkeit der Miralda missbrauchen.«

Der Große Alberto nickte. »Hast du diesmal deine Fiedel mitgebracht?«

Plötzlich hörten wir Getrampel und Stimmen auf dem Deck; eines unserer Pferde wieherte. Samper sprang auf und lief zur Tür der Kajüte.

»Kommt mit, wenn ihr die Abendgrüße der Dorfbewohner hören und sehen wollt.«

Wir folgten ihm. Die Frauen und Männer der Truppe hielten Stangen und Spieße bereit, um notfalls jemanden abzuwehren, der durch die Netze kriechen wollte. Am Ufer standen und knieten etwa fünf Dutzend Menschen – Männer, Frauen, wenige Kinder. Sie schienen gemeinsam zu beten. Weitere kamen hinzu, und diese Nachzügler brachten Körbe und Bottiche mit. Die Betenden beendeten ihre Übungen und griffen in die Behälter, holten Gegenstände heraus und warfen sie auf die Miralda. Die meisten landeten im Wasser oder klatschten an die Bordwand, die übrigen erreichten die Netze. Unter den wirren Rufen am Ufer glaubte ich, Wörter wie »Satansknechte« und »Lästerer« herauszuhören.

»Steine, Lehm und Pferdeäpfel«, sagte Samper. »Man könnte sagen, ihre stoffgewordenen Gedanken.«

»Vielleicht hat der Herr, an den sie glauben, ihren Gebeten diese Gestalt gegeben«, knurrte Jorgo.

»Meister«, rief ein Mann, der an der Flussseite der Miralda stand.

Samper ging mit schnellen Trippelschritten zu ihm und schaute über die Bordwand. »Ei, die listigen Trottel«, sagte er. »Wo sind die Eimer?«

Ich folgte ihm. Auf dem Rhein näherte sich ein Nachen mit sieben oder acht Männern. Sie waren mit Sicheln und Messern bewaffnet. Alberto gab ein paar Befehle; ich sah mich um, ergriff einen Spieß, der an der Kajütenwand lehnte, und machte mich bereit, die Angreifer zurückzustoßen. Jemand reichte Samper einen Eimer; er kippte den Inhalt mit Schwung über die Bordwand, und was wie vermengte Küchenabfälle, Kot und Harn roch, ging auf die Insassen nieder. Mitglieder der Miralda-Besatzung wappneten sich mit Knüppeln. Karl stieß einen kleinen Jauchzer aus und packte einen besonders dicken Stock. Zwei der Männer aus dem Boot versuchten, die Köpfe durchs Netz zu schieben, gaben aber nach dem Einsatz eines der Knüppel und des Stocks von Karl unter Schmerzensschreien und Verwünschungen auf.

»Das mit dem Kahn ist neu«, sagte Alberto halblaut. »Und es gefällt mir nicht. Hippo, auf den Mast! Sieh dich um. Vielleicht bereiten sie noch andere Neuigkeiten für uns vor.«

Unglaublich geschwind kletterte der Zwerg hinauf zu der kleinen Plattform oben am Mast. Kaum zwei Lidschläge später rief er: »Eine Kanone! Ochsen, und eine Kanone, zwischen den Häusern im Dorf!«

»Woher mögen sie die nur haben?« Karl runzelte die Stirn.

Samper klatschte in die Hände. »An die Arbeit, ihr Trefflichen! Die Luken hoch. Walther, such dir die Leute zum Trampeln aus. Schnell, schnell! Und ihr« – er wandte sich an Karl, Jorgo und mich – »leiht uns eure Kraft, bitte! Kommt.«

Wir liefen zum Bug, steckten die Spanten in die Ankerwinde und stemmten uns dagegen, um das schwere Metall aus dem Boden des Rheins zu ziehen. Bei jeder Drehung sah ich, was die anderen taten, denen Samper befohlen hatte, Luken zu öffnen und zu trampeln.

Die Mühlenräder, die ich bei meinem ersten Besuch der Miralda bestaunt hatte, waren auf beiden Seiten etwa in der Mitte des Schiffs angebracht und drehten Achsen. Unter dem Deck, das an diesen Stellen aufgeklappt werden konnte, waren ähnliche Räder, allerdings etwas breiter, und den Schaufeln an der Außenseite entsprachen hier Stufen. Zwei Leute konnten jeweils nebeneinander diese Stufen betreten; unter ihrem Gewicht drehten sich die Achsen, und außen schaufelten die Räder das Wasser nach hinten oder das Schiff nach vorn.

»Los, trampelt, was ihr könnt!«, schrie Samper. »Esmeralda, ans Ruder! Bring uns schräg flussauf weg vom Ufer!«

Die Trampler begannen mit ihrem Werk, ehe wir noch den Anker gelichtet hatten. Ich sah eine der schlanken jungen Frauen

153

über das Achterdeck zum Steuerruder huschen. Die Miralda setzte sich träge, fast wie widerwillig in Bewegung. Dann gab es einen heftigen Ruck, als der Anker aus dem Flussbett gerissen wurde.

Alberto überließ es uns, den Anker vollständig zu bergen; er lief nach hinten und löste Esmeralda ab, die kaum das Steuer halten konnte.

Die Dörfler am Ufer warfen noch einige Klumpen und Schimpfwörter hinter uns her, aber bald ging ihnen beides aus, und inzwischen waren wir weit genug entfernt, um uns nicht mehr darum kümmern zu müssen.

Weiter flussaufwärts gab es eine flache Insel mit Bäumen und reichlich Unterholz. Wir ankerten auf ihrer Westseite; selbst wenn es den Dörflern gelänge, die Kanone weit genug flussauf zu schleppen, würden die Bäume uns Deckung geben.

Abends saßen wir auf dem Deck um den kleinen Eisenofen, den Samper vor die Kajüte hatte schleppen lassen. Ein Wächter am Bug sorgte für ein Gefühl, das Jorgo, Karl und ich lange entbehrt hatten: Sicherheit. Er wurde in regelmäßigen Abständen abgelöst, und wir bestanden darauf, uns zu beteiligen. An den Netzen waren Glocken festgemacht, die alle wecken sollten, falls trotz der Wache jemand ungesehen bis zum Schiff gelangte.

Ich sah einem der Männer der Miralda zu, der im großen Topf auf dem Ofen rührte. Es gab eine dicke Suppe mit Fleischbrocken und Gemüsestückchen, dazu Brot, das eine der Frauen gebacken hatte. Die Gespräche kreisten zunächst um die evangelische Gastlichkeit der Dörfler.

»Was, wenn ihr mal richtig überfallen werdet?«, sagte Karl.

Samper bleckte die Zähne. »Wir haben zwei kleine Katapulte. Zu laden mit Nägeln und scharfkantigem Metallschrott. Und ein paar Arkebusen.«

Jorgo gluckste. »Ihr seid ja nicht nur ein Palast der Vergnügungen, sondern eine schwimmende Festung, wie?«

»Man muss sich vorsehen. Und ehe ihr fragt, warum wir hier liegen, wo uns niemand haben will – wo sonst sollen wir liegen, da uns woanders auch keiner mag? Bis der Wahnsinn vorübergegangen ist.«

»Dieses Trampeln«, sagte ich. »Es ist sicher eine kluge Erfindung, aber hält man das lange durch?«

»Sehr anstrengend.« Walther hob die Schultern. »Für lange Strecken flussaufwärts ist Treideln besser.«

»Ihr habt aber keine Tiere dafür, oder?«

»Der Meister findet, es sei billiger, vor der Bergfahrt Ochsen zu kaufen und diese hinterher zu essen, als sie das ganze Jahr über zu füttern.«

Im Licht zweier Fackeln begann ich allmählich, die Gesichter der Leute zu unterscheiden. Neben Samper und dem Zwerg Hippo bestand die Besatzung aus fünf Frauen und neun Männern, und alle machten alles: Gaukelei, Musik, Schauspiel, Akrobatik ebenso wie anfallende Arbeiten auf und mit dem Schiff. Natürlich konnte dieser etwas besser als jener. Der Hüne und Obertrampler Walther war, wie wir hörten, ein guter Zimmermann, der auch rang und Gewichte und Menschen stemmte, den man aber nicht kochen ließ; über die drei jungen Tänzerinnen sagte Samper, sie seien »auch trefflich in Schauspiel und Musik«, doch sei Treideln oder Trampeln nicht ihre Stärke, und die beiden älteren Frauen, fingerfertig und ebenfalls Mimen, seien als Tänzerinnen »abdingbar«.

»Frauen als Schauspieler?«, sagte Jorgo. »Ich bezweifle nicht, dass sie es können; aber dürfen sie denn?«

»Die Welt ist Trug.« Der Große Alberto breitete die Arme aus; er klang betrübt, lächelte jedoch dabei. »Und alle Aufführung ist trügerischer Schein. Dort, wo die Dinge weitherzig ausgelegt werden, können sie tanzen und spielen; wo es enger zugeht, verkleiden sie sich – als Frauen.«

Später gingen wir von der Suppe zum Wein und vom Reden zu Musik über. Da die Leute der Miralda einander bis zum Überdruss kannten, wollten sie zunächst etwas von meiner Fiedel hören. Ich spielte ein paar schnelle Tänze, dann ein schwermütiges Stück, das ich vor Jahren in Nowgorod gehört und seither immer wieder abgewandelt hatte. Sie baten mich, es noch einmal zu spielen; nach und nach fielen sie mit ihren Instrumenten ein: Laute, Bombarde, Zink, zwei Flöten, eine Handtrommel; und Walther, der Zimmermann und Ringer, schlug mit zwei Löffeln einen seltsamen Rhythmus, indem er sich zunächst gleichsam von hinten einschlich, uns dann überholte und schließlich mitriss. Irgendwann verschwand Samper mit Esmeralda in seiner Kajüte, und Walther übernahm die Aufgabe, uns von allzu üppigem Trinken abzuhalten und die Wachen einzuteilen.

Es gab keine nächtlichen Überfälle. Nach einem hurtigen Frühstück legten wir von der Insel ab. Samper brachte die Miralda ans Westufer, wo den letzten Gerüchten zufolge die Aufstände der Bauern entweder bereits niedergeschlagen oder von klügeren Fürsten durch Zugeständnisse beschwichtigt worden waren. Über den Steg brachten wir die Pferde in einer einsamen Bucht an Land und sagten Lebewohl.

»Beim nächsten Mal hoffe ich, eines eurer Stücke sehen zu können, ohne vor Fladen und Kanonen fliehen zu müssen«, sagte ich.

Der Große Alberto hob die Hände in einer Gebärde, die Zweifel oder Entsagung oder beides bedeuten mochte. »Sei sicher, dass der Himmel neue Tücken wider uns bereitet.«

12

Fast drei Monate brauchten wir, um Augsburg zu erreichen. Vorsichtig reiten, Erkundigungen einziehen, umkämpfte Gebiete meiden, schwankende Städte weiträumig umgehen, Nachtritte und Tagrasten … Frankreichs König sei nach der Niederlage von Pavia von den Spaniern irgendwo in Kastilien – oder war es Aragon? – eingekerkert worden, hörten wir; die deutschen Landsknechte seien, wie erwartet, über die Alpen nach Norden geeilt, um im Sold der Fürsten die Bauern hinzumetzeln; Mainz und Speyer seien trotzdem in Händen der Aufständischen. Luther habe den Bauern, die sich anfangs auf ihn berufen hatten, die Hölle verheißen und jenen, die sie bekämpften, die Gnade: »Denn die Hand, die das Schwert führt und tötet, ist dann auch nicht mehr eines Menschen Hand, sondern Gottes Hand, und nicht der Mensch, sondern Gott henkt, rädert, enthauptet, tötet und führt den Krieg. Das alles sind seine Werke und sein Gericht. Er findet und trifft sie schließlich doch, wie es auch jetzt den Bauern in Aufruhr ergangen ist.« Lutherische Landsknechte hängten nach dem Sieg evangelische Prediger kopfunter auf, nackt, sägten sie vom Hodensack bis zum Nabel auf und ließen sie verrecken.

Manche Gerüchte stellten sich als wahr heraus und viele Berichte als erlogen. Wir hörten von großen Siegen des Volkes, das sich gegen die Unterdrücker erhoben hatte, und erfuhren bald darauf, dass die getrennten Bauernheere einzeln aufgerieben und vernichtet worden waren. Florian Geyer wurde von Knechten seines Schwagers in einem Wald bei Würzburg umgebracht; Götz von Berlichingen leitete kurze Zeit als Feldhauptmann gezwungen »unseren« Haufen, verließ ihn aber bei der ersten Gelegenheit. Die Wege, die wir ritten, wurden von schweifenden Bauern ebenso verheert wie von marodierenden Landsknechten im Fürstendienst, und wir versuchten, zu überleben und zuerst westlich, dann östlich des Rheins mit heiler Haut voranzukommen.

»Wir brauchen Geld.« Es war Abend, wir lagerten in einem verlassenen Steinbruch, und Karl sagte wahre Worte.

»Das stimmt.« Jorgo schnitt ein Stück von dem Speck, unserem letzten Vorrat, hielt es hoch und betrachtete es. »Du dauerst mich«, sagte er halblaut. »So einsam gefressen zu werden. Wie viel haben wir denn noch?«

»Für fünf, sechs Tage reicht es«, sagte ich. »Aber nur, wenn wir auf Schwelgereien wie Wein verzichten und uns mit altem Brot begnügen.«

Karl runzelte die Stirn. »Bei Bauern betteln? Die haben selbst nichts. Pfaffen zausen?«

»Die sind alle gezaust worden.« Ich überlegte. »Wollen wir arbeiten?«

»Wo? Für wen? Was? Meinst du, nach all dem Brennen und Morden der letzten Zeit gäbe es irgendwo Arbeit, die mehr einbringt, als sie kostet?« Jorgo schnaubte.

Ich lachte. »Arbeit, die mehr einbringt, als sie kostet? Da müsste man Händler werden. Oder Bankherr. Oder Pfründner. Alles andere genügt nicht zum Leben, sondern bestenfalls, das Sterben hinauszuschieben.«

»Pfründner …« Karl klang nachdenklich. »Oder so ähnlich. Zum Beispiel gestern, dieser Ablassprediger in Tuttlingen.«

Jorgo und ich sahen einander an.

»Ich meine« – Karl räusperte sich –, »also, so ein Ablasshändler wäre doch …«

Ich schloss die Augen und erinnerte mich an den Anblick. Der hagere Dominikaner mit den glimmenden Augen, neben ihm der jüngere Mann, der ganz gewöhnlich aussah, der Karren mit der eisenbeschlagenen Truhe, die Laden mit unterschiedlichen Ablassbriefen. Und sechs Arkebusiere, die alles bewachten und sich mürrisch über den Marsch und das nächste Ziel unterhielten. Der Mönch wollte nicht die sichere, große Straße über Meßkirch nach Osten nehmen, sondern über Treidelpfade und Waldwege südlich der Donau Richtung Sigmaringen, um Dörfer und Weiler zu besuchen, die vermutlich lange keinen Ablasshändler gesehen hatten. Und später irgendwann nach Ulm, hatte einer der Arkebusiere gemurmelt.

»Schlag es dir aus dem Kopf«, sagte Jorgo.

»Warum? Hat einer von euch Bedenken?«

»Bedenken? Wegen der Zahlen, Mann! Der Mönch ist sicher zäh, und der Fuggerschreiber zählt wohl nur halb. Aber sechs Mann mit Arkebusen? Wir sind nur drei.«

»Ich habe Bedenken«, sagte ich mit einigem Nachdruck. »Nicht dagegen, jemandem, der viel hat, etwas wegzunehmen. Wir leben in würdelosen Zeiten; da kommt es darauf nicht an. Aber ich will weder arme Bauern ausplündern noch Witwen und Waisen bestehlen. Und ich will nicht zum Mörder werden.«

Karl rümpfte die Nase. »Mörder? Du hast doch schon getötet.«

»Ich habe gekämpft und dabei getötet. Das ist etwas anderes als ein Hinterhalt. Wir müssten acht Männer töten, von denen keiner uns etwas getan hat.«

Jorgo nickte langsam. »Und die Arkebusiere sehen nicht so aus, als ob sie auf Gegenwehr verzichten würden.«

Meine Gefährten, alte Krieger, schienen die Dinge anders zu sehen als ich. Für Geld zum Mörder werden … Ich wollte es auf keinen Fall, und zu zweit würden sie kaum gegen die ganze Truppe des Ablasshändlers antreten.

Trotzdem war die Truhe des Dominikaners irgendwie verlockend. Ich hatte mich innerlich längst weit von allem entfernt, was mit den irdischen Vertretern des Himmels zusammenhing, und wie nah ich dem Himmel noch war, wusste ich nicht.

Über Ablass hatte ich nie gründlich nachgedacht; die Frage hatte sich mir nie gestellt. Ich wusste natürlich, dass die Beichte, die Reue voraussetzt, mit einer Art Ablass endet, der Lossprechung durch den Priester. Dieser mag ein Schurke sein, aber wenn er das Sakrament erteilt, ist er nur Werkzeug Gottes, und trotz aller Makel des Werkzeugs wird dem Losgesprochenen Gottes Gnade makellos zuteil. Ich wusste auch, dass der erkaufte Ablass nur dann gültig wird, wenn ihm Reue und Beichte folgen; er ist keine silberne Abkürzung.

Aber was wusste ich sonst, damals? Heute, all die Jahre später, weiß ich mehr, und es hat meine Fragen ebenso vermehrt wie meine Abneigungen. Dass der Mensch sich durch gute Werke rechtfertige, gewissermaßen Schätze im Jenseits sammele, erscheint mir immer noch menschlicher als die Behauptung, das Paradies werde dem Glaubenden allein durch Gottes Gnade geöffnet. Wie ich hörte, haben einige besonders Evangelische die Offenbarung erlitten, dass durch Gottes unauslotbaren Ratschluss eigentlich alle Menschen auf ewig verdammt seien. Fast möchte man meinen, dass dies die Verfechter der seltsamen Lehre erfreut – dass sie, anders gesagt, nur zähneknirschend einzuräumen bereit sind, Gott nicht daran hindern zu können, dass er Einzelne erlöst.

Der Ablass dagegen … Wenn er ohne Beichte nicht gültig ist, ist er überflüssig; erklärte der Papst ihn für ohne Beichte gültig, zwänge er sozusagen Gott, einen Ruchlosen ins Paradies aufzunehmen, nur weil dieser ein bedrucktes Papier gekauft hat. Kann die Kirche Gott dazu zwingen? Kann die Reformation Gott daran hindern, gute Taten zu berücksichtigen? Ist nicht beides gleichermaßen ungeheuerlich? Und wenn *sola scriptura* gilt, nichts als die Heilige Schrift – warum finde ich darin weder Beichte und Ablass noch Erlösung allein durch Gnade? Aber ich finde in den Evangelien auch nichts von der Dreifaltigkeit.

Jorgo riss mich mit einer Frage aus meinen Gedanken. »Was kostet eigentlich so ein Ablass?«

»Hast du vor, deine Seele freizukaufen?« Karl grunzte leise. »Ich weiß nicht, ob du eine hast, und wenn, ob es sich lohnt.«

»Ah nein; ich versuche mir nur vorzustellen, was in dieser Truhe sein könnte.«

Karl kratzte sich den Kopf. »Ich weiß es nicht genau«, sagte er. »Es gibt ja mehrere Formen von Ablass. Und die Kosten so eines Ablassbriefs ändern sich, je nachdem, was man getan hat und wie viel man ausgeben kann.«

»Weißt du es ein bisschen genauer?«

»Pfff.« Karl blähte die Wangen und ließ die Luft durch die Lippen zischen. »Also, ich glaube, es sind vier Arten. Die erste Gnade ist Ablass für die Lebenden, die zweite der Beichtbrief, die dritte Teilnahme an allen Gütern der Kirche, die vierte die Befreiung aus dem Fegefeuer. Für das Volk geht das alles durcheinander, und ich bin, uh, war ja nur ein dummer Einsiedler, kein Priester, also weiß ichs nicht so genau.«

»Was kostet so ein Wisch?«

»Das ist unterschiedlich, sag ich doch. Für die Reichen kostet es mehr als für die Armen. Ich glaube, Fürsten zahlen zwanzig oder fünfundzwanzig Gulden, Äbte und Prälaten zehn, einfache Adlige sechs, Bürger und Kaufleute drei, Handwerker einen, und für den Rest, solche wie uns, gehts bis auf einen Viertelgulden runter. Und im Beichtbrief gehts ja um einzelne Sünden. Mord kostet, glaube ich, sechs Gulden, Meineid und Kirchenraub acht, so ungefähr.«

»Also ist Kirchenraub schlimmer als Mord?«, sagte ich.

»Offenbar.« Dann lachte er plötzlich. »Und wisst ihr, was besonders teuer ist?«

Jorgo hob die Brauen. »Was denn? Den Papst verfluchen? Luther loben?«

»Nein. Zwölf Gulden musst du bezahlen, wenn du Sodomie begangen hast, Unzucht mit Tieren.«

»Ei.« Jorgo grinste breit. »Welcher Schäfer kann sich das denn leisten? Die beichten lieber.«

»Jedenfalls kannst du davon ausgehen, dass die Truhe gut geladen ist.«

Ich dachte über den Ablasshändler und seine Begleitung nach. Die Fugger hatten dem Papst Geld geliehen, wie dem Kaiser und vielen anderen. Der Papst ließ Ablässe verkaufen, um den Bau seiner neuen großen Kirche in Rom bezahlen zu können, außerdem sollte Geld für den nächsten Krieg gegen die Türken gesammelt werden, und es waren Schulden zu tilgen. Die Fugger verfügten über Niederlassungen und Banken in den meisten größeren Städten; es lag für den Papst also nah, ihnen das Sammeln und Verrechnen der Ablassgelder zu übertragen. Und den Fuggern war es lieb, dies zu tun, denn abgesehen von einem gewissen Anteil, den sie zweifellos für diese Arbeit forderten, konnten sie gleich einen weiteren gewissen Anteil zur Tilgung der päpstlichen Schulden einbehalten. Deshalb begleitete ein Schreiber der Fugger jeden Ablasspriester, und wegen der wirren Zeiten gab es bewaffnetes Geleit. Der Zug würde uns einholen, wenn wir hier im Steinbruch rasteten. Man konnte natürlich auch umkehren.

»Hört zu«, sagte ich. »Einem Ablasshändler die Truhe nehmen wäre, finde ich, beinahe eine gottgefällige Tat. Ich weiß nicht, ob es gelingt, aber ich habe eine Vorstellung, wie es vielleicht gehen könnte.«

Jorgo zwinkerte. »Ich dachte schon, du willst lieber hungern.«

Karl musterte mich; sein Gesichtsausdruck schien mir zwischen Unglaube und Gier zu schwanken. »Was hast du dir denn ausgedacht?«

»Folgendes.«

Wir mussten uns auf eine Verteilung der Aufgaben einigen und vorübergehend trennen. Karl übernahm als der Stärkste die Vorbereitungen im Steinbruch, die er allein bewältigen konnte. Jorgo und ich würden ein Stück zurückreiten und eine Stelle suchen, von der aus der Weg möglichst weit zu überblicken war. Danach wollten wir versuchen, bei Waldbauern oder Fischern am Ufer der Donau mit unserem letzten Geld die nötigen Werkzeuge zu beschaffen.

Einer der Gründe, aus denen wir so weit nach Süden geritten waren, hieß »Sicherheit«. An der oberen Donau gingen die Herrschaftsgebiete großer Klöster, der Hohenzollern und des Truchsess Waldburg ineinander über. Hier hatten die Bauern aufbegehrt, wie anderswo, und hier waren sie noch gründlicher und blutiger niedergeschlagen worden. Wir mussten nicht mit plündernden Horden rechnen, allenfalls mit streifenden Wachtruppen.

Wir hatten allerdings auch nicht mit der Gnadenlosigkeit der Strafe für gerechtfertigten Aufruhr gerechnet. Alle Waldbauernhöfe, die wir aufsuchten, waren niedergebrannt, alle Fischerdörfer an diesem Donauabschnitt entvölkert. Überall lagen halb verweste Leichen, einzeln oder in Haufen. Die Suche nach den benötigten Werkzeugen verfolgte mich noch lange bis in meine Träume, und dass wir niemanden fanden, dem wir dafür etwas hätten bezahlen können, machte alles nicht angenehmer.

Der Plan, den ich ausgeheckt hatte, war befriedigend einfach, gewissermaßen von schlichter Größe, und bis kurz vor dem Schluss bot er genug Möglichkeiten, ihn bei widrigen Umständen gefahrlos aufzugeben.

Aber ich stellte mir drei Fragen, die ich den Gefährten gegenüber beflissen verschwieg und auf die ich keine Antwort fand. Woher kam die Selbstverständlichkeit, mit der wir uns vogelfrei aufschwangen? Woher nahm ich die Dreistigkeit, den beiden Erfahreneren Anweisungen zu erteilen? Und wieso nahmen sie diese nicht nur an, sondern zeigten sogar eine gewisse Erleichterung darüber, dass ich den Anführer spielte?

Am Nachmittag des zweiten Tages hatten wir alle Vorbereitungen abgeschlossen und konnten nur noch warten. Und hoffen. Abends ritt Jorgo zu der Stelle, die einen Überblick über den Weg bot; als er zurückkam, grinste er uns an.

»Morgen Vormittag«, sagte er. »Sie lagern an dem kleinen Waldsee. Jedenfalls konnte ich ein Feuer sehen, und wer außer ihnen soll da lagern?«

Der Mönch und der Schreiber saßen auf dem Bock. Drei Arkebusiere gingen voran, die anderen folgten dem zweispännigen Karren. Unter einem Baum vor dem Zugang zum Steinbruch lagen ein paar morsche Äste auf dem Weg, und der Boden war bedeckt von abgebrochenen Zweigen und altem Laub. Der Schreiber, der die Zügel hielt, brachte die Pferde zum Stehen.

Einer der vorderen Arkebusiere sicherte, die beiden anderen legten die Waffen auf den Boden und begannen, die Äste beiseitezuschleppen. Plötzlich stieß einer einen Schrei aus, halb Erstaunen, halb Jubel; er bückte sich nach etwas, das zwischen Laub und Zweigen lag, und hielt eine Silbermünze hoch.

»Da sind noch mehr«, rief er.

Der dritte Mann, der bis dahin gesichert hatte, ließ die Waffe fallen und ging zu den beiden, die auf dem Boden herumkrochen und Münzen suchten. Die drei Männer der Nachhut lehnten ihre Waffen an den Karren und liefen ebenfalls nach vorn, um sich an der Suche zu beteiligen.

Karl hatte sich im Steinbruch auf eine Felskante gelegt, von der aus alles gut zu sehen war. Ein paar Schritte neben ihm lag ein größerer Brocken, den nur ein verkeilter Stein daran hinderte, in die Tiefe zu stürzen. An diesem Brocken hatten wir sorgsam verknotete Stricke und eine Kette befestigt.

Jorgo und ich waren im Gesträuch neben dem Weg verborgen. Wir konnten nicht sehen, wie Karl oben den verkeilten Stein mit einer Hacke herausriss. Aber wir sahen und genossen die Folgen.

Der Brocken kippte von der Kante in den Steinbruch und zog Stricke und Kette mit hinab. Wie eine wütende Schlange schnellte der mittlere Teil des Tauwerks aus dem Laub, das es bedeckt hatte, spannte sich mehrere Mannshöhen in der Luft und riss auf der anderen Seite der Baumkrone das letzte Stück hoch, und mit diesem die Netze aus den verlassenen Fischerhütten. Wenige Atemzüge, nachdem Karl den Keilstein gelöst hatte, baumelten die Arkebusiere zwei Mannshöhen über dem Weg.

Aus der Ballung von Körpern und Gegenständen drangen Flüche und Schreie; hier und da regneten Münzen, aus der Scheide gerutschte Messer und sogar ein Degen herab. Jorgo und ich – beide mit Tüchern vor Mund und Nase – verließen unsere Verstecke und liefen zum Karren, auf dem der Mönch und der Schreiber wie erstarrt saßen. Wir zwangen sie, vom Bock zu steigen, und fesselten sie aneinander. Die Arkebusen und die übrigen Waffen warfen wir auf den Karren, bis auf ein Messer, das ich in Brusthöhe in einen Baumstamm rammte. Wenn der Fugger und der Dominikaner sich nicht allzu ungeschickt anstellten, würden sie sich und die Arkebusiere damit befreien können. Doch würde es ohne Zweifel einige Zeit dauern.

Jorgo stieg auf den Bock und trieb die Pferde an; ich ging langsam hinterher und beobachtete den zappelnden Fang im Netz. Die Flüche waren verstummt, aus dem Schreien war Stöhnen geworden, und den Bewegungen entnahm ich, dass irgendjemand

165

in diesem Knäuel aus Gliedmaßen versuchte, Raum nicht nur zum Atmen, sondern zur Benutzung der Hände und wahrscheinlich eines Messers zu erhalten. Aber auch das würde dauern.

Karl hatte den Felsen verlassen und brachte unsere Pferde weiter östlich zum Weg. Während ich das baumelnde Netz im Auge behielt, spannten er und Jorgo die beiden Zugtiere aus, beluden sie mit den Vorräten vom Karren und benutzten die Arkebusen dazu, die Schlösser und Riegel der Truhe mit den Ablassgeldern zu zerschießen. Den Inhalt nahmen wir an uns, um ihn später zu zählen und zu verteilen; es waren nicht ganz vierhundert Gulden. Dann zerbrachen wir die Arkebusen, verbogen die nicht zu brechenden Metallteile und legten alles mit einigem Schießpulver auf den Karren. Ich zerriss und knäuelte einige Ablassbriefe, während Jorgo Feuer schlug und einen Zweig in Brand setzte, den er aus ein paar Schritten Entfernung auf den Karren warf. Wir schwangen uns auf die Pferde und ritten los, wobei wir die neuen Packtiere hinter uns herzogen. Als alles mit einem dumpfen Knall hochging und zu lodern begann, waren wir schon weit genug entfernt.

»Nettes Feuerwerk«, sagte Jorgo. Er nahm das Tuch vom Gesicht und steckte es ein. »Guter Einfall, Jakko. Und jetzt?«

»Auf nach Augsburg.«

13

Wir kamen nachmittags an. Die Männer am Stadttor rieten uns, »weit gereiste Fremde« in den Schenken an der großen Handelsstraße zu suchen. Kurz vor Sonnenuntergang fanden wir Kassem und Avram in einem Gasthaus nordwestlich von Augsburg, am Rande des Vororts Kriegshaber. Nach herzlicher Begrüßung kümmerten wir uns zunächst um eine Unterkunft. Der Wirt nannte uns nach einigem Feilschen einen vertretbaren Preis für eine Kammer im Hinterhaus, über den Pferdeställen. Wir versorgten unsere Tiere und brachten Taschen und Beutel in den Schlafraum. Dort gab es ein breites, lederbespanntes Bettgestell, mehrere Strohsäcke, einen niedrigen Tisch, einen Wasserkrug und zwei Schüsseln.

Nachdem wir uns ein wenig erfrischt hatten, begaben wir uns in den Schankraum. Beim Essen berichteten wir von den Wirren und Wegen, und mit Rücksicht auf Karl sprachen wir Deutsch.

Kassem und Avram hatten sich Händlergruppen angeschlossen, die mit bewaffnetem Geleit immer am Rand der Kampfgebiete entlangzogen, die nächsten Nachrichten abwarteten, rasteten, bis der Weg sicher schien, dann weiter zur nächsten Rast.

»Es hat Zeit und Geld gekostet«, sagte Kassem. »Aber nun sind wir hier, und es ist gut, euch zu sehen.«

»Wir mussten uns bei den Händlern immer einkaufen.« Avram blinzelte und hob den Becher. »Auf die Habgier der Reisenden! In diesem Fall bedeutete sie Schutz. Aber ihr habt ja einiges erlebt! Ich kann nicht sagen, dass ich gern dabei gewesen wäre.«

»Warum seid ihr hier, nicht in der Stadt?«, sagte Jorgo. »Sie soll doch reich und ansehnlich sein.«

»Fremde sind nicht überall willkommen«, sagte Kassem. »Es sei denn, sie hätten Geschäftsfreunde. Aber dann wären sie ja keine Fremden.«

»Vor fünfundachtzig Jahren«, sagte Avram, »haben sie die Juden aus der Stadt gejagt, und die haben sich dann hier niedergelassen. Juden, Händler, Kaufleute – hier ist es ein bisschen weltoffener als beim frommen Herrn Fugger und den ebenso frommen Zünften drüben.«

»Wie fromm sind sie?«, sagte ich.

Jorgo grinste mich von der Seite an. »Vielleicht solltest du fragen: Wie sind sie fromm? Papistisch? Reformiert?«

Kassem lächelte mild. »Dem Reinen ist alles rein«, sagte er, »und dem Frommen sollte alles fromm sein. Es ist aber nicht so – nicht in diesem eurem christlichen Land.«

»Ist es denn bei euch anders, Herr?« Karl beugte sich vor und langte nach dem Weinkrug, um seinen Becher aufzufüllen. »Nenn mir ein Land, in dem die verschiedenen Frommen und die unterschiedlich Unfrommen friedlich nebeneinander leben. Nenn es mir, Herr, und morgen breche ich dorthin auf.«

Kassem nickte. »Lass mich wissen, wenn du es findest; ich folge dir dann sofort.«

Avram trommelte mit den Fingerspitzen auf den Tisch. »Und jetzt? Du, Karl, Kaiser und Einsiedler …«

»Und Schrat«, sagte Jorgo.

»Du willst uns also begleiten?«

»Wenn es euch gefällt.«

»Da diese beiden« – Kassem blickte Jorgo und mich an – »gut von dir sprechen, gefällt es uns. In drei Tagen bricht ein Zug von Händlern gen Süden auf. Sie wollen nach Bozen und weiter; es weiß aber niemand, wie die Dinge jetzt in Tirol sind.«

»Habt ihr deswegen so lange gewartet?«

»Nicht nur. Wir haben auch auf euch gewartet, aber da es keine Nachricht von euch gab, hätten wir vielleicht etwas hier hinterlassen und wären aufgebrochen. Es wollte nur niemand durchs wüste Getümmel ziehen.«

»Der Stand der Unruhe«, sagte Jorgo mit einer Grimasse, »ähnelt der Lage der Undinge.«

»Ich habe dich nicht vermisst.« Avram stülpte die Lippen vor. »Überhaupt nicht, vor allem dann nicht, wenn du jetzt noch vom Umstand der Dinge und der Ablage der Ruhe anfängst.«

»Mein Vater, ehe wir aufbrechen, muss ich noch in die Stadt, um dies und das zu erforschen.«

Kassem nickte. »Ich nehme an, es hat mit deinem wirklichen Vater und den verwaschenen Fetzen zu tun, die du gefunden hast.«

»So ist es. Weißt du jemanden, an den ich mich wenden kann?«

»Ich habe bei den Fuggern mit einem Anton Kornberger verhandelt.« Kassem runzelte die Stirn. »Er wird nicht der richtige Mann für dich sein, aber wahrscheinlich kann er dir sagen, zu wem du gehen solltest.«

Avram begleitete mich in die Stadt. »Die wissen ja nicht, dass ich Jude bin«, sagte er mit einem schiefen Lächeln, »sonst dürfte ich die Stadt nicht betreten. Willst du außer deinen Bankherren etwas sehen?«

Ich zögerte und dachte an all das, was ich über Augsburg und seine Kirchen, die Zunfthäuser und anderes gehört hatte. Schließlich sagte ich: »Wenn man mehr Zeit hätte … Lass uns einen Blick auf die berühmten Armenhäuser Jakobs des Reichen werfen. Wenn man sie von außen sehen kann, ohne weiteren Aufwand.«

»Tagsüber ja. Nachts sind sie unzugänglich – eine Stadt in der Stadt mit eigener Mauer und verschlossenem Tor.«

Jakob Fuggers Stiftungshäuser sollten bedürftige Frauen, arme

Tagelöhner, Handwerker und sonstige Bewohner Augsburgs aufnehmen, die römischen Glaubens sowie unverschuldet in Not geraten waren. Sie hatten eine Jahresmiete von einem Gulden zu zahlen und dreimal täglich für Jakob Fugger und seine Familie zu beten. Die Vorstellung, dass ein Reicher einen Teil des Vermögens, das er durch die Arbeit anderer aufgehäuft hat, diesen zurückgeben könnte, ist hienieden so ungeheuerlich, dass sie mir durchaus die Gedanken eine Weile zugleich zu lähmen wie auch zu erhellen vermag. An jenem Tag beschäftigten mich jedoch die anderen Gedanken so sehr, dass ich kaum mehr denn eineinhalb Blicke auf die Stiftungshäuser werfen und nichts von ihrem Anblick im Gedächtnis bewahren konnte. Avram brachte mich zu einem der zahlreichen Häuser, in denen die verzweigten Geschäfte der Fugger abgewickelt werden; ohne seine oder eines anderen Hilfe hätte ich es kaum gefunden, denn es lag in einem verwinkelten Hinterhof und wies keine Kennzeichen auf.

»Ich warte dort drüben«, sagte er; mit dem Hinterkopf deutete er auf den Durchgang zum Hof. Gegenüber lag ein Brauhaus. »Wenn es schnell geht, werde ich die Braukünste prüfen; wenn es länger dauert, kann ich mich ja als Lehrling bewerben.«

Ich schlug ihm auf die Schulter. »Gib acht, dass du so früh am Tag nicht den Faden der weiteren Stunden verlierst. Sobald ich fertig bin, werde ich dich in den Gossen der Stadt suchen.«

Ein Laufbursche führte mich durch lange knarrende Gänge und über Treppen, wo es kaum Licht oder Luft, aber dafür an jeder Biegung und über jedem Absatz ein Kruzifix gab. Als ich bereits zu befürchten begann, er werde mich zu einer Kreuzotterngrube in der Mitte eines ausweglosen Labyrinths bringen, hielt er vor einer fast schwarzen Tür, klopfte an, wartete. Er hörte wohl etwas, das ich nicht vernahm, öffnete die Tür, deutete in den Raum und verneigte sich.

Die Kammer war nach den düsteren Korridoren blendend

hell. Als meine Augen sich an dies jähe Gleißen gewöhnt hatten, sah ich eine schlanke Gestalt mit beinahe jugendlich straffem Gesicht hinter einem Schreibtisch. Im Herzen des dunklen Labyrinths hatte ich nicht unbedingt den Minotaurus erwartet, aber doch ein runzliges, buckliges Ungeheuer mit hundert Jahren und einem einzigen verwaisten Zahn, der vielleicht das trübe Licht einer Kerze spiegelnd verminderte und einen finsteren Raum durch Schattenschründe unendlich unterteilte.

Die Schreibstube, in der Anton Kornberger zwischen Papieren und Folianten hauste, war beinahe wohnlich. Das große Fenster blickte auf einen Innenhof, und das fragende Lächeln, mit dem der Mann mich begrüßte, zeigte ein volles Gebiss.

»Was ist Euer Begehr, Herr?«

Ich räusperte mich und trat vor seinen Schreibtisch. »Zunächst die Bitte um Vergebung, falls ich Eure Zeit vergeude, da ich nicht weiß, ob ich bei Euch richtig bin.«

»Setzt Euch – und sagt, worum es geht.«

Ich zog einen Stuhl heran und ließ mich nieder; aus dem Wams holte ich die zerknitterten und befleckten Papiere hervor. »Mein Vater wurde vor mehr als fünf Jahren ermordet«, sagte ich. »Die Umstände und meine Jugend erlaubten es mir nicht eher, die von ihm hinterlassenen Papiere aus einem Versteck zu bergen. Leider waren sie durchnässt und sind kaum noch zu entziffern.«

Kornberger kniff die Augen zusammen. »Wer hat Euch zu mir gewiesen?«

»Mein Herr und Ziehvater Kassem.«

»Ah. Gut. Sagt mir, wo hat Euer Vater gelebt?«

»In Koblenz. Aber er ist viel gereist.«

»Ich frage deswegen, weil ich für bestimmte Dinge zuständig bin; für andere gibt es andere Schreiber. Koblenz? Nicht mein Gebiet; aber wenn Euer Vater viel gereist ist, handelt es sich vielleicht nicht um … gewöhnliche Handelsgeschäfte?«

Ich hob die Schultern. »Ich weiß es nicht. Ich war zu jung, um viel zu sehen und zu begreifen, aber ich nehme an, es ging eher um Staatsgeschäfte.«

Kornberger schob seinen Stuhl zurück und stand auf. »Wann gab es zuletzt diese Geschäfte, und wie lautet der Name, unter dem sie verhandelt wurden?«

»Der Name meines Vaters ist Georg Spengler. Er starb anno fünfzehnhundertneunzehn; ob er in seinem Todesjahr noch mit Euch gehandelt hat, weiß ich nicht.«

»Bitte geduldet Euch einige Augenblicke; ich will sehen, was ich finden kann.«

Er verließ den Raum, ohne die Tür zu schließen. Ich zählte die Folianten in den Ständern an der Wand hinter seinem Schreibtisch, dann die rechts und links der Tür, dann die Stäubchen, die in einem Sonnenstrahl vor dem Fenster tanzten. Als ich mich umdrehen wollte, um zu sehen, welche zählbaren Dinge an der Wand hinter mir sein mochten, kam Kornberger zurück. Unter dem linken Arm trug er ein dickes Rechnungsbuch, in der rechten Hand einen dünneren Umschlag, der einzelne Blätter zu enthalten schien.

»Der Mann, der sich damals um diese Dinge gekümmert hat, ist nicht mehr bei uns«, sagte er, »aber wir werden uns schon zurechtfinden, hoffe ich.«

Er setzte sich wieder hinter seinen Tisch, schlug das Rechnungsbuch auf, blätterte darin, brummte, dann nahm er die losen Blätter aus dem Umschlag. Ich konnte nicht sehen, was darauf geschrieben stand, aber ich sah einige Zeichen.

»Wenn ich mich nicht irre, ist das meines Vaters Handschrift.«

Kornberger blickte auf und lächelte. »Das mag sein, Herr, aber natürlich könnte jeder so etwas sagen. Könnt Ihr beweisen, dass Ihr der seid, als der Ihr Euch ausgebt?«

Ich reichte ihm einen gefalteten Bogen, auf dem der Amtmann

der Stadt Koblenz bekundet hatte, dass Jakob Spengler, Sohn des Georg und der Gerwine Spengler, im Jahre 1504 geboren und rechtschaffener Untertan des Kurfürsten von Trier sei. Auf einem zweiten Bogen, den ich ihm gab, bestätigte der Amtmann, dass die Eltern und ihre übrigen Kinder im Jahre 1519 durch Mörderhand gestorben seien.

Kornberger prüfte das Schreiben, nickte und gab es mir zurück. »Euer Vater hat hier etwas hinterlassen«, sagte er. »Die Namen seiner Angehörigen, und wie zu verfahren sei, wenn einer der Angehörigen statt seiner erscheint.«

»Wie ist zu verfahren?«

»Sagt mir die Namen der Kinder, den Vaternamen der Mutter und den Namen, bei dem ein gewisser, eh, Hautlapp gerufen wird.«

Ich lachte. »Das wird Haidlaub heißen – Ohm Krischan.« Ich nannte die anderen gewünschten Namen.

»Gut. Ohm Krischan heißt Haidlaub, aber Euer Vater hatte diese Entstellung als weitere Prüfung vorgesehen.« Kornberger legte die Blätter beiseite und öffnete das dicke Buch. Soweit ich sehen konnte, hatte er die letzte teilweise beschriebene Seite aufgeschlagen, auf der vor allem Zahlen standen. Er warf einen Blick darauf; dann sah er mich an. »Was genau begehrt Ihr zu wissen?«

»Ich weiß gar nichts«, sagte ich mit einem Lächeln. Gewöhnlich verhilft Ehrlichkeit einem zu erlesenen Unheil, aber hier schien sie mir ausnahmsweise angebracht. »Gibt es Schulden? Ein Guthaben? Welcher Art waren die Geschäfte? Bitte, seid so gut, Herr, mir alles zu sagen, was Ihr mir sagen könnt.«

Nun lächelte Kornberger. Er stützte die Ellenbogen auf das Rechnungsbuch und legte das Kinn auf die gefalteten Hände. »Alles, was ich Euch sagen kann? Nun gut; wappnet Euch. Aber es ist nicht viel. Zunächst: Es gibt keine Schulden. Es sind« – er schaute ins Buch, dann wieder zu mir – »für die seit der letzten

Tätigung vergangenen Jahre Zinsen und Zinseszinsen zu berechnen. Zum Januar fünfzehnhundertneunzehn betrug das Guthaben rund fünfundzwanzigtausenddreihundertundzehn Gulden.«

Es ist möglich, dass ich nach Luft schnappte, als er dies sagte; sicherlich war mir einen Augenblick schwindlig ob der ungeheuren Summe.

»Beim gültigen Satz von zweieinhalb Hundertsteln Zins«, fuhr Kornberger fort, »ergibt sich zum Januar des laufenden Jahres ...« Er griff zu einer Feder, tunkte sie in Tinte, kritzelte einige Augenblicke und nickte. »Ungefähr neunundzwanzigtausendsiebenhundert. Ihr seid ein wohlhabender Mann, Meister Spengler.«

»Wohlhabend? Reich!«

»Erlaubt, dass ich widerspreche. Reich? Nein, Herr; reich sind jene, die eine solche Summe verschmerzen können. Habt Ihr bestimmte Absichten, was das Geld angeht?«

Ich blähte die Wangen und blies die Luft aus, behutsam, als könnte sich das Geld bei zu viel Wind verflüchtigen. »Ich weiß es noch nicht; dafür werde ich später Euren Rat benötigen. Aber – woher kommt das Geld? Was hat mein Vater getan, um es zu verdienen?«

Kornberger schüttelte den Kopf. »Das kann ich Euch nicht sagen, weil ich es nicht weiß.« Er blätterte in dem Kontobuch. »Es gibt Einzahlungen, Auszahlungen, Zinsberechnungen«, sagte er, »aber keine Angaben über Gründe oder Herkunft oder Ziele. Euer Vater scheint immer wieder Geld eingezahlt oder abgehoben zu haben, aber hier finden sich keine Anzeichen für Zahlungsanweisungen an ihn oder von ihm an andere.«

Ich rieb mir die Schläfen; mein Kopf war wie betäubt von Zahlen. Von der Menge, dem Wohlstand? Dem Reichtum! Ich überlegte kurz; dann sagte ich: »Wer könnte mehr wissen? Und was ist die beste Möglichkeit, von diesem Geld etwas mitzunehmen, auf eine längere Reise nach Italien und vielleicht weiter?«

Kornberger zögerte, blätterte wieder. »Offenbar hat sich in all den Jahren immer ein Schreiber um die Angelegenheiten Eures Vaters gekümmert, Franz Masinger. Aber er ist, wie ich bereits gesagt habe, schon lange nicht mehr bei uns. Für eine längere, weite Reise werdet Ihr sicher ein wenig Zehrgeld mitnehmen wollen, nicht wahr? Und Zahlungsanweisungen an andere Banken – oder unsere Bankherren in anderen Städten.«

Ich überlegte wieder, diesmal kürzer; schließlich bat ich ihn, mir zwanzig Anweisungen zu je fünfhundert Gulden ausfertigen zu lassen und weitere fünfhundert in bar vorzubereiten, die ich am nächsten Tag abholen würde.

Fast fürchtete ich mich vor dem nächsten Gang. Wenn ich die in Wasser zerronnenen Kleckse auf den Papieren richtig las, gab es auch bei den Welsern Bankvorgänge. Ich ging zu Avram ins Brauhaus und fragte ihn, ob er wisse, wo sich das Bankhaus der Welser befinde.

»Um die Ecke«, sagte er, »nicht weit. Was ist los? Du siehst aus, als ob dir ein siebenköpfiger Drache siebenfach in die Suppe gespuckt hätte.«

»Später. Willst du hier noch ein wenig warten?«

»Das Bier ist ganz trinkbar, auch so früh am Tag.«

Ich ließ ihn bei seinem Humpen und begab mich in die Bank der Welser. Obwohl ich gewissermaßen vorbereitet war, fühlte ich mich abermals wie betäubt, als ich erfuhr, dass mein Vater auch dort mehr als fünfundzwanzigtausend Gulden liegen hatte, die nun mein waren. Ich wies den Schreiber an, das Konto weiter zu führen und mir das Guthaben so zu bestätigen, dass ich notfalls in fernen Städten bei den dortigen Kontoren über Teile verfügen konnte; er versprach, das nötige Papier für den nächsten Morgen vorzubereiten.

Auch bei den Welsern konnte mir keiner sagen, woher das

Geld stammte, wofür mein Vater es erhalten hatte. Immerhin fielen mir hier noch einige Fragen ein, die ich in meiner Benommenheit und Verblüffung bei den Fuggern nicht gestellt hatte.

Das Konto existierte seit 1505. Es wurde in Augsburg geführt, wo mein Vater auch die meisten Ein- und Auszahlungen veranlasst hatte. Aber nicht alle – andere waren in Köln, Frankfurt, Nürnberg, Mailand, Antwerpen, Rom, Barcelona, Paris und London vorgenommen und auf dem üblichen Kurierweg nach Augsburg gemeldet worden.

Und: Auch bei den Welsern hatte sich jahrelang – seit 1512 – ein Mann um die Geschäfte des seligen Georg Spengler gekümmert; er war vor fünf Jahren ausgeschieden.

»Wie heißt er?«, sagte ich. »Wo wohnt er? Lebt er noch?«

Der mittelalte, gebeugte Schreiber hob die Hände. »Ich weiß es nicht, Herr; ich will mich erkundigen, wenn Ihr warten mögt.«

Er kam bald zurück, mit einem leicht verwirrten Ausdruck.

»Er könnte noch leben«, sagte er, »aber keiner weiß es. Seltsam ist, dass er, wie einer der alten Schreiber behauptet, oft auf Reisen war und bei seinen Aufenthalten in Augsburg immer nur jeden zweiten Tag hier gearbeitet hat. Gewohnt hat er hier.« Er reichte mir einen Papierfetzen, auf dem ein Hausname und eine Wegbeschreibung gekritzelt waren. »Und er heißt Franziskus Messing.«

Als ich zum Brauhaus zurückging, dachte ich darüber nach, ob Franz Masinger bei den Fuggern vielleicht ebenfalls gereist war und an den Tagen eins, drei und fünf gearbeitet hatte; und ob er im selben Haus gewohnt haben könnte wie Franziskus Messing, Welser-Schreiber an den Tagen zwei, vier und sechs.

»Wir müssen noch einen Gang erledigen«, sagte ich, als ich im Brauhaus ankam.

Avram trank aus und winkte dem Schankdiener, um zu bezahlen; ich sagte, das wolle ich übernehmen.

»Bist du zu plötzlichem Reichtum gelangt?«

»So könnte man es nennen.« Ich zahlte, und wir traten hinaus auf die Gasse, um der gekritzelten Wegbeschreibung zu folgen.

»Was wollen wir da?«

»Ich will sehen, ob einer, der etwas über meines Vaters Geschäfte wissen könnte, noch da lebt.«

Avram blickte mich von der Seite an. »Größere Geschäfte? Bist du wirklich zu Geld gekommen?«

»Ziemlich groß, ja.«

»Bist du jetzt etwa wirklich reich?«

Ich nickte; mit einem etwas schrägen Lächeln sagte ich: »Stinkend reich.«

Avram rümpfte die Nase. »Wenn der Gestank überhandnimmt, werden Jorgo und ich dich gelegentlich waschen.«

Das Haus, in dem Franziskus Messing gewohnt hatte, befand sich außerhalb der Mauern in der südlichen Vorstadt, nicht weit von der alten Handelsstraße, die über Landsberg und Füssen nach Innsbruck führt. Natürlich gab es dort keinen Franziskus Messing mehr. Es gab jedoch einen alten Mann, der sich daran erinnerte, dass früher einer dort gewohnt habe, der oft länger nicht anwesend war.

Seine Reden waren einigermaßen umwegig, wurden aber bemerkenswert flüssig und zusammenhängend, als ich einen Gulden hochhielt. Plötzlich erinnerte er sich daran, dass der Mann vor etwa fünf Jahren die Wohnung endgültig aufgegeben habe und fortgezogen sei.

»Weißt du, wohin er gezogen ist?«

Der Alte grinste. »Wenn ich einen zweiten Gulden betrachten dürfte, könnte es mir wieder einfallen.«

»Einen halben.«

Er runzelte die Stirn. »Wenn mir noch etwas einfällt, könnte dann daraus ein ganzer werden?«

»Wenn es wichtig ist.«

Er nickte, sagte: »Wartet hier«, und ging ins Haus; ich hörte ihn eine Weile kramen, und Avram pfiff dazu durch die Zähne eine unangenehme Begleitung. Als ich ihn eben bitten wollte, seine Missklänge außer Hörweite spazieren zu führen, kam der Alte zurück. Er hielt etwas in der Hand, das wie eine Briefrolle aussah.

»Nachdem er weggezogen war«, sagte er, »ist dieser Brief gekommen. Ich weiß ja nur, dass er nach Venedig wollte, und ich habe den Brief geöffnet, weil ich dachte, vielleicht finde ich darin einen Hinweis. Ich konnte es aber nicht lesen, deshalb konnte ich ihn auch nicht weiterleiten. Immerhin, ich hab ihn all die Jahre aufgehoben.«

Nachdem ich mich davon überzeugt hatte, dass der Alte wirklich nicht mehr wusste, gab ich ihm den zweiten Gulden, und wir gingen zurück durch die Stadt zum Gasthaus im Nordwesten. Unterwegs warf ich einen Blick in das Schreiben. Die Schrift bedurfte gründlichen Studiums, fand ich, und selbst dann wäre es fraglich, ob man sie entziffern könnte. Avram schielte über meine Schulter und seufzte.

»Die Spuren einer besoffenen Krähe, die in einem Tintentöpfchen gebadet hat«, sagte er.

Immerhin sagte mir die Anschrift, dass ich mit einem Teil meiner Überlegungen wohl nicht allzu sehr geirrt hatte. Der Brief war nicht an Franz Masinger gerichtet, auch nicht an Franziskus Messing, sondern an Francesco Mazzini, und ich nahm mir vor, in Venedig nach ihm oder nach seinen Spuren zu suchen.

14

Mit vielen Unterbrechungen wegen unsicherer Straßen erreichten wir Venedig erst Mitte September. Dort trennten sich unsere Wege, und ich beging zwei Fehler.

Wie er versprochen hatte, gab Kassem seine beiden Sklaven frei. Sieben Jahre waren sie mit ihm durch Europa gereist, hatten mit ihm gefroren, geschwitzt, geblutet und gelacht. Und mein Leben gerettet. Natürlich waren sie längst keine Sklaven mehr; Sklaven wären zu Beginn der Reise geflohen. Sagen wir: Kassem entband seine Freunde Jorgo und Avram von der Pflicht, ihm als Gefährten zu helfen und als einstige Sklaven zu dienen.

Es war keine große Zeremonie, aber angemessen. In einem der tausend von den Venezianern schlicht Casa, »Haus«, genannten Palazzi hatte Kassem eine Zimmerflucht gemietet. Tatsächlich war es das ganze Haus, denn außer uns wohnte niemand darin. Am dritten Abend nach unserem Eintreffen ließ Kassem aus einer nahen Garküche eine Vielzahl köstlicher Gerichte bringen. Wir tafelten zu viert. Karl wollte später zu uns stoßen; er trieb sich in Hafenkaschemmen herum, wo er Preise und Möglichkeiten der Überfahrt nach Istrien erkundete.

»Er ist mir nicht unlieb«, sagte Kassem. »Aber es ist nicht schlecht, dass er nun nicht bei uns ist. Dies hier geht nur uns vier an.«

Er trank mit Wasser verdünnten Traubensaft aus einem in Murano gefertigten Pokal. Avram, Jorgo und ich brauchten den Weisungen des Propheten Mohammed nicht zu folgen und zogen

Wein vor. Ich war, wie Jorgo und Avram, ein wenig überrascht, als Kassem plötzlich aufstand und den Pokal hob.

»In drei Tagen«, sagte er, »geht ein Schiff nach Ragusa. Von dort werde ich über Land reisen und hoffe, in wenigen Monaten die Augen am Anblick Suleimans des Prächtigen und die Füße im Wasser des Bosporus zu laben.« Er machte mit der Linken eine abwehrende Bewegung. »Nein, sagt nichts – noch nicht. Und bleibt sitzen, bis ich gesagt habe, was zu sagen ist.«

Neben ihm stand ein kleinerer Tisch, wie man ihn zum Anrichten von Speisen oder Abstellen von Schüsseln verwendet. Darauf lag etwas, verborgen unter einem Seidentuch. Kassem zog das Tuch nun weg und stellte nacheinander zwei schwere Lederbeutel auf den Tisch.

»Avram – vor fünfzehn Jahren habe ich dich in Damaskus gekauft. Jorgo – ebenfalls fast fünfzehn Jahre sind vergangen, seit du auf dem Markt der Kriegsgefangenen in Tunis in meinen Besitz gelangt bist. Seitdem wart ihr mir gute Gefährten, treue Diener, verlässliche Freunde. Ihr seid frei. Die gemeinsame Reise ist zu Ende, Gefährten; der Diener bedarf ich nicht mehr. Die Freunde werde ich vermissen, und sollten wir einander je wieder begegnen, hoffe ich, dass die Freundschaft unvermindert sein wird. Jeder dieser Beutel enthält einige Münzen und eine Anweisung über eintausend venezianische Dukaten. Nehmt sie zur Befestigung eurer neuen Wege. Dies ist ein karges Zeichen meines Danks und meiner Zuneigung, aber um diese angemessen auszudrücken, wären nicht einmal die Schätze des Dogenpalasts genug.«

Er deutete eine Verneigung an; dann wandte er sich an mich. »Du, mein zufälliger Sohn, bist nun erwachsen und brauchst den zweiten Vater nicht mehr. Da dein wirklicher Vater dir Geld hinterlassen hat, brauchst du auch keine Zechinen. Was, außer der fortdauernden Zuneigung, soll ich dir zum Abschied geben?«

Er musterte mich ein paar Augenblicke lang; um seinen Mund kroch ein halbes Lächeln. Vom Ringfinger der rechten Hand zog er einen Goldring mit grünem Stein. Er hielt ihn mit der Linken hoch, legte ihn auf die Handfläche der Rechten und sagte: »Diesen Ring habe ich von meinem Vater bekommen. Wem sollte ich ihn also geben, wenn nicht einem Sohn? Es gibt keine Zauberringe; er wird dich nicht gegen Dolche oder Gifte schützen, aber wenn du ihn betrachtest, wird er dich daran erinnern, dass ein alter Mann dich geliebt hat. Deine Zukunft ist im Buch des Schicksals verzeichnet, Jakko. Wenn Allah deine Rache billigt, wird sie gelingen; wenn er sie missbilligt, sind all deine Mühen vergebens. Ich hoffe, dass du bald wissen wirst, ob Missbilligung oder Billigung dein Teil ist. Meine Billigung hast du.«

Bald darauf erschien Karl. Er betrachtete unsere Gesichter und murmelte etwas von »Heulen, aber kein Zähneknirschen, wie?«. Er stellte jedoch keine Fragen, sondern trank mit einer gewissen Gewalttätigkeit und sagte, er habe einen Händler aus Parenzo gefunden, der übermorgen auslaufen werde, und von Parenzo nach Capo d'Istria zu wandern, sei für einen erfahrenen Marschierer geradezu erholsam.

»Was ich vermissen werde, sind die alten Geschichten, frisch erzählt, und der Fortgang der neuen – deiner, Jakko.« Mit dem rechten Arm beschrieb er einen großen Bogen, der die Stadt, den Erdkreis und vor allem den Palazzo einschloss. »Was ich nicht vermissen werde«, setzte er hinzu, »ist diese Kanalrattenstadt, deren Häuser so verschlossen sind wie die Herzen und Gesichter der Reichen. Und dieses Gemäuer, das innen und außen erneuert werden sollte.«

Der Palazzo, den Kassem für einen Monat gemietet hatte, wirkte kränklich. Dort, wo Bohlen zu treten waren, knarrte alles wie ein lange nicht gewartetes Mühlrad; an anderen Stellen luden Fliesen, die den Boden bedeckten, entweder zum Tanzen und

Schweben ein, da achtloses Gehen zu Sturz und Knochenbruch führen konnte, oder sie schienen, sei es steinernes, sei es irdenes Ächzen nach Mitleid ob arger Versehrung und Gicht. Beim Essen beobachteten uns weiland kühne Jäger samt Meute und Beute, alle von Motten vermindert und siechen Alters; unter dem räudigen Wandbehang blätterte Putz, der Marmor zu sein behauptet hatte, von schartigen Steinen. Wer es sich leisten kann, seinen Palazzo zu pflegen, braucht ihn wahrscheinlich nicht zu vermieten.

»Also übermorgen?«, sagte Jorgo.

»Übermorgen.«

»Na gut.« Jorgo seufzte und blickte Avram an, dann mich. »Noch ein Abschied. Dieser Schrat wollte Einsiedler sein, weil Kaiser schon ein anderer ist, und da er nicht noch einmal Landsknecht werden mag, will er jetzt versuchen, eine Witwe zu trösten. Er behauptet, in der Gegend gäbe es noch mehr, und deshalb werde ich ihn begleiten.«

Drei schwermütige Tage später saßen Avram und ich allein in dem weitläufigen Gemäuer, tranken Wein und starrten einander über den Tisch wortlos an. Venedig hatte sich tagsüber einen melancholischen grauen Himmel übergestülpt und diesen abends um Trauerregen ergänzt. Von oben hörten wir es tropfen, verzichteten jedoch darauf, das Leck im Dach zu suchen. Falls es sich nicht gar um ein Dutzend undichter Stellen handelte.

»Nicht, dass er mir fehlte«, sagte Avram irgendwann mit halb schwerer Zunge, »aber ich stimme Jorgo zu, was diese Stadt angeht. Wie hat er sie genannt? Kanalrattenkaff?«

»So ähnlich.« Ich öffnete eine weitere Flasche, goss mir ein und schob sie ihm über den Tisch. »Kanalrattenstadt«, knurrte ich, »mit Wänden voller Kanalrattenschatten.«

Avram gluckste. »Aber der Kanalrattenschattenschrat ist nicht mehr da.«

»Schlafen Ratten auf Matten? Werfen dabei Kanalrattenmattenschatten?«

Er rülpste leise. »Das will erwogen sein. Wenn sich zwischen platten Schatten satte Ratten matt begatten ...«

»Wir müssen ja nicht hierbleiben«, sagte ich nach längerem Schweigen. »Was hast du vor?«

Er schielte auf seinen Becher. »Trinken, bis die Schatten platzen. Und dann? Meinst du heute, morgen, demnächst, an meinem Lebensabend?«

»Sowohl entweder als auch noch.«

Avram hob die Schultern; er klang fast nüchtern, als er sagte: »Das Haus ist bis zum Monatsende bezahlt, aber das ist keine Verpflichtung. Man könnte umziehen. Und danach? Ich weiß nicht ... Ich habe darüber nachgedacht, aber bis jetzt nichts gefunden. Und du? Deine Rache? Oder was?«

»Morgen fange ich an zu suchen. Dann sehen wir weiter. Du kannst mir ja suchen helfen, wenn dir nichts anderes einfällt.«

»Schatten begatten«, murmelte er. »Deine Rache beschatten. Durch die Kanäle deiner Racheratten waten.«

»Suchen helfen«, wiederholte ich. »Und mir Italienisch beibringen. Das, was ich bisher aufgeschnappt habe, reicht allenfalls, um Leute zu beleidigen.«

»Ah!« Er nickte heftig und verdrehte die Augen. »Eine Rattenaufgabe. Aber ich bin kein guter Lehrer.«

»Lehren kann man wahrscheinlich lernen.«

Avram kicherte in seinen Becher. »Lehren lernen?« Er trank einen großen Schluck. »Gehorsam befehlen? Ist das nicht wie führend folgen? Leuchtende Schatten? Eh, wenn unsere Schattenratte einen Heiligenschein hat, hat der dann auch einen Schatten? Dem sie befehlend gehorcht, den sie lernend belehrt? Oder umgekehrt?«

Vielleicht waren wir an diesem Abend nicht nur deshalb so

albern, weil der Wein, wenn er sich mit der Melancholie paart, nur Absurdes zeugen kann, das diese dann gebiert.

Vielleicht lag es aber auch daran, dass wir beide uns verloren fühlten. Allein, ohne Kassems umsichtige Führung und die spöttische Kameradschaft von Jorgo und Karl. Irgendwo habe ich, wenn ich nicht irre, einmal gelesen oder gehört, die Befreiung der Sklaven sei nur für diese schwierig, nicht für die Herren. Die Herren kennen sich mit der Freiheit ebenso aus wie mit dem Zwang, befehlen und entscheiden zu müssen, dem sie gehorchen. Wir waren keine befreiten Sklaven – ich jedenfalls nicht, und auch Avram, wiewohl Kassems Besitz, hatte sich nicht als Sklave gefühlt oder wie ein solcher verhalten.

Was sollten wir nun tun? Avram hatte sich nie über Lebensziele geäußert; wozu denn auch, solange er geleitet wurde? Ich wusste nicht, ob er in den vergangenen Monaten Überlegungen angestellt hatte, seit Kassems Eröffnung, dass er ihn und Jorgo in Venedig aus seiner Obhut entlassen und in die Gewalt der Freiheit geben würde. Aus seiner Obhut verstoßen … Vielleicht kam es ihm nun so vor. In den folgenden Tagen fragte ich mehrmals nach, aber es gelang mir nicht, Avram zu wesentlichen Reden über ferne Ziele oder die Gründung einer Familie zu verleiten.

Und ich? Sollte ich, geführt und umgeben, nun plötzlich nicht nur mich, sondern auch ihn leiten? Wohin, wie, wozu? Ich hatte meine Rache, wusste jedoch nicht, wie der nächste Schritt aussehen konnte, der mich ihr näher brachte. Ich war Kassem gefolgt und im Bauernkrieg zu Gedanken und Bewegungen gezwungen worden. Ich hatte gelernt, mich den Umständen anzupassen und sie, so gut es ging, für mich zu nutzen; und nun sollte ich die Umstände selbst schaffen, um sie nutzen zu können?

So saß ich da und trank und dachte. Avram hatte den Kopf auf die verschränkten Arme gelegt und schnarchte. Es klang, als wolle er sich durch den Wald sägen, den ich vor Bäumen nicht sah; aber vielleicht konnte ich die Schneise ja nutzen, die dabei entstand. Ich kam mir gleichzeitig sehr klug und sehr albern vor, und beim letzten Becher beschloss ich, mich für die Zukunft mit alberner Klugheit zu wappnen: mit Ironie, die beides zu sein vorgibt und vielleicht nichts von beidem ist. Sie schafft wahrscheinlich keine Umstände, die man nutzen kann, doch erzeugt sie immerhin Abstand von denen, die nicht nutzbar sind.

Am nächsten Tag begab ich mich zum Fuggerkontor, danach zum Haus der deutschen Kaufleute, Fondache dei Tedeschi. An den Vortagen hatte ich mehrmals kleine Summen bei Geldwechslern getauscht und etwa siebeneinhalb Zechinen für zehn Gulden erhalten. Bei den Fuggern tauschte ich vierhundert Gulden, für die ich dreihundertsechsundvierzig Zechinen bekam, und erkundigte mich nach einem alten Bekannten namens Mazzini oder Messing. Niemand kannte den Namen, auch nicht die älteren Schreiber. Ebenso war es im Haus der Kaufleute.

Dann beging ich den ersten der beiden Fehler, die ich eingangs erwähnte. Das heißt, eigentlich waren es beide Fehler gleichzeitig, denn sie hingen zusammen. In Verfolgung der Liebe verlor ich den Hass aus den Augen.

Sie hieß Laura Rinaldi und war ein Jahr älter als ich. Ihr Vater hatte in Venedig eine Druckerei betrieben und starb verschuldet, als sie fünfzehn war. Der größte Gläubiger, Herr einer Papiermühle am Stadtrand von Mestre, zahlte der Witwe eine kleine jährliche Rente und übernahm die Schulden, die Druckerei und die Tochter. Er war reich, alt und scheußlich, und dem Vernehmen nach hatte er vernehmlich mit den verbliebenen Zähnen geknirscht, als Laura darauf beharrte, sich nur über den Umweg zum Traualtar in sein Bett zu begeben. Zwiefach kinderlos verwitwet, wollte er mit der Einsegnung warten, bis endlich ein Sohn und Erbe gezeugt wäre. Trotz heftigen Bemühens blieb dieser jedoch weiterhin aus, und auch die Erleichterung über den hurtigen Tod von Lauras Mutter, der er nur zwei Jahresrenten zahlen musste, vermochte seinen Lebensabend nicht mit jener Anmut zu beglücken, welche die Natur seinem Wesen schon in jungen Jahren verweigert hatte. Als seine Gemahlin einundzwanzig wurde, machte er ihr ein überaus üppiges Geburtstagsgeschenk, indem er starb und sie als Herrin von Betrieb und Vermögen zurückließ.

Aber all das erfuhr ich natürlich erst später. Ich sah eine schlanke, kräftige Frau mit honigfarbenem Haar, die wie zum Gebet am Rand des Großen Kanals kniete und wundersam fluchte. Vor ihr lagen dicke, mit Wachstuch umwickelte Packen und ein umgekippter Handkarren. Neben ihr, im öligen Wasser, schaukelte ein Frachtkahn. Ein alter Mann stand am Heckruder, den Kopf im Nacken; in seinem geöffneten Mund nistete ein Sonnenstrahl. Der Schopf eines prustenden, um sich schlagenden Mannes tauchte eben vor dem Bug aus dem Wasser auf.

Mit ein paar schnellen Schritten war ich an der Mauerkante, kniete, beugte mich vor und erwischte die Haare, dann eine Hand des Zappelnden. Während ich ihn aus dem Wasser zog, hörte ich die Frau hinter mir aufstehen.

»Lass den Trottel ertrinken; im Wasser ist er besser aufgehoben als im Leben«, sagte sie.

Eigentlich lauschte ich eher der Stimme als dem, was sie sagte; das musste ich mir ohnehin zusammenreimen, da ich nur einen Teil verstand und den Rest richtig zu erraten hoffte. Es war eine erregende Stimme, dabei aber kühl und straff wie hörbare Seide. Ich trocknete die Hände an meinen Beinkleidern ab und drehte mich um.

Sie kaute in einem zweifelhaften Lächeln auf der Unterlippe. Für die Maßgaben klassischer Bildhauer wäre die Nase ein wenig zu lang gewesen, die Lippen ein wenig zu voll, die Wangenknochen ein wenig zu hoch; aber mir erschien das Gesicht vollkommen, denn die kleinen Unregelmäßigkeiten bewahrten es davor, in klassischer Langeweile zu schmachten. Die dichten Brauen waren nicht ganz so braun wie die Augen, in denen grüne und goldene Splitter glitzerten.

»Mein Italienisch genügt nicht, um ein Gespräch zu retten«, sagte ich, »dann wenigstens mit Händen den Mann.« Jedenfalls wollte ich das sagen, und es muss wohl halbwegs verständlich gewesen sein, denn sie grinste plötzlich und sagte: »Italienisch kann man lernen, jemanden ertrinken lassen geht ganz von allein.«

»Vielleicht fehlt mir eine gute Lehrerin.« Ich bückte mich, richtete den Karren auf und begann, die heruntergefallenen Packen darauf zu schichten. »Was ist das? Kostbar?«

»Papier – nicht kostbar, aber zu teuer, um es in den Kanal zu werfen.«

Sie bückte sich ebenfalls und hob und stapelte. Bei den letzten beiden Packen, die wir gleichzeitig auf den Karren legten, berührten meine linke und ihre rechte Hand einander. Einen Moment hatte ich das Gefühl, meine Haare stünden zu Berge; ihr schien es ebenso zu gehen.

»Uh«, sagte ich.

»Ah«, sagte sie.

Dann lachten wir beide. Ich glaube, wir standen da wie zwei Überrumpelte – Narren des glücklichen Zufalls.

»Willst du wirklich Italienisch lernen?«

Ich bemühte mich um ein halbwegs ernstes Gesicht. »Magst du mich lehren?«

15

So begann, was ich als Fehler bezeichnet habe, und ein Fehler war es zweifellos. Es war aber auch die beste Zeit meines Lebens. Ich half ihr, den Karren zu schieben, ohne dabei auf den Weg zu achten. Bis wir das Ziel – ihre Druckerei – erreichten, hatte sie mir »lehren« in allen Zeitformen vorgesagt, und ich hatte brav wiederholt. Es half uns, das, was wir eigentlich wollten, bis zu einem geeigneten Zeitpunkt aufzuschieben. Der nasse Helfer und der alte Steuermann blieben am Kanal zurück, und wenn ich mich nicht sehr irre, habe ich sie lachen hören.

In den folgenden Monaten stellte ich fest, dass sie oft und gern lachten – wie Laura. Und ich entdeckte viel Neues oder Vergessenes: dank Laura. Freundliche Gesellschaft und gute Gespräche machen beinahe jedes Essen erträglich, und in angenehmer Begleitung mag das traurigste Kaff zur Erheiterung dienen. Die Kanalrattenstadt Venedig, bis dahin eine Sammlung verschlossener Gesichter und versperrter Türen, wurde für mich von einer hässlichen Greisin zur spröden Matrone und schließlich zur zauberhaften Kurtisane. Einmal habe ich, an einem frühen Morgen – noch, nicht schon auf den Beinen –, von Schönheit ergriffen geweint, als Laura meine Hand hielt und mir aus einem winzigen wilden Garten den Sonnenaufgang über dem Türmchen des Seezolls zeigte. Und an einem grauen Herbstabend, als ich eben meine schlimmen Fehler begriffen hatte, war die sturmgepeitschte Lagune Schaubild meiner Seele.

Doch ist dies nicht die Geschichte meiner Seele oder meiner

Empfindungen; daher mag eine kurze Erwähnung jener Dinge genügen, die meine Fehler ausmachten und meine Blindheit förderten.

Ich hatte die eine oder andere Frau gekannt, zumeist Dirnen. Mit einer freien Frau gleichsam im Zustand ungeheiligter Ehe zusammenzuleben, war mir ein Hort von vielerlei Staunen, Verblüffung, Wonne, aber zuweilen auch Erschrecken und Fassungslosigkeit. Es machte mich meinen Eltern gleich und sorgte dafür, dass ich sie gründlich vergaß; diesen Widerspruch habe ich nie auflösen können.

Venedig, spröde Schöne, ließ sich besser aus der Entfernung bewundern. Lauras Papiermühle lag auf dem Festland, und dort, am Rand von Mestre, verbrachten wir mehr Zeit als in der venezianischen Druckerei. In jeder der Werkstätten gab es einen Handwerksmeister, Angehöriger der jeweiligen Zunft; kaum eine der Zünfte nahm Frauen auf, doch da die Betriebe scheinbar von den Meistern geleitet wurden, hatte es keine Bedeutung.

Schwieriger war es mit dem Mangel an Segen. Da es überall missgünstige Nachbarn gibt, Frömmler allenthalben die Mehrheit bilden und Missgunst durch Frömmelei keineswegs aufgehoben, sondern vielfach vermehrt wird, bedurfte es teils erheiternder, teils lästiger Versteckspielerei, um den Sittenwächtern und der Inquisition zu entgehen. Dies gelang uns, und so verbrachte ich einen Winter und einen Frühling des Rauschs.

Für Laura wird es keine Berauschung gewesen sein; ich hoffe jedoch, dass sie ein wenig Freude und möglicherweise Genuss empfunden hat. Und dass ihre Äußerungen hierzu der Wahrheit entsprachen, nicht nur dem Versuch dienten, einen beliebigen kleinen Trottel zu trösten. Frauen ohne Männer sind untragbar, Männer ohne Frauen unerträglich – was ist übler? Ich weiß es nicht, und vermutlich werde ich es nie herausfinden. Ich wäre wohl auch der Erste, dem es gelänge.

Für mich war alles neu – das Land, die Sprache, die Leute, das Essen, die Gepflogenheiten, die Arbeit, die Frau. Laura kannte alles, und sie hatte bereits eine Ehe hinter sich. Es war ihre Arbeit, bei der ich gelegentlich half, in der Papiermühle, beim Zerstampfen und Schöpfen und Legen, ohne darin je mehr als einen Zeitvertreib zu sehen. Ich musste ja nichts tun, um zu überleben.

Unweit der Papiermühle und der zugehörigen Werk- und Wohnstätten hatte ich ein kleines Haus mieten können, in dem Avram und ich hausten und Laura oft zu Gast war. Es gab dort einen ummauerten Hof, in dem wir gelegentlich mit Schwertern fochten, rangen oder Steine stemmten, um nicht vor der Zeit Rost und Fett anzusetzen und untauglich zu werden. Abends, wenn Laura bei uns war, griff ich häufig zur Fiedel, Avram trommelte auf dem Tisch oder auf Töpfen, Laura sang dazu und lehrte uns Spottlieder oder derbe Liebesweisen in venezianischem Dialekt.

Avram langweilte sich ansonsten beflissen, jedenfalls einige Zeit; dann entdeckte er, dass es ihm Freude bereitete, allerlei Arbeiten in der Mühle zu verrichten. Anders als ich hatte er geschickte Hände, und später half er, einen Einfall umzusetzen, der mir kam.

Vorher half er mir jedoch auch bei anderem, etwa beim Beschaffen und Bereiten von Nahrung oder bei Nebensachen wie dem Überleben in Venedigs Nebengassen. Es gab in der Stadt Gegenden, die man nach Sonnenuntergang nicht aufsuchen sollte, jedenfalls nicht allein und schon gar nicht unbewaffnet. Natürlich lief niemand mit Bidhänder oder Arkebuse herum; auch Avram und ich hatten uns mit Degen ausgerüstet und verbrachten gelegentlich Stunden damit, uns in ihrem Gebrauch zu üben. Und wenn einer von uns abends etwas zu erledigen hatte, begleitete ihn immer der andere.

Dies galt auch für jene Abende, an denen Laura mich in dem

Palazzo besuchte, den ich für zwei weitere Monate gemietet hatte. Sie kam in einem dunklen Umhang und mit verschleiertem Gesicht. Meistens blieb sie bis zum Morgengrauen, außer wenn sie sehr früh in der Druckerei sein wollte; dann begleiteten Avram und ich sie durch die Nacht.

Einmal allerdings war er nicht da, als sie früh aufbrechen musste. Er hatte auch etwas anderes versäumt, nämlich die Beschaffung gewisser Vorräte, darunter Salz und Brot. Laura und ich aßen kalten, ungesalzenen Bratfisch und flüchteten uns zu jenem anderen Hunger, den man auf dem Lager aneinander stillt. Gegen Mitternacht verließen wir das Haus und erreichten unbehelligt den Hintereingang, durch den sie die Werkstatt und die darüber befindliche Wohnung betreten konnte, ohne von Nachbarn beobachtet zu werden.

»Warte zwei Augenblicke«, sagte sie. »Ich habe noch etwas für dich.«

Sie verschwand im Haus; als sie zurückkehrte, drückte sie mir etwas in die Hand, lächelte, küsste mich und sagte: »Die Laken sind gut gewürzt; das hier ist für den Tisch. Leider habe ich keinen Beutel. Und was du jetzt sagen willst, kannst du verschlucken; ich sehe es deutlich an deinem Grinsen.«

»Ich danke, Liebste, und schweige beredt.«

Es war ein Tuch, das vielleicht zwei Handvoll Salz enthielt, und da es zu klein war, als dass man es hätte verknoten oder auch nur halbwegs sicher falten können, steckte ich es einfach so in die Rocktasche.

Auf dem Rückweg war ich kaum zwei Straßen weit gegangen, als mir zwei Gestalten aus einem Eingang entgegenkamen. Aus dem Fenster eines Hauses auf der anderen Seite fiel ein wenig Licht, sodass nicht nur Umrisse zu sehen waren. Einer blieb stehen, der andere bewegte sich seitwärts, als wolle er in meinen Rücken gelangen.

»Ho, Freund«, sagte der Erste nicht allzu laut, »hast du ein paar Münzen für durstige Nachtwanderer?«

»Nur Nacht und Durst«, sagte ich. Dabei legte ich eine Hand an den Degengriff, die andere schob ich in die Rocktasche.

Noch ehe ich den Degen gezogen hatte, hielten die beiden bereits ihre Waffen in den Händen und drangen auf mich ein. Ich duckte mich – nicht schnell genug; der Stich, der meiner Kehle gegolten hatte, traf mich an der linken Schulter. Dann war mein Degen aus der Scheide, ich konnte den Angriff des anderen Mannes eben noch parieren, und ehe ich den Schmerz in der Schulter wirklich spürte, warf ich dem Ersten eine Handvoll Salz ins Gesicht. Er stieß einen Fluch aus, ließ die Waffe sinken und hob die rechte Hand, um sich die Augen zu wischen.

»He, was …«, knurrte der Zweite; sein nächster Angriff wirkte beinahe zerstreut. Ich drehte mich auf dem Absatz, sprang zur Seite, wollte den Linkshänder, der immer noch Salz aus den Augen rieb, endgültig kampfunfähig machen, aber er war nicht völlig geblendet oder ahnte die Bewegungen, bog den Oberkörper nach links, sodass ich nur seinen erhobenen rechten Arm traf. Ich drehte mich wieder, ging dabei in die Knie, und der andere, der mich gerade rücklings abstechen wollte, lief in meinen Degen. Seine Waffe klirrte zu Boden, er sackte auf ein Knie; als ich den Degen herauszog, kippte er vornüber und blieb zuckend liegen.

Der andere starrte mich aus tränenden Augen an, als ich ihm die Spitze der Klinge an die Kehle setzte.

»Lass fallen«, sagte ich durch die Zähne, »sonst …«

Sein Degen fiel. Ich musterte ihn im zweifelhaften Licht, das aus dem nun vorsichtig geöffneten Fenster fiel. Er hatte bemerkenswert große Ohren, unter der Lederkappe lugten fettige Strähnen hervor, und die Lippen waren unangenehm fleischig, fast wie nach außen gekrempelt.

Aus einer der nächsten Straßen hörte ich eilige Schritte, Geklirr und harte Stimmen. Noch mehr nächtliche Räuber? In diesem Moment beging ich den nächsten großen Fehler.

»Verschwinde«, sagte ich, »ein Toter genügt.«

Der Mann nickte kaum merklich, murmelte etwas, das ein Dank sein mochte, lief an mir vorbei und verschmolz mit dem Dunkel.

Um die nächste Ecke vor mir bogen drei Männer, alle bewaffnet; zwei von ihnen trugen Fackeln. Nachtwächter, offenbar, oder Büttel der Stadt. Einer leuchtete mir ins Gesicht, der zweite Fackelträger bückte sich zu dem Räuber, der nicht mehr zuckte.

»Was ist geschehen?«, sagte der dritte Mann. Im Fackellicht sah ich, dass er eine Art Brustpanzer trug.

»Ein Überfall«, sagte ich. »Einer ist entkommen.«

»Der hier nicht.« Der zweite Fackelträger blickte zu uns auf. »Helft mir mal.«

Ich steckte den Degen ein und tastete nach meiner verletzten Schulter. Sie schmerzte, das Hemd war nass, und ich spürte etwas Warmes den Arm hinabrinnen.

Der Harnischträger hatte die Fackel des anderen übernommen, der sich bückte und seinem Kameraden half, den Toten auf den Rücken zu drehen. Er stieß einen Pfiff aus.

»Der Neapolitaner!«, sagte er. »Emilio der Schinder. Den wir seit Tagen suchen. Glück gehabt, Fremder, oder gut gefochten, was? Der da hat an die zwei Dutzend Morde hinter sich.«

Ich schaute hinab ins Gesicht des Toten. Und spürte, wie meine Knie weich wurden. Es lag nicht, oder nicht nur, an der Wunde und am Blutverlust.

Ich kannte das Gesicht. Emilio, den sie Schinder und Neapolitaner nannten, war einer der müden, fußkranken Pilger gewesen, die am Vorabend des Gemetzels ins Dorf gekommen waren. Lange her, aber es gab keinen Zweifel. Und wenn ich den anderen nicht hätte laufen lassen, hätte man ihn jetzt befragen können; vielleicht hätte er etwas über Piranesi, Castelbajac und Zamora gewusst.

Der Harnischträger schaute mich prüfend an; ich glaubte, etwas wie Anerkennung in seinem Gesicht zu lesen. »Und der zweite Mann, der entkommen ist?«, sagte er. »Wulstige Lippen, riesige Ohren?«

Ich nickte.

»Wir haben es offenbar mit einem furchtbaren Degenkämpfer zu tun«, sagte er, an die beiden anderen gewandt. »Emilio hat er erledigt, und den Engländer hat er in die Flucht geschlagen. Alle Ehre, Herr – vielleicht sollte ich ›Ihr‹ sagen und ›Euer Gnaden‹, wie? Wer bist du?«

»Ein harmloser Reisender, der manchmal viel Glück hat«, sagte ich schwach, »und der sich nach einem Stuhl und einem Verband sehnt.«

»Wo wohnst du?«

Ich nannte den Namen des gemieteten Hauses.

»Bis dahin kommst du nicht – so, wie du jetzt taumelst.«

»Freunde«, sagte ich mühsam. »Eine Druckerei – gleich da vorn, zwei Straßen – verbinden.«

Einer der Fackelträger blieb bei der Leiche, der andere ging vor uns her. Ich hatte den Arm um die Schulter des Geharnischten gelegt. Er stützte mich, bis wir den Vordereingang von Lauras Druckerei erreichten. Es dauerte eine Weile, bis sie auf Klopfen und Rufen öffnete, in einen Mantel gehüllt, unter dem ein Nachtgewand hervorlugte.

»Ich bin Lorenzo Bellini«, sagte der mit dem Brustpanzer, »Unterführer der Büttel. Kannst du diesen Mann verbinden?«

Laura wurde ein wenig blass; vielleicht war es aber auch nur ein Spiel des Fackellichts. »Bringt ihn herein.«

Wir folgten ihr in die Werkstatt, wo sie schnell eine Lampe

entzündete und mir einen Stuhl hinschob. Auf dem Boden darum verteilte sie Blätter mit Schmierflecken und missglückten Andrucken.

Als ich auf den Stuhl gesackt war, berührte Bellini mich am Kopf.

»Wir beseitigen die Leiche; dann kommen wir wieder her. Du musst noch etwas unterschreiben, mein Freund, danach bringen wir dich heim.«

Ich brachte mühsam ein *grazie* heraus.

Laura half mir, vorsichtig den Rock auszuziehen; dann zerschnitt sie mit einem scharfen Messer mein Hemd und zupfte die Fetzen von der Wunde. Ich ließ den linken Arm hängen; Blut tropfte auf das am Boden liegende Papier.

»Was hast du angestellt? Habe ich richtig gehört – eine Leiche?«

Nun, da ich saß, fühlte ich mich schon etwas besser. Ich sah, dass Blut den Arm hinabrann, aber nicht strömte. Die Wunde konnte nicht allzu schlimm sein und begann sich wahrscheinlich schon zu schließen. Einen Augenblick lang rang ich mit mir. Dann beschloss ich, Laura nicht mit meinen Rachegeschichten zu behelligen. Noch nicht jedenfalls; vielleicht später, wenn wir einander besser kannten.

»Zwei Schurken haben mich überfallen«, sagte ich. »Einen habe ich getötet; der andere ist geflohen, als die Büttel kamen.«

»Das wird jetzt ein bisschen wehtun.«

Ich schloss die Augen und biss die Zähne zusammen, als sie die Wunde mit Essig säuberte.

»Übrigens hast du mir das Leben gerettet«, sagte ich, als sie die Wunde zu verbinden begann.

»Also, verblutet wärst du nicht.«

»Das meine ich nicht. Dein Salz.« Ich berichtete von der wirksamen Gewürzwaffe.

Sie schnalzte leise. »Du klingst, als ob du öfter in so etwas verwickelt würdest.«

»Die Straßen sind unsicher. Wenn man reist, kommt so etwas vor, und dann ist es nicht schlecht, sich einigermaßen wehren zu können.«

»Einigermaßen?« Sie schüttelte den Kopf. »Habe ich mich mit einem Raufbold eingelassen?«

»Liebste«, sagte ich, »du mit den heilsamen Händen – ich bin kein Totschläger, nur ein Wanderer, der den Sinn des Lebens sucht und dich gefunden hat.«

»Ha!«

Sie holte Wein und zwei Becher, zog einen zweiten Stuhl heran und setzte sich. Bis die Büttel wieder erschienen, sprachen wir leise. Nicht über Degen. Zwischendurch schaute ich auf den Boden. Mein Blut war geronnen und hatte auf dem Papier ein seltsames Muster gebildet, fast wie ein Wappen.

Plötzlich kam mir ein Gedanke. »Man müsste …«, sagte ich.

Aber in diesem Moment kehrten die Büttel zurück. Der Unterführer bat um Papier, Feder und Tinte; nachdem Laura ihm das Gewünschte gebracht hatte, setzte er sich an einen der zahlreichen Arbeitstische und schrieb etwas. Laura holte drei weitere Becher und goss den Männern Wein ein.

»Magst du dies hier unterschreiben? Ah, es fehlt dein Name. Schreib ihn hier oben hin.«

Ich ging zu Bellini und schaute über seine Schulter. Ich las, ein Reisender namens – habe bei einem Überfall durch zwei gesuchte Schurken einen getötet und den anderen in die Flucht geschlagen. Name des Toten: Emilio, genannt »der Neapolitaner«; Name des Geflohenen: Harry Symonds, genannt »der Engländer«.

»Saimens?«, sagte ich.

»Simmens. Er ist Waliser, seit sechzehn Jahren in Italien – mehr oder weniger.«

»Das wäre fünfzehnhundertelf, die Heilige Liga?«, sagte ich.

Bellini nickte. »Du kennst dich aus. Ja, König Heinrich hat damals ein paar Leute geschickt, und Symonds ist hiergeblieben. Wahrscheinlich; wir wissen nicht genau, wo er sich all die Jahre aufgehalten hat, aber er war immer wieder in Händel und Überfälle verwickelt. Kannst du gehen, wenn du unterschrieben hast?«

»Ich glaube schon.«

Ich ergänzte meinen Namen, unterschrieb, dankte Laura mit einer Verbeugung und sagte: »Ich habe für die treffliche Rettung zu danken, Herrin, und hoffe, morgen den Dank geziemend abstatten zu können.«

Laura deutete eine mindere Verneigung an; dabei zwinkerte sie kaum merklich.

Auf dem Weg zum morschen Palazzo ging ich vorsichtshalber langsamer als unbedingt nötig. Ich fühlte mich fast wie gewöhnlich, aber das musste ich den Bütteln ja nicht zeigen. Sie hätten mich sonst für einen an Blutverlust gewöhnten Schwertschwinger halten können. »Wie kommt es«, sagte ich nach den ersten paar Dutzend Schritten, »dass ihr diesen Waliser sucht? Weil er schon andere überfallen hat?«

Bellini gluckste. »Wenn wir jeden Räuber und Mörder suchen wollten, kämen wir nicht mehr zum Schlafen. Er hat vor Jahren in unseren Diensten gestanden, Söldner für die Serenissima, und sich mit tausend Zechinen aus der Kriegskasse abgesetzt. Deshalb. Was sind schon Morde?«

»Und wie kommt es, dass ein Unterführer der Büttel walisische Namen aussprechen kann?«

Bellini hob die Schultern. »Viele Fremde kommen hierher, und manchmal muss man selbst reisen.«

Einer der Fackelträger räusperte sich. »Herr Jakko, weißt du, wer der oberste Führer der Büttel ist?«

»Nein.«

»Der Doge. Was uns angeht, kommt der Capo gleich danach.«

Ich pfiff durch die Zähne. »Also nicht ein, sondern *der* Unterführer? Sollte ich etwa ›Ihr‹ sagen?«

Als ich zur Seite blickte, sah ich, dass Bellini grinste.

»Wir haben anders angefangen; lass uns dabei bleiben.«

»Dann sag mir etwas, Capo. Ich bilde mir ein, diesen Mann mit den wulstigen Lippen, Symonds, vor Jahren schon einmal mit anderen zusammen gesehen zu haben. Ein Spanier, Alonso Zamora; ein Franzose, Jérôme de Castelbajac; ein Italiener, Giambattista Piranesi. Sagen dir diese Namen etwas?«

Bellini runzelte die Stirn und schwieg einen Moment; dann schüttelte er den Kopf. »Nie gehört. Was ist mit ihnen?«

»Ich würde sie gern etwas fragen.«

Er schaute mich von der Seite an, mit einem schrägen Lächeln. »Fragen? Wie es ihnen geht, was die Verdauung macht, ob sie gut schlafen?«

»So ähnlich.«

»Das denke ich mir. Ein harmloser Nachtwanderer, zufällig so gut mit dem Degen, dass er zwei gefürchtete Schufte besiegt, will ein paar harmlose Fragen stellen, ja? Ich nehme an, die Edelleute, nach denen du suchst, sind ehrenwerte Klosterbrüder. Wie Symonds. Nun ja, du musst es selbst wissen, aber – wenn ich dir einen Rat geben darf: Manchmal ist es besser, einen Berg nicht allein zu erklimmen. Andere könnten helfen, und vielleicht kennen sie leichtere Wege.«

»Ich werde daran denken, wenn die Zeit der Fragen und Antworten kommt.«

Am nächsten Morgen erschien Avram; er war ein wenig zerzaust und stank nach billigen Duftwässern. Als er die verbundene Schulter sah, schnitt er eine Grimasse.

»Was ist geschehen? Hat Laura dich gebissen?«

Ich erzählte von meinen Nachtwanderungen, von Bellini und den Totschlägern.

»Man kann dich ja nicht allein lassen«, sagte er. »Ich werde nie wieder ein Mädchen für die ganze Nacht nehmen, wenn Laura abends begleitet werden muss.« Er spitzte die Lippen. »Und jetzt auch noch ein Engländer? Eh, Waliser? Zamora, Castelbajac, Piranesi, Symonds – findest du nicht, du solltest dir zur Abwechslung mal einen ungarischen oder finnischen Freund suchen?«

Als die Zeit abgelaufen war, für die ich den Palazzo gemietet hatte, begann allmählich der Winter, und Laura beschloss, die nächsten Monate lieber an Land zu verbringen. Zur Papiermühle in Mestre gehörte ein Haus, in dem sich, sagte sie, die kalte Zeit besser und behaglicher verbringen ließ als in den kargen Zimmerchen über der Druckerei. Ich fand die bereits erwähnte Unterkunft für Avram und mich ganz in der Nähe, und am letzten Novembertag verließen wir vorläufig die Lagunenstadt. Da ich nichts Besseres zu tun hatte, als Laura mit meiner Nähe und Neigung zu behelligen, kümmerte ich mich ein wenig um ihren Garten und machte kleinere Ausflüge in der Umgebung. Ansonsten arbeitete ich, so gut es ging, als überzähliger Helfer mit in der Papiermühle.

Avram war geschickter und daher weniger überzählig als ich. Zwischendurch verschwand er tagelang, trieb sich im Hinterland herum und sammelte Lumpen, Rohstoff für die Mühle. Er sammelte auch Geschichten und Neuigkeiten. Und Nachrichten.

An einem Frühsommerabend kehrte er von einem seiner Ausflüge zurück, den Handkarren hoch beladen mit Fetzen, die Stiefel voller Staub und das Gesicht bedeckt von einer Maske: der Miene beiläufiger Dringlichkeit, wie ich sie bei mir nannte. Die meisten Arbeiter waren bereits heimgegangen. Laura, der Meister Giovanni und ich prüften eben die ersten gepressten und getrockneten Bögen für einen neuen, teuren Auftrag.

»Du wirst mich reich machen«, sagte Laura. Sie hielt einen Bogen hoch und betrachtete vor dem großen Westfenster das Wasserzeichen. »Du auch«, setzte sie hinzu, als Avram die Werkstatt betrat.

»Ich auch was?«, sagte er.

»Du wirst mich reich machen.«

Giovanni keckerte. »Solange wir alle etwas davon haben, gönnen wir dir jeden Reichtum, Herrin.«

»Lass mal sehen.« Avram trat hinter Laura und musterte den Bogen. Er schnalzte leise. »Nicht schlecht geworden – für die ungelenken Händchen.« Er hob die Hände und spreizte die Finger; dabei grinste er.

Ich sah unter oder neben seinem Grinsen die Mienenmaske und ahnte, dass er anderes im Kopf hatte als das neue Papier. Aber es war gut gelungen, und wir beide hatten dazu beigetragen. Am wenigsten ich – von mir stammten lediglich das Blut des ersten, zufälligen Entwurfs und der grundlegende Einfall: den reichen und edlen Herren Venedigs jeweils eigenes Papier anzubieten. Laura hatte alles berechnet und die Angebote unterbreitet; Meister Giovanni hatte nach dem Familienwappen des ersten edlen Kunden die Vorlage für das Wasserzeichen entworfen, und Avram hatte das feine Drahtgeflecht gefertigt. Das Papier sollte am nächsten Tag nach Venedig gebracht und dort, in Lauras Druckerei, mit den Namen des Herrn und des Hauses versehen werden.

»Gut für wichtige Sendschreiben«, sagte Avram, »und davon wird es in der nächsten Zeit sehr viele geben.«

Laura befestigte den Bogen wieder an der Trockenleine. »Ich höre, du hast gute Nachrichten aufgeschnappt«, sagte sie. »Warte damit, bis wir uns gestärkt haben; vorher ertrage ich sie wahrscheinlich nicht.«

Ich half Avram, den Karren in den Innenhof zu schieben. Wir schlossen die Werkstatt für die Nacht ab und luden Meister

Giovanni und Laura ein, uns zu dem kleinen gemieteten Haus zu begleiten. In Erwartung des zu feiernden neuen Papiers hatte ich für den Zeitpunkt des Sonnenuntergangs in einer der Garküchen von Mestre Salate, mehrere Fleischtunken und Nudeln gekauft. Als alles geliefert wurde, war Avram noch dabei, sich vom Reisestaub zu reinigen.

Beim Essen erzählte er zunächst von den Dörfern, die er in den vergangenen zehn Tagen heimgesucht hatte, und erging sich in hymnischen Erinnerungen an eine üppige Witwe, Herrin eines einsamen Hofs.

»Es ist dir also nicht schlecht ergangen«, sagte Laura schließlich. »Magst du jetzt zur Sache kommen?«

Avram hob seinen Becher. »Ich trinke auf deine Augen und dass sie meinem Freund Jakko in vielen Nächten leuchten mögen. Es kann aber sein, dass er sie bald vermissen muss.«

Ich beugte mich vor. »Nun sags endlich!«

»Es geht wieder los.«

»Was geht wieder los?«

»Es werden Söldner geworben. Vor ein paar Wochen hat es irgendwo zwischen Mailand und Turin die ersten Gefechte gegeben.«

»Wer gegen wen?«, sagte ich.

Giovanni schloss die Augen und stöhnte. »Jeder gegen jeden, wahrscheinlich – aber wieso haben wir noch nichts gehört?«

»Die Herren der Serenissima mögen vielleicht noch nicht laut darüber reden«, sagte Laura; sie streifte mich mit einem Blick. »Leise wurde durchaus geredet in der Stadt.«

»Warum hast du nichts gesagt?«

Nun blickte sie mir in die Augen; die grünen und goldenen Splitter funkelten. »Ich wollte dich nicht zu früh an all das erinnern, was du hier bei mir vergessen hast.«

»Wenn ich nicht bei dir alles andere vergäße, wäre ich ein

Trottel«, sagte ich. »Und wenn ich woanders auch nur das Geringste von dir vergäße, wäre ich ein Esel. Da du mich erträgst, kann ich kein Esel sein, und …«

»… und Trottel sind alle Männer«, sagte Meister Giovanni, »alt oder jung. Vor allem dann, wenn sie glauben, Frauen verstehen oder Kriegen entgehen zu können.« Er seufzte. »Ich bin jetzt sechzig. Als ich achtundzwanzig war, hat dieser Krieg angefangen und seitdem immer nur kurz Pause gemacht, und jedes Mal habe ich geglaubt, es wäre keine Pause, sondern ein Friede.«

1494 hatte Charles VIII., König von Frankreich, Italien zu erobern versucht; eine aus Spanien, Österreich, italienischen Stadtstaaten und England bestehende Liga schlug die Franzosen zurück. Charles' Nachfolger Louis XII. versuchte es ebenfalls und besetzte 1500 Mailand; seither hatte der Krieg eigentlich nie geendet – geändert hatten sich lediglich die Allianzen und die Namen der Herrscher. Italienische Staaten verbündeten sich mal mit der einen, mal mit der anderen Großmacht; Spanier, Schweizer, deutsche Landsknechte, Franzosen, Engländer zogen durchs Land; Frankreichs König François I. verbündete sich mal mit dem Papst, mal mit den Türken. 1525 nahm das vor allem aus Spaniern und den deutschen Landsknechten des Georg von Frundsberg bestehende kaiserliche Heer in der Schlacht von Pavia François gefangen und rieb das französische, durch Schweizer Söldner verstärkte Heer fast völlig auf. François wurde nach Spanien gebracht, als Karls Gefangener, und im Januar 1526 unterzeichneten beide den Frieden von Madrid: Frankreich verzichtete auf Mailand, Genua, Flandern, Artois und Burgund. Kaum war François frei, widerrief er den Friedensvertrag, der ihm aufgezwungen worden sei; und auf Betreiben des Papstes – inzwischen war dies Clemens VII. – bildeten Frankreich, Mailand, Florenz, Venedig und der Kirchenstaat die Liga von Cognac.

»Und dein Landsmann Georg, der Frundsberg, stellt gerade

wieder ein Heer aus Landsknechten auf, das für den Kaiser die Lombardei schützen soll«, sagte Avram zum Schluss seiner Ausführungen.

Etwas in seiner Miene und in seiner Stimme ließ mich nachfragen. »Du klingst, als wäre das noch nicht alles. Was denn noch? Nicht, dass es nicht mehr als genug wäre.«

Avram kratzte sich den Kopf. »Ich zaudere«, sagte er.

»Warum zauderst du? So, wie du grinst, kann es kein nachhaltiges Zaudern sein, oder?«

Avram lachte, wurde jedoch sogleich wieder ernst. »Eine Gesandtschaft des Papstes wird morgen oder übermorgen Venedig erreichen. Ich habe sie gesehen.«

»Wo? Sind sie schon da? Du warst doch gar nicht in Venedig«, sagte Laura.

»Ich habe sie auch nicht ganz gesehen, nur einen Teil – ein paar Soldaten vom Geleit, außerhalb von Padua. In Padua macht die Gesandtschaft ein paar Tage Rast und wartet auf einen Boten von François.«

»Was ist mit ihnen?«

»Du wirst es nicht gern hören.« Avram kniff die Augen zusammen; dann zuckte er mit den Schultern. »Oder vielleicht doch, je nachdem, wie du dich gerade fühlst.«

Ich nickte. »Nein, oder vielleicht doch, aber möglicherweise keineswegs, falls nicht anders – was willst du mir sagen oder vielleicht nicht?«

»Einer der Hauptleute, die den Gesandten begleiten, könnte dein besonderer Freund Giambattista Piranesi sein.«

Meister Giovanni ging bald. Mit der Behauptung, er sei müde, verzog sich Avram gleich darauf in sein Zimmer.

Für Laura und mich wurde es eine lange weiße Nacht.

Zwischendurch gab es etwas, das ich nicht Liebe nennen mag,

eher einen verzweifelten gegenseitigen Angriff; der Rest waren Reden, Fragen, Nachfragen, Vorwürfe. Und Laura war nie schöner als in jener Morgendämmerung, da sie neben mir lag, auf den rechten Ellenbogen gestützt, die Honigkaskaden des Haars über Schulter und Brust. Schön wie ein geschliffenes Schwert. Als es mir das Herz schlitzte, als ihre Augen Leid sprühten und dabei trocken blieben, hätte ich gern geweint.

»Warum hast du mir all das nicht längst gesagt?«

»Dann hätte ich daran denken müssen. Seit ich dich gesehen habe, wollte ich nicht mehr daran denken.«

»Kleine Kinder machen die Augen zu und meinen, dann sieht man sie nicht mehr, und das, was sie gestört hat, ist weg. Ich dachte, du wärst ein Mann.«

»Immer, wenn du mich dazu machst. Dazwischen bin ich ein kleiner Junge, der gern mit hübschen Dingen spielt und nicht wieder vom Waldrand aus zusehen mag, wie seine Leute abgeschlachtet werden.«

Sie seufzte. »Der Waldrand wird, fürchte ich, immer am Rand deines Blickfelds sein. Sobald du dich umdrehst, um ihn genauer zu sehen, wird er sich verschieben, sodass du ihn nur aus den Augenwinkeln siehst. Deshalb wirst du dich immer nach ihm umdrehen.«

»Deshalb drehe ich mich lieber nicht um, sondern ...« Ich beugte mich vor und berührte ihre Brust mit der Zungenspitze.

»Ach, Jakko.«

Wir schwiegen eine Weile, schauten einander nur an. Als ich ihren sengenden Blick nicht mehr ertragen konnte, sagte ich leise: »Ich liebe dich. Du weißt es. Magst du mich heiraten?«

Sie lächelte und rieb eine Handfläche an meiner Wange. »Nein.«

»Ich meine es ernst.«

»Ich weiß. Ich auch.«

Ich fühlte mich klamm und matt. Ausgehöhlt mit einem scharfen Werkzeug; von einer Hand, die eben noch gestreichelt hatte. »Warum?«

Sie setzte sich auf. »Ich mag nicht teilen.«

»Wie meinst du das?«

Sie beugte sich über mich; ihr Haar schloss unsere Gesichter ein und die Welt aus. Für ein paar Atemzüge.

»Ich weiß nicht, ob du der bist, den ich zu kennen geglaubt habe. Du fühlst dich an wie er, du riechst wie er, du schmeckst wie er, aber – kenne ich dich? Der, den ich kenne, hat keine Mörder gesucht.«

»Aber er ist derselbe.«

»Ich mag dich nicht teilen, Liebster. Mit einem Waldrand und vier, ah nein, drei Mördern. Der Wald wird vielleicht welken, wenn die Mörder verdorrt sind. Bis dahin werden sie immer hinter dir und neben mir stehen und zwischen uns liegen.«

»Was soll ich tun?«

»Du sollst sie finden. Und töten.« Ihre Stimme klang nicht hart, als sie das sagte, eher erregt. Sie küsste mich.

Viel später sagte ich: »Und dann? Wenn ich sie getötet habe?«

»Wenn du überlebst?«

»Nur dann.« Ich versuchte zu lachen, aber es gelang nicht recht.

»Wenn du nach mir schauen magst, tu es. Vielleicht gibt es dann einen anderen. Vielleicht nicht.«

16

Am nächsten Morgen brachen Avram und ich auf, der päpstlichen Gesandtschaft entgegen, die inzwischen wahrscheinlich Padua verlassen hatte und sich Venedig nähern musste. Wir gingen zu Fuß; die Pferde hatten wir verkauft, als wir uns mehr oder minder sesshaft machten, und auch an Waffen nahmen wir nur das mit, was zur gewöhnlichen Ausrüstung des Wanderers gehört, der essen und Feuer machen will.

Zunächst sprachen wir nicht viel. Ich weiß nicht, woran Avram dachte; vielleicht döste er einfach im Gehen. Ich dachte an Piranesi: das schmale Gesicht mit buschigen weißen Brauen und weißem Schnurrbart, die weißen, zu einem Pferdeschwanz gebundenen Haare, die Ähnlichkeit mit einem Wiesel. Und die grässlichen Geschichten über ihn und das Gemetzel von Prato.

Dann irrten meine Gedanken ab, oder sie strebten einem besseren, schöneren, schmerzlicheren Ziel zu: Laura. Ich fühlte mich immer noch, als habe jemand – sie – mir eine Flaschenbürste durchs Gemüt gezogen. Aber nach und nach klärten sich die Gedanken; Bewegung ist gut für derlei, jedenfalls für mich. Andere mögen weinen, beten oder sich geißeln; jeder nach den Maßgaben seines Vergnügens.

Nach und nach, mählich, allmählich, gemach ... Ich begriff, dass ich Fehler begangen hatte. Nicht mir gegenüber; sich selbst gegenüber macht man keine Fehler, versündigt sich nicht; alles, was man sich selbst zufügt, ist Dummheit. Fehler begeht man anderen gegenüber. Es war dumm von mir gewesen, die selbst gestellte Aufgabe, die Rache, zu vergessen, vergessen zu wollen. Und es war gedankenlos und verletzend gegenüber Laura, ihr etwas zu verheißen, was ich nicht würde erfüllen können.

Verheißen? Vielleicht wäre »behelligen« oder »belästigen« das treffendere Wort. Ich hatte eine gute, kluge Frau dazu gebracht, mich so zu schätzen, wie dies einer verdienen mag, der alles mit ihr teilt, mit ihr Kinder zeugt, Verantwortung trägt, an ihrer Seite alt wird. Dabei hatte ich verschwiegen, ja, schlimmer: vergessen wollen, dass ich ein Blatt war, das auf den nächsten Windstoß wartet, der es ans Ende der Welt trägt. Inzwischen hätte sie den anderen Mann, den Vater ihrer Kinder finden können; stattdessen hatte sie sich zu einem gelegt, der sich nun selbst stumm bejammerte, weil er sich zwischen einer Liebe und einer Rache entscheiden musste. Zwischen der Suche und dem Verweilen, zwischen zeugen und töten.

Es war meine Hand, die die Flaschenbürste ins eigene Gemüt gestoßen hatte. Und in Lauras, ohne Bedenken, ohne Zögern.

Nachmittags entdeckten wir die Gesandtschaft. Sie kam uns entgegen, auf der Straße von Padua nach Mestre und Venedig. Wir waren zwei müde Wanderer, nahezu unsichtbar im Schatten eines Baums; und vor der Kutsche des päpstlichen Legaten ritt Giambattista Piranesi, das furchtbare Wiesel.

Kein Zweifel, er war es. Und kein Zweifel auch, dass es unmöglich war, sich ihm zu nähern. Zehn Reiter, fünfzig Fußsoldaten, dazu Knechte und Diener und die Kutscher des Legaten und der Trosskarren.

Aus den müden Wanderern wurden streunende Zecher, die in Venedigs Tavernen nach den Soldaten des Papstes suchten; die waren jedoch in einem weiträumigen Palast untergebracht, und bei denen, die sich abends gelegentlich in Schenken zeigten, war nie das Wiesel.

Als zu hören war, die Verhandlungen seien beendet, und der Legat werde am übernächsten Tag abreisen, schickte ich Avram aufs Festland, um Pferde zu beschaffen. Ich ging zur Niederlassung der Fugger. Dort wollte ich Geld besorgen und einen vertrauenswürdigen Menschen mit einem Auftrag versehen, aber zunächst erwartete mich eine Überraschung.

Sie kam in der Gestalt eines kleinen Briefs. Das Schreiben bestand aus wenigen Wörtern: »Wieder da, du auch? Bitte melden«, gefolgt von der Beschreibung eines Hauses und den Unterschriften von Jorgo und Karl.

Drei Tage später brachen wir auf, zu viert, der Gesandtschaft folgend. Mithilfe der Fugger und eines ihrer rechtskundigen Schreiber hatte ich das bisher gemietete Haus am Rand von Mestre gekauft. Bei einem kargen Abschied, belastet von hunderttausend nicht gesprochenen Worten, gab ich Laura die Urkunde und bat sie, auf das Haus zu achten. Und ich hatte bei den Fuggern und den Welsern verfügt, meine Guthaben aus Augsburg abzuziehen und die Konten ab sofort in Venedig zu führen. Ich sah mich eher nach Venedig, zu Laura, als ohne sie nach Deutschland zurückkehren.

Jorgo und Karl hatten nahezu alles Geld verloren, vertrunken, verspielt, verprasst. Die Witwen von Capo d'Istria waren nicht abgeneigt – wie die beiden behaupteten –, sich trösten zu lassen, doch wollten sie sich von Fischern trösten lassen, die vor der gründlichen Verabreichung des Trosts – »na ja, nach gründlicher Vorbereitung, aber irgendwann wollten sie Knoten machen, oder wenigstens Schleifen, und wir möchten die Schnüre lieber baumeln lassen, weißt du, und als Fischer sind wir nicht so richtig gut« – priesterliche Handreichung oder Handlangerdienste begehrten. Die beiden hatten sich mit ihren letzten Münzen in die letzte und schäbigste aller Unterkünfte Venedigs begeben, bei den

Fuggern und Welsern nach mir gefragt, erfahren, dass ich noch in der Nähe sei, dass aber niemand wisse, wo genau. Seit zwei Monaten hatten sie sich mit Tagelöhnerei über Wasser gehalten – als Träger, Boten, Wächter …

»Gut, dass wir endlich wieder reiten«, sagte Jorgo, als wir Mestre vielleicht eine Stunde hinter uns gelassen hatten. »Freie Luft. Und gut, dass du uns gefunden hast, kleiner Bruder.« Dann schüttelte er den Kopf und murmelte etwas, das ich nicht verstehen konnte. Zwar ritt er neben mir, aber die Hufschläge der Pferde und ein leichter Wind machten Gemurmel und Flüstern fast unhörbar.

»Was brummst du vor dich hin?«, sagte ich.

»Ich habe mich beschimpft«, sagte Jorgo. Er blickte mich von der Seite an. »Ich glaube, statt ›kleiner Bruder‹ sollte ich jetzt ›Herr‹ sagen.«

Ich hob die Schultern. »Für mich hat sich nichts geändert. Wie wärs einfach mit Jakko?«

Karl, links hinter uns, sagte betont laut zu Avram: »O die hinfälligen Sorgen der Ungläubigen! Da zerbrechen sie sich den Kopf über Anreden; dabei geht ein milder Wind, und wir reiten. Was will man mehr?«

Ich wollte mehr, aber es dauerte noch zehn lange schlimme Monate, bis ich es erhielt.

Papst Clemens VII. und François I. hatten zusammen mit dem Herzog von Mailand, Francesco Sforza, der Republik Venedig und kleineren norditalienischen Fürsten die Heilige Liga von Cognac gebildet, gegen Karl V., Spanien und das Reich. Henry VIII. ging zur Liga, in Deutschland sorgten sich Evangelische und Katholiken eher darum, einander die Kehlen zu schlitzen, als um die Wünsche des Kaisers. Überall in Norditalien wurden Truppen zusammengezogen, für die Liga; dem Kaiser waren einige Söldner geblieben aus dem Heer, das vor über einem Jahr den großen Sieg bei Pavia errungen hatte, und dazu spanische Regimenter. Immer wieder kam es zu kleineren Gefechten, und niemand wusste genau, wer gerade wo gegen wen antreten wollte.

Wir mussten vorsichtig reiten, um nicht zwischen die beweglichen Fronten zu geraten. Anderen ging es ähnlich: Die päpstliche Gesandtschaft zog in Schlangenlinien Richtung Mailand; unterwegs teilte sie sich plötzlich. Der Legat, ein Mann namens Mantegna, reiste nach Mailand weiter, einige andere mit einem Teil des Trosses und Geleits bogen nach Süden ab, und erst nach zwei Tagen des Reitens stellten wir fest, dass Piranesi nicht bei dem Legaten geblieben war.

Aber ich kam ihm nicht näher. Die Truppe ritt und marschierte, fand in einigen Orten Zulauf, sammelte unterwegs neue Kriegsknechte oder schweifende Söldner, die sie verstärkten, lieferte sich Scharmützel mit kleinen spanischen Einheiten, die zu einer norditalienischen Festung wollten, trödelte, beschleunigte ...

Wir mussten auch marodierenden Söldnern ausweichen, die seit Pavia nicht mehr bezahlt worden waren, sich durch Plünderei und Raub ernährt hatten und nun unterwegs nach Norden waren, um sich Frundsberg anzuschließen.

Georg von Frundsberg, »Vater der Landsknechte«, die er immer mit »Brüder« oder »meine Söhne« anredete und besser behandelte als alle anderen Heerführer, hatte seinen Besitz verpfändet und bewegliches Gut verkauft, um auf des Kaisers Ruf hin ein neues Heer aufzustellen und nach Italien zu bringen. Irgendwann im Winter schlug er ein päpstliches Heer bei Brescia und führte seine Leute weiter nach Süden, in ein Lager nahe Bologna.

Aber vom Kaiser kam kein Nachschub, auch nicht der wichtigste: Geld. Im Frühjahr konnten sich die Soldaten nicht mehr selbst ernähren, das Land war ausgeplündert, überall wurde gehungert. Wir ritten hinter Piranesis Trupp her, Richtung Rom, als wir hörten, dass die »Kinder« gegen ihren »Vater« rebelliert hätten. Frundsberg, inzwischen fünfundfünfzig Jahre alt, hatte vergeblich versucht, sie zur Ruhe zu bringen, und war dabei bewusstlos zusammengebrochen, auf eine Trommel gestürzt – der Schlag hatte ihn getroffen. Später, viel später hörte ich, man habe ihn in die Heimat gebracht, wo er ein Jahr später gestorben sei.

Auch spanische Truppen hungerten, ohne Geld, Nahrung und Nachschub, ebenso italienische Söldner im Dienst des Kaisers. Karl V. hatte kein Geld, oder er wollte keines schicken, oder er wusste nicht, wie schlimm es um seine Leute stand. Gleichviel: Die hungernden Kämpfer schlossen sich zusammen und zogen gegen Florenz, das jedoch von einem Heer der Liga verteidigt wurde. Dann hieß es bei ihnen plötzlich, eigentlich sei ja der Papst an allem schuld, Clemens mit seiner Schaukelpolitik, und bei ihm werde man sich den fehlenden Sold holen.

Hungernd, plündernd, mordend brachen die Söldner auf, aßen Rinde und Wurzeln, und Anfang Mai erreichten sie Rom. Sie verlangten zweihundertfünfzigtausend Dukaten vom Papst, dann würden sie die Stadt verschonen. Der Papst lehnte ab, im Vertrauen auf die Mauern der Stadt und ihre Verteidiger, und so begann der Sturz des Ewigen Rom in die Hölle.

Wir hatten wieder einmal die Spur verloren; Piranesi mochte sich in Rom befinden, in einem von zehntausend Häusern, oder er mochte nach Ostia geritten sein, nach Neapel, nach China. So kam es, dass wir in Rom nach ihm suchten, als der Sturm losbrach. Unsere Waffen retteten uns. Und die Dreistigkeit, mit der wir in den folgenden Tagen Abzeichen, Jacken, Helme ablegten, andere anzogen, diese wieder gegen dritte tauschten. Wir kamen mit dem Leben davon. Und mit Erinnerungen, die wir gern zurückgelassen hätten.

17

Morgens waren die Straßen bedeckt mit Trümmern, mit Toten und Sterbenden. Aus brennenden Häusern, vor denen Menschen standen oder knieten und beteten, sprangen andere in der Hoffnung auf einen schnellen, sauberen Tod oder darauf, dass Angehörige sie auffingen. Aus den Kirchen, den tausend Kirchen Roms, war Gebrüll zu hören, manchmal Gewieher von Pferden, wenn Reiter nicht zum Plündern absteigen mochten, sondern ihre Tiere hineintrieben. Männer und Frauen, Alte und Kinder rannten eine Straße entlang, mit nicht mehr als den Kleidern auf dem Leib, nur mit dem einen Wunsch, den Plünderern und Schändern zu entkommen, die sie verfolgten; und sie rannten, bis ihnen eine andere Gruppe von Flüchtigen entgegenkam, ebenso deren Verfolger. Noch oder schon wieder betrunkene Krieger taumelten unter ihrer Beute oder zerrten Gefangene mit sich.

Niemand wurde verschont. Die Häuser von Spaniern und Deutschen wurden geplündert wie die der Römer. In manchen Palast eines Kaisertreuen waren Römer geflüchtet, weil sie hofften, dort dem Entsetzen zu entgehen, aber deutsche Landsknechte und spanische Soldaten kümmerten sich nicht um Wappen oder vor den Türen flatternde Fahnen, drangen ein, brachen Türen und Truhen auf, rannten denen, die sich in den Weg stellten, das Schwert durch den Leib, rissen oder schnitten den reichen Frauen das Geschmeide von Hals und Hand und machten sich rudelweise über Herrinnen und Mägde her. Allein im Palast des portugiesischen Gesandten, hörte ich Landsknechte prahlen, habe man fünfhunderttausend Dukaten erbeutet, Schmuck und andere Dinge von Wert nicht gerechnet.

Manchem gelang es vorübergehend, sich und die Seinen und ins jeweilige Haus geflüchtete Menschen gegen ungeheure Summen freizukaufen – bis der nächste Trupp erschien.

Wo jemand Widerstand leistete, wurden Türen oder ganze Mauern mit Pulver gesprengt. Sobald die Plünderer dann eingedrungen waren, gab es keinerlei Schonung; wer sich nicht verteidigte, wurde geplündert, geschändet und vielleicht umgebracht, wer sich wehrte, starb auf jeden Fall.

Besonders gründlich und liebevoll untersuchten die Soldaten Klöster und Kirchen. Und die Leiber ihrer Insassen, zu denen auch die Tausende gehörten, die im Vertrauen auf die Unberührbarkeit heiliger Stätten dorthin geflohen waren. Deutsche Landsknechte – keineswegs nur Evangelische – plünderten die Kirche der Deutschen, die Anima, und die Jakobskirche – Santiago de Navona, Heiligtum der Spanier – wurde vor allem von spanischen Truppen verheert; es war, als achte man die Vorrechte der jeweils anderen Seite. Santa Maria del Popolo wurde geplündert, die Mönche ausnahmslos abgeschlachtet. Fast noch scheußlicher ging es in den Nonnenklöstern zu; und wenn ein Trupp in eine karge Kirche oder ein armes Kloster kam, führte die Wut ob mangelnder Beute zu noch grässlicheren Folterungen und Metzeleien.

Doch wie soll ich das schildern, was ich nur zum Teil habe sehen, hören, riechen können und müssen! Meine Gefährten und ich waren ja auf der Suche nach Piranesi, außerdem immer bemüht, nicht selbst Opfer der rasenden Krieger zu werden. Ein kaiserlicher Schreiber, dessen Namen ich nicht entziffern kann – Gregorius? Georgius? hat aus den Berichten der Überlebenden eine Niederschrift angefertigt, die in meine Hände geraten ist. Ich will daraus einiges abschreiben, was ich teils bestätigen kann, teils mühelos zu glauben vermag.

»Man muss sich die Menge kostbarer Kirchengeräte in den Sakristeien Roms vorstellen, um die Masse der Beute zu begreifen: All dies ward geraubt, zerstört und geschändet, auch die geheiligten Häupter der Apostel, so lange verehrt und aufbewahrt. Die heilige Lanzenspitze, die einst des Erlösers Leib am Kreuz geöffnet hatte, dass Blut und Wasser flössen, befestigte ein deutscher Landsknecht am eigenen Spieß; das Schweißtuch der Veronika ging durch tausend Hände und alle Schenken Roms. Die Deutschen behielten als Andenken manche Reliquien; die albernste Beute war wohl der dicke und zwölf Fuß lange Strick, mit dem sich Judas erhängt haben soll.

In St. Peter durchwühlten die Spanier sogar die Gräber, selbst das Grab Petri, wie es einst die Mauren getan hatten. Man würfelte auf den Hochaltären, man zechte mit Dirnen aus Messpokalen. Seitenschiffe und Kapellen, ebenso der Vatikanische Palast, dienten als Pferdeställe, und zu Streu nahm man Urkunden, päpstliche Bullen oder von den Päpsten gesammelte kostbare Handschriften. Die Straßen sah man überstreut mit Fetzen von Schriften und Registern päpstlicher Kanzleien.

Nach den ersten drei Tagen erließ der Prinz von Oranien das Verbot, ferner zu plündern; alle Truppen sollten sich nach dem Borgo und Trastevere zurückziehen; aber niemand gehorchte ihm. Auch drang Landvolk in die Stadt, wo es auf den Spuren der Krieger Nachlese hielt. Pierluigi Farnese griff in Rom gierig zu. Der kaiserlichen Partei hatte er sich aus Raublust angeschlossen. Mit einer Beute von fünfundzwanzigtausend Dukaten zog er ab, sie in einem Kastell seiner Familie zu bergen. Das Volk von Gallese aber plünderte diese Karawane aus.

Tagelang blieben die Paläste einiger Kardinäle verschont, da sie spanische Hauptleute aufgenommen und je fünfunddreißigtausend und mehr Dukaten dafür gezahlt hatten. Als aber die Landsknechte sahen, dass sich die Spanier der besten Häuser bemächtigten, gerieten sie in Wut; vier Stunden lang bestürmten sie den Palast Siena, plünderten ihn und nahmen alles darin gefangen. Allein die Beute aus drei Kardinalspalästen wird mehr als fünfhunderttausend Dukaten betragen haben, wozu noch Lösegelder kommen.

Glücklich rettete sich Isabella Gonzaga aus diesen Gräueln. Sie hatte ihren Palast mit Lebensmitteln versehen, bewaffnen und vermauern lassen. Sie schützte darin dreitausend Flüchtlinge. Vier italienische Gesandte hatten sich zu ihr gerettet, der Bevollmächtigte Mantuas, die Vertreter Ferraras und Urbinos und der venezianische Botschafter. Noch in der Schreckensnacht eilten dorthin der Graf Alessandro von Nuvolara, dessen schöne Schwester Camilla bei der Markgräfin war, und ein Verwandter des Herzogs von Sessa, Don Alonso de Córdoba. Man zog diese Kapitäne an einem Seil in den Palast. Sie verlangten fünfzigtausend Goldgulden für sich selbst, zehntausend von den venezianischen Flüchtlingen und ebenso viel als Anteil für Isabellas zweiten Sohn Don Ferrante. Dieser selbst eilte nachts von der Wache an der Engelsburg herbei. Nuvolara und Alonso wollten ihn nicht eher einlassen, bis er ihnen versprach, nur seine eigene Mutter von der Schatzung auszunehmen. Alle übrigen Gefangenen mussten sich mit sechzigtausend Gulden freikaufen.

Landsknechte, von halb nackten Hetären begleitet, ritten zum Vatikan, um dem Papst Tod oder Gefangenschaft zuzutrinken. Lutheraner wie Spanier und Italiener ergötzten sich damit, die heiligen Zeremonien nachzuäffen. Man sah Landsknechte auf Eseln als Kardinäle einherreiten, einen als Papst verkleideten Irren in ihrer Mitte; so zogen sie bis vor die Engelsburg, wo sie schrien, dass sie jetzt nur fromme und dem Kaiser gehorsame Päpste und Kardinäle machen würden, welche keine Kriege mehr führen sollten, und wo sie Luther zum Papst ausriefen.

Der Franzose Grolier, der sich in das Haus des spanischen

Bischofs Cassador gerettet hatte, stieg oft auf das Dach hinauf, und was er dort hörte und sah, hat er so ausgedrückt: ›Überall Geschrei, Waffengetöse, Geheul von Weibern und Kindern, Knistern von Flammen, Gekrach fallender Dächer, so starrten wir voll Furcht und lauschten, als wären wir allein vom Schicksal aufbewahrt, den Untergang des Vaterlands zu schauen.‹

Um sich gegen Ausfälle aus der Engelsburg zu schützen, hatten die Kaiserlichen vor dem Ponte S. Angelo einen Laufgraben aufgeworfen, aus dem sie unaufhörlich feuerten. Dies Kastell war überfüllt von mehr als dreitausend Geflüchteten, in ihrer Mitte der Papst und dreizehn Kardinäle. Auf seiner Spitze wehte neben dem Friedensengel die rote Kriegsfahne, und die donnernden Geschütze hüllten es in Pulverdampf. Neunzig Schweizer und vierhundert Italiener bildeten die Besatzung; die Artillerie befehligte der Römer Antonio S. Croce, und unter ihm diente Benvenuto Cellini als Bombardier. Es fehlten die Lebensmittel. Eselsfleisch wurde zum Leckerbissen für Kardinäle und Bischöfe. Die Spanier sperrten alle Zufuhr ab; sie erschossen sogar Kinder, die im Graben des Kastells Kräuter an Stricke banden für die Hungernden dort oben, und ein Hauptmann erhängte mit eigener Hand ein altes Weib, welches dorthin für den Papst ein wenig Salat gebracht hatte.

Tausende unbegrabener Leichen verpesteten die Straßen. Und bald entzweite Neid die Nationen im Heer; mit den Schwertern entrissen sie einander den Raub. Die Deutschen fuhren eines Tags Kanonen im Campo dei Fiore auf, den Spaniern eine Schlacht zu liefern, und kaum verhinderten die Führer den Massenkampf.

Acht Tage lang dauerte die eigentliche Plünderung. In so kurzer Zeit ward erbeutet, was lange Raubsucht in dieser Priesterstadt aufgehäuft hatte. Geräte, Gewänder, Tapeten, Bilder, eine ganze Welt von Kunstwerken, wurden wie Plunder aufgehäuft und so auch behandelt. Spanier und Landsknechte teilten sich

Perlen mit Schaufeln zu; der elendeste Knecht besaß viertausend Dukaten. Auf Plätzen und Straßen sah man Gruppen von Landsknechten, welche über Brettern oder auf dem nackten Boden würfelten. Auf zwanzig Millionen Goldgulden schätzte man die Beute der Stadt, und mit nur zweihundertfünfzigtausend Dukaten hätte der Papst den Untergang verhindern können.

Gleich nach der ersten Furie des Mordens war den Gefangenen die Schatzung aufgelegt worden, ihre größte, weil längste Qual. Der kaiserlich gesinnte Bischof von Potenza wurde dreimal geschätzt und zuletzt doch umgebracht. Zu Hunderten wurden diese Elenden an Stricken hin und her geführt. Man verkaufte sie in den Soldatenlagern oder würfelte um sie. Man marterte sie mit teuflischer Grausamkeit. Manche gaben sich selbst den Tod. Viele verschmachteten im Gefängnis.

Vornehme Frauen wurden vor den Augen der Eltern und Männer vom erstbesten Landsknecht besprungen. Vergebens umklammerten edle Römerinnen die Altäre der Klöster; man riss sie samt den Nonnen hinweg, um sie in die Lagerhöhlen trunkener Soldaten abzuführen. Herrliche Frauengestalten sah man nackt und weinend von Kriegsknechten durch Rom geschleppt, dagegen Kurtisanen lachend einhergehen, in Purpurmäntel oder goldene Messgewänder gehüllt, während Landsknechte wiederum Priester in Weiberkleidern mit sich zerrten. Marquisen, Gräfinnen und Baronessen bedienten jetzt die ausgelassenen Krieger.

Die Krieger Frundsbergs und Bourbons, welche wie hungernde Wölfe bei Regen und Sturm durch die Provinzen Italiens gewandert waren, zogen jetzt in Rom einher in Purpurkleidern, die Taschen gefüllt mit Edelsteinen, funkelnde Bänder um die nervigen Arme, den Hals umwunden mit dem goldenen Schmuck edler Frauen oder heiliger Madonnen. Man sah Landsknechte, welche die kostbarsten Perlen in ihre Schnurrbärte geflochten hatten. Sie tafelten in Prachtpalästen vom Gold und Silber der Kardinäle, bedient von zitternden Großen. In einer einzigen Nacht war die glänzende Hülle von Rom gefallen. Was waren jetzt all diese im Pomp einherwandelnden Herren und Herrendiener, welche gewohnt gewesen, auf Nichtrömer mit Geringschätzung herabzusehen! Zerlumpt und zerschlagen wankten sie in den Straßen umher oder lagen sie auf den Foltern, oder sie dienten dem rohen Kriegsvolk als Köche, Stallknechte, Wasserträger in ihren eigenen ausgeraubten Palästen.«

18

Auch ich war in diesem Arkadien. Am siebten Tag der Plünderung sah ich nachmittags am Südrand des Kapitols Piranesi, das Wiesel, und Harry Symonds war bei ihm.

Sie waren jedoch Teil einer Gruppe von etwa anderthalb Dutzend Söldnern, also unangreifbar. Wir waren, wie immer, zu viert; alles andere wäre tödliche Leichtfertigkeit gewesen. Auch zu viert war man nicht sicher; die Wahrscheinlichkeit des Überlebens wuchs jedenfalls mit der Anzahl der Männer.

»Da vorn.« Ich zog den Hut tiefer ins Gesicht.

Avram und Jorgo sagten gleichzeitig: »Wo?«

»Die Gruppe, die jetzt rechts abbiegt.«

Karl hob die Hand. »Schon gesehen. Kennst du noch einen von denen?«

»Der links neben Piranesi ist Symonds. Der mich in Venedig überfallen hat.«

»Ach, der?« Karl spuckte aus. »Der ist in Prato auch dabei gewesen, ich hab nur nie seinen Namen gewusst.«

»Was ist mit Prato?«, sagte Avram.

Jorgo und Karl erzählten ihm halblaut von dem Gemetzel, während wir in einigem Abstand der Gruppe um Piranesi folgten. Aus der Ferne hörten wir Schreie, Schüsse, das Klirren von Waffen. Der Rauch brennender Gebäude trieb in Schwaden über die Stadt, angereichert durch den Geruch von Kot, Blut und Erbrochenem, gesättigt durch den Gestank der Verwesung. Sichernd, eine Arkebuse schussbereit, das Schwert gelockert, stiegen wir über einzelne Leichen und gingen mit angehaltenem Atem an Leichenhaufen vorbei, an schwelgenden Geiern, Krähen und Ratten, die sich kaum stören ließen.

Ich fühlte mich dreigeteilt. Im Ohr die Blutbäder und Grausamkeiten von Prato, die Augen auf Piranesi und seine Gruppe gerichtet, dachte ich darüber nach, wie schnell der Geist abstumpft. Ekel, Entsetzen und Todesangst der ersten Tage des *sacco* von Rom waren verschwunden; natürlich ließen sie sich heraufbeschwören, willentlich wieder hervorrufen, aber ohne dieses Bemühen empfand ich nur Überdruss, eine gewisse Minderung des Befindens. Die Leiden, die Leichen, die Schreie, all dies war nur noch lästig. Große Dichter haben geschrieben, unter solchen Bedingungen werde der Mensch zum Tier. Ich glaube das nicht, da kein Tier derartige Bedingungen schaffen kann; das ist dem Menschen vorbehalten, und allenfalls noch der Natur insgesamt, wenn sie sich in Erdbeben und Feuersbrünsten ergeht. Ob Gott, falls es ihn – oder einen gleichen anderen Namens – wirklich gäbe, ähnlich abstumpfte, wenn er die Qualen seiner Geschöpfe sähe? Denn er hätte uns ja geschaffen, und damit wäre er Urheber unserer Fähigkeiten, einander die Hölle zu bereiten. Da ich mir, wenn überhaupt einen Gott, diesen nicht abgestumpft vorstellen kann, muss ich wohl annehmen, dass er sich an Grässlichem ergötzt.

Dann schweiften meine Gedanken zu einem völlig wahnsinnigen Flug aus, der die zurückgelegte Strecke, die betrachteten Orte, Menschen und Geschehnisse als Gemenge aus räudigem Raum und gerinnender Zeit schaute – das Gemenge, das mich von Laura trennte, weiter wucherte und die Entfernung vergrößerte, vergröberte. Als sei Laura ein Teil von mir, den ich nicht mehr berühren konnte, weil eine scheußliche Geschwulst, ebenfalls Teil von mir, dazwischen aufragte.

Mühsam richtete ich die Gedanken wieder auf Giambattista

Piranesi, Harry Symonds und die anderen, die dort vor uns offenbar einem Ziel zustrebten. Vom Kapitol aus waren sie, durch Trümmer, Asche und Leichen, nach rechts abgebogen, als wollten sie zu einer der Tiberbrücken, aber dann blieben sie auf dem linken, städtischen Ufer und folgten dem Fluss.

Hin und wieder tauchten andere Gruppen grölender, betrunkener Plünderer auf. Einmal riefen die Leute um Piranesi einer solchen Meute etwas zu, und zwei oder drei wankende Gestalten schlossen sich der größeren Schar an.

»Allmählich fallen wir auf«, sagte Jorgo. »Wenn die sich mal umdrehen …«

»Habt ihr eine Ahnung, wohin die wollen?«

Jorgo hob die Schultern. »Sieht so aus, als ob sie zum Aventin wollten. Da gibts einige Palazzi mit Gärten, zwischen Hang und Fluss. Vielleicht haben die sich da eingenistet.«

Karl knurrte leise; dann sagte er: »Aber was wollen die da jetzt? Schon fertig mit Plündern? Und wozu laden sie andere ein, sich ihnen anzuschließen?«

Jorgo zupfte mich am Arm und deutete nach links, in die Mündung einer schmalen Gasse. »Wir sollten sie weniger auffällig verfolgen. Da lang wär besser, glaub ich.«

»Gut«, sagte ich. »Versuchen wirs.«

Die Gasse war noch scheußlicher als die breite Straße. Leichen, streunende Hunde, Ratten, aufgetürmte halb verbrannte Möbel, zerbrochene oder mit Brettern vernagelte Fenster, klaffende Türen wie wunde Münder, die Todesklagen spien – aber wir konnten Piranesis Horde folgen, konnten sie durch Haustrümmer und Verbindungswege grölen und reden hören.

Irgendwann wurden sie leiser, schienen sich zu entfernen; gleichzeitig stieg die Gasse an zum Aventin. Wir kletterten über Mauern, liefen durch verlassene Gärten, sahen hin und wieder Überlebende, die sich duckten, um nicht von uns bemerkt zu werden, und kamen schließlich oberhalb eines weitläufigen Geländes heraus, das zu einer Villa gehörte.

Und wir kamen gerade rechtzeitig, um zu sehen, was sich dort abspielte. Hinter Gebüsch und Mauerresten verborgen, wurden wir Zeugen der nächsten Szene des Dramas, das man später den *sacco di Roma* nennen sollte.

Piranesis Gruppe kam langsam, lachend, durch ein Tor; einige torkelten, andere wurden von Kameraden gestützt. Der Torweg führte in einen Innenhof teils neben, teils hinter der Villa. Als die Letzten im Hof waren, tauchten aus dem Gebäude andere auf, die sie mit munteren Rufen begrüßten und die schweren Torflügel schlossen.

Dann fielen einige Schüsse, blinkende Klingen färbten sich rot, wir hörten Todesschreie und jenes Gurgeln, das aus geschlitzten Hälsen dringt und nicht mehr Ruf oder Schrei werden kann.

Es dauerte nicht lange, nur ein paar Atemzüge – so kam es mir jedenfalls vor. Piranesi, Symonds und vielleicht ein Dutzend weitere Männer, von denen einige mit der Gruppe gegangen, andere aus dem Haus gekommen waren, begannen, die Beutel, Gürtel und Taschen der Getöteten zu leeren; jemand schleppte eine Art Wanne oder einen großen Bottich herbei, und die Beute wurde hineingeschüttet.

Zwei Männer gingen zum Tor, öffneten einen der Flügel und traten auf die Straße am Tiberufer.

»Sichern?«, murmelte Jorgo. »Unsinn – wer soll die denn behindern?«

»Alte Gewohnheiten«, flüsterte Karl, »legt man nicht so schnell ab.«

»Tja.«

Jeweils zwei Mann packten einen der Toten, hoben ihn an und schleppten ihn zum Fluss. Ich schloss die Augen und versuchte zu schätzen, wie viele Leichen der Tiber seit Gründung der Stadt aufgenommen haben mochte.

Als ich die Augen wieder öffnete, war der Hof leer.

Wir hatten unser Quartier in einem überwucherten, aber festen Schuppen aufgeschlagen, der in einer Trümmerwüste nahe der Mauer des Aurelianus stand. Wahrscheinlich hatte er als Gartenhaus oder Werkzeugschuppen gedient, als die Trümmer noch Haus und die Wüste noch Garten gewesen waren. Ein paar Schritte oberhalb, am Hang des einstigen Gartens, gab es einen Brunnen, in den bisher niemand Leichen oder andere Abfälle geworfen hatte, soweit wir dies feststellen konnten. Das Gelände musste vor Jahren verlassen worden sein.

»Das können wir nicht allein machen«, sagte Jorgo, als wir eine Art Abendmahl im Schuppen einnahmen: schales Brot und kaltes Fleisch, Rest eines gebratenen Pferdeschenkels vom Vortag.

»Was?«, sagte ich.

»Na, das.« Jorgo grinste. »Beinahe gut, was die Jungs da spielen, obwohl …« Er schüttelte sich.

Plünderern – Kameraden – ein Festessen versprechen und ein ruhiges Nachtquartier, und dann die Plünderer töten und ausplündern … Einfacher, bequemer, einträglicher als eigenhändiges Plündern. Allerdings war ich sicher, dass sie auch das betrieben hatten, ehe einer – Piranesi? – auf diesen Einfall gekommen war.

»Halt mal.« Ich hob die Hand und sah die drei nacheinander an. »Bis jetzt habt ihr mir geholfen, aber das ist jetzt nicht mehr eure Sache.«

Avram hob die Brauen und setzte ein schiefes Lächeln auf; Jorgo kniff die Augen zusammen und starrte mich an, und Karl schnaufte.

»Kamerad, Freund, Gefährte«, sagte er, und dann, mit einem Grinsen: »Bruder in Christo. Vor einem Jahr kamen wir – Jorgo und ich, heißt das – hungrig und in Fetzen zu dir, und seither hast du uns genährt, in Windeln gewickelt und jeden Abend in eine neue Krippe gelegt. Wir haben von deinem Geld und deinen Einfällen gelebt und deinen Lieblingsteufel Giambattista Piranesi gesucht. Und jetzt, da wir ihn gefunden haben, sollen wir zusehen, wie du dich von ihm zerschlitzen lässt?«

»Den letzten Schritt auf dem Weg muss ich tun. Ich kann nicht von euch verlangen, euer Leben für meine Rache einzusetzen.«

»Hältst du uns für Lumpengesindel, dass wir dein Geld verprassen, dein Brot essen und am Ende zuschauen?«

Avram beugte sich vor. »Kleiner Bruder – oder Herr, wies beliebt: Es gibt nichts zu sagen. Wir sind dabei. Was hast du vor?«

»Ich will Piranesi. Aber nicht euer Blut.«

»Prato«, sagte Jorgo. »Rom. Und tausend Tote dazwischen. Über unser Blut verfügen wir. Aber du hast ganz recht, allein können wir das nicht erledigen. Hast du einen Plan?«

Ich schwieg einen Moment. »Seid ihr sicher? Dass ihr notfalls bluten wollt, nur weil ich das Dorf meiner Kindheit nicht vergessen mag?«

»Genug davon.« Karl wirkte beinahe verärgert. »Willst du zu unserer Liebe auch unseren Zorn? Du übertreibst, finde ich. Wem stünde so viel zu?«

Ich schwieg einen Moment. »Ich danke euch, Freunde«, sagte ich dann. »Solche großen Geschenke kann man nur mit Dank annehmen. Wenn ihr darauf besteht ... Ich sehe das so: Tausende Söldner plündern. Inzwischen versuchen sicher ein paar Hauptleute, wenigstens in einem Teil der Truppen wieder so etwas wie Zucht und Ordnung herzustellen. Piranesi und seine Leute plündern die Plünderer aus und bringen sie um. Irgendein deutscher oder spanischer Offizier müsste doch Wert darauf legen, seine Männer zu schützen oder zu rächen.«

»Kennst du einen?« Avram verzog den Mund.

»Ich kenne ein paar«, sagte Karl. »Aus alten Tagen. Ich weiß nicht, wer von denen noch dabei ist.«

»Wir sollten uns vorsichtig umhören. Und die Mörderbande im Auge behalten.« Jorgo gluckste. »Nicht ganz leicht, wenn man möglichst alles zu viert macht. Aber wir müssen natürlich sicher sein, dass sie weitermachen. Sonst finden wir am Ende einen Hauptmann, der mitmacht, und sie sind nicht mehr da.«

Am nächsten Tag gelang es uns, beides zu tun, ohne selbst in Gefahr zu geraten. Karl suchte nach alten Bekannten unter den deutschen Landsknechten und geriet schließlich an Sebastian Schertlin von Burtenbach, vor Jahren Frundsbergs Stellvertreter. Aber Schertlin war mit Politik beschäftigt, feilschte für die Landsknechte mit dem Papst und den Adligen; in den wenigen Augenblicken, die er sich für Karl Zeit nahm, hörte er sich dessen Mitteilung an, blähte die Wangen auf und ahmte mit dem Mund eine Pferdefurz nach. »Den Waliser kenne ich nicht, aber Piranesi? Dieser Sohn einer Florentiner Hure? Wen kümmerts, was diesen Trunkenbolden geschieht? Sollen sie zur Hölle fahren. Und – die Hälfte der Beute für uns? Ah, Karlchen, mein alter Freund, ich spiele um höhere Einsätze.«

Jorgo fand schließlich den richtigen Weg zum richtigen Mann. In einer Landsknechtskluft entdeckte er einen alten römischen Söldner, der bei Prato mit ihm in jenem venezianischen Fähnlein gekämpft und beim Angriff der Söldner auf Rom die Abzeichen der päpstlichen Truppen schnell abgelegt hatte. Er habe nicht geplündert, sagte er, durch den Wechsel des Hemdes jedoch überlebt. Er verwies uns an einen spanischen Hauptmann namens Vicente Guajardo, der in der Nähe der Piazza Navona sein Quartier hatte und versuchte, von dort aus den Zugang zur Engelsburg zu sichern und seine Truppe nach den Ausuferungen wieder in die Hand zu bekommen.

Guajardo war ein älterer Mann mit mächtigen Muskeln und allerlei Narben im Gesicht. Er sprach fließend Italienisch, lauschte dem, was ich zu berichten hatte, dann seufzte er und sagte: »Nicht schlimmer als manches andere, was ich gehört und gesehen habe. Aber es wäre gut, irgendwo mit dem Aufräumen zu beginnen. Und – die Hälfte der Beute, sagt Ihr? Wenns wenig ist, haben wir ein paar Schandbuben beseitigt; wenns viel ist, lohnt es sich sogar.« Er blickte nach dem Stand der Sonne. »Nicht ganz vier Stunden Tageslicht, schätze ich. Nun denn.«

Er rief seinen Stellvertreter herbei, einen Fähnrich. Lorenzo de Hoyos mochte dreißig Jahre alt sein und hatte ebenfalls Narben aufzuweisen. Anders als sein Capitán war dieser Alférez jedoch schlank und bewegte sich mit einer gewissen Anmut: der einer gefährlichen Raubkatze.

Etwa zwei Stunden vor Sonnenuntergang erreichten Karl, Jorgo, ich und Hoyos mit fünfzehn Mann ungesehen den Hang oberhalb der Villa. Niemand ließ sich unten blicken, und die Torflügel standen offen.

»Warten«, sagte ich. »Vielleicht müssen wir morgen wiederkommen. Oder werden Eure Männer dann meutern?«

Hoyos schnalzte leise. »Habt Ihr diesen Eindruck von ihnen?«

Ich hob die Schultern. »Mein Eindruck ist, dass es sich um erfahrene Kämpfer handelt, und im Gefecht hätte ich sie lieber auf meiner als auf der Gegenseite. Aber ich weiß nicht, wie sie die letzten Tage verbracht ... und überstanden haben.«

»Sie haben zwei Tage an der Orgie teilgenommen.«

»Und dann? Freiwillig zurückgekommen?«

Er nickte, und ich versuchte, mir die ausgehungerten Kämpfer vorzustellen, die nach mörderischen Märschen endlich Rom erreicht und erstürmt hatten und sich an wem auch immer für alle erlittene Mühsal rächten. An Unschuldigen, an Schuldigen. Sie hatten geplündert, wahrscheinlich geschändet, vermutlich gemordet – wer waren sie? Was hatte sie dazu gebracht, nach zwei Tagen der Zügellosigkeit eines grässlichen Paradieses in die Ketten der Zucht heimzukehren? Überdruss? Ekel? Gewissen? Gewohnheit?

Eine Bewegung riss mich aus den sinnlosen Fragen. Sinnlos, weil mir keine der möglichen Antworten glaubhaft erschien. Einer der Männer, die weiter hinten lagen, kam zu uns gekrochen und sagte leise: »Da ist einer, der zu Euch will.«

Ich war beinahe dankbar für die Unterbrechung meiner inneren Irrwege. »Er soll kommen.«

Gleich darauf ließ sich Avram zwischen mich und Hoyos fallen. »Sie kommen«, sagte er. »Mit zwölf oder dreizehn, uh, Gästen.«

Der Fähnrich nickte. »Und du sagst, sie schließen das Tor, wenns losgeht?«

»Jedenfalls haben sie das gestern getan.«

»Es bietet sich an.« Er wandte sich um und gab ein paar Befehle. Einige seiner Leute verschwanden rechts und links, geduckt oder kriechend.

Warten. Atmen. Das Herz klopfen hören. Nicht an das Gemetzel denken, das gleich beginnen wird, sondern an das andere, in jenem fernen Land, in einer anderen Zeit.

Grölen und Gelächter waren von der Uferstraße zu hören, Fetzen eines misstönenden Gesangs. Dann sahen wir die Ersten, die näher kamen. Einige gingen, einige torkelten oder wurden von anderen gestützt. Als die Ersten durchs Tor traten, hörte ich Hoyos scharf einatmen.

»Zwei von unseren«, knurrte er.

»Siehst du den Langen? Vorn links, mit dem Wieselgesicht?«

Hoyos nickte. »Du hast ihn uns allen ausführlich beschrieben. Wir heben ihn für dich auf.« Es klang beinahe gönnerhaft. »Wenn ich auch nicht weiß, was du mit dem Bogen anfangen willst.«

»Eine alte Waffe für eine alte Rache«, sagte ich. Ich hatte den

Bogen, der wahrscheinlich einmal einem maurischen Reiter gehört hatte, mit einem halb gefüllten Köcher in einem der Häuser gefunden, in denen wir Nahrung gesucht hatten, und in den vergangenen Tagen ein wenig geübt. Nicht so schwer, fand ich, auf kurze Entfernung ein Ziel zu treffen, das sich nicht bewegte. Das nicht mit einer solch antiken Waffe rechnen konnte. Nun zog ich einen Pfeil aus dem Köcher.

Die Türen schlossen sich. Und das Gemetzel begann. Wie gestern. In das Durcheinander zu stürmen oder von hier oben zu schießen, wäre unsinnig gewesen, da wir die Gruppen nicht unterscheiden konnten. Bis auf die beiden Männer, die Hoyos kannte. Die er gekannt hatte, denn nun waren sie tot.

Ich sah ein paar Spanier geduckt auf die Straße laufen; dann verschwanden sie hinter den Mauern. Hoyos pfiff leise, und seine Leute machten sich bereit.

Die Mörder begannen, wie gestern, die Taschen und Beutel ihrer Opfer zu leeren. Alle, die nun noch standen, waren Feinde.

»Feuer«, sagte der Fähnrich ohne besonderen Nachdruck.

Vier Mann waren vors Tor geschickt worden; sie hatten ihre Arkebusen zurückgelassen. Elf Arkebusen krachten fast gleichzeitig, dann noch einmal vier, nacheinander, abgefeuert von denen, die nach der ersten Salve die geladenen Waffen der vier ergriffen hatten.

Drei der Männer im Hof der Villa brachen zusammen; mindestens drei weitere waren getroffen, standen aber noch.

»Los!«, schrie Hoyos.

Alle sprangen auf, Schwerter oder Degen in den Händen, kletterten über die Gartenmauer und stürmten hinunter. Ich bemerkte die Bewegungen neben mir, aber ich sah nur Piranesi. Ein paar Männer, hörte ich später, hätten versucht, das Tor zu öffnen, und seien in die Klingen der dort wartenden Spanier gerannt. Sie wurden niedergehauen.

Piranesi. Das Wiesel, Mörder meiner Eltern und Geschwister, Auftürmer von Körperteilen in Prato. Er war ruhig, aber vielleicht kam es mir nur so vor. Er schien einen Ausweg aus der Falle zu suchen; beinahe gelassen zog er sein Schwert, in der anderen Hand hielt er einen Dolch. Neben ihm, ebenfalls unversehrt von den Kugeln, duckte sich Symonds, stieß mit der Schulter eine Tür auf, die ins Haus führte, und drehte sich dann um, als Jorgo ihn angriff. Piranesi machte ein paar schnelle Schritte zur Seite, zu einer zweiten Tür, blieb einen Augenblick stehen, um sich umzuschauen, einen möglichen Angreifer abzuwehren.

Der Pfeil hätte seine Brust treffen sollen, aber er drang ihm seitlich in den linken Oberschenkel und nagelte ihn ans Türblatt. Ich ließ den Bogen fallen, riss den Degen aus der Scheide und rannte die wenigen Schritte, die uns trennten.

Piranesi fletschte die Zähne, steckte den Dolch in den Gürtel und zerrte den Pfeil aus der Tür, aus dem Bein. In all dem Geklirr und Geschrei glaubte ich, ihn stöhnen zu hören. Dann stöhnte er noch einmal, als meine Degenspitze seine Schwerthand durchbohrte. Aber er ließ die Waffe nicht fallen, hob sie mir entgegen und tastete mit der Linken nach dem Dolchgriff. Ich tauchte unter seiner Klinge weg und stieß mit dem Degen zu. Er machte eine schnelle Drehbewegung, um mir statt der Brust die Flanke zu bieten; die Degenspitze drang in seine Achselhöhle. Ich zog sie heraus, als sein Schwert unendlich langsam zu Boden fiel, und setzte ihm die Klinge an die Kehle.

»Spengler«, sagte ich. »Ein Dorf in Deutschland.«

Er starrte mich an. Hungrige Augen, lodernde Augen. »Spengler?« Das Lodern wurde zum Flackern. »Ah«, sagte er, »Spengler. Gut bezahlt – aber so lange her. Warum?«

»Ich bin Jakob Spengler, der Sohn. Ich war im Wald. Wer hat es befohlen? Wer hat bezahlt?«

Er grinste. »Komm näher, dann flüstre ich es dir ins Ohr.«

Seine linke Hand mit dem Dolch zuckte hoch, stieß nach meinem Bauch. Ich beugte den Rumpf zur Seite und nach hinten, ohne die Degenspitze von seiner Kehle zu nehmen. Jemand taumelte gegen meinen Rücken und stieß mich wieder nach vorn. Ich hörte ein Ächzen, Avrams Stimme sagte: »Uh, Jakko.« Dann hörte ich ein Gurgeln, und mein Arm färbte sich rot unter der Fontäne aus Piranesis Hals.

Ich sprang zur Seite und fuhr herum. Avram raffte sich gerade auf und zog sein Messer aus der Brust eines Liegenden.

»Jakko!« Das war Karl, und der Ruf kam von weiter links, halb hinter dem Vorsprung jener Tür, die Symonds aufgestoßen hatte.

Ich sah, dass Avram keine Hilfe brauchte, dass der Weg frei war, und ging zu Karl, den ich nun am Boden kauern sah. In der Beuge seines linken Arms hielt er einen Kopf.

Es war der von Jorgo. Jorgos Hände tasteten über den Bauch. Ich sah Blut und Eingeweide, wie träge Schlangen, und kniete neben dem Freund.

»Bruder«, sagte ich leise. Ich spürte ein Würgen im Hals, und eine kalte Klammer legte sich um mein Herz.

Jorgos Lider flatterten. Sein Gesicht war fahl. Er atmete flach, in schnellen Stößen. Aber er versuchte zu lächeln.

»Guter Kampf«, flüsterte er, »gutes Ende. Piranesi?«

»Leistet Haspacher Gesellschaft«, sagte Avram hinter mir. Seine Stimme klang fremd, halb erstickt, und ohne hinzusehen, wusste ich, dass er weinte.

Jorgos Hand hörte auf, nach der Wunde und den Eingeweiden zu tasten. Sie hob sich, versuchte, mein Gesicht zu erreichen. »Jakko«, hauchte er, »warum hast du mich nie ...« Die Hand fiel, der Kopf kippte zur Seite.

Karl drückte ihm die Augen zu.

»Wir werden sie zu Trommeln und Pfeifen auf der Piazza Navona hängen.« Hoyos wies mit dem Kinn auf die vier Männer von Piranesis Haufen, die den Kampf überlebt hatten. »Eine eroberte Stadt plündern ist eines, die eigenen Kameraden ermorden und fleddern etwas anderes. Seid Ihr zufrieden, Señor?«

Zwei Spanier waren gefallen, einige hatten – wie Avram – leichte Verletzungen davongetragen. Die Unversehrten schleppten die Toten hinaus in den Garten, wo mit Ästen sowie Möbeln und Büchern aus der Villa ein Scheiterhaufen errichtet wurde.

»Zufrieden?« Ich presste die Lippen zusammen. »Ich habe einen älteren Bruder verloren und einen alten Feind getötet. Aber das, was ich von ihm wissen wollte, habe ich nicht erfahren.«

Der Fähnrich nickte. »Herb, ohne Zweifel. Aber manchmal muss man sich bescheiden. Mit einem Teil der Beute, zum Beispiel, über die zu reden sein wird.«

»Was wollt Ihr bereden? Wir haben doch …«

Er hob die Hand. »Ihr hattet hälftige Teilung angeboten, ich weiß; aber wir waren sechzehn, Ihr wart vier. Nun sind wir vierzehn, und Ihr seid drei. Wir werden also alles, was wir finden, durch siebzehn teilen – drei Teile für Euch, der Rest für uns.«

»Und es wäre unklug von mir, Euch und Euren Waffen zu widersprechen, nehme ich an. Der Scheiterhaufen könnte sonst höher werden.«

Hoyos lachte. »Es ist immer ein Vergnügen, mit klugen Männern zu verhandeln.«

Ich war ihm beinahe dankbar dafür, dass ich mich ärgern durfte; denn während ich mich ärgerte, dachte ich nicht an Jorgo, seine seltsame unvollendete Frage und all die Antworten, die Piranesi mit in die Hölle genommen hatte. Falls es eine gab und sie sein Aufenthaltsort war.

Und bei allem mussten wir Hoyos tatsächlich dankbar sein; er hätte ebenso gut die gesamte Beute nehmen und uns auf den Scheiterhaufen legen können.

Insgesamt fanden wir in der Villa über eine halbe Million –

Dukaten, Zechinen, Gulden; dazu Ringe, Ketten, jede Art Geschmeide, kostbare Waffen ... Und Hoyos war großmütig, könnte man sagen. Er überließ Karl, Avram und mir je dreißigtausend Dukaten und ein paar Schmuckstücke, die wir selbst aussuchen durften. Der Anteil der einzelnen Spanier war größer; außerdem nahmen sie nahezu das gesamte Geschmeide und die Waffen.

Die Sonne war längst untergegangen. Gleich nach dem Ende des Gefechts hatte der Alférez ein paar seiner Leute losgeschickt, um Karren zu beschaffen. Als sie mit sechs Wagen und mehreren zusätzlichen Männern zurückkehrten, waren wir eben mit dem Scheiterhaufen und der Schichtung der Leichen fertig. Die Leute hatten ein paar Krüge Öl mitgebracht, ich weiß nicht, ob aus eigenem Antrieb oder auf Hoyos' Befehl hin. Einer kletterte auf den Stapel und leerte von oben einen der Krüge, der Rest wurde von den Seiten hineingeschüttet.

Einer der Spanier entzündete eine Fackel und reichte sie Hoyos. Der Fähnrich warf mir einen Blick zu; ich schüttelte den Kopf. Hoyos trat ein paar Schritte zurück und warf die Fackel in hohem Bogen auf den Scheiterhaufen.

Jorgo lag nicht darauf; wir hatten ihn im Garten der Villa begraben.

Die Spanier begannen, die Kisten, Bottiche, Eimer, Säcke und Beutel auf die Karren zu laden.

»Ihr wollt die Nacht hier verbringen?«, sagte Hoyos, als wir keine Anstalten machten, etwas zu verpacken.

»Das werden wir müssen. Wie sollen wir denn alles zu unserer Unterkunft bringen?« Unsere Waffen, uns selbst, und dazu jeder dreißigtausend Dukaten: das Gewicht von zwei schlanken Männern ...

Hoyos kratzte sich den Kopf. »Es war eine erfreuliche und für alle einträgliche Zusammenarbeit«, sagte er. »Und unter Waffenbrüdern gelten die Regeln der Gastfreundschaft. Was meint Ihr, Señor – wollt Ihr nicht lieber alles auf einen der Karren packen und die Nacht bei uns im Quartier verbringen? Ich glaube nicht, dass der Ort hier besonders sicher ist. Wir wissen ja nicht, ob nicht noch mehr Leute zu der Bande gehören und demnächst auftauchen.«

Ich zögerte.

»Wein, Brot und Salz, *amigo,* und das Ehrenwort eines kastilischen Offiziers.« Im Licht des Scheiterhaufens sah ich sein ironisches Lächeln. »Keine Besorgnis hinsichtlich weiterer Minderung der Anteile.«

Ich beriet mich kurz mit Karl und Avram, dann nahmen wir das Angebot an.

Auf dem Weg zur Piazza Navona gingen wir hinter dem Karren her, auf dem unsere Beuteteile lagen; es war der letzte, und hinter uns gingen drei Soldaten. Den Gefangenen, die am nächsten Tag gehenkt werden sollten, hatten sie die Hände gefesselt und sie weiter vorn an den zweiten Karren gebunden.

Wir wanderten schweigend durch die Nacht, die immer noch nach Leichen roch, von Bränden gestriemt und von Schreien durchlöchert war. Das Quietschen der Karrenräder und die Hufschläge der Pferde übertönten immerhin die Schreie.

»Es war Symonds«, sagte Karl irgendwann. »Du hast schon eine Rache, Jakko. Jorgo war mein Bruder; überlass mir den Waliser.«

»Karls Rache?«

»Die Rache des Schrats, ja. Als Einsiedler darf ich derlei nicht einmal denken, aber Einsiedler bin ich ja nicht mehr.« Dann lachte er leise. »Karls Rache, ja. Klingt gut. Und da jeder Karl ein Kaiser ist, solange der richtige nicht bei uns weilt, nennen wir es die Rache des Kaisers.«

Symonds gehörte zu den wenigen, die entkommen waren,

durch die Tür ins Haus und von da wahrscheinlich durch eine Nebentür oder ein Fenster.

»Und ich?«, sagte Avram. »War Jorgo nicht unser aller Bruder?«

»Du kannst Symonds festhalten, während ich ihm die Leber aus dem Leib schneide.«

»Da ihr das geklärt habt«, sagte ich, »fehlt nur noch eine Kleinigkeit, nämlich Symonds.«

»Wenn dieses Gemetzel hier endet« – Karl machte eine Armbewegung, die die Stadt und den Erdkreis einzuschließen schien –, »haben wir genug Zeit und mehr als genug Geld, um drei Männer zu suchen. Zamora, Castelbajac und Symonds.«

Ich dachte an die Gesichter. Und daran, dass Piranesi, wie vor ihm schon Haspacher, sich an den Namen Spengler erinnert hatte. Ein ganzes Dorf ausgelöscht, nur um einen Mann mit dem Namen Spengler zu töten. Meinen Vater. »Gut bezahlt« – aber von wem? Warum? Zwei Anführer der Mörder hatte ich zur Strecke gebracht, aber noch immer wusste ich nichts über die Hintergründe.

Dann schob sich Jorgos fahles Gesicht in meinen Gedanken vor die der anderen.

»Wenn ich nur wüsste«, murmelte ich.

»Was denn?« Avram blickte mich von der Seite an. »Jorgos letzte Worte – ›Warum hast du mich nie …‹ Was sollte ich ihn haben?«

»Ich weiß es nicht.«

Karl hob die Schultern. »Darüber kannst du mit viel Zeit und viel Geld lange nachdenken, Capo.«

DRITTER TEIL

19

Die eigentliche Plünderung Roms begann am 6. Mai und dauerte eine Woche; aber danach ging sie noch fast ein Jahr weiter. Ritter Sebastian Schertlin von Burtenbach hat dies geschrieben:

»Anno 1527 im Januario sind wir von Posto Novo bei Placenz ausgezogen an Knechten Kürisern Spaniern und ringen Pferden sechzehntausend stark; wir seind mit unserm Obristen, dem Herzog von Bourbon, auf Rom zu und durch des Papsts Land, und haben um Bologna und sonst alles verheert und verbrannt. Den 6. Tag im Mai haben wir Rom mit dem Sturm gewunnen, ob sechstausend Mann darin zutot geschlagen und die ganze Stadt geplündert; haben in allen Kirchen und ob der Erd genommen, was wir gefunden, einen guten Teil der Stadt abgebrannt und seltsam hausgehalten, auch alle Copistereien Register Briefe und Cortisanei zerrissen und zerschlagen.

Der Papst gab die Flucht mit Guardiknechten Kardinälen Bischöfen und Römern auch anderem Hofgesind, das nit erschlagen ward, in die Engelsburg. Darin haben wir ihn drei Wochen belagert, bis ihn der Hunger genötigt, dass er die Engelsburg musste aufgeben. Vier von den teutschen Hauptleuten, ferner ein Herr aus Spanien Abbas de Nagera genannt und ein Sekretarius seind in die Engelsburg gesandt worden von dem Prinzen von Oranien und den Kaiserlichen Räten, um die Engelsburg aufzugeben, welches beschehen ist. Allda haben wir den Papst Clemens samt zwölf Kardinälen in einem engen Saal gefunden; den haben wir gefangen und er musste die Articul, so ihm der Secretarius vorlas, unterschreiben. Es war ein großer Jammer unter ihnen und sie weinten sehr; wurden wir alle reich.

Wir hatten Rom nit zween Monat innegehabt, so seind uns bis in die fünftausend Knecht und Kriegsvolk an der Pestilenz gestorben von wegen der toten Körper, so nit vergraben waren worden. Im Juli seind wir des Sterbens halb heraus und in die Marca gezogen, den bösen Luft zu verändern. Als uns die von Narnia nit wollten einlassen, auch ums Geld keinen Proviant geben, bin ich und ein Hauptmann, Antoni von Feldkirchen, verordnet worden zu stürmen. Da hand wir mit zweitausend Knechten den Sturm ohne Beschießen angetreten, die Stadt und das Schloss aus der Gnade Gottes erobert und ob tausend Personen darin zutot geschlagen, Weib und Mann. Die Weiber täten uns mit Waffen und Zugießen von heißem Wasser großen Schaden. Doch haben wir viel darin gewonnen.

Im September eodem anno sind wir wieder in Rom eingezogen, haben die Stadt noch bass geplündert und erst große Schätz unter der Erden gefunden, und seind noch sechs Monat allda gelegen.«

Man muss den Kriegsmann wohl bewundern. Kein Chronist, kein Dichter könnte die Begegnung mit dem Papst und den Kardinälen kürzer und herber schildern – *war ein großer Jammer unter ihnen und sie weinten sehr; wurden wir alle reich.* Einer, der sich sehr äffisch bewegte und hündisch redete, hat aber einmal gesagt, Stil sei, wenn man etwas *so* mache, obwohl man auch anders könnte. Da ich nicht weiß, ob Schertlin anders kann, will ich meine Bewunderung ein wenig mindern. So wie Schertlin einiges gemindert hat – die Einwohnerschaft Roms ebenso wie die Zahl der Toten, die andere mit über dreißigtausend angeben.

Am 7. Juni gab der Papst auf. Er musste die Festungen Ostia, Civitavecchia und Civita Castellana übergeben, auf die Städte

Modena, Parma und Piacenza verzichten und vierhunderttausend Dukaten sowie Lösegeld für die Befreiung der Gefangenen zahlen. Aber die Belagerung der Engelsburg dauerte noch bis zum Dezember, die Plünderei der Stadt bis weit ins nächste Jahr.

Unrecht hatten übrigens die Söldner durchaus nicht, die vor dem Sturm auf Rom den Papst den eigentlichen Verursacher ihrer schlimmen Lage schimpften. Natürlich hatte Kaiser Karl sie aufgeboten und dann weder Nahrung noch Geld geliefert; natürlich schufen die elenden Kriege um Italien, die Kaiser Karl und König François – mit Beteiligung und inniger Anteilnahme des Papstes, der Florentiner, Venezianer, Engländer – betrieben, jene Wüste, in der alle umherirren, darben und verderben mussten: Den Grund; den Anlass gab jedoch der unsägliche, unheilige und heillose Clemens, der mittwochs mit den Franzosen, donnerstags mit den Kaiserlichen, freitags wieder mit François und samstags abermals mit Karl ein Bündnis schloss, um es bei Sonnenuntergang, wenn nicht schon bei sonderbarer Wolkenbildung zu brechen, der den einen rief, um den anderen zu vertreiben, und dann den anderen bat, ihm den einen vom Hals zu schaffen. Der noch in der Engelsburg, während der Belagerung, Kardinalshüte um vierzigtausend Dukaten verkaufte. Der mit den Deutschen und Spaniern über die Kapitulation verhandelte, die Verhandlungen abbrach, als er die Nachricht vom Nahen eines Entsatzheeres erhielt, und nach dessen Zerfall die Verhandlungen zu schlechteren Bedingungen fortsetzen zu dürfen flehte.

Für Freund und Feind, die er gewissermaßen stündlich wechselte, blieb er unberechenbar und unzuverlässig, und abgesehen davon, dass er nicht willens war, Schwären am Leib der Kirche aufzustechen oder zu heilen, ließ er auch noch zu, dass sie für einige Zeit ihre Macht verlor.

Andere halfen ihm dabei. Frankreichs König lag nichts daran, das Papsttum weiter zu schwächen; gegen den übermächtigen

Karl, dessen Lande Frankreich umgaben, wollte er möglichst viele Verbündete, und seien diese auch noch so schwach und kaum verlässlich – um Unruhe zu stiften, genügten sie allemal. Englands König wollte weder Frankreich noch den Kaiser gestärkt sehen und brauchte den Papst, der ihn als Einziger von der nicht durch Söhne gesegneten Ehe mit Katharina von Aragon erlösen konnte. Am 29. Mai erneuerten England und Frankreich einen kurz zuvor geschlossenen Vertrag, um eine neue Liga gegen den Kaiser zu bilden und den Papst zu befreien; Kardinal Wolsey reiste hierzu nach Frankreich.

Und der Kaiser? Es gab wohl Männer, die ihn bedrängten, nun mit Macht die Erneuerung der morschen, korrupten Kirche zu erzwingen, die Große Hure Babel, die zum Jubel der Evangelischen gefallen war und darniederlag, an seiner starken Hand auf den Pfad der christlichen Tugend zu führen. Aber ich nehme an, er glaubte, sich in Spanien und Deutschland auf eine starke Kirche stützen zu müssen. Deshalb wollte er wohl den Papst dazu bringen, ein Konzil der Erneuerung einzuberufen, und mochte nicht das Wagnis eingehen, seine Stütze zunächst weiter zu schwächen, dass sie gesunde und später stärker werde. Denn in der durch erzwungene Erneuerung bewirkten Schwäche konnte sie brechen, und mit ihm seine Macht.

So ging alles weiter wie zuvor. Frankreich schickte noch 1527 ein neues Heer in die Lombardei, Venedig griff abermals nach Mailand, und die Söldnerhorden zogen brennend und mordend durch Italien.

Avram, Karl und mir gelang es, dem wahrhaft arkadischen Strudel zu entkommen. Zunächst blieben wir noch einige Tage in einem der Häuser westlich der Piazza Navona, in dem kleinen Fleckchen Roms, das von Hoyos' und Guajardos Männern gesichert wurde. Wir holten unsere beiden letzten Pferde – die beiden anderen hatten wir gegessen – und sonstigen Habseligkeiten aus dem Schuppen an der aurelianischen Mauer und begannen, die ungeheuren Mengen an Münzen gegen Edelsteine zu tauschen. Wie sollten wir denn unsere Schätze befördern – Dukaten im Gewicht von fünf bis sechs Männern?

Vor allem: Abgesehen von derlei Tauschgeschäften, Beute gegen Beute, gab es in Rom nichts zu kaufen. Die Vorräte aus Piranesis Villa waren bald aufgezehrt, und auch das spanische Fähnlein begann zu hungern. Das Land um Rom war verwüstet, goldgesättigte Söldner streiften umher, in der meist vergeblichen Hoffnung auf Brot oder Fleisch. Unsere beiden Pferde, für die es auch kein Futter mehr gab, halfen uns gebraten beim Überleben und machten uns bei den Spaniern für ein paar Tage beinahe noch beliebter als die Dukaten, zu denen wir ihnen verholfen hatten.

Es begann die schlimme Zeit der Pestilenz. Abertausende Leichen lagen im römischen Frühsommer auf den Straßen und in den Häusern, am Tiberufer und in Schächten. Myriaden Fliegen bildeten einen zweiten Boden oder, wenn die Millionen Ratten sie aufstörten, einen zusätzlichen Himmel. Wo wenigstens ein Anschein von Ordnung herrschte und Leichen beerdigt oder verbrannt wurden – so um die Piazza Navona –, war es nicht ganz so furchtbar, aber die Ratten und Fliegen kamen überallhin, und sie trugen das Entsetzen mit sich.

Wir hatten Glück – Hoyos sei Dank. Er musste eine Gruppe Adliger und Gesandter, die – wiewohl geplündert – überlebt hatten, unter Bedeckung nach Ostia bringen, wo sie sich einschiffen wollten, und er gestattete uns, ihn zu begleiten.

Da wir über Geld verfügten, war es nicht schwierig, auf einem der Schiffe unterzukommen. Unterwegs hatten wir uns beraten und beschlossen, zunächst einmal Italien zu verlassen. Niemand wusste, wohin Symonds sich gewandt hatte – er konnte ebenso namenlose Leiche sein, römischen Fliegen, Raben und Ratten zur Ergötzung, wie Teil einer der zahllosen Söldnergruppen, die mit Gold, aber ohne Brot durchs Land zogen. Vielleicht hatte er sich über Ostia nach Spanien, Frankreich oder in die Berberei begeben.

Gleiches galt für Jérôme de Castelbajac und Alonso Zamora, falls sie überhaupt noch lebten. Und da war dann auch noch jener geheimnisvolle Mann, der sich Franz Masinger, Franziskus Messing, Francesco Mazzini oder inzwischen ganz anders nannte und von dem ich Aufschlüsse über die Vergangenheit zu erhalten hoffte.

»Suchen oder auf Zufälle warten?«, sagte Avram, als wir die vor der Tibermündung liegenden Schiffe betrachteten.

»Auch beim Suchen wären wir auf Zufälle angewiesen«, sagte Karl. »Vielleicht sollten wir später suchen, wenn die Möglichkeiten besser sind.«

»Die des Zufalls?« Avram gluckste. »Man könnte meinen, dass deiner Ansicht nach der Zufall nur dann richtig arbeiten kann, wenn Ordnung herrscht.«

»Wenn alles Chaos ist, arbeitet der Zufall ganz prächtig, man kann ihn aber nicht erkennen.«

»Ihr zufälligen Philosophen«, sagte ich, »seid gerade dem Chaos zufällig entronnen. Ich wäre dafür, irgendwo zu warten, wo nicht so viele Leichen herumliegen, und erst dann wieder nach Italien zu gehen, wenn es ein wenig ruhiger geworden ist.«

Avram nickte. »In hundert Jahren ungefähr?«

»Du musst nicht immer das Beste von den Menschen erwarten; du könntest enttäuscht werden.« Karl schnalzte.

20

Mit unseren Waffen – ich nahm den Reiterbogen mit –, unseren Bündeln und unseren Schätzen gingen wir an Bord eines Schiffs, das nach Marseille fuhr.

Zwei Jahre später hatten wir Tausende Meilen zurückgelegt, Hunderte Weinkrüge geleert, zahllose Herbergen und Schenken, Dörfer und Städte besucht, aber auf dem Weg zum Ziel, oder den Zielen, waren wir kaum einen Schritt weitergekommen. Der Zufall, der so oft über mich gekommen war, schien sich in anderen Weltgegenden anderen Opfern oder Begünstigten zugewendet zu haben. Avram hatte bei sich längst beschlossen, dass die Suche vergeblich und die Männer entweder schon tot oder auf der anderen Seite der Erde seien. Karl schwankte, ob er sich einem gottlosen Einsiedlertum weihen oder mich weiter begleiten sollte. Und ich? Ich war nahezu ohne Hoffnung, aber etwas sagte mir, dass hinter der nächsten Wegbiegung oder jenseits des Hügels ein Hinweis meiner harren mochte, und wenn ich den nächsten Schritt nicht täte, wäre auch alles bisher Erreichte sinnlos geworden.

Überall, wo wir uns länger aufhielten, sprachen wir mit alten oder nicht ganz so alten Soldaten. Viele hatten in Italien gekämpft, und zwei oder drei hatten tatsächlich von Zamora, Castelbajac oder Symonds gehört, wussten aber nichts aus der jüngeren Vergangenheit.

Da wir immer wieder edle Steine zu Geld machen mussten, konnte ich viele – oft weit gereiste – Kleinodien-Händler nach reisenden Bankherren befragen, und überall, wo große Bankhäuser

Niederlassungen besaßen, erkundigte ich mich nach jenem, der vielleicht Franz oder Francesco oder möglicherweise sogar François Masinger oder Messing oder Mazzini hieß.

Und wir ertrugen einander. Lange Stunden des Schweigens wechselten sich ab mit noch längeren des Redens. Immer wieder fochten und rangen wir miteinander, um kampfbereit zu bleiben. Und um uns nicht zu langweilen. Ich gelangte zu einer befriedigenden Fertigkeit im Umgang mit Pfeil und Bogen, Avram entdeckte für sich die Kunst des Messerwerfens, und Karl bastelte an kleineren, schneller zu ladenden Armbrüsten herum.

In Lyon hörten wir, ein Abgesandter des Papstes habe vor wenigen Wochen dort mit Vertretern des Königs verhandelt, und bei ihm seien einige Priester oder Mönche mit unaussprechlichen Namen gewesen, vermutlich Ungarn oder gar Tataren. Der Abgesandte hieß Mantegna, und ich dachte an den päpstlichen Gesandten, der Venedig aufgesucht und zu dessen Begleitung Piranesi gehört hatte. Es war mir aber nicht möglich, mehr über ihn in Erfahrung zu bringen.

In Toulouse sprach und zechte ich einen Abend lang mit einem dort seit Jahren ansässigen Genuesen, Vertreter des Banco di San Giorgio. Von ihm erfuhr ich, dass François I. zurzeit teils unmittelbar – aus eigener Schatulle und mit königlichen Kurieren –, teils mittelbar über Bankanleihen und die Nutzung der verzweigten Bankwege größere Summen in den Osten schaffen ließ, nach Ungarn.

Ohne große Erwartungen, eher aus Gewohnheit nannte ich auch ihm, wie so vielen anderen, die Namen Zamora, Castelbajac und Symonds.

»Die zwei anderen sagen mir nichts, aber Castelbajac?« Er blickte mich über den Rand seines Bechers an, und als er weitersprach, dämpfte er die Stimme; nicht, dass uns in der lauten Schenke am Ufer der Garonne jemand hätte belauschen können.

»Ein sehr altes, sehr vornehmes Geschlecht«, sagte er, »eine der ältesten Familien der Gascogne. Verwandt mit den Königen von Navarra. Aber … Jérôme? Nie gehört.«

»Wüsstet Ihr einen, der mehr darüber weiß? Vornehme Familien werden einem Hergelaufenen wie mir kaum Auskünfte geben, fürchte ich.«

Er nickte. »Hochmütige Gascogner reden auch mit einem genuesischen Bankherrn nur dann, wenn sie Geld brauchen. Aber es könnte sein … Wie heißt er noch gleich?« Er kniff die Augen zusammen, starrte in den Becher, dann nickte er abermals und nannte mir den Namen eines Schreibers, der nun zu alt geworden sei, um weiterhin in der Bibliothek des Bischofs zu arbeiten. »Kennt sich mit sämtlichen Chroniken und Fürstengeschlechtern bestens aus, und da er kaum noch Einkünfte hat, wird er sich für eine Münze oder zwei sicher lustvoll erinnern.«

Der alte Mann tat dies. Es habe in keinem der Zweige der Familie in den letzten Jahrzehnten einen Jérôme gegeben, sagte er; vielleicht handle es sich um einen Bastard, der fern der Heimat mit dem Namen seines Erzeugers prahle.

»Möglich ist aber auch«, setzte er hinzu, »dass er einfach aus dem Dorf Castelbajac kommt und sich deswegen ›de Castelbajac‹ nennt.«

»Ein Dorf? Wo liegt es?«

»Am Fuß der Pyrenäen, vielleicht zehn oder fünfzehn Meilen östlich von Tarbes.«

Wir ritten nach Castelbajac. Dort erfuhren wir, dass es tatsächlich einen Bauernsohn namens Jérôme Deschamps gegeben hatte. Vor fünfundzwanzig Jahren habe er einen Steuereinnehmer erschlagen und sei seither verschwunden. Er müsse inzwischen über vierzig sein. Ja, er habe schon als Junge eine gewisse Ähnlichkeit mit einem Raubvogel gehabt, und nein, von der Familie lebe keiner mehr.

Im Herbst waren wir auf dem Weg nach Paris und machten halt in Poitiers. Dort hörten wir, die Kämpfe in Norditalien seien abgeflaut und würden wohl erst im Frühjahr wieder zu voller Pracht erblühen. Und hier kreuzte, zum ersten Mal nach langer Zeit, mein alter Freund-und-Feind Zufall meinen Weg.

Ein Benediktiner in einer Herberge unweit von Bordeaux hatte uns, als er hörte, was unsere nächsten Ziele waren, einen Brief mitgegeben. Er bat uns, ihn dem Bischof von Poitiers oder seinem Sekretär auszuhändigen, beide Angehörige des gleichen Ordens.

Als wir nachmittags die Stadt erreichten, suchten wir zunächst ein Quartier; dann begab ich mich zum Palast des Bischofs. Dieser, wurde mir gesagt, weile bei einem befreundeten Adligen auf dem Lande, und der Sekretär habe sich zu behaglicher Einkehr in eine Schenke begeben. Ich solle dort nur Ausschau nach einem dicken Mönch halten.

Ich hielt Ausschau, und nachdem ich ihn gefunden hatte, fand ich auch gleich den Grund für seine Umfänglichkeit. Er hatte, wie er andeutete, zunächst mit der nicht eben schmächtigen Wirtin das Tier mit den zwei Rücken gespielt, wollte nun wieder zu Kräften kommen und sich stärken. Während er auf das Eintreffen der ersehnten Dinge warte – »Stärkung, Verstärkung, Nahrhaftigkeit, Nährsame, Zufuhr vor der Abfuhr, Gaumenletzung, Geschweige, Fourage, Atzung, kurz: alles, was zu des Sesshaften Ergötzung als Zehrang ohne Weg sowie auch als Labe dienen mag«, weihe er seinen ungeschwächten Geist der Hingabe an die letzten Fragen wie etwa der, ob eine im Leeren schaukelnde Chimäre sich von Hintergedanken nähren könne. Er sei jedoch willens, dabei einen Brief an seinen Herrn zu nehmen, erbrechen, lesen und erwägen.

»Mann«, sagte ich, »Ihr solltet nicht Sekretär, sondern Dichter sein und das aufschreiben, was Euch da so aus dem Maul trieft.«

»Ah bah«, sagte er. »*Scripta manent, verba volant.* Und wenn denn schon ich nicht wie ein Zicklein durchs Geäst hüpfe, sollen dies wenigstens meine Wörter tun, nicht niedergeschrieben in Fesseln auf ödem Papier verschmachten. Lasst mich den Brief lesen.«

Während er dies tat, brachte die Wirtin ihm die ersten Schüsselchen, tätschelte ihm den geschorenen Schädel und fragte, ob ich auch etwas essen wolle.

»Ein wenig, gern«, sagte ich.

»Dann bringe ich Euch das Gleiche wie ihm – nur weniger.« Sie lächelte und verschwand.

Wenn ich mich recht entsinne, aß und trank er von allem etwa fünf Teile, ich eines. Wir leerten drei Flaschen eines wundersam bered machenden hellen Weines aus der Touraine und verzehrten Krammetsvogelpastetchen, Lammschultern, einen Kapaun, zwei Fasane, zwischendurch einige gedünstete Fische und gemischte Kleinigkeiten, von denen ich nur noch weiß, dass sie mich der Ohnmacht näher brachten.

»Dieses Brieflein«, sagte der Sekretär, als er gelesen und noch nicht ernsthaft zu essen begonnen hatte, »wird meinen Gebieter erheitern. *Gratias tibi ago* ob des Beförderns. Nun sagt, wer seid Ihr, hurtiger Bote, der Ihr Euch schleunenden Fußes gesputet habt?«

»Ein hungriger Wanderer.«

»Dann wollen wir zum kargen Mahle schreiten. Überbringt Ihr häufiger Nachrichten?«

»Häufiger suche ich solche.«

Teils kauend, teils schluckend vertieften wir uns in ein sprunghaftes Gespräch. Ich erfuhr, dass er dreiunddreißig war, Sohn eines Rechtsgelehrten, und zunächst mit sechzehn in ein Franziskanerkloster gegangen war, um dort zu studieren und den Herrn zu preisen. Später sei er mit der aus Italien kommenden neuen Begeisterung für die Antike und ihre Sprachen angesteckt worden. Als wegen der – *sola scriptural* – reformatorischen Umtriebe das Studium des Griechischen zur Vorstufe der Ketzerei erklärt wurde, habe er Schwierigkeiten mit der Ordensleitung bekommen und Zuflucht beim Bischof von Poitiers gesucht, einem Benediktinerabt. Er hoffe, bald nach Paris gehen und seine Studien fortsetzen zu können, sei es als Priester, sei es als Arzt.

»Und Ihr wollt wirklich nicht Dichter werden? Ein Jammer; Ihr redet erfreulich.«

»Ihr esst erfreulich, mein guter Bote; ich finde, wir sollten die Höflichkeit ein wenig mindern – was meinst du? Ich heiße François. Welche Art von Nachrichten suchst du, wenn du nicht fremde Botschaften beförderst?«

»Nachrichten über einige Männer.«

Er winkte mit dem Bein eines Fasans. »Männer? Nun ja, Männer; auf dem Weg von Spanien nach Paris kommen viele durch Poitiers. Sag mir die Namen; vielleicht kenne ich sie, und wenn nicht ich, dann vielleicht mein Freund Grandgousier.«

»Wer ist das? Müsste ich ihn kennen?«

»Ali, Grandgousier ist immer da, wo ich gerade weile. Wenn mir die Worte fehlen, wispert er sie mir von innen ins Ohr, und wenn ich etwas nicht weiß, erfindet er es für mich.«

Ich lachte. »Gut, so einen Freund zu haben. Dann frag ihn doch, ob er von den Soldaten Alonso Zamora, Jérôme de Castelbajac und Harry Symonds etwas weiß, vielleicht auch von einem geheimnisvollen Bankherrn, der wahrscheinlich François heißt, wie du, und dessen Familienname die französische Fassung des italienischen Mazzini sein könnte. Ah ja, und dann ist da noch ein päpstlicher Legat namens Mantegna.«

Der Sekretär legte den abgenagten Fasanenschenkel beiseite und hob die Brauen. »Deine Soldaten kenne ich nicht, auch Grandgousier weiß nichts von ihnen, aber die beiden anderen … Merkwürdig.«

»Was ist merkwürdig?«

»Unser edler König führt ja nicht nur Krieg in Italien; er sammelt auch Geld, um es an seine Freunde in Ungarn zu schicken. Nun ja, weniger seine Freunde als die Feinde seines Feindes, des Kaisers Karl. Auch die Orden und die Bistümer sollen etwas beitragen je nach Vermögen, und als Sekretär habe ich mit einem Bankherrn namens François Massard Briefe gewechselt, der mich vor Monaten aus Lyon um Eile bei der Geldanweisung bat, da er mit dem Legaten Mantegna bald aufbrechen werde.«

»Wohin aufbrechen?«, sagte ich verblüfft. »Nach Ungarn etwa?«

»Das weiß ich nicht; dazu müsste ich Grandgousier befragen.«

Über Lyon, wo wir nichts Neues erfahren konnten, reisten wir nach Marseille, und von dort über Genua nach Venedig, immer bemüht, jene Gebiete zu meiden, in denen Truppen der einen oder anderen Seite lagen oder schweiften. Kurz vor Weihnachten gelangten wir in den Herrschaftsbereich Venedigs. Wie üblich war es den Herren der Serenissima gelungen, den Krieg um ihre Ansprüche auf Mailand außerhalb der eigenen Grenzen zu führen.

Nun folgt eine Zeit der Schmach und der Schändlichkeiten, über die ich mich nicht auslassen will. Ich werde den Beginn andeuten. Dem jungen Mann, der ich damals war, mag von heute aus ein anderer Nachsicht zukommen lassen; ich selbst mag mir die Erinnerungen, die mich bis heute begleiten, nicht vergeben.

Zwei Tage vor Silvester erreichten wir an einem dunklen Abend Mestre. Von einem Teil der römischen Beute, an der Blut und Entsetzen hafteten, hatte ich für Laura bei den Goldschmieden von Lyon einen Goldring mit Smaragd und eine Goldkette erstanden. Anderthalb Jahre lang hatte, sooft ich an sie dachte, mein Herz schneller geschlagen; als ich mich ihrem Haus bei der Papiermühle näherte, hämmerte es, als wolle es bersten.

Das andere Haus stand leer; Karl und Avram begaben sich nach der Begrüßung und einem schnellen Nachtmahl dorthin. Ich blieb bei Laura, ertrank in ihrem Mund und vergrub mich in ihrer Umarmung. Die köstlichste und wildeste Nacht, in der über und um uns alle Gestirne wirbelten. Mehrfach erschöpft kniete ich lange nach Mitternacht neben dem Bett und reichte ihr den Ring und die Kette. Sie nahm sie und weinte.

»So hässlich, dass du Tränen vergießen musst, Liebste?«

Sie schüttelte stumm den Kopf.

»Immer habe ich an dich gedacht, und überall habe ich dich geliebt«, sagte ich leise.

»Bist du gekommen, um zu bleiben, Liebster?«

Ich seufzte. »Eine Weile. Bis zum Frühjahr. Dann …«

»Die Rache ist unvollendet?«

»Ja.«

Sie legte den Schmuck aufs Laken und schlug die Hände vors Gesicht. »Dann«, sagte sie dumpf, durch die Finger, »werde ich nicht absagen.«

»Was absagen?«

»Am dritten Tag des neuen Jahres werde ich heiraten.«

Ich ließ den Schmuck als Hochzeitsgeschenk liegen. Dann ging ich durch die Nacht hinüber zum anderen Haus. Am Morgen brachen wir auf.

Damals wusste ich es nicht, heute weiß ich, dass ich in der nächsten Zeit nicht viel vom Leben hielt und deshalb auch das Leben anderer gering achtete. Avram und Karl folgten mir. Es ist möglich, dass sie mich zuweilen fürchteten, aber sie blieben bei mir. Der Besitz von Reichtümern hätte uns Muße und Annehmlichkeiten gewährt, doch war alles schal, außer dem Blut auf der

Klinge, dem Sausen der Pfeile, scharfen Ritten und dem Getöse des Kampfs.

Wir verdingten uns. Bei den Österreichern, die an der blutigen Krainer Grenze Aufstände niederschlugen, und bei ihren Gegnern; wir ritten nach Ungarn, auf der Suche nach Taten und nach den Männern namens Mantegna und Massard; wir kehrten zurück nach Italien, mieden Venedig und zogen mit Kaiserlichen gegen Franzosen und Eidgenossen, fuhren auf einem Kriegsschiff übers Meer, um für den Kaiser berberische Seeräuber zu bekämpfen. Wieder an Land, befiel mich in den Arnosümpfen ein langes Fieber, in dessen Würgegriff ich nüchtern sah, was ich – denn die beiden anderen folgten nur – in fieberlosem Rausch getan hatte; aber als das Fieber wich, kehrte der Rausch zurück, oder besser, die Gier nach dem Rausch. In einigen kühlen klaren Stunden sah ich in Florenz Meister Michelangelo di Lodovico Buonarroti Simoni dabei zu, wie er das marmorne Grabmal einer reichen Eitelkeit gestaltete, deren Namen ich vergessen habe, falls ich ihn je wusste, und ich dachte an Bücher und Bilder, Musik und Wein statt an Sättel und Klingen. Aber in dem langen geheimen Gang der – vorübergehend verbannten – Medici, der vom Rat über den Ponte Vecchio zu ihrem Palast führt, begriff ich, dass der mit kostbaren Kunstwerken geschmückte Korridor ein Verlies war, dass die wunderbarste Bibliothek ein Kerker ist, der das Leben aussperrt. Das, was mir als Leben galt. So zog ich hinaus, zurück in jenen anderen Kerker aus Rausch und Wein und Blut, Schenken, Freudenhäusern und Schlachtfeldern.

Tage, Wochen, Monde. Im späten Winter 1529 erzählte ein alter Soldat, ein Schweizer, in einem Dorf an der Grenze zu Savoyen, ein Trupp spanischer Soldaten habe vor vielen Tagen in der Nähe gelagert, auf dem Weg nach Norden, in die Niederlande, und bei ihnen sei einer gewesen, den die anderen Don Alonso riefen und der eine eiserne Hand hatte. Aber die Wege waren verschneit und vereist; erst im Mai erreichten wir Köln. Dort hörten wir, am Ufer der Feste Zons liege ein Schiff namens Miralda. Sampers Leute hießen uns willkommen, zumal wir genug Geld hatten, um ihre Gastfreundschaft zu würzen.

Nach ein paar Tagen zogen wir weiter. Ich war überzeugt, die Miralda und ihre Unterhalter niemals wiederzusehen; sie waren nicht Teil dessen, was den Rausch ausmachte. Ich konnte weder wissen, dass der Rausch bald enden sollte, noch konnte ich ahnen, dass keine zwei Jahre später an Bord der Miralda meine lange Rache ihr verblüffendes Ende finden würde.

In der Nähe von Breda geschah es dann. Wir fragten uns von einer spanischen Garnison zur nächsten weiter; immer hatte jemand Zamora gesehen oder etwas über ihn gehört, aber nie nahm das Gespenst greifbare Gestalt an.

Wir hatten uns in einer Herberge vor dem Ort niedergelassen. Karl und ich versorgten die Pferde, während es diesmal Avram war, der sich umhören sollte. Als wir später bei Bier, Brot und Würsten im Schankraum saßen, kehrte er zurück, mit einem schrägen Lächeln um den Mund und einem zusammengerollten Papier in der Rechten.

»Was ist das?«, sagte ich.

»Wahrscheinlich ein neues Gebet um unser Seelenheil«, knurrte Karl.

»Haben wir Seelen?«

»Ab jetzt vielleicht wieder.« Avram setzte sich und schob mir das Papier hin; dann langte er nach meinem Becher und trank einen großen Schluck.

»Was ist das?«, sagte ich noch einmal.

»Lies.«

Ich leckte mir die von Würsten fettigen Finger und wischte sie an meinem Wams ab, ehe ich nach dem Papier griff.

»Die Statthalterin der Niederlande schickt ihrem Neffen in

Wien Verstärkung gegen die Türken«, sagte Avram, eher an Karl als an mich gewandt. »Das ist eine Abschrift der Offiziersliste mit den vorgesehenen Soldbeträgen. Hat mich drei Gulden gekostet.«

»Ist es das wert?« Karl runzelte die Stirn.

»Das Hundertfache.«

»Hah.«

Ich entrollte und las. Vier Fähnlein, zusammen tausenddreihundertsechzig Mann, unter der Führung des Capitán Luis de Ávalos. Vereinbart für die Dauer des Feldzugs als monatliche Besoldung: Der Hauptmann vierzig rheinische Gulden, die vier Fähnriche je zwanzig, Scharführer zehn, Arkebusiere fünf, Gemeine vier, Profoss und Feldwebel je sechzehn Gulden. Es folgten die Namen der Offiziere.

Einer der Scharführer war Alonso Zamora.

Ich ließ das Papier sinken und starrte die beiden Freunde an. »Morgen früh reiten wir«, sagte ich, »nach Süden – nach Wien.«

Avram nickte; Karl blinzelte und sah mich mit schief gelegtem Kopf an. »Zamora?«

»Ja. Alonso Zamora, Scharführer, auf dem Weg nach Österreich.«

»Du klingst … anders?«, sagte Karl.

»Er klingt«, sagte Avram leise, fast inbrünstig, »wie mein alter Freund Jakko klang, ehe ihn der Wahnsinn gepackt hat. Bist du wieder du?«

»Ich weiß es nicht. Aber« – ich trank einen Schluck – »das Bier schmeckt noch genauso schlecht wie vorhin.«

21

Nun müssen wir von Suleyman sprechen, den sie auch Soliman oder Salomon nennen und Suleyman den Prächtigen, Sultan, Herr des Osmanischen Reichs, Großkönig, Fürst der Gläubigen, Padischah. Er ist der Sohn Selims des Grimmigen, der dem Osmanischen Reich Ägypten hinzugefügt hat, und man behauptet, er habe vier Söhne gehabt und drei von ihnen getötet oder töten lassen. Um 1520 trat Suleyman das Erbe seines Vaters an, 1521 nahmen die Osmanen Belgrad, 1522 Rhodos.

1526 fiel Suleyman in Ungarn ein, und in der Schlacht bei Mohács verlor König Ludwig Herrschaft und Leben. Der Sultan kehrte zunächst zurück nach Konstantinopel und überließ die Ungarn einem blutigen Streit um die Nachfolge Ludwigs II. Eigentlich sollte, gültigen Verträgen zufolge, Erzherzog Ferdinand von Österreich nun die Kronen von Ungarn und Böhmen tragen. In Prag wurde Ferdinands Krönung durchgesetzt; in Ungarn kam es zur Spaltung. Ein Teil des Hochadels wählte den Erzherzog zum König, die Mehrheit des niederen Adels dagegen den Woiwoden von Siebenbürgen Johann Zapolja. Sie krönten ihn, unterstützt von den Gegnern der Habsburger: Papst, Frankreich, Venedig.

Im folgenden ungarischen Krieg schien zunächst Ferdinand zu siegen, aber Zapolja gab nicht auf. Im Osten wie im Westen suchten die Feinde des Kaisers und seines Bruders das Reich zu schwächen; François I. schickte Gold und gute Worte, und Zapolja bat den Sultan um Waffenhilfe. 1528 wurde ein Vertrag geschlossen, der die Oberhoheit Suleymans über Ungarn und einen gemeinsamen Feldzug gegen Ferdinand festlegte. Andere Gegner Habsburgs, darunter der mächtige Bischof von Agram, zettelten Aufstände und Kleinkriege an.

Ein Angriff des Osmanischen Reichs, zusammen mit den fortgesetzten Kriegen vor allem in Italien, musste Auswirkungen auf ganz Europa haben. König Ferdinand wusste dies natürlich, und er bemühte sich um die nötigen Rüstungen, erbat und erhielt aber zugleich freies Geleit für eine Gesandtschaft nach Konstantinopel. Ihre Aufgabe war es, Zeit zu gewinnen.

Die Gesandten waren jedoch keine Geschickten; statt zunächst einen Waffenstillstand auszuhandeln, forderten sie die Räumung der besetzten ungarischen Städte und Gebiete, wofür sie Friede und Geld boten. Als Antwort erhielten sie eine Kriegserklärung.

Ab Ende 1528 bemühte sich Ferdinand um Zusagen für Truppen. Mähren, Böhmen und die österreichischen Lande kamen dem nach; die Reichsstände, mit denen er in Speyer verhandelte, richteten zwar Geldsammelstellen ein, wollten sich jedoch selbst von der Gefahr überzeugen, ehe sie handelten, und die evangelischen Fürsten und Städte verweigerten die »Türkenhilfe«, solange ihnen nicht volle Religionsfreiheit zugestanden würde.

Auf der Suche nach Hilfe und Bundesgenossen schickte Ferdinand Gesandtschaften nach Polen und England; beide kehrten erfolglos heim. Sein Bruder, Karl V., konnte weder Geld noch Truppen schicken und bat selbst um deutsche Reiter und Fußvolk für Italien. Nur die Statthalterin der Niederlande schickte ihrem Neffen Spanier zu Hilfe, befehligt von Luis de Ávalos. Sie marschierten den Rhein hinauf, dann nach Wien, wurden jedoch zunächst an der unruhigen Krainer Grenze eingesetzt. Dort kam es wegen ausbleibender Soldzahlungen zu Meutereien. Im September 1529 war nur etwas mehr als die Hälfte dieser Truppen übrig.

Inzwischen hatten Kundschafter gemeldet, der Sultan sei Anfang Mai mit einem gewaltigen Heer aufgebrochen und werde bald Ungarn erreichen. Die Ferdinand verfügbaren Mittel reichten nicht einmal dazu aus, die wenigen zur Besetzung und Verteidigung Ungarns entsandten Truppen für die kommenden Monate zu besolden und mit Nachschub an Pulver, Waffen, Pferden, Wagen und Nahrung zu versorgen. Er musste auf Kirchengut zurückgreifen, und mit den reichen Augsburger Bank- und Kaufleuten verhandelte er über Anleihen in Höhe von achtundvierzigtausend Gulden. Pfalzgraf Friedrich, zum obersten Feldhauptmann bestellt, wollte bis zum September siebentausend Landsknechte und eintausendsechshundert Reiter anwerben, was viel zu wenig war. Zugleich aber befanden die Reichsfürsten, den bisherigen Nachrichten sei nicht zu trauen; man möge bewährte Männer aussenden, um sich zu versichern, dass die Türken tatsächlich kämen.

Später soll der Großwesir Ibrahim Pascha einer Gesandtschaft Ferdinands gesagt haben, es sei verwunderlich, dass dieser selbst in äußerster Not von Land zu Land reisen müsse, um zu betteln, und dass er sogar dann die Mittel für den Krieg nicht zusammenbringe, für die schließlich die ärmsten Untertanen aufkommen müssten. »Dagegen genügt ein Wink des Padischahs, um die unermesslich zahlreichen Kriegerscharen zweier Weltteile zu versammeln, und« – hier wies er aus dem Fenster auf die Spitzen einiger Gebäude – »sieben hohe Türme, mit Schätzen gefüllt, sind ihm jederzeit verfügbar.«

Und während das Heer des Sultans vorrückte, wurde im Reich um jeden Gulden gefeilscht. Für die verheißenen, aber noch anzuwerbenden siebentausend Landsknechte und eintausendsechshundert Reiter wurden folgende monatliche Soldzahlungen festgesetzt: Hauptmann vierzig Gulden, Fähnrich zwanzig, Landsknecht vier, Schreiber zwölf, ferner sollte jedes Fähnlein fünfundvierzig Gulden »Übersold« erhalten, für Unvorhergesehenes und

»Sonstiges«, und es gab Festsetzungen für Hilfsschreiber, Pferde, Wagen … Für Pulver und Blei ist in den Listen nichts zu finden, ebenso wenig für Nahrung. Selbst wenn die vorgesehenen achttausendsechshundert Kämpfer sämtlich einfache Landsknechte gewesen wären, hätte man ohne Werbegeld allein für den ersten Monat über vierunddreißigtausend Gulden an Sold gebraucht, ohne Fourage und »Sonstiges«. Die für die Anwerbung zuständigen Jakob von Werdenau und Kunz Gotzmann erhielten zusammen jedoch nur einen zu verrechnenden Vorschuss von viertausend Gulden – im Übrigen gottbefohlen.

Das Heer des Padischahs bestand aus bewaffneten Reitern – *sipahi* genannt –, und zwar etwa achtzigtausend aus dem europäischen und fünfzigtausend aus dem asiatischen Teil des Reichs. Hinzu kamen etwa zwanzigtausend Mann der Kerntruppe, der »Janitscharen«, etwa dreißigtausend leichte Reiter für Streifen und Aufklärung, »Akindschi«, außerdem die für Geschütze zuständigen Einheiten und Truppen für besondere Arbeiten wie Belagerung, Brückenbau, Schiffbau. Mit einigen kleineren Gruppen von Fußkämpfern und dem Tross – zu dem auch zweiundzwanzigtausend bestaunte Kamele gehörten – umfasste das Heer nach glaubwürdigen Berichten fast dreihunderttausend Mann; zum Oberbefehlshaber, »Serasker«, ernannte der Padischah seinen Großwesir Ibrahim Pascha.

Das größtenteils bereits eroberte Ungarn betrachtete der Sultan als Teil des Osmanischen Reichs; sein Kriegsziel war es, Ungarn und angrenzende Gebiete zu sichern. Dazu musste er Ferdinand schlagen und unterwerfen, und dazu wiederum war es unabdingbar, nach Deutschland vorzudringen. Das erste Hauptziel musste also Wien sein, wo Suleyman möglicherweise den Winter würde verbringen müssen, um den Feldzug im folgenden Jahr fortzusetzen.

Ein solches Unternehmen verlangt gründliche Vorkehrungen. Es sei denn, der verantwortliche Hauptmann oder Fürst sei ein europäischer Kriegsherr. Dieser – so war es in allen Kämpfen, an denen ich teilgenommen habe – wirbt Söldner und überlässt ihnen dann die Erkundung, die Verpflegung, überhaupt Vorbereitung und Durchführung. Der Padischah dagegen war sorgfältig. Oder jedenfalls die von ihm beauftragten Männer.

Sodass ich mich heute mit keineswegs geringer Verwunderung frage, ob nicht vielleicht gründliche Vorbereitung die beste Gewähr für eine Katastrophe ist. Denn alle siegreichen Züge der vergangenen Jahrzehnte, gleich ob es sich um die Handstreiche von Cortes und anderen jenseits des Meeres handelt oder um Unternehmungen in Europa, entbehrten gewöhnlich jeden Sinns und wurden von Männern bestritten, die ohne ihre aus Mangel an allem entstandene Verzweiflung wohl kaum zu solchen Taten fähig gewesen wären.

Die Türken setzten den Zeitpunkt des eigentlichen Kriegsbeginns so fest, dass in ihren Gebieten zuvor die Ernten eingebracht werden konnten; damit war die Versorgung des gewaltigen Heeres gesichert. Vorräte und die schweren Geschütze wurden nach Belgrad vorausgeschickt, um die Straßen für die Truppen frei zu halten.

Es war jedoch ein ungewöhnlich nasses Jahr auf dem Balkan; Regen behinderte den Zug über die Gebirgsketten und machte schließlich jenseits von Belgrad die Straßen so tief, dass die schweren Belagerungsgeschütze nicht nach Wien gebracht werden konnten. Erst Anfang September, als sich bereits ganz Ungarn in den Händen der Feinde befand, konnte König Ferdinand ernstlich Maßnahmen zur Verteidigung Österreichs beginnen.

Am 21. September erreichten Karl, Avram und ich Wien. Wir hatten zunächst versucht, den Spaniern zu folgen und an die Krainer Grenze zu gelangen. Flüchtlinge, vor- und zurückströmende Truppen, das scheußliche Wetter, die tiefen und dazu noch verstopften Wege, alles hinderte uns an schnellem Vorankommen. Plündernde Soldaten, streifende Vorausabteilungen der Akindschi und Provianteintreiber des Königs arbeiteten bestens zusammen, um uns eine halbwegs auskömmliche Nahrung zu verweigern. Es gab auch kaum Unterkünfte, abgesehen von regentriefenden Resten verbrannter Scheunen; und schließlich, als wir uns endlich der Grenze zwischen Kärnten und Krain näherten, hörten wir von Flüchtlingen, dass alle königlichen Truppen, auch die Spanier, zur Verteidigung Wiens befohlen worden seien.

Wiens Umland wurde bereits von Akindschi heimgesucht und verwüstet; der König weilte, hieß es, in Böhmen, auf der verzweifelten Suche nach Geld und Verstärkungen; die wenigen, nur aus Gerüchten bekannten Truppen aus dem Reich waren bisher nicht eingetroffen. Die Herren des Kriegsrats hatten soeben beschlossen, die äußeren Verteidigungsanlagen aufzugeben und die Vorstädte niederzubrennen, um dem Feind keinen Unterschlupf zu geben. Der größte Teil der Wiener Bevölkerung war geflohen, die Anzahl der waffenfähigen Männer in der Stadt reichte kaum aus, die inneren Mauern zu besetzen. Es wimmelte von Flüchtlingen aus Ungarn, dem Hinterland und den beklagten Vorstädten, und es gab dem Vernehmen nach zwar genug Pulver, Blei, Geschütze und Kanonenkugeln, aber nur für wenige Tage zu essen.

»Jeder Mann wird gebraucht«, sagte der Unterführer der Stadtwache, der uns gleich weiterschickte zum Quartier eines der Offiziere, die die Verteidigung vorbereiteten. »Und die Pferde könnt ihr wahrscheinlich gleich beim Proviantmeister abgeben.«

Auf den Straßen begegneten wir immer wieder Bewaffneten, die Flüchtlinge in leere Häuser scheuchten. Auf allen Erhebungen innerhalb der Stadt wurden Häuser zerstört, um Geschütze zu postieren und ihnen freies Schussfeld zu verschaffen. Wien, letztes Bollwerk, Panzerung vor den weichen Flanken des Reichs, war ein Gemenge aus Dreck, Angst, Kot, Verzweiflung und ungläubiger Entschlossenheit.

Vor dem Tor des Gebäudes, zu dem wir geschickt worden waren, blieben wir einen Moment stehen.

Plötzlich begann Avram zu lachen.

»Was juckt dich denn?«, sagte Karl; er schnitt eine Fratze und starrte den Gefährten an.

»Es ist immer gut, zur rechten Zeit am besten Ort zu sein. Ich weiß nicht, wie, aber ich glaube, das haben wir bestens geschafft.«

22

Die Pferde brauchten wir nicht abzugeben; noch nicht. Wir wurden einer Truppe zugeteilt, die in der Nähe eines der Stadttore die Mauer verteidigen und, falls nötig und möglich, Ausfälle zu Pferd unternehmen sollte. Niemand fragte uns, ob wir Wien zu verteidigen wünschten. Alle Waffenfähigen mussten. Und was hätten wir sonst tun sollen? Geld war weitestgehend nutzlos, man konnte eigentlich nichts kaufen. Irgendjemand versuchte, in unregelmäßigen Abständen an die Flüchtlinge Nahrungsmittel zu verteilen, aber alles war knapp. Die bewaffneten Verteidiger der Stadt, gleich ob Wächter, Bürger, Söldner oder Zwangsverpflichtete, wurden immerhin besser versorgt.

König Ferdinand hatte, wie von einigen höheren Rängen behauptet wurde, eigentlich für das nächste Jahr einen großen Feldzug gegen die Osmanen ansetzen wollen, um ihnen die verlorenen Teile Ungarns wieder zu nehmen und ganz allgemein die Grenzen im Osten und Südosten für die kommenden Jahrzehnte zu sichern.

Die dafür nötigen Truppen wurden mit vierzigtausend Mann Fußvolk und zehntausend Reitern mit hundert Geschützen angegeben. Man hatte bereits Büchsenmeister in Dienst gestellt, die Fertigung von Stichwaffen in Auftrag gegeben und Geschütze angefordert – alles fürs nächste Jahr, nichts für dieses. Schiffbauer sollten eine Donauflotte zur Begleitung des Heers vorbereiten, um es gegen Angriffe türkischer Kriegsschiffe zu decken und den

Nachschub an Munition und Proviant zu sichern. Bauteile für die schnelle Errichtung von Brücken sollten verfügbar sein ...

Nichts davon war auch nur im Geringsten für die Verteidigung gegen den gewaltigen Angriff hilfreich. Ferdinand bemühte sich weiter in den einzelnen Landesteilen und im Reich um Hilfe; Wien blieb den Statthaltern und Räten der Niederösterreichischen Regierung überlassen. Graf Niklas Salm wurde am 2. August zum Obersten Feldhauptmann bestellt. Andere Männer, an deren Namen und Rang ich mich nicht erinnern kann, sollten überall Nahrung und Munition beschaffen; erst im August – Spötter sagten angesichts der Tatsache, dass Suleymans Heer nicht mehr weit entfernt war, »schon im August« – wurden alle Länder angewiesen, den angekauften oder zu liefernden Proviant von Zoll, Maut und sonstigen Abgaben zu befreien. Es war zwar kaum etwas unterwegs, und Geld für die vorgesehenen Beschaffungen gab es nicht, aber immerhin konnten die zuständigen Kammern zeigen, dass sie die hohe Kunst beherrschten, für etwas Nichtvorhandenes große Papiermengen vortrefflich und einwandfrei zu beschriften.

Wie wir in Wien hörten – es gab jederzeit mehr Gerüchte als Nahrung, doch zum Glück auch mehr Munition als Wahrheit –, hatte man »bereits« am 18. August im Reich mit der Anwerbung von Truppen begonnen, wenn auch unter Vorbehalt. Sobald sie marschbereit waren, zogen sie die Donau hinab, und der Bayernherzog brachte sogar Geschütze mit. Pfalzgraf Philipp war mit schweren Reitern und einigen Fußtruppen schon in Österreich; sie sollten schneller marschieren, um die viel zu schwache Besatzung Wiens zu verstärken, bis weiterer Entsatz käme.

Ringsum streiften die Akindschi, inzwischen »Renner und Brenner« genannt, durchs Land; sie sengten, mordeten und verschleppten alle zum Verkauf als Sklaven tauglichen Bewohner. Manchmal wurden sie dabei gestört; vor allem, wenn nach Wien zurückgerufene Truppen sich den Weg freikämpften oder Geschütze aus aufgegebenen Festungen mit entsprechender Bedeckung zur Hauptstadt geschafft wurden.

Eine dieser Einheiten waren die Spanier. Die beiden Fähnlein – denn mehr war nach den Meutereien und Kämpfen an der Krainer Grenze nicht verblieben – hatten ein paar Tage vor uns Wien erreicht, und es hieß, sie hätten den türkischen Streifern schwere Verluste zugefügt. Sie lagen ein paar Hundert Schritte östlich von uns, und ich konnte nicht nach Zamora suchen, da wir mit der Verstärkung der Mauern beziehungsweise ihrer gezielten Schwächung beschäftigt waren.

Wir hatten nämlich einerseits Mauern zu erhöhen, Tore besser zu befestigen und Gräben zu ziehen; andererseits mussten wir an vielen Stellen Schießscharten in die Mauern brechen, damit die Geschütze überhaupt feuern konnten. Pulver, Blei, Steinkugeln, Kartätschen waren hin und her zu schleppen, Kanonen – vor allem die schweren Geschütze waren widerspenstig – mussten an die vorgesehenen Stellen gebracht werden.

Anfang September hatte es eine allgemeine Musterung der Wehrfähigen und ihre Einteilung in vier Fähnlein nach den Vierteln der Stadt gegeben. Bis zum 21. September waren von diesen vier Fähnlein nur noch kleine Teile übrig; die anderen hatten sich verdrückt. Ferner sollten auf Kosten der Stadt eintausend Landsknechte geworben werden; es waren schließlich tatsächlich bloß fünfhundert. Insgesamt, hieß es, seien etwa zwölftausend »Kämpfer« verfügbar, gegen ein Belagerungsheer von dreihunderttausend Mann; sie würden nicht einmal ausreichen, um die Mauern vollständig zu bemannen. Und man redete von »Kämpfern«, um nicht vollends in Verzweiflung zu geraten, denn nicht einmal die Hälfte von ihnen waren richtige Soldaten.

Immer noch strömten in Scharen die Leute aus der Umgebung herbei, beladen mit ihrer armseligen Habe; die meisten trieben ein paar Stück Vieh vor sich her. Die Wiener Bürger ihrerseits drängten zu den Toren hinaus, um ihre Familien und ihr Gut in Sicherheit zu bringen. Flüchtlinge aus Ungarn verbreiteten Nachrichten über die Grausamkeiten des herannahenden Feindes, und nachts sahen wir von den Mauern aus ferne Brände. Was wir nicht zu sehen bekamen, war die erflehte und verheißene Hilfe aus den Ländern des Reichs. Pfalzgraf Philipp, hieß es, sei mit wenig mehr als hundert schweren Reitern in Klosterneuburg angekommen, die Hauptmacht der Reichstruppen habe noch nicht einmal Krems erreicht.

Am 23. September kam es zum ersten größeren Gefecht. Graf Hans von Hardegg war mit etwa fünfhundert schweren Reitern durch das Niklastor hinausgezogen, um Akindschi zu vertreiben, die sich bei und um St. Marx eingenistet hatten. Die leichten Reiter wichen aus und wandten sich zur Flucht. Hardeggs Trupp verfolgte sie und ritt in die Vorhut der *sipahi* des osmanischen Haupttheers hinein. Die überraschten schweren Reiter flohen unter Verlusten zurück in die Stadt. Von denen, die in Gefangenschaft gerieten, wurden einige vom Sultan mit Geschenken versehen und am 25. September mit der Aufforderung zur Übergabe wieder in die Stadt geschickt. Die Besatzung sollte freien Abzug erhalten. Verweigere sie aber die Kapitulation, würde Suleyman mit all seiner Macht angreifen, Wien erobern und dann selbst das Kind im Mutterleib nicht verschonen.

Am 26. September hatte fast das ganze Osmanenheer seinen Aufmarsch vor den Mauern vollzogen. Der Kriegsrat, der seine Antwort auf Suleymans Botschaft durch zwei freigelassene türkische Gefangene übersandte, wies die Aufforderung zur Übergabe ab.

Das rasche Anrücken der Türken unterband die weitere Zufuhr von Lebensmitteln; der vorhandene Proviant reichte für knapp einen Monat. Es gab auch kein Geld, um den fälligen Sold auszuzahlen. Einige Söldner plünderten Weinkeller, und es kam zu blutigen Übergriffen, die erst endeten, als ein Galgen errichtet wurde, an dem man ein halbes Dutzend der übelsten Leute henkte.

Irgendwann in diesen Tagen trafen die ersten Reichstruppen unter Pfalzgraf Philipp ein, etwa hundert schwere Reiter und an die fünftausend Mann Fußvolk. Zugleich wurden fliehende Bürger von den Akindschi eingeholt und zum Teil niedergemacht, zum Teil verschleppt.

Alles in allem betrug jetzt die Stärke der Besatzung wenig mehr als siebzehntausend Mann. Dazu kam noch die Bürgerschaft; von den viereinhalbtausend gemusterten Wehrfähigen waren kaum hundert geblieben.

Avram hatte es geschafft, in einem der überfüllten Massenquartiere für Flüchtlinge eine ansehnliche ungarische Witwe aufzutun. Als ich ihn fragte, wie er so etwas immer wieder anstelle, obwohl ihm der Mauerdienst eigentlich keine Zeit ließ, hob er die Brauen.

»Jakko, mein Herr und Freund«, sagte er, »Witwen haben selten überzogene Erwartungen. Schau mich an; was siehst du?«

»Einen schlanken, grauhaarigen Mann, der bald vierzig wird. Er hat müde Augen und verdreckte Kleider.«

»Ja, aber seine Hände sind rein, und da er schlank ist und weniger frisst als ein gewisser Schrat« – Karl, der neben uns stand, grunzte leise –, »kann er von seinem Proviant etwas abgeben. Und das tut er.«

»Ich werde das auch versuchen.« Karl grinste breit. »Gibts da viele hungrige Witwen?«

Ich wies mit dem Daumen hinter mich, zur Mauer, vor der das Heer des Sultans mit dem Errichten eines ordentlichen Lagers beschäftigt war. »Bald noch mehr. Du solltest dich sputen,

Kaiserschrat, sonst ist die Zeit verstrichen, ohne dass du hättest abnehmen können.«

»Wenn das so ist, wozu dann sputen und abnehmen?«

»Du musst entscheiden, ob die Witwen noch etwas von dir haben sollen oder erst die Totengräber«, sagte Avram.

Ich hatte keine Zeit für Witwen, denn endlich hatte ich Zamora gefunden.

Der für meinen Mauerabschnitt zuständige Mann, ein Fähnrich namens Seydel, teilte mich einer Gruppe zu, die bei der Verlegung und Aufstellung der schweren Büchsen helfen sollte. Dort, wo Schießscharten geschaffen worden waren, mussten Erdaufschüttungen erfolgen, auf die die Geschütze zu wuchten waren. Andere hatten wir mithilfe von Seilen, Flaschenzügen und Pferden auf Häuser zu bringen, die wiederum vorher gestützt werden mussten.

In diesen Tagen lernte ich einiges über die Einteilung und Verwendung der »Büchsen«. Die schweren Belagerungs- oder Festungsgeschütze verschossen fast ausschließlich Steinkugeln. Es gab einige sehr große für Kugeln mit einem Gewicht von zweihundert Pfund. Danach kamen die sogenannten Scharfmetzen oder Mauerbrecher; sie verschossen hundert Pfund. Dann waren da Basilisken mit fünfundsiebzig, Nachtigallen mit fünfzig und Singerinnen mit fünfundzwanzig Pfund Geschossgewicht. Es ist mir nie gelungen herauszufinden, wer derartige Ungeheuer mit Namen wie Nachtigall versehen hat.

Daneben gab es natürlich die leichteren, beweglichen Feldgeschütze: Notschlangen mit sechzehn Pfund, Schlangen mit acht Pfund, Falkonen oder Halbschlangen mit vier Pfund und Falkonette mit zwei Pfund schweren Kugeln. Kleine Geschütze, besonders die Falkonette, verschossen Blei. Außerdem gab es andere leichte Geschütze wie Haubitzen und Wallbüchsen.

Wir hoben sie auf Dächer und Türme, schoben sie auf Hügel,

brachen uns beinahe die Rücken und zerbrachen Flaschenzüge und Lafetten. Hinter dem Chor einer nahen Kirche schütteten wir Erde bis zur Höhe der Mauer auf und bauten so eine »Katze«; darauf kamen eine Halbschlange und ein Falkonett. Unter das Dach eines Klosters bei einem der Tore stellten wir zwei Halbschlangen.

Insgesamt verfügten wir – das heißt, die ganze Besatzung der Stadt – über nicht mehr als zweiundsiebzig Geschütze verschiedenster Größe; Munition war allerdings genügend vorhanden.

Bei diesen Arbeiten mussten wir oft weitere Wege gehen; so gelangte ich in die Nähe der Spanier und sah, von fern, nach all den Jahren der Suche, den Moloch mit den wulstigen Lippen, dem wohl nach einer Verwundung teilweise gelähmten Gesicht und der Eisenhand. Alonso Zamora. Ich will gar nicht versuchen, meine Gefühle zu beschreiben, die Hitze, die in mir aufstieg aus einem Organ, für das die Ärzte noch keinen Namen haben. Aber natürlich war mir klar, dass ich ihn nicht zwischen siebenhundert anderen Spaniern angreifen konnte. Und auch nicht, solange seine Kraft und Tücke und Erfahrung dazu beitragen mochten, alle, also auch mich, vor den Türken zu schützen.

Während ich dies erwog, suchte ein Teil meiner Gedanken bereits nach Möglichkeiten, Zamora zu stellen und zu töten und ihm vorher noch den Grund dafür zu sagen. Ein anderer Teil befasste sich mit der beginnenden Belagerung, die zweifellos bald zur Beschießung und am Ende zum Sturm werden würde. Und ich fasste einen Entschluss.

Sollte es zum Ärgsten kommen, sollte die Stadt erstürmt werden und fallen, wollte ich, ehe der Speer eines *sipahi* oder der Säbel eines Janitscharen mich auslöschte, Zamoras Leben beenden.

Aber noch war es nicht so weit; noch war nicht einmal Abend an diesem Tag vor Beginn des Beschusses. Und ehe die Sonne sank, wurde mir aus dem Füllhorn des Zufalls noch ein Geschenk zuteil.

Auf dem Rückweg zum Quartier mussten wir die Straße überqueren, die durch eines der südlichen Tore in die Stadt führte. Es war halb geöffnet; neben der Straße drängte sich einiges Volk, und wir konnten zunächst nicht weitergehen.

»Was ist los?«, fragte ich einen der Leute vor mir.

»Überläufer.«

Es dauerte noch ein paar Augenblicke, ehe die Ersten durchs Tor kamen, schwere Reiter mit müden Pferden und staubigem Harnisch. Sie gehörten wohl zu denen des Grafen Hardegg, die immer wieder versuchten, die Osmanen zu stören.

Hinter ihnen kamen sieben Männer in leichter Rüstung auf nahezu ungepanzerten Pferden; ich sah lediglich ein paar Stück ledernen Brustschutzes. Dann sah ich nichts mehr außer zwei Gesichtern.

Zur Gruppe der sieben Überläufer gehörten Harry Symonds und Jérôme de Castelbajac.

Wahrscheinlich habe ich ob der Überraschung eine Bewegung gemacht. Symonds schaute zu mir herüber. Und erkannte mich. Er runzelte die Stirn; dann grinste er und hob die Hand zu einem spöttischen Gruß.

Abends redeten Avram, Karl und ich lange. In dieser Nacht schlief ich kaum. Ich war allerdings nicht der Einzige, denn in dieser Nacht begann die Beschießung Wiens.

23

Sieht nett aus.« Karl beugte sich vor und spuckte über die Brüstung. Die Flüssigkeit verteilte sich im Wind und benetzte eine schuttbedeckte Fläche. »Da, wo die Spucke gelandet ist, stehen bald bestimmt fünf Mann nebeneinander.«

»Meinst du, wenn du sie triffst, rufen sie ›bitte mehr‹? Oder schreien sie nach Beschirmung?« Avram grinste; dann zog er den Kopf ein, als die nächste Kugel nicht weit über uns in die Stadt sauste.

Es war ein dunstiger Vormittag. Gestern hatte man noch in der Ferne die brennenden Weindörfer ahnen können; heute sahen wir nur das Lager der Osmanen. Aber das war mehr als beeindruckend.

Eigentlich waren es etliche Lager: Zeltstädte, jedes durch eine Umwallung geschützt. Jemand hatte behauptet, es müssten an die fünfundzwanzigtausend Zelte sein; ich versuchte nicht einmal nachzuzählen. Angeblich hatten Gefangene – immer wieder kam es zu Geplänkel, bei dem beide Seiten Männer verloren – die Ankunft des Oberbefehlshabers, des Seraskers Ibrahim Pascha bestätigt, und angeblich war auch der Sultan selbst inzwischen eingetroffen.

Die Zeltlager bildeten einen kaum zu überblickenden Gürtel. Die Masse befand sich östlich des Wienflusses, auf der anderen Seite reichten die Lager bis an die Vorberge des Wienerwalds. Und überall hatten sie ihre Feldgeschütze verteilt, um uns mit Lärm und Kugeln zu beglücken.

Dreihundert Kanonen seien es, wurde gesagt, und nur dem scheußlichen Wetter hätten wir es zu verdanken, dass die schweren Belagerungsgeschütze nicht mitgebracht worden seien. Mir erschien das als schwacher Trost. Die mauerbrechenden Ungeheuer mochten in Belgrad oder wo auch immer geblieben sein – vielleicht steckten sie ja auch auf halber Strecke im Schlamm –, doch reichten die leichten Geschütze völlig aus, Steine und Blei in die Stadt zu spucken, Häuser zu beschädigen, Menschen zu töten und allen den Schlaf zu rauben.

»Habt ihr schon gehört, was heute früh drüben los war?« Avram deutete nach Osten; irgendwo dort musste die Donau sein.

»Wir haben uns nicht so hemmungslos herumgetrieben wie du«, sagte Karl. »Wir waren hier. Ist da noch ein bisschen mehr geschossen worden?«

»Die türkische Flussflotte ist angekommen.«

»Ei«, sagte ich halblaut. »Wie groß?«

Er hob die Schultern. »Angeblich an die vierhundert Schiffe. Heute früh haben unsere drüben an die dreitausend Mann rausgeschickt. Reiter, Fußtruppen, die Hälfte der Spanier und ein leichtes Geschütz. Sollten die Brücken schützen. Haben aber so lange gebraucht, dass die Türken vor ihnen da waren. Die haben die Brücken und alles, was an Schiffen da lag, in Brand gesteckt.«

»Sind unsere denn wieder heil zurückgekommen?«, sagte ich.

»Sorgst du dich um Zamora?«

»Unter anderem. Den will ich mir doch nicht von den Türken wegschnappen lassen.«

Später hörten wir, immerhin sei es gelungen, einen Teil der Brücken abzutragen und aus den Bruchstücken einen neuen Wall beim Salztor zu machen.

»Hat nicht gestern irgendwer gesagt, unsere eigenen Schiffe müssten heute kommen?«, sagte Karl.

»Ja, und Nachschub aus dem Reich, und am besten der Kaiser

selbst. Nichts von alledem. Ich fürchte, wir sind hier ziemlich allein.« Avram bleckte die Zähne. »Bleibt wieder mal alles an uns hängen, wie?«

Karl lachte. »Du Retter des Abendlands! Weiß einer, wie viele das da wirklich sind? Dreihunderttausend, hab ich gehört; kann das sein?«

Avram wackelte mit dem Kopf. »Hab ich auch gehört. Dreihundert Geschütze, zwanzigtausend Kamele, so was.«

Die nächste Kugel, diesmal weiter rechts. Sie schien in größerer Entfernung abgefeuert worden zu sein, kroch beinahe durch die Luft und fiel wie erschöpft knapp innerhalb der Mauer. Gepolter und Schmerzensschreie waren zu hören.

»Höchstens hunderttausend«, sagte ich. »Die Kamele müssen gekämmt, die Pferde gestriegelt, die Kanonen gefüttert und die Fürsten gewaschen werden. Hunderttausend Kämpfer, schätze ich; der Rest sind Tross und Knechte und Diener.«

»Ist ja beruhigend.« Karl klatschte langsam in die Hände. »Nur fünfmal so viele wie wir, und die Knechte und Diener, meinst du, werden nicht kämpfen? Wenn wir bei denen ins Lager eindringen?«

»Hast du das vor?«, sagte Avram. »Reichlich unternehmungslustig, Mann! Willst du dich nicht einfach in deine Schratkluft wickeln, rauslaufen und sie erschrecken?«

Ich schaute nach der Sonne, einem wabernden Klecks hoch oben im Dunst. »Wir sind bald dran. Wachablösung am Tor, hat Seydel angeordnet.«

»Zamora«, sagte Karl. »Symonds. Castelbajac.«

Avram seufzte leise. »Den ganzen Vormittag haben wir erfolgreich darum herumgeredet; musst du das jetzt erwähnen?«

»Muss ich. Sind wir uns wirklich einig? Und gibt es keine andere Möglichkeit? Nur warten?«

»Warten, so schwer es mir fällt«, sagte ich. »Symonds und

Castelbajac werden verhört, schätze ich; danach wird man sie entweder hinrichten oder, wahrscheinlicher, einsetzen. Zamora ist bei den übrigen Spaniern. Die drei sind für uns im Augenblick unerreichbar.«

»Und selbst wenn ...« Avram schnitt eine Grimasse. »Vielleicht hängt die Verteidigung Wiens an einem der drei. Am Ende rettet einer von ihnen das Abendland. Wollen wir es wirklich untergehen lassen, nur wegen einer Rache?«

»Wir lassen sie uns alle retten«, sagte ich. »Wenns geht, beobachten wir sie dabei. Und danach bringen wir sie zum Dank um. Los, Freunde, zum Tor!«

In den nächsten Tagen kamen wir jedoch nicht dazu, uns retten zu lassen oder jemanden zu beobachten. Als wir unsere Plätze am Tor einnehmen wollten, wies Fähnrich Seydel uns einem Trupp zu, der mit Piken, Degen und Messern ausgerüstet wurde.

»Ihr auch. Und dann rüber zum Kärntnertor. Mir nach!«

Am Kärntnertor standen die Spanier ... Aber natürlich wusste keiner, ob die morgens zu den Brücken geschickten Truppen schon vollständig zurückgekehrt waren, und natürlich mochte Zamora bei diesen gewesen sein.

»Was gibts da?«

Der Pikenier, der neben mir ging, schüttelte den Kopf. »Keiner weiß was Genaues. Angeblich sollen wir einen Ausfall machen.«

Hinter dem Kärntnertor drängten sich Fußkämpfer, noch ohne Ordnung. Weiter vorn waren schwere Reiter aufgesessen. Alles stank nach Schweiß, Pferden, Pferdekot und lange ungewaschenen Füßen; von hinten wehte ein Hauch von Kohlsuppe durch die Reihen. Während wir warteten, suchte ich vergeblich nach dem Gesicht des Molochs. Aber in dem Gedränge war kaum eine Übersicht möglich.

Karl, halb hinter mir, stieß mich an, wahrscheinlich mit der

Spitze seiner Pike, denn es klirrte an meinem Harnisch wie Metall auf Metall. »Ausfall zu Fuß«, knurrte er, »mit Piken … Die Spanier sind angeblich besonders gut mit ihren Arkebusen. Wenns das wird, was wir erwarten, decken sie wahrscheinlich die Flanken.«

»Könntest recht haben.«

Endlich erteilte vorn jemand Anweisungen, die von Unterführern brüllend weitergegeben wurden. Wir sollten ausrücken, den Gegner aus den Ruinen der nur unvollständig zerstörten Vorstadt verjagen und danach die restlichen Mauern so niederlegen, dass sie den Türken keinen Schutz mehr bieten würden.

»Mit den Händen?«, schrie jemand weiter links.

»Sobald wir draußen sind«, rief der Unterführer, »kommen andere mit Rammen nach. Anpacken und decken – habt ihr verstanden?«

Die schweren Torflügel öffneten sich quietschend. Als Erste jagten die Reiter hinaus, dann die Fußkämpfer. Ich schätzte, dass wir an die dreitausend Mann waren, die durch das Tor mussten, und es schien ewig zu dauern, bis auch die Letzten, zu denen Karl, Avram und ich gehörten, sich in Bewegung setzten. Hinter uns rumpelten Karren durchs Tor, beladen mit Rammen und Hacken, und danach kamen ein paar Ochsengespanne.

»Wenns außer bei der Führung noch Ochsen gibt«, sagte Avram, »kann das mit dem Hunger noch nicht so schlimm sein.«

Dann waren wir draußen, zwischen den zerstörten Gebäuden der Vorstadt. Die Reiter hatten sich nach rechts und links gewandt, um die Gegner von der Seite anzugreifen und ihnen möglicherweise den Rückweg abzuschneiden. Neben ihnen zogen sich Reihen spanischer Arkebusiere nach Süden; sie feuerten auf etwas, das wir noch nicht sehen konnten. Vor uns, zwischen den Ruinen, fielen einzelne Schüsse, aber vor allem hörten wir Waffengeklirr und Schreie.

Bei der teilweisen Zerstörung der Vorstädte hatte man auch die Brücken über die Wien abgebrochen, aber die Türken waren über schnell gefertigte Behelfsbrücken vorgerückt und saßen nun hinter Mauerresten und schnell aufgeschichteten Trümmerhalden. Offenbar wurden sie von unserem Ausfall überrascht, und bis unsere hinteren Reihen den Kampfplatz erreichten, war alles schon vorüber. Hinterher hörten wir, es habe bei uns drei Tote und ein Dutzend Verletzte gegeben; die gegnerischen Verluste waren größer: etwa zweihundert Gefallene und eine unbekannte Zahl entkommener Verwundeter; außerdem gelang es den Männern weiter vorn, ein paar Unterführer gefangen zu nehmen, die beim Verhör vielleicht etwas aussagen konnten.

Die vorderen Reihen rissen die Behelfsbrücken ab; zusammen mit den Reitern und den Arkebusieren deckten sie uns dann, als wir mit den Rammen, Hacken und Zugtieren die letzten Mauern niederlegten.

Zamora blieb für mich unsichtbar. Besser so, sagte ich mir; wenn ich ihn nicht sah, brauchte ich mich nicht darüber zu grämen, dass ich ihn nicht in die Hände bekam.

Tag und Nacht feuerten die türkischen Geschütze. Sie konnten den Mauern nicht viel anhaben, richteten aber in der Stadt immer wieder Schaden an. Es gab zahlreiche Tote, sowohl durch den Beschuss als auch durch infolge des Beschusses zusammenbrechende Gebäude. Vor allem hinderte uns der Beschuss am Schlafen. Und er erschwerte die Bewegungen hinter den Mauern, die Verteilung von Lebensmitteln und Wasser, die Versorgung der Verwundeten. Hinzu kam, dass in unregelmäßigen Abständen mal hier, mal da Angriffe auf Tore oder einzelne Mauerabschnitte stattfanden. Es mochten Scheinangriffe sein, deren einziger Zweck es war, uns zu beschäftigen und von anderem abzuhalten, doch mussten sie natürlich zurückgeschlagen, mussten Sturmleitern gekippt und Brandgeschosse gelöscht werden.

Wir waren beinahe ohne Pause in Bewegung. Die Menge der Soldaten reichte kaum dazu, die gesamte Umwallung der Stadt zu besetzen. Bei Angriffen mussten die betroffenen Abschnitte verstärkt werden, sodass an mehreren Plätzen weitere Kämpfer verfügbar sein mussten, um schnell verteilt werden zu können. Erst nach drei Tagen und Nächten gelang es den Hauptleuten, alles so einzurichten und zu gruppieren, dass wir einen Tag Einsatz und einen Tag Ruhe hatten.

Und die Türken deckten uns mit allem ein, was ihnen lieb war und für uns teuer wurde. Dreihundert Geschütze, um die Stadt verteilt. Schwadronen schneller Reiter, die sich einem Mauerabschnitt näherten, den Verteidigern einen Pfeilhagel bescherten und nie lang genug in Schussweite blieben, dass man gründliche Gegengaben hätte verabreichen können. Brandpfeile wurden ungezielt über die Mauer geschossen, trafen jedoch fast immer etwas, das sofort zu brennen begann. Eine der osmanischen Einheiten – vielleicht auch ein Trupp ihrer osteuropäischen Vasallen – verfügte über mehrere Katapulte, mit denen sie brennende Strohpuppen oder mit Teer getränkte Strohballen in die Stadt schleuderte.

Natürlich wussten alle, dass der eigentliche Angriff von Süden kommen musste, gegen das Kärntnertor und die anschließenden Mauerabschnitte. Aber wenn wir die anderen Abschnitte vernachlässigt hätten, wäre möglicherweise dort trotz allem der Angriff gekommen. Also konnten wir nicht nur die Südseite der Stadt schützen; zu wenige Männer mussten zu viele Türme besetzen und zu lange Mauern bewachen.

Die Ostfront bot den Türken äußerst ungünstiges Gelände; die Wien, ein breiter Mühlgraben und das nach den elenden Regenfällen des elenden Sommers versumpfte Land ließen lediglich Geplänkel zu, aber keinen großen Aufmarsch. Ähnlich eng und nass war der Westen. Und ein Teil der Südfront schied ebenfalls aus, denn dort stand die alte Herzogsburg, über die ein Chronist schrieb, es sei »ein himmelähnliches berühmtes Schloss, mit Waffen und Zeug wohl versehen und wegen der Menge der Kanonen und Kartaunen nicht leicht durch Eroberung zu erstehen«. Folglich blieb nur der Rest der Südfront, eben der Abschnitt um das Kärntnertor. Und hier wurde Jérôme de Castelbajac für einige Tage zum Helden, nicht wegen bedeutender Heldentaten, sondern weil er – offenbar ohne Druck und freiwillig, »aus lauterer Sorge um das Abendland« – dem Grafen Salm die Absichten des Oberbefehlshabers Ibrahim Pascha mitteilte. Aber vielleicht sollte man nicht »mitteilte«, sondern »verriet« sagen. Allerdings hätte Graf Salm es auch erraten können.

Sie hatten keine mauerbrechenden Geschütze; als sie vor Jahren Belgrad eroberten, hatten sie gegraben und gesprengt.

Die Annahme, dass sie dies auch vor Wien tun würden, lag eigentlich nahe, und Castelbajac bestätigte sie.

Niemand nannte seinen Namen; es war die Rede von einem christlichen Überläufer. Es kam jedoch ein Abend der Erschöpfung und Erhellung nach und vor dem Gemetzel, und an diesem Abend erfuhr ich einiges, das ich bis dahin nur vermutet hatte.

Bis dahin gab es ein Würgen und ein Grauen, unterbrochen von der Mühsal des Schlafs neben krachenden Geschützen, zwischen brechenden Häusern, in Regen und Kälte.

Der September ging zu Ende, der elende Sommer wich übergangslos einem erbärmlichen Frühwinter. Und Graf Salm ließ uns Stollen graben, unter den Mauern rechts und links des Kärntnertors, um den türkischen Minen zu begegnen. Hacken, graben, wühlen, Erde und Gesteinstrümmer in Körben wegschaffen und an anderer Stelle auftürmen, wo sie zur Behebung der erwarteten Schäden greifbar waren. Bei alldem verstärkten die Türken ihr Geschützfeuer – zur Ablenkung und Zermürbung und als Feuerschutz für die wühlenden und grabenden Männer draußen.

Die Janitscharen setzten sich wieder zwischen den Ruinen der Vorstadt fest, feuerten aus ihren Handwaffen auf alles, was sich auf der Mauer zeigte, und schickten Schwärme von Pfeilen, die den grauen Himmel verfinsterten. Alle halbe Tage wechselten sie die Schützen ab; sie hatten ja genug Männer, und die Abgelösten konnten sich auf Pferden weit ins Hinterland begeben, um vielleicht sogar ungestört vom Donner der eigenen Kanonen zu schlafen.

Bei uns dagegen wurde die Schwelgerei abwechselnden Ruhens und Kämpfens oder Grabens beendet. Zu viele, die auf den Mauern wachten, wurden verletzt oder getötet, und bald gab es nicht mehr genug Leute, um alle nötigen Aufgaben zu erfüllen, selbst wenn man aufs Essen und Schlafen verzichtete. Sobald an einer Stelle nicht mehr von der Mauer gefeuert wurde, näherten sich draußen die Türken, füllten die Gräben mit Reisigbündeln und begannen, sie unter der Mauer und vor den Türmen aufzuschichten. Zu weiterer Erheiterung schickte der Serasker sturmbereite Truppen vor andere Tore, wo sie manchmal einen ganzen Tag lang Scheinangriffe ausführten und noch mehr Soldaten banden.

Dann häuften sich bei uns die Verluste, weil die Geschütze des Feindes immer näher an die Mauer gebracht wurden und entsprechend tiefer in die Stadt feuern konnten. Jeden Tag machten wir Ausfälle, um die Belagerer zu behindern, wenn schon nicht zu vertreiben; diese Ausfälle kosteten viele Männer das Leben und zogen sie zugleich von der Mauerwache und den Stollenarbeiten ab. An einem dieser Tage, die eine lange Kette aus kaum zu unterscheidenden Gliedern waren, Mühsal und Blut und Hunger und Erschöpfung, wurden etliche von uns zusammen mit einem Teil der Spanier eilig nach Osten verlegt, wo die türkischen Flussschiffe plötzlich aufgetaucht waren und zusätzliche Truppen landeten. Ich hatte mich inzwischen bei solchen Einsätzen zu einer

Gruppe Bogenschützen gesellt und war mit meiner Treffsicherheit zufrieden. Sofern ich außer Müdigkeit überhaupt etwas empfand. Ob der Angriff eine weitere Ablenkung sein sollte oder ein ernsthafter Versuch, ist unerheblich; er musste ernst genommen werden, und ich glaube, es war vor allem das schnelle und tödliche Feuer der spanischen Arkebusiere, das uns an diesem Tag rettete.

Auch im Norden waren immer wieder Ausfälle und Aufklärungsritte zu unternehmen. Von dort sollte die Verstärkung aus dem Reich kommen, und für abgehende sowie eintreffende Boten mussten Wege freigekämpft werden.

Dann halbierte Fähnrich Seydel die Torwache und die Bogenschützengruppe. Avram blieb am Tor; Karl und ich gehörten zu denen, die nur mit Piken und Schwertern in die Unterwelt geschickt wurden. Es war dort zu dunkel, nicht genug Licht für Bogenschützen, und da die Belagerer Lunten und Pulverfässer in die Stollen gebracht hatten, durfte und mochte niemand zu Feuerwaffen greifen.

Dies war die Hölle. Ich hatte schon mehrmals angenommen, die Hölle zu kennen. Der Blick auf das Dorf, in dem Unbekannte meine Familie und alle anderen töteten, verbunden mit den ersten schlimmen Gedanken an das Fehlen Gottes in der Schöpfung. Die Tage der Plünderung Roms, die Leichen und das Feuer, die Ratten und die Fliegen. Aber nichts davon war zu vergleichen mit dem Ringen unter der Erde. Das Stöhnen und die Schreie von Männern, die zuckend und sich windend verbluteten, weil Freund und Feind zu beschäftigt waren für den Gnadenstoß; die düsteren Stollen, in denen man nur gebückt gehen und stehen und kämpfen konnte. Harte schnelle Stiche, das ekelerregende dumpfe Eindringen der Klinge in den Leib; flackernde Öllampen, deren Glas keiner zerbrechen mochte, um nicht eine herumliegende Lunte oder eines der vielen Pulverfässer zu zünden; zum Atmen stickiger Gestank, der nicht schmeckte wie Luft, sondern wie ausgewürgte, geschichtete Schurkenseelen. Sperrt hungrige, müde, ungewaschene Männer mit Waffen in unterirdische Gänge, und ihr werdet euch nach einem Teufel sehnen, der dem Grauen einen Anschein von Ordnung und Größe gäbe.

Ich weiß nicht mehr, wie oft und wie lange ich dort unten war, und auch nicht, wie viele Gegner ich aus dieser wirklichen in die andere mutmaßliche Hölle geschickt habe. Ich erinnere mich jedoch noch an das Gefühl von Erleichterung, als irgendwann der Stollenabschnitt, in dem ich mich befand, nach einer matten Explosion zusammenbrach. Ich wurde von Trümmern begraben und verlor das Bewusstsein in der Gewissheit, sterben und den Hades verlassen zu dürfen. Aber Karl zog mich heraus und schleppte mich zurück ins Leben.

24

Hab ich dir schon gedankt?« Im schalen Licht des Mondes, der durch einen Wolkenspalt schielte, sah ich undeutlich Karls Gesicht: verstrüppt, verdreckt, von Müdigkeit gefurcht und von einem breiten Grinsen wie geschlitzt.

»Viermal. Reicht jetzt.«

Avram hatte irgendwo eine Flasche mit saurem Wein aufgetrieben. Wir wussten, dass er schlecht war, aber zugleich war er Nektar, Erquickung an diesem Abend und Verheißung auf ein besseres Morgen. Ohne Türken, ohne Kanonen, ohne Stollen.

»Hier.« Avram reichte mir die Flasche; sie war kaum noch halb voll.

Ich trank und gab sie Karl. Irgendwo weiter weg schlug eine der zahllosen türkischen Kanonenkugeln ein. Der Boden bebte kaum merklich. Von der Außenmauer des halb zerstörten Hauses, in dem wir saßen, rieselte ein wenig Mörtel. Auf der anderen Seite dessen, was einmal türlose Wand zwischen zwei Räumen gewesen sein musste, wurde geräumt und geschoben.

»Dünnes Bier«, sagte jemand. »Besser als nichts. Ah, die Schenke meiner Eltern in Wales und richtiges Bier ... Lange her.«

Ich legte den Finger an die Lippen; Avram und Karl nickten. Wie viele Waliser, die brüchiges Deutsch mit siechem Italienisch vermengt sprachen und in Wien kämpften, mochte es wohl geben?

»Ich habe kein Heimweh nach heimischem Wein; mir würde das reichen, was in Ungarn wächst; Hauptsache, kein Türke verbietet mir, ihn zu trinken. Aber besser dünnes Bier als das ewige Wasser. Gib mal.«

Die zweite Stimme … Der Mann sprach ebenfalls Deutsch und Italienisch durcheinander, die Zunge der Söldner und Landsknechte. Und er sprach beides besser als der Waliser; dahinter flackerte ein französischer Ton.

Karl kniff die Augen zusammen, Avram hatte die Stirn gerunzelt, und ich spürte, wie mir etwas Kaltes den Rücken hinabrann.

»Haben sie dir auch die Wahl zwischen Strick und Schwert geboten?«, sagte der Waliser.

»Was gibts da zu wählen? Aber sie lieben mich beinahe.« Der Franzose stieß ein hässliches Gelächter aus. »Den Überläufer hat uns ja keiner abgenommen; ich nehme an, sie brauchen jeden Mann, und die Sache mit den Stollen … Fast als ob es sie wirklich überrascht hätte.«

»Hast du schon mit Alonso geredet? Wie wir hier rauskommen, meine ich?«

»Don Alonso …« Es klang geringschätzig. »Der kommt hier nicht raus, bis die Sache vorbei ist. Wir auch nicht, natürlich; wohin soll man denn abhauen? Zurück zu den Türken? Ah nein, *merci*. Alonso hat immerhin Sold zu erwarten. Wenn er überlebt, und wenn Ibrahim Pascha nicht noch etwas ganz Bedeutendes einfällt.«

Der Waliser trank gluckernd; dann sagte er: »Du bist ja fast ein Held geworden – der christliche Überläufer, der die hilfreiche Nachricht gebracht hat. Ich könnte mich kringeln – Castelbajac als Retter des Abendlands!«

»Kringel dich ruhig. Hauptsache, einem von uns fällt etwas ein, was Geld bringt. Die paar Münzen, die wir haben, helfen uns nicht viel weiter.«

Der Waliser schwieg.

»Wenn wir gewusst hätten …«, sagte Castelbajac.

Der Waliser schnaubte. »Ja, und? Die Türken teilen uns einem Aufklärungstrupp zu, und wir sagen: ›Moment, wir holen eben noch unsere ganzen Habseligkeiten‹? Und wenn wir geschnappt werden und behaupten, wir wären Überläufer, lassen uns die Wiener alles Gold, ohne zu fragen, woher es kommt?«

»Hast ja recht, Symonds. Das hilft uns aber nicht.«

»Eminenz?« Es war keine Anrede, sondern eine Frage, und Symonds klang halb lauernd, halb hoffnungsvoll.

»Der ist weit weg, und so, wie die Lage ist, könnte er uns in Wien gar nicht helfen. Selbst wenn er wollte. Was ist denn mit diesem Deutschen, von dem du erzählt hast? Den du aus Rom kennst?«

»Und aus Venedig. Da hab ich ihn überfallen, zusammen mit dem Neapolitaner …«

Castelbajac machte ein Würgegeräusch.

»… den hat er abgestochen. Und in Rom hab ich einen seiner Leute geschlitzt, während er Piranesi erledigt hat.«

»Den Neapolitaner und Piranesi?« Castelbajac pfiff leise. »Muss gut sein, wenn er die beiden schafft. Nein, der wird dir nicht helfen, das hab ich auch nicht gemeint, aber könnte man den vielleicht ausnehmen?«

»Der ist einfacher Soldat, wenn ich das richtig gesehen hab; jedenfalls hatte er nichts an Abzeichen oder so. Was soll der schon haben? Ich frag mich bloß, wieso der in Wien ist.«

Der Franzose lachte. »Wieso wohl? Das ist einer von uns, Mann; der ist da, wo Sold gezahlt wird und Blut fließt, wie wir alle.«

Avram warf mir einen schrägen Blick zu und blinzelte; Karl verzog keine Miene. Ich wartete auf die Fortsetzung des Gesprächs jenseits der Wand und fragte mich, ob Castelbajac da etwas gesagt hatte, was ich nicht wahrhaben wollte. Und eine zweite Frage bildete sich in meinem Kopf, die die erste überlagerte und die ich nicht verdrängen konnte. *Wann, wenn nicht jetzt? Sind die beiden wirklich unentbehrlich für die Rettung Wiens?*

Dann berührte ich Karl und Avram an den Oberarmen, klopfte lautlos auf den Griff meines Schwerts und deutete mit dem Kopf zur Wand. Beide nickten, als hätten sie nichts anderes erwartet. Vorsichtig stand ich auf, bemüht, kein Geräusch zu machen, keine Trümmer zum Rutschen zu bringen.

»Also die Flüchtlinge?«, sagte Symonds plötzlich. »Ein paar von denen kehlen und ausnehmen? Und dann? Frankreich? Gibts da vielleicht Geld zu holen?«

»Keine Belohnung.« Castelbajac klang betrübt. »Auftrag des Königs teilweise ausgeführt, mehr nicht; aber bestimmt gibts wieder was zu tun. Also Flücht…«

Eine türkische Kanonenkugel krachte in die Außenmauer des Trümmerhauses. Mörtel und Steinsplitter flogen, dann neigte sich die Mauer nach innen, über uns. Ich konnte eben noch unter einem stürzenden Balken wegtauchen; auch Karl und Avram kamen unverletzt auf die Gasse.

Als wir mit gezogenen Schwertern dort eindrangen, wo früher einmal das andere Zimmer gewesen war, fanden wir den Boden von Trümmern übersät: eine dünne Schicht, unter der nicht viel liegen konnte, jedenfalls keine Leichen. Jérôme de Castelbajac und Harry Symonds waren nirgendwo zu sehen.

25

Nicht alle von den Türken gegrabenen Stollen wurden entdeckt. In den folgenden Tagen gelang es den Belagerern, mehrere Breschen in die Mauern zu sprengen. Wir errichteten Palisaden dahinter, hoben Gräben aus und bildeten dichte Formationen aus Pikenieren und Arkebusieren, gegen die die Janitscharen wenig ausrichten konnten. Aber auch wir mussten bluten. Außerdem wurde der Mangel an Nahrungsmitteln immer üppiger, und der Dauerbeschuss aus den Belagerungsgeschützen verscheuchte den Schlaf. Nicht jedoch die bösen Träume, die sich durch die Tage und Nächte zogen.

Die Soldaten waren eigentlich zu erschöpft, um zu kämpfen oder miteinander zu zanken; beides unterblieb jedoch keineswegs. Gerüchte über Plünderungen gingen um, bei denen sich jeder fragte, wo denn in der Stadt noch etwas zu plündern sei.

In einigen der elenden Flüchtlingspferche – kaum mehr denn Mauern mit halb zerstörten Dächern – wurden beinahe jeden Morgen Leichen gefunden, und die verängstigten Leute redeten von Gespenstern, Blutschlürfern und Werwölfen.

»Sollten wir nicht …?«, sagte Avram, als wir in einer Kampfpause auf einem Trümmerhaufen hockten und hartes, ältliches Brot kauten. Karl hatte irgendwo einen halb verfaulten Apfel aufgetrieben. Dazu tranken wir Regenwasser, von dem es immer noch reichlich gab. Ebenso wie Gerüchte über neue Leichen in den Flüchtlingsunterkünften.

»Wir sollten nicht«, sagte Karl. »Wir haben was gehört, schön; aber beweisen können wir nichts.«

»Vielleicht sind andere auf den gleichen Gedanken gekommen.« Ich seufzte leise. »Und meinst du, in dieser Lage unternimmt einer der Hauptleute etwas?«

Wir waren zermürbt, verdreckt, ausgehungert, und fast alle hatten irgendeine leichte Verwundung davongetragen. Wobei wir uns glücklich schätzen konnten. Für jene, die schwerer verletzt worden waren, gab es kaum noch Verbandszeug, und am besten waren die versorgt, deren Qualen ein Waffenbruder noch auf dem Kampfplatz mit einem Stich beendet hatte. Wir hatten dies untereinander besprochen und versprochen.

»Und wir können nichts tun«, sagte Karl. »Ich kann kaum die Augen offen halten. Warten, bis das hier vorbei ist, so oder so.«

Warten. Und kämpfen. Immer wieder mussten wir Ausfälle versuchen. Nach einer der vielen regnerischen Nächte fast ohne Schlaf überfielen wir erneut mit Reitern und Arkebusieren die Janitscharen in der Kärntnervorstadt. Sie rechneten offenbar nicht mehr damit, und wir konnten viele bewaffnete Arbeiter in den Kellern der zerstörten Häuser überraschen, von wo aus sie die Stollen gegen die Stadtmauer vortrieben. Auch anderswo kam es zu Scharmützeln, mal zwischen Fußkämpfern, mal zwischen Reitern. Und nie wollte das Dröhnen der Geschütze enden.

Am nächsten Tag waren die Türken auf der Hut. Sie hatten nachts ihre Vorposten verstärkt und besser verschanzt; als wir aus dem Tor kamen, wurde sofort das ganze Lager alarmiert. Angesichts der Übermacht mussten wir uns zurückziehen. Tags darauf versuchten wir es in größerer Zahl. Es gelang uns auch, die Vorposten zurückzutreiben; aber dann wurden wir von den rasch herbeiströmenden Verstärkungen unsererseits gescheucht und verloren einige Dutzend Männer.

Wie wir hörten, unternahmen am gleichen Tag die Spanier

einen ähnlichen Vorstoß aus einem anderen Tor, aber wie wir verloren die Kämpfer, und ich fürchte, insgesamt fielen auf beiden Seiten etwa gleich viele – was die Türken verschmerzen konnten, wir jedoch kaum.

Inzwischen waren alle nicht unmittelbar bedrohten Tore vermauert worden, sodass von ihrer Verteidigung Leute abgezogen und auf die südlichen Abschnitte verteilt wurden.

Nach Sichtung der Vorräte und Zählung der noch einsatzfähigen Männer wurden bisher unberührte Proviantlager geöffnet; jede Rotte erhielt vom 1. Oktober an täglich einen Ochsen, acht Brote und fünfzehn Kannen Wein. Acht Brote für zwölf Männer ... wenig, aber viel mehr, als wir in den Tagen seit Beginn der Belagerung bekommen hatten. Die meisten der Ochsen waren Greise, deren letzte üppige Fütterung in ihrer Jugend stattgefunden hatte. Und nach zwei oder drei Tagen wurde die Menge des ausgegebenen Weins halbiert.

Ausfälle, Verluste, Rückzüge, neue Ausfälle. Jeden Tag zwei Dutzend Tote und etliche, die den Rückweg nicht rechtzeitig antreten konnten und in Gefangenschaft gerieten.

Die Feuergeschwindigkeit der Belagerungsgeschütze nahm ständig zu. Der Kärntnerturm wurde so stark beschädigt, dass die ihrer Deckung beraubten und größtenteils bereits verwundeten Büchsenmeister das Schießen einstellen mussten; ein Geschütz zersprang. Da die Verteidiger mit Kugeln, Pfeilen, aber auch Brandgeschossen überschüttet wurden, konnten erst in der Nacht die Schäden ausgebessert und neue hölzerne Brustwehren hergestellt werden.

Die Reiter wurden nun auf die Verteidigungsabschnitte verteilt; sie sollten, da die Pferde überflüssig geworden waren, Schulter an Schulter mit den Landsknechten kämpfen. Sie taten es auch, und anders als sonst gab es kaum böse Worte zwischen den Herren hoch zu Ross und dem gemeinen Volk. Alle waren zu erschöpft, und alle wussten, dass in den nächsten Tagen die Entscheidung fallen musste.

Aber vor den Preis haben die Götter bekanntlich den Schweiß gesetzt, und vor die rettende Entscheidung die Katastrophe. Beinahe jedenfalls. Der Kriegsrat war zur Überzeugung gelangt, dass Verteidigung allein nicht ausreichen würde, um Wien zu halten. Falls es den Türken gelänge, mehrere Minen gleichzeitig zu zünden und eine breite Bresche in die Mauern zu sprengen, wäre angesichts der ungeheuren Überlegenheit der Belagerer die Stadt verloren. Nur ein Ausfall mit starken Kräften, der imstande war, die Türken von der Mauer zu vertreiben und ihre Minen zu zerstören, konnte das Unheil abwenden und es möglich machen, bis zur Ankunft des Entsatzheeres durchzuhalten.

Zu einem solchen Unterfangen reichten die an der Südseite verteilten Truppen jedoch nicht aus. Und ein Vorstoß in die versammelte Hauptkraft des Gegners war vollkommen sinnlos. Nur mit Soldaten aus allen Abschnitten war eine genügend starke Streitkraft aufzubringen, und Art, Schnelligkeit und Reichweite des Vorstoßes mussten peinlich genau festgelegt werden.

Aber wie es im Reich nun einmal ist, konnte Graf Salm als Oberbefehlshaber nur über die königlichen Truppen verfügen. Natürlich hatten wir, die Männer, von deren Kraft und Blut alles abhing, allenfalls Hohngelächter für die politischen Verhältnisse und Befehlsketten übrig. Nicht einmal nun, da es um den Fortbestand von Wien und um den Schutz der weichen Südostflanke des Reichs ging, konnten die edlen Herren sich über Vorbehalte und Zuständigkeiten hinwegsetzen. Wie wir hörten, ließ Pfalzgraf Philipp am 5. Oktober nachmittags alle Hauptleute der Besatzung versammeln, um auszulosen, welche Fähnlein am Ausfall teilnehmen sollten. Nur so war es möglich, auch die Reichstruppen heranzuziehen.

Einundzwanzig Fähnlein, fast die Hälfte der ganzen Besatzung, wurden bereitgestellt. Der Ausfall sollte aus verschiedenen Toren zugleich stattfinden; vorgesehen waren mehrere Ablenkungen und Flankenangriffe sowie der Hauptstoß gegen den Rücken des Feindes und seine Geschütze. Es konnte jedoch nur dann gelingen, wenn alles schnell, leise und überfallartig erfolgte.

Noch vor Morgengrauen verließen wir am 6. Oktober mit etwa achttausend Mann die Mauern beim Salztor, zogen durch die Fischervorstadt, dann durch den Stadtgraben um die halbe Stadt zur Südfront. Auf dem langen Weg kam es zu Verzögerungen; es war schon heller Tag, als wir in die Nähe der Burg und des Kärntnertors gelangten. Und wenn uns die Türken bis dahin noch nicht bemerkt hatten, wurden sie durch das Gebrüll eines halb betrunkenen Landsknechts gewarnt.

Die Janitscharen empfingen uns mit einem Hagel von Geschossen. Unter den Soldaten brach Verwirrung aus, die bald in Panik überging. Die Rotten fluteten gegen die Mauer zurück. Sogar die Spanier konnten sich nur unter schweren Verlusten zurückziehen. Im Stadtgraben fielen die Nachdrängenden in die Spieße der bereits unten befindlichen; wahrscheinlich haben wir an diesem Tag mehr Männer durch die eigenen Waffen als durch Geschosse und Säbel der Türken verloren.

Hinterher hörten wir, dass an der Ostseite die Verluste noch schlimmer gewesen seien. Auch dort kam es beim türkischen Gegenangriff zu wilder Flucht, und aus Furcht davor, dass der Feind mit den Fliehenden in die Stadt eindringen könnte, wurde das Tor vorzeitig geschlossen, sodass der größte Teil der noch draußen Verbliebenen unter den Streichen der Türkensäbel fiel.

Karl, Avram und ich gehörten zu den Rotten, die sich plötzlich vor dem Kärntnertor wiederfanden. Inzwischen waren die Janitscharen selbst zum Angriff übergegangen. Mehrmals gelang es ihnen, bis an die Mauer heranzukommen. Ein Hauptmann – ich glaube, es war Eck von Reischach – ließ uns von Piken starrende

Vierecke bilden. Mühsam und unter Verlusten gelang es uns, den Ansturm der Reiter abzuwehren. Alle drei erlitten wir Verletzungen, die uns an den nächsten Tagen zu schaffen machten, aber keine bleibenden Schäden hinterließen.

Mehr als fünfhundert Männer fielen. Die Besatzung der Stadt war vermindert, das Ziel des Angriffs nicht erreicht. Am späten Nachmittag begann es wieder zu regnen; wir saßen unter einem Vordach und schauten durch das von der Kante triefende Wasser auf eine schartige Mauer, wo sich Schwärme schwarzer Vögel sammelten.

»Die Seelen unserer Vorfahren?«, sagte Karl.

Avram kicherte, aber es klang nicht heiter. »Aus der Zukunft gekommene Seelen der letzten Verteidiger, nach dem Ende der Schlacht«, sagte er.

Ich hob die Schultern. »Krähen«, sagte ich. »Glaubt ihr nach Rom und Wien ernsthaft noch an Seelen?«

Am nächsten Tag sahen wir von den Mauern aus Kamelkolonnen, die Reisig, Holz und Rebenbündel zur Auffüllung der Stadtgräben brachten. Die gesamte Streitmacht Wiens bereitete sich auf einen neuen türkischen Angriff vor, der dann jedoch ausblieb. In der Nacht loderten mächtige Feuer ringsumher, und die müden Männer mussten die ganze Nacht über in Bereitschaft bleiben.

Das katastrophale Ende des Ausfalls vom 6. Oktober hatte uns jeden Mut zu weiteren Angriffen genommen. Es hätte auch nicht mehr genug Männer dafür gegeben. Alle Abteilungen meldeten Abgänge: Verwundete, die ihren Verletzungen erlagen, und Überläufer, die lieber bei den Türken leben als in der Stadt sterben wollten.

Und es brachte ein Bote einen Brief des Pfalzgrafen Friedrich, dessen Inhalt der Kriegsrat sofort verbreiten ließ. Friedrich schrieb, binnen weniger Tage werde er mit etwa fünfundzwanzigtausend Mann zu Pferd und zu Fuß von Krems aufbrechen. Wer wollte bei der Aussicht auf Entsatz noch einmal unter ungünstigeren Bedingungen ein Gefecht vor der Stadt wagen?

Wegen der großen Verluste wurde nun auch die bewaffnete Bürgerschaft zur Verteidigung befohlen. Neue türkische Angriffe fanden zwar statt, der befürchtete Großangriff blieb jedoch aus, und wir gingen wieder zur alten Wachordnung zurück – zwölf Stunden Dienst, zwölf Stunden Rast.

Um Vorgänge innerhalb der Mauern konnte sich niemand wirklich kümmern. Gerüchte über Gemeuchelte, über ausgeplünderte Leichen mit grässlichen Wunden, die nur von Werwölfen oder anderen Ungeheuern stammen konnten, liefen um; man hatte hier und da den Teufel selbst gesehen, samt Hörnern und Bocksfuß.

Überläufer gab es auf beiden Seiten – die aus der Stadt geflüchteten Leute verrieten den Osmanen zweifellos, wie schlecht es um die Stimmung, die Vorräte und die Zahl der Kämpfer bestellt war; die aus dem türkischen Lager in die Stadt gekommenen wiederum berichteten, auch bei den Belagerern herrsche Mangel an Nahrungsmitteln. Zudem leide man sehr unter der nasskalten Herbstwitterung, Krankheiten seien ausgebrochen, die Ruhr forderte viele Opfer.

Angesichts dessen ging man im Kriegsrat davon aus, dass der Großangriff bald folgen musste. Sicherlich würden die Türken dank ihrer schweifenden Renner und Brenner, der Akindschi, wissen, dass das Entsatzheer bald käme, und wenn sie vor dem Winter noch etwas ausrichten wollten, blieb ihnen nicht mehr viel Zeit.

Sprengungen, Scharmützel, Scheinangriffe, unausgesetztes Geschützfeuer: Zermürbung. Bei einem Ausfall über und unter der Erde gelang es uns, acht Tonnen Pulver zu erbeuten und mindestens zwei Minen unschädlich zu machen. Nachmittags am

9. Oktober erfolgte die Sprengung der Mauer neben dem Kärntnertor; es entstanden zwei breite Breschen in der Stadtmauer. Die auf den Zinnen befindlichen Schützen fielen in den Graben, die meisten blieben jedoch unverletzt, und einige von ihnen konnten durch die Lücke wieder in die Stadt zurückfliehen.

Kaum hatten sich Rauch und Staub verzogen, begann der Angriff der Türken. Die Bidhänder der Landsknechte und die Arkebusen der Spanier hielten reiche Ernte; nach hartem Kampf gelang es, die eingedrungenen Osmanen wieder zurückzuwerfen. Eine zweite Angriffswelle wurde abgewehrt, dann die dritte. Die Breschen waren zu schmal für den Großangriff, nicht mehr als knapp zwei Dutzend Männer konnten dort nebeneinanderstehen, und anstürmende Reiter verbluteten samt ihren Pferden auf den Piken der Gepanzerten.

Am 11. Oktober traten die Türken gegenüber der ganzen Ostfront, vom Kärntnertor bis an die Donau, zum Sturm an. Den Männern, die dort in die höllische Unterwelt hatten steigen müssen, war es aber gelungen, bei einigen Minen das Pulver zu entfernen, bei anderen Luftschächte zu öffnen, sodass die meisten Ladungen wirkungslos verpufften. Trotzdem stürmten die Osmanen auch hier dreimal an.

Gegen Mittag endete der Angriff. Wir hatten an unserem Abschnitt kaum etwas sehen, wohl aber einiges hören können; später berichteten Landsknechte, der Vormittag habe die Unseren etwas mehr als dreißig, die Türken jedoch fast tausend Tote gekostet.

Überläufer sagten, der Großangriff werde am 12. Oktober stattfinden, und zwar wie erwartet um das Kärntnertor. Dort wurde eifrig gegraben, und wieder konnten größere Pulvermengen erbeutet und einige Sprengladungen vermindert werden. Doch hatten die Türken nun fast alle Geschütze auf diesen Abschnitt gerichtet und belegten Tor und Mauer mit einem solchen Feuer, dass wir die Brüstung fast vollständig räumen mussten und das Feuer kaum noch erwidern konnten; außerdem wurden die Ausbesserungen der früheren Sprengungen durch den Dauerbeschuss wieder zu Breschen.

Der Ausfall unserer Geschütze um den Kärntnerturm war ein schwerer Verlust. Unbehelligt konnten die Türken jetzt ihre Sturmkolonnen sammeln.

Vormittags am 12. Oktober begannen die ersten Sprengungen am Kärntnertor; in der Mauer entstand eine breite Lücke. Landsknechte und Spanier wehrten zunächst den Sturm ab, der aber eher zaghaft schien.

Am frühen Nachmittag dann gelangten die größten Minen zur Sprengung. Das zwischen den beiden Breschen vom 9. Oktober stehen gebliebene Mauerstück stürzte ein. Fast gleichzeitig mit der Sprengung erfolgte der Ansturm – diesmal warteten die Türken nicht erst das Verziehen der Rauch- und Staubwolken ab. Der Kampf tobte bis zum Sonnenuntergang, aber wir konnten den Einbruch verhindern. Die Verluste waren auf beiden Seiten hoch.

Trotz der Abwehr aller bisherigen Anstürme war der Kriegsrat besorgt. Wenn die Angriffe weitergingen, würde die Stadt fallen; Bresche neben Bresche, der Kärntnerturm gewissermaßen entmannt, es war eine breite Einfallspforte entstanden, zu deren Füllung die erschöpfte Besatzung kaum mehr ausreichte. Wien lag in den letzten Zügen. Nur durch Hilfe von außen oder durch ein Wunder war eine Änderung der Lage zu erhoffen.

Das Wunder geschah zwei Tage später. Am 14. Oktober griffen die Türken erneut an, sprengten, stürmten, und abermals konnten wir sie abweisen. Leichen türmten sich vor den zerfetzten Mauern, in den Breschen, auf den Freiflächen dahinter. Bei Beginn des Sturms hatten die türkischen Geschütze das Feuer eingestellt, um nicht die eigenen Leute zu bestreichen; wir warteten darauf, dass die Beschießung wieder begann, und wir wussten, dass wir keinen weiteren Angriff würden abwehren können. Wien war sturmreif.

In dieser Nacht befahl Suleyman der Prächtige den Rückzug und ließ das Lager abbrechen.

26

Am Abend des 12. Oktober, nach dem ersten gescheiterten Großangriff, hatte der Sultan seine Berater und Offiziere versammelt. Die Versorgungslage des Heers war erbärmlich schlecht, über die völlig aufgeweichten Straßen kam kein Nachschub. Der Winter stand bevor, eine noch längere Belagerung kam nicht infrage. Die Janitscharen konnten nur durch die Zusicherung einer großen Belohnung zu einem letzten Angriff überredet werden, bevor man die Belagerung aufgrund der Wetterverhältnisse abbrechen würde. Überdies hatte man mit drei Angriffen alles getan, was die Gepflogenheiten vorsahen; offenbar war es Allahs Wille, dass die Stadt der »staubgleichen Ungläubigen« nicht falle.

Am Abend des 14. Oktober schließlich wurde entschieden: »Da dem Padischah gemeldet ward, dass der König Ferdinand nicht mehr in der Burg sei, so wurde den Leuten der Festung Gnade gewährt und ihnen mit aller ihrer Familie und Habe die Freiheit geschenkt; er befahl, dass niemand von den Soldaten in den Umkreis der Festung gehe und dass die in den Schanzen befindlichen Janitscharen vom Kampfe ablassen sollten.«

So lautete die Begründung für den Abzug. Aber all das erfuhren wir erst später – durch Gerüchte, durch Gefangene, durch Bekanntmachungen des Kriegsrats.

Etwa zwei Stunden nach Sonnenuntergang loderten in den weitläufigen Lagern Feuer auf: Brennbares wurde vernichtet, damit es uns nicht in die Hände fiel. Gegen Mitternacht konnten wir das Jammern der Gefangenen aus dem Lager hören. Nur die brauchbarsten sollten, wie Vieh an Stricken geführt, mitgenommen werden; alle Alten, Kranken und Schwachen wurden niedergemetzelt.

Bis der Abzug endgültig vollzogen war, dauerte es natürlich Tage. Am Morgen des 15. versammelten sich die Edlen und Hauptleute jedoch bereits im Stephansdom, und alle Glocken der Stadt wurden geläutet. In den folgenden Tagen gingen Botschaften hin und her, einige – vornehme – Gefangene wurden ausgetauscht, die türkische Donauflotte verlor mehrere Schiffe durch Beschuss von der Ostmauer. Einzelne Landsknechtsgruppen versuchten, die noch nicht völlig abgebrochenen Teile des Lagers zu plündern, wurden aber von der türkischen Nachhut niedergemacht. Der Rest von uns – von den etwa siebzehntausend Mann waren über tausendfünfhundert gefallen, weitere tausend oder etwas mehr erlagen in den nächsten Wochen ihren Wunden – hatte die eigenen Leute zu bewachen, die plündern wollten, und die Außenwelt, denn die Türken konnten ja noch einen letzten Angriff versuchen.

Am 17. Oktober begann es zu schneien. Ich stellte mir den Abmarsch der an wärmeres Wetter gewöhnten Krieger vor, mit tiefen Straßen und über die Ufer getretenen Flüssen; ich will aber gestehen, dass mein Mitleid nicht eben üppig war. Am 20. Oktober traf Pfalzgraf Friedrich mit dem Entsatzheer ein. Zu spät für Ruhm und Tod, aber früh genug, um uns den Wachdienst abzunehmen und bei den Arbeiten – räumen und ausbessern – zu helfen.

Am Abend des 20. Oktober lernte ich mehr über die Dankbarkeit der Edlen Wiens. Hauptleute und Fähnriche mit Schreibern sammelten ihre Truppen, verglichen Listen, hakten Tote ab und riefen scheinbar zufällig ausgewählte Namen.

Die von Karl, Avram und mir waren dabei. Natürlich war uns allen klar, dass am Ende der Belagerung die hohen Herren in Freundschaft der Toten gedachten, denn sie mussten nicht mehr besoldet werden. Es verblüffte mich aber doch ein wenig, dass nun alle, die erst nach dem 21. September gelistet worden waren, ausbezahlt wurden. Vier Gulden für die einfachen Knechte, zu denen wir gehörten. Einen Tag länger, und die Herren hätten einen Monat mehr bezahlen müssen. Immerhin erhielten wir unsere Pferde zurück; Ersatz für abgenutzte Waffen oder zerfetzte Kleidung gab es jedoch nicht.

Danach kamen die nach dem 21. August Eingetretenen, aber wir warteten nicht ab, bis wir wussten, wie viele tatsächlich ihren Sold erhalten würden.

»Und die Neuen?«, sagte Karl, als wir mit dem Sold zu unseren von Wind und Schnee heimgesuchten Unterkünften zurückgingen. »Die müssen doch jetzt noch viel mehr bezahlen. Kommt es da auf die paar Männer an?«

»Erstens kommt Besitz daher, dass man alles festhält«, sagte ich. »Und zweitens sind das Truppen aus dem Reich, die von den eigenen Fürsten zu besolden sind. Der König wird mit den Fürsten und den einzelnen Ländern feilschen müssen, aber zunächst einmal kosten die nichts.«

»Und warum bezahlen sie uns überhaupt? Sie könnten doch auch warten, verzögern, verschieben.«

»Das könnte eine Meuterei geben; an der würden sich dann auch andere beteiligen.«

»Und jetzt?« Avram starrte geradeaus, auf die matschige Straße, von der immer noch Trümmer und Schutt beseitigt werden mussten. Wenigstens lagen keine Leichen mehr herum.

»Jetzt suchen wir unsere besonderen Freunde.«

»Dürfen wir denn in Wien bleiben?«

»Und unser Geld ausgeben? Aber immer.«

Wir hatten seit Tagen weder Zamora noch Castelbajac, noch Symonds gesehen; seltsam, dass keiner von uns auch nur daran dachte, einer von ihnen könnte gefallen sein.

An diesem Abend stand uns zum letzten Mal ein Anteil an der Verpflegung unseres Fähnleins zu. Mit Brot, Wein und ein paar Stückchen Fleisch von einem hochbetagten Ochsen gingen wir zu unserer Unterkunft. Beim Essen besprachen wir, wer am nächsten Tag in welchem Abschnitt suchen und wann wir uns treffen sollten.

Der Vormittag war kühl und klar; mir dagegen war warm und wirr ums Herz. Die oberflächlichen Wunden fast verheilt, ein paar Nächte ungestörten Schlafs, ohne Geschützdonner, das Gemetzel ebenso beendet wie die Zugehörigkeit zu Seydels Fähnlein, kein Regen, der Schnee der letzten Tage geschmolzen – das Erwachen aus einem Albtraum. Anderen ging es ähnlich. Während der Kämpfe, in den Breschen, sogar in den Stollen hatte es die üblichen grimmigen Scherze gegeben, hin und wieder Albernheiten, die die Spannung ein wenig lösten; aber an diesem Vormittag hörte ich hier und da jemanden lachen, sah Menschen lächeln und Frauen in bunten Röcken umhergehen, nicht geduckt laufen und auf das Heulen der Kanonenkugeln achten. Unmöglich, dass ich – vor Stunden, vor Tagen, eben erst? – getötet und geblutet hatte und in der Unterwelt durch Gedärm und zerhackte Glieder gestolpert war.

Schwert und Messer, mehr nahm ich nicht mit; Helm und Harnisch erschienen mir überflüssig an diesem Tag ohne Krieg, da ich lediglich Ausschau halten wollte nach den drei Männern.

Kaum hundert Schritte jenseits des zerlegten Kärntnertors stieß ich auf einem kleinen Platz beinahe mit Jérôme de Castelbajac zusammen. Er pfiff vor sich hin, schien bester Laune, trug Helm, Harnisch, Schwert und über der rechten Schulter einen offenbar schweren Beutel. Ich wich ihm aus und ging an ihm vorbei.

Als ich neben ihm war, sagte er, ohne mich anzusehen: »Wenn

du Symonds suchst, der ist woanders. Er kümmert sich gerade um deinen struppigen Freund.« Dann blieb er stehen, wandte sich zu mir und setzte mit einem flüchtigen Grinsen hinzu: »Oder hast du geglaubt, ihr drei wärt die Einzigen, die andere beobachten?«

Fast hätte ich nach Luft geschnappt. Ich bemühte mich, die Verblüffung nicht zu zeigen, blieb ebenfalls stehen und sagte: »Habt ihr das Beobachten denn so genossen wie wir? So nette Dinge wie Flüchtlinge abstechen und fleddern haben wir aber nicht zu bieten.«

Castelbajac lachte. »Willst du einen Anteil? Oder warum kümmert dich das?«

Der Platz war leer, es war fast Mittag. *Keiner sieht uns,* dachte ich, *warum nicht hier und jetzt?* Aber er hatte Helm und Harnisch, ich nur kleine Waffen. Andererseits … nach all den Jahren stand ich ihm endlich gegenüber.

»Weißt du, warum wir euch beobachtet haben?«, sagte ich; dabei trat ich einen halben Schritt zurück.

Er legte die linke Hand an den Riemen des Beutels über seiner Schulter und rümpfte die Nase. »Was gehts mich an? Alte Rechnungen, schätze ich. Aber wozu so viel Aufwand? Ihr seid doch quitt. Du und Symonds, ihr seid zweimal aneinandergeraten. In Rom hat er einen Freund von dir erledigt, du in Venedig diesen ekelhaften Neapolitaner.«

»Nicht nur den. Auch Piranesi.«

Castelbajac runzelte die Stirn. »Glückwunsch, der war ein harter Kämpfer. Aber kein Freund von Symonds; hat also nichts damit zu tun.«

»Wo hält sich eigentlich Eminenz Mantegna auf?«

»Mantegna?« Etwas wie Überraschung huschte über sein Gesicht, schwand aber sofort wieder. »Das Schwein ist da, wo es sich am besten suhlen kann. Beim Papst im Dreck, nehm ich an. Wie kommst du auf den?«

»Nur so«, sagte ich. »Reine Neugier. Du hast aber bei der Aufzählung von Leichen eine vergessen.«

Er kniff die Augen zusammen. »Welche?«

»Lukas Haspacher.«

Diesmal war die Überraschung deutlich zu sehen und auch zu hören, als er sagte: »Den auch? Mann … Haspacher, Piranesi, der Neapolitaner – und jetzt Symonds, als Nächster?«

»Vielleicht. Weißt du, wie ich heiße?«

Er schnaubte leise. »Nein, wozu? Willst du dir einen Namen als Männertöter machen? *Vanitas vanitatum.*« Er grinste.

»Es ist nicht Eitelkeit, Maître Jérôme Deschamps.«

»Ah.« Er schwieg einen Moment und schien in meinem Gesicht etwas zu suchen. Erhellung? Offenbarung? »Du hast … Geht es um mich? Aber wozu dann die anderen?«

»Sagt dir der Name Spengler etwas?«

»Spengler? Spengler? So lange her, in diesem Dorf bei Koblenz? Was hast du damit zu tun?«

»Ich bin Jakob Spengler. Georg Spengler war mein Vater, und ich war an dem Morgen im Wald.«

Castelbajac blinzelte. »Waren wir nicht gründlich genug, wie? Und jetzt willst du – was? Rache?«

»Vor allem eine Erklärung. Warum? Wer hat das angeordnet? Was hat mein Vater getan?«

»Tja. Ich kann verstehen, dass du das wissen willst. Und danach? Wenn du es weißt?«

Ich hob die Schultern. »Mal sehen.«

Er grinste. »Na schön. Haspacher, Piranesi, ich, wer noch?«

»Zamora.«

»Don Alonso, ja. Noch jemand?«

»Der es angeordnet hat.«

»Oh, das sind viele, und die sind hoch oben oder weit fort. Außerhalb deiner Reichweite.«

»Was hat mein Vater getan?«

»Was alle tun. Er hat Geschäfte gemacht, und irgendwann beschließt jemand, Spuren zu verwischen. Auszutilgen, verstehst du? Und wer genug zahlt, findet genug Leute, die das Wischen übernehmen.«

»Was für Geschäfte?«

Castelbajac nickte; er wirkte ganz gelassen und beinahe ernst. »Überleg mal.«

»Was soll ich überlegen?«

»Welches Jahr es war, was vorher geschah, wer mit dem, was geschehen ist, Geschäfte gemacht haben könnte, wer Spuren verwischen will. Das, und noch ein bisschen mehr.«

»Fünfzehnhundertneunzehn«, sagte ich. »Was war vorher? Die Kaiserwahl?«

Nun grinste er wieder. »Kluges Kerlchen. Und wenn du alles weißt, willst du mich töten? Und Don Alonso? Wie Haspacher und Piranesi? Hast dir einiges vorgenommen, Junge; ich weiß nicht, ob …«

Die linke Hand mit dem Beutelriemen bewegte sich; der Beutel schoss plötzlich auf mich zu. Ich konnte eben noch den linken Arm hochreißen. Das schwere Leder krachte gegen meinen Ellenbogen und trieb mir den Arm ins Gesicht, gegen Nase und Wangenknochen. Ich taumelte zurück.

Castelbajac ließ den Beutel los. Noch während er ihn mir ins Gesicht schwang, hatte er mit der Rechten sein Schwert gezogen. Der Hieb zerteilte die Luft vor mir; das Rückwärtstaumeln hatte mich gerettet.

Castelbajac setzte nach; inzwischen hatte ich ebenfalls das Schwert in der Hand. Mein linker Arm war taub, die Nase schmerzte, und gegen meinen Willen brachten die Augen Tränen hervor, die mir die Sicht vernebelten.

Der nächste Hieb. Ich konnte ihn parieren, aber nicht verhindern, dass Castelbajacs Klinge abglitt und meinen rechten Oberarm traf. Nicht schlimm, nur ein kleiner Schnitt, aber nun war der linke Arm taub, der rechte verwundet. Noch konnte ich das Schwert halten.

Er drang auf mich ein, deckte mich mit Hieben und Stichen zu. Ich wehrte mich verzweifelt, versuchte es wieder mit jenem Zucken des Handgelenks, das Jorgo mich gelehrt hatte, aber anders als bei Haspacher half es mir nicht gegen Castelbajac. Vielleicht war er der bessere Schwertkämpfer, vielleicht war ich schon zu geschwächt. Immer weiter zurück; ich spürte den rechten Arm erlahmen und zugleich ein Prickeln in der linken Hand, die offenbar nicht völlig betäubt war.

»Die anderen warten in der Hölle auf dich«, sagte Castelbajac. Seine Stimme klang wie zuvor; weder war er außer Atem, noch wirkte er im Mindesten angestrengt.

In der Ferne glaubte ich Stimmen zu hören. Wahrscheinlich war es nur mein eigenes Keuchen. Ich taumelte, fing mit der breiten Seite der Klinge den nächsten Hieb ab, stolperte und stürzte. Im Fallen riss ich mit der linken Hand das Messer aus der Scheide. Er stieß abwärts, gegen meinen Hals; mit einer schnellen Drehung konnte ich dem Stich entgehen. Castelbajacs Klinge rammte den Boden neben meinem Kopf; die Wucht seines Stoßes ließ ihn fast vornüber auf mich fallen. Ich bäumte mich auf und reckte den linken Arm. In der halb betäubten Hand spürte ich das Messer, am Ende des Messers etwas Weiches.

Erstaunen glitt über sein Gesicht. Langsam sackte er auf mich, wie in einer brüderlichen Umarmung lag seine Wange an meiner, und ich hörte ihn leise *merde alors* sagen. Er zuckte zwei-, dreimal, dann erstarrte er.

Ich schloss die Augen und hörte mir beim Keuchen zu. Der linke Arm brannte, im rechten spürte ich den glühenden Schnitt, aus dem Blut sickerte, und noch mehr Blut, fremdes Blut, tränkte meine Kleidung. Unter der Last des anderen Körpers wurde das Atmen immer beschwerlicher, und ich war sicher, dass ich gleich ohnmächtig werden und danach vermutlich ersticken würde.

Plötzlich hoben sich die unermesslichen Gewichte von meiner Brust, ich konnte wieder atmen. Harte Hände rissen mich vom Boden hoch, und als ich die Augen öffnete, schaute ich in die Gesichter einer Gruppe von Bewaffneten. Sie verschwammen, und im Hintergrund tanzten die Umrisse von Gebäuden durch Schlieren.

»Was ist das hier?« Der Truppführer brüllte mich an. »Nicht genug Brand und Tod in den letzten Wochen? Musst du alles mit einem Mord krönen?«

Die Hände ließen mich los; einen Moment taumelte ich. »Fähn... Fähnlein Seydel«, brachte ich heraus. Es stimmte zwar nicht mehr, aber immerhin mochte es meine Anwesenheit und meine Waffen erklären. »Und der da« – meine Stimme klang fremd, aber ich konnte sprechen, ohne zu keuchen – »ist einer von denen, die Flüchtlinge gemeuchelt und ausgeplündert haben.«

Sie untersuchten den Beutel und seinen Inhalt: Münzen, Ketten, Ringe; in einem steckte noch der abgetrennte Finger einer Frau. Der Truppführer schrieb beide Namen auf; einer der Männer verschwand und kehrte mit einer Schubkarre zurück. Sie packten Castelbajacs Leichnam darauf, und plötzlich stand ich allein auf dem Platz.

Nein, nicht allein; in sicherem Abstand, vor den Gebäuden, die zu tanzen aufgehört hatten, drängten sich Neugierige in meinen Schlieren, starrten mich an, schauten auf den Boden und die Blutlache. Ein Mann näherte sich beinahe furchtsam und fragte, ob er mir helfen könne.

Ich schüttelte den Kopf. »Danke, Bruder, es geht schon wieder.« Die Welt ringsum war immer noch fremd, aber allmählich lösten sich die Schlieren auf. Ich tat ein paar vorsichtige Schritte, stellte fest, dass der Boden meine Beine trug und die Beine mich, und machte mich auf den Weg zur Unterkunft in den Trümmern.

Avram hockte vor Karl und wollte ihm offenbar einen Napf mit einer Flüssigkeit reichen. Karl hatte die Augen geschlossen. Er saß an einen Trümmerhaufen gelehnt, den eine alte Pferdedecke etwas behaglicher machte. Sein Kopf steckte in einem blutgetränkten Verband, der rechte Arm in einer Schlinge, die Schulter war ebenfalls dick verbunden.

»Bring mich nicht zum Lachen, hörst du?«, sagte er, ohne die Augen zu öffnen.

»Was ist geschehen?«

»Symonds«, sagte Avram. »Er hat Symonds gesucht, und der war hinter ihm. Hat einfach zugeschlagen, ohne ein Wort zu sagen.«

»Von hinten«, knurrte Karl. »Ich habs klirren hören, als er das Schwert gezogen hat, und mich noch einen halben Zoll bewegen können. Sonst …« Er wollte mit den Schultern zucken, beendete die Gebärde aber nicht und sagte nur: »Aua!«

»Das rechte Ohr ist weg«, sagte Avram. »Macht ihn bestimmt hübscher, wenn alles verheilt ist. Und er hat einen schönen Schnitt in der Schulter. Die Knochen sind heil. Und du? Mit wem hast du dich gebalgt?« Seine Blicke tasteten mich ab, den durchtränkten Ärmel, die Schicht geronnenen Bluts vor der Brust.

»Castelbajac«, sagte ich.

»Und?«

»Es fehlen Symonds und Zamora.«

»Erwischt?« Avram hob die Brauen, und Karl öffnete die Augen.

»Er unterhält sich gerade mit Haspacher und Piranesi«, sagte ich.

»Tja.« Avram betrachtete mich mit einem schrägen Lächeln. »Wie viel davon ist eigenes Blut, in deinen Sachen?«

»Nur am Arm.« Ich ließ mich auf einen Stein sinken. »Wird ein bisschen dauern, bis es verheilt ist, und zuerst musst du mir den Ärmel abschneiden und die Fetzen aus der Wunde rupfen. Danach …«

»Danach dürft ihr beiden erst mal genesen«, sagte Avram. »Hauen und stechen könnt ihr sowieso jetzt nicht, und die Herren Symonds und Zamora sind weg.«

»Weg? Bist du sicher?«

»Symonds hat heute die Stadt verlassen. Als er Karl angegriffen hat, sind ein paar Wächter dazugekommen, und er ist losgerannt. Und Zamora? Der ist gestern schon mit den Spaniern abmarschiert.«

Ich seufzte. »Castelbajacs letzte Worte«, sagte ich, »passen hier sehr gut.«

»Nämlich?«

»*Merde alors.*«

VIERTER TEIL

27

Fünf Tage nach Allerheiligen verließen wir Wien. Es war kalt und sonnig, kein Schnee, ein guter Reisetag. Unsere Wunden waren mehr oder minder verheilt. Und mit ein wenig Glück hatten wir keine neuen erlitten, als es in Wien noch einmal wüst wurde.

Pfalzgraf Friedrich und andere Edle wollten, zur Verfolgung der Türken und zum Gegenzug nach Ungarn, die verfügbaren Truppen mustern lassen. Die Söldner weigerten sich zu kämpfen, wenn man ihnen nicht zuvor einen vierfachen Sturmsold und einen gewöhnlichen Sold ohne Abzug der Verpflegungskosten auszahlte. Sie drohten, die Stadt zu plündern und anzuzünden. Der Pfalzgraf hielt die Gefahr einer solchen Meuterei für gegeben und bewilligte den Landsknechten einen dreifachen Monatssold. Von den Rädelsführern der Meuterei wurden später einige ergriffen und enthauptet.

Die Türken hatten sich in Ungarn festgesetzt, die letzten Renner und Brenner waren verschwunden, die aus der Stadt geflohenen Menschen kehrten nach und nach zurück, und die Flüchtlinge aus dem Umland verließen Wien. Aber es würde lange dauern, bis wieder so etwas wie gewöhnliches Leben stattfände. Die Vorstädte waren teils von den Verteidigern, teils von den Türken zerstört worden, Felder und Weinberge in weitem Umkreis verwüstet, Dörfer niedergebrannt; in Wien hatten viele Häuser unter dem Beschuss so stark gelitten, dass man sie nur noch abreißen konnte. Und in den Ausläufern des Wienerwalds, durch die wir ritten, lagen überall verwesende Tierkadaver und unbestattete Leichen.

»Die Nase hätte er mir abhacken sollen, dann …« Karl trieb sein Pferd an, um schneller die widerlich süßen Ausdünstungen zu verlassen. Drei tote Pferde an einer Weggabelung schienen zu wabern, ein Madenfest; dahinter lehnte, von einem Speer an einen Baum genagelt, das, was Vögel und anderes Getier von einem wahrscheinlich älteren Mann übrig gelassen hatten.

»Sonderwünsche, mein Kaiser?«, sagte Avram. »Ich bin da gern behilflich.« Er legte die Hand an den Messergriff.

»Was? Ich höre so schlecht.« Karl grinste.

Wir wollten den Spaniern folgen und dabei nach Spuren von oder Nachrichten über Harry Symonds suchen. Natürlich hatten sie viele Tage Vorsprung, aber auch in diesen wirren Zeiten konnten an die vierhundert Spanier nicht unbemerkt durch die Lande wandern. Vier Fähnlein waren aus den Niederlanden aufgebrochen; Meutereien, Fahnenflucht und Krieg hatten sie um drei Viertel vermindert. Ohne sie wäre Wien nicht zu halten gewesen, und des Königs Dank war schnelle Entlassung. Wie lange würden sie sich verpflegen können, und wann würden sie entweder hungern oder plündern müssen?

Symonds war schwieriger zu verfolgen – ein Mann allein unter all den Tausenden, die unterwegs waren. Irgendwie hofften wir, dass er sich den Spaniern angeschlossen hatte, aber es war eine hohle Hoffnung.

Reiten, lagern, reiten, lagern. Und fragen. Die Spanier marschierten schnell, und obwohl wir Pferde hatten, holten wir kaum auf. Als wir Krems erreichten, sagte man uns, sie seien vor zwölf Tagen dort gewesen und auf Anweisung des Königs mit Proviant versehen worden. Wir ritten die Donau hinauf, und in Linz hatten sie noch elf Tage Vorsprung. Dort hatten sie die Donau verlassen, waren Richtung Wels gezogen. Niemand konnte sich erinnern, Symonds allein oder bei ihnen gesehen zu haben. In Braunau betrug der Vorsprung zehn Tage, in München neun.

In München erfuhren wir allerdings, dass ein Gesandter des Kaisers – ausnahmsweise mit Geld ausgestattet – Kämpfer für Italien geworben hatte; etwa die Hälfte der Spanier habe daraufhin den Rückmarsch in die Niederlande abgebrochen und sich nach Süden aufgemacht.

»Eisenhand?«, sagte ein alter Mann der Stadtwache, der zehnte oder elfte, den wir fragten. »Eisenhand? Ja, Eisenhand – der ist mit den anderen, nach Westen. Straßburg, hats geheißen.«

In Augsburg sagte man uns, ein paar Spanier – halbes Fähnlein, zehn Rotten, so etwa – seien vor sieben Tagen vorbeigekommen, hätten einen Abend in der Stadt gezecht und seien dann weitergezogen. Ich begab mich zur Fuggerbank, um die arg geschwundenen Geldvorräte zu ergänzen. Dass das Konto nun in Venedig war, hinderte mich ja nicht daran, mir selbst einen Wechsel auszustellen. Eigentlich ohne jede Erwartung, eher nebenher erkundigte ich mich nach einem Spanier mit Eisenhand. Ja, der habe vor sieben Tagen einen Wechsel vorgelegt, und man habe ihm Geld gegeben. Nein, die Summe und die Herkunft des Wechsels könne man mir nicht nennen; das gehe nur die Bank und den jeweiligen Kunden etwas an. Aber ja, man könne bestätigen, dass er Zamora heiße. Alonso Zamora. Über Reiseziele habe er nicht gesprochen.

Nichts über Symonds. Und nun wurde das Wetter schlechter; der Winter, der sich ein paar Tage zurückgezogen hatte, kam wieder, mit Schnee und eisigem Wind. Avram begann zu husten, dann fieberte er; kurz vor Ulm brachen wir den Ritt durch Schneewehen ab und blieben zehn Tage in einem Gasthaus. Danach war Avram einigermaßen bei Kräften; wir ritten durch den Winter, und die Strecken, die wir zurücklegen konnten, wurden immer kürzer.

Immerhin hatte mich Avrams Krankheit zu der Überlegung

gebracht, dass ja auch marschierende Spanier krank werden könnten. In Weilern und Städten, bei allen einsamen Gasthäusern erkundigten wir uns – vergebens.

Zwei Tage vor Weihnachten erreichten wir endlich Straßburg. Am Oberlauf des Rheins wusste niemand etwas vom derzeitigen Aufenthalt der Miralda, und wir beschlossen, nicht nach ihr zu suchen. Dafür fanden wir etwas anderes, und ein wenig später erhielt ich ein kostbares Geschenk.

Der Fund wartete in einem schäbigen Gasthof am Westrand Straßburgs, am Ufer der Ill. Jemand in der Stadt hatte etwas gehört, und wir fragten uns durch, bis wir den Mann fanden.

Er hieß Gonzalo Marañón und war einer der Arkebusiere von Luis de Ávalos gewesen. Mit einer schlecht verheilten Wunde an der Brust war er von Wien bis zum Rhein marschiert. Auf der Langen Bruck war er gestolpert, als er einem Karren ausweichen musste; dabei riss die Wunde wieder auf und entzündete sich.

»Sie haben mir Geld hiergelassen«, sagte er, »damit ich nachkommen kann. Aber ...«

Das winzige Zimmer unter dem Dach war kalt und zugig, und trotz der Zugluft stank es entsetzlich. Wir hatten genug Männer an Wundbrand sterben sehen und wussten, dass wir eben noch zeitig gekommen waren. Sein Körper glühte; die Augen waren matt von Fieber und Schmerzen, aber klar.

»Hast du einen Arzt gefragt?«

Er versuchte ein schwaches Lächeln. »Wenns ein Bein oder Arm wäre«, murmelte er, »könnte mans abnehmen. Um das zu wissen, brauch ich keinen Arzt.«

»Wir haben zusammen die Türken besiegt, mein Bruder«, sagte ich. »Aber der Tod besiegt jeden von uns allein. Können wir etwas für dich tun?«

Marañón deutete zum Fußende seines Betts. »Den schwarzen Engel verjagen, der da sitzt und grinst. Doch, ja, ihr könnt etwas tun. Begrabt mich und lasst mir eine Messe lesen. Ich glaube nicht, dass Gott sich bestechen lässt, aber … Und holt einen Priester, bald.«

Ich wandte mich an Karl. »Treib einen Pfaffen auf«, sagte ich. »Und beeilt euch; er hat nicht mehr viel Zeit.«

»Hast du Familie? Jemanden, dem man etwas mitteilen sollte?«, sagte Avram.

»Wenn ihr je nach Navarra kommt …«

»Könnte sein«, sagte ich. »Wo da? Pamplona?«

»Geh nicht nach Pamplona. Nach Viana, nördlich von Logroño. Am Pilgerweg nach Santiago. An der Plaza haben meine Leute eine Garküche, für Pilger und andere.«

»Ich werde sie suchen. Ich suche aber auch etwas für mich.«

Er nickte. »Sonst wärt ihr nicht gekommen.«

»Zwei Männer. Alonso Zamora und Harry Symonds.«

Er schloss die Augen und schwieg.

Ich wartete ein Weilchen; dann sagte ich: »Komm, Freund, sag mir, was du von ihnen weißt.«

»Warum suchst du sie?«

Ich überlegte. Er mochte die beiden verehren oder verabscheuen, und er könnte beide als Waffenbrüder schützen wollen. »Sie haben mir – uns – etwas genommen«, sagte ich. »Wir wollen sie befragen.«

»Soll ich vor meinem Tod noch schlecht über Waffenbrüder reden?« Er öffnete die Augen und sah mich an, und ich glaubte, Schmerz und Abwehr zu lesen.

»Das kannst du gleich beichten«, sagte Avram.

»Zamora hat meine Eltern und Geschwister getötet, Symonds meinen Waffenlehrer. Und dem, der eben den Priester holt, hat er ein Ohr genommen.«

Marañóns rechte Hand tastete nach etwas, wühlte unter der zerschlissenen Decke, die als Kopfkissen diente.

»Hier.« Er zeigte mir ein Lederbeutelchen. »In der Schenke unten arbeitet eine, die mir zu essen gebracht und für mich gelächelt hat. Weißt du, was ein Frauenlächeln für einen sterbenden Soldaten bedeutet? Sie kann sogar ein bisschen Spanisch. Gib ihr das, wenn ich tot bin.«

»Ich gebe es ihr. Und ich zahle für deine Beerdigung und die Messe – wenn du jetzt redest.«

»Gleich – danach.«

Auf der Treppe hörten wir schwere Schritte; Karl und ein überaus wohlgenährter Priester traten ein. Mit ihnen und uns war das Zimmerchen übervoll.

»Er will beichten und die Sterbesakramente«, sagte ich, »und morgen oder übermorgen eine Messe.«

Der Priester nickte. »Wartet draußen.«

Wir gingen hinunter in die Schenke. Das Frühstück lag lang zurück, aber keiner von uns verspürte Hunger; der sieche Gestank oben hatte jeden Gedanken an Essen verjagt.

Der Schankraum war einfach, jedoch erstaunlich sauber: gebohnerte Bohlen, gescheuerte Tische und Bänke, gereinigte Lampen, frische Fackeln. Die gewölbten Scheiben der Fenster, die Licht einließen und die Außenwelt verzerrten, schienen makellos. Die Deckenbalken waren vom Blaken der Fackeln und dem Rauch zahlloser Winterfeuer verfinstert, aber es war keine schmutzige Finsternis.

Ich sah mich nach dem Wirt um, der uns die Treppe zu Marañóns Kammer gewiesen hatte, doch befanden sich im Schankraum nur drei frühe Winterzecher, die an einem Tisch in Fensternähe saßen. Erst beim zweiten Hinschauen entdeckte ich die Gestalt, die vor dem Kamin kniete, Scheite schichtete und in die Glut blies.

Sie stand auf, als sie unsere Schritte hörte. Ich nahm an, dass sie die junge Frau war, von der Marañón gesprochen hatte. Das dunkelgraue Kleid, unter der Brust mit einer Schärpe hochgebunden, fiel ihr bis auf die Knöchel. Was ich für Holzschuhe hielt, in denen die bloßen Füße steckten, war tatsächlich aus Leder. Das schulterlange Haar glomm rötlich im Schein des Kaminfeuers. Die Ärmel ließen die halben Unterarme frei; die Hände waren rot und abgearbeitet, aber die Haltung der Frau passte nicht zu einer Schankmagd.

»Was ist Euer Begehr?«, sagte sie.

»Drei Becher warmes Dünnbier, um das Warten erträglich zu machen, bitte.«

Sie nickte. »Setzt Euch doch.« Dann stutzte sie. »Warten – worauf?«

»Bis der Priester mit Marañón fertig ist.«

»Der arme Mann. Geht es zu Ende?«

»Bald. Nicht sofort.«

Sie seufzte leise, wandte sich ab und ging in die Küche.

Wir setzten uns in die Nähe des Kamins. Karl zwinkerte. »Nettes Kind«, sagte er.

»Kein Kind«, sagte Avram. »Dame.«

»Sag ich doch.« Karl grinste. »Je mehr sichs ändert, desto mehr bleibt sichs gleich.«

»Tut weh«, sagte ich.

Karl nickte. »Mehrfach. Die hat schon bessere Tage gesehen. Und früher was anderes als Deutsch gesprochen.«

»Klingt nach Frankreich.« Avram faltete die Hände auf der Tischplatte. »Meinst du, du kriegst aus dem da oben was raus?«

»Mal sehen.«

Die Frau kam zu uns: Auf einem Tablett trug sie drei Becher. »Bitte sehr. Kann ich noch einmal zu ihm?« Dabei schaute sie zur Decke.

»Später. Darf ich nach Eurem Namen fragen?«

Sie lächelte flüchtig; die etwas verhärmten, ursprünglich feinen Züge belebten sich. »Ihr dürft, Herr.«

Ich wartete; als sie nichts sagte, sondern nur neben dem Tisch stehen blieb, lachte ich. »Na gut – wie heißt Ihr?«

»Élodie Laure – sucht Euch einen aus, oder nehmt beide. Und Ihr?«

»Er heißt Avram«, sagte ich, »der da Karl, ich Jakob. Gibt es hier bessere Zimmer als das von Marañón?«

»Ja, die sind aber teurer.«

»Das nehme ich an. Danke, Élodie, im Augenblick haben wir keine weiteren Wünsche.«

Sie nickte. »Rufen genügt. Ihr wisst, wie man ruft, ja?« Dann ging sie zur Küche.

Avram betrachtete mich von der Seite. »Namen? Zimmer? Rufen? Sieh dich vor, Jakko … Und Laure? Gibt es eine zweite Laura?«

»Jeder Mensch ist einzigartig.«

Karl gluckste. »Ist dir schon mal aufgefallen, dass Philosophen und andere Trottel, wenn sie nicht mehr weiterwissen, meistens grundsätzlich werden?«

28

Damals wusste ich noch nicht, dass mir für kurze Zeit ein großes Geschehen zuteilwerden würde. Ein kostbares Geschenk, das ich hätte hüten müssen. Aber ich war zu sehr mit anderen Fragen beschäftigt, um in diesem Augenblick über den Zufall und seine Gaben nachzudenken, oder auch nur darüber, dass es keine Fähigkeit, sondern bloßes Glück ist, zur richtigen Zeit am richtigen Ort zu sein. Ebenso wie am falschen.

Wir saßen und tranken und warteten auf den Priester. Als er endlich auf der Treppe zu hören war, ging ich aus dem Schankraum und sprach kurz mit ihm über Friedhöfe, Beerdigungen und Messen; dann stiegen Karl, Avram und ich wieder zu Marañóns Kammer hinauf.

Der alte Soldat saß auf dem Bett, den Rücken an die Wand gelehnt. Er starrte uns mit glasigen Augen an; in den Händen hielt er den kleinen Geldbeutel.

»Warum gibst du ihn ihr nicht selbst?«, sagte ich. »Sie will dich später aufsuchen.«

»Von mir würde sie ihn nicht annehmen. Oder darauf bestehen, die Beerdigung zu bezahlen.«

Ich setzte mich auf die Bettkante. »Und das soll ich tun, als Gegenleistung für das, was du mir erzählst?«

Er lächelte. »Und als Waffenbruder.«

»Gut. Du hast mein Wort. Und jetzt sprich.«

»Symonds«, sagte er. »Kam in Wien zu uns, mit einem alten Kameraden von Zamora – Franzose, aber der Name?«

»Castelbajac. Jérôme de Castelbajac.«

»Richtig. Schlimme Männer.« Er schien zu zögern, seufzte dann und redete weiter.

»Ihr kennt das Handwerk, nicht wahr? Das der Soldaten. Marschieren, kämpfen, töten, plündern, marschieren; nie genug Sold, oft nichts zu essen, und wir erledigen die Arbeit für die Großen, die ohne Rücksicht auf uns und die anderen Kleinen etwas beschließen. Etwas, das für sie günstig ist. Ich glaube, ohne Könige und Fürsten und Führer könnte man es in dieser Welt aushalten – und ohne Pfaffen, die einen auf die nächste Welt vertrösten. Und warum tun wir das?« Er sah uns an, einen nach dem anderen.

»Weil wir nichts anderes können«, sagte Karl. »Weil wir sonst hungern – ah nein, hungern müssen wir zwischendurch immer, aber sonst müssten wir verhungern.«

»Weil die Großen dafür sorgen, dass es so ist. Weil sie nur dann groß sein können, wenn es Kleine gibt. Weil sie herrschen wollen und wir uns beherrschen lassen, und die Priester sagen uns, dass alles gut ist, so, wie es ist.«

Ich nickte. »Symonds«, sagte ich halblaut.

»Ein böser Mensch. Unser Handwerk ist blutig; ihr wisst es. Wir alle haben im Rausch, im Kampf und danach Dinge getan, die unser Heiland verboten hat, die ihn entsetzen würden …«

»Du sprichst vom Heiland anders als von denen, die ihn verkünden«, sagte Avram.

»Sie nutzen seine Botschaft aus, um uns auszunutzen.«

»Aber beichten und eine Messe?«

»Man weiß ja nie. Vielleicht haben sie doch einen Zugang – ich glaube nicht, aber schadet es?«

»Solange man sie fürs Sterben und Heiraten braucht, haben sie Macht.«

Marañón seufzte. »Ich kann es nicht mehr ändern. Unser Handwerk ist, wie es ist, weil die Menschen sind, wie sie sind.

Aber es gibt einige, die das, was wir im Blutrausch tun, immer tun, und die es gern tun. Ich habe Gefangene gefoltert, um etwas zu erfahren. Zamora hat in Wien – draußen, vor der Stadt – einem Türken den Bauch aufgeschnitten und mit seiner Eisenhand den Darm gepackt und herausgezogen und aufgewickelt, als der Mann längst alles gesagt hatte. Es macht ihm Spaß, versteht ihr? Symonds ist auch so. Ich habe getötet, weil man es mir befiehlt, und geplündert, um nicht zu verhungern. Zamora und Symonds gehören zu denen, die gern töten und auch dann plündern, wenn sie genug zu essen haben. Castelbajac ist auch so einer.«

»Nicht mehr«, sagte Karl.

»Ah.« Marañón blinzelte. »Wer hat ihn …?«

Avram deutete auf mich.

»Wo sind sie jetzt?«, sagte ich. »Symonds und Zamora?«

»Du siehst gar nicht so hart aus, wie man für solche wie Castelbajac und die beiden sein muss.«

»Ich übernehme nicht nur Beerdigungen, auch die Vorarbeiten«, sagte ich. »Weißt du, wo sie sind?«

»Symonds ist mit den meisten nach Norden, in die Niederlande. Er sagt, er will von da in seine Heimat. Und Zamora? Der hat mit dem Rest, halbes Dutzend, eine neue Arbeit. Gut bezahlt, zur Abwechslung.«

»Weißt du mehr?«

»Etwas, aber nicht genau. Er hatte Wechsel, keine Ahnung, woher, und ist bei den Fuggern und den Welsern gewesen.«

Ich murmelte einen Fluch vor mich hin. Warum war ich nicht auf den Gedanken gekommen, bei den Welsern zu fragen? Vielleicht hätte ich dort auch nicht mehr erfahren, vielleicht aber doch.

Marañón konnte nicht viel mehr sagen. Zum einen wusste er nicht mehr, zum anderen hatten ihn die Krankheit, der Besuch des Priesters und unser langes Reden sehr geschwächt. Zamora und ein paar andere hatten sich offenbar in den Dienst der Welser Bankherren begeben, die nach Westindien wollten – sagte Marañón.

Mir erschien dies reichlich fantastisch, ebenso wie die angebliche Begründung. Wie die Fugger hatten die Welser in den vergangenen Jahren dem Kaiser ungeheure Summen geliehen; das war bekannt. Karl V. könne, so Marañón, aber wohl nur einen Teil zurückzahlen und wolle den Bankherren für den Schuldenrest einen Teil des riesigen neuen Erdteils zu bestimmten Bedingungen überlassen, und die Welser stellten eine Reisegruppe zusammen, um das angebotene Land in Augenschein zu nehmen, ehe sie Zusagen machten oder Verpflichtungen eingingen.

Wir wollten Marañón ruhen lassen und versprachen, ihm ein wenig Brühe und Fleisch zu bringen. Der Geruch im Schankraum trieb mir das Wasser in den Mund und ließ meinen Magen knurren; den beiden anderen ging es wohl ebenso.

Élodie – ich hatte beschlossen, eine zweite Laura zu verleugnen – war zwischen den nunmehr sechs besetzten Tischen unterwegs; wir setzten uns wieder in Kaminnähe und warteten. Der Wirt, der offenbar selbst kochte, schob den Kopf durch die Tür zur Küche, wie man einen Stein in eine Mauerlücke schiebt, und brüllte etwas Unverständliches. Élodie ging zur Küche und kam bald mit einer großen Terrine zurück, aus der sie auf einer Anrichte etwas auf Teller löffelte.

Das wiederholte sich mehrmals; nachdem sie den Inhalt von drei Terrinen verteilt hatte, setzte sie jedem Gast einen vollen Teller vor. Danach brachte sie Brot, Wein- und Bierkrüge und Becher. All dies mit einem Lächeln; ich bildete mir ein, das für mich bestimmte sei wärmer als die übrigen.

Auf dem Teller fand ich in Wein gekochtes Sauerkraut, gekochte Birnenstückchen, Bohnenmus, eine große dunkle Wurst, die köstlich roch, und ein Stück Schweinefleisch. An einem der anderen Tische sprach jemand aufdringlich laut ein Tischgebet. Avram murmelte etwas über die Tugend der Schweine und den Glauben seiner Vorfahren; dann langten wir zu.

»Daran könnt ich mich gewöhnen«, sagte ich, als ich den Teller geleert hatte. »Besser und gründlicher hab ich lange nicht gegessen.«

»Gewöhnen?« Karl runzelte die Stirn. »Gewöhnen könnt ich mich auch, aber ... hm. Symonds.«

»Ja. Die Frage stellt sich jetzt. Was tun wir? Alle zusammen oder getrennt marschieren?«

»Alle zusammen ist ein bisschen schwierig. Symonds in die Niederlande und nach England, Zamora mit ein paar Welser-Schreibern nach Westindien.« Avram schüttelte den Kopf. »Liegt nicht gerade an derselben Strecke.«

»Zamora«, sagte ich.

Avram und Karl sahen einander an; sie schwiegen eine Weile. Schließlich seufzte Karl und sagte: »Symonds. Und Avram sollte mit dir reisen, Jakko. Wenn er nicht unbedingt anders will.«

»Warum?«

»Ihr kennt euch länger, du bist der Herr – bitte um Vergebung, wenn ich das unter Brüdern so sage –, und Symonds ist vermutlich demnächst allein, während Zamora immer mit seiner Truppe reisen wird.«

Avram blickte ihn an, dann mich. »Scheiden«, murrte er, »entscheiden, verscheiden ... Aber – ja, ich sollte dich begleiten, Jakko. Westindien ... Heißt inzwischen wohl Amerika, nicht wahr? Wohin genau wollen die Welser eigentlich?«

Élodie kam, fragte, ob es uns gemundet habe, und stapelte die leeren Teller.

»Wenn ich Marañón richtig verstanden habe«, sagte ich, »geht es um das Land am Unterlauf eines großen Flusses, der Orinoko oder so ähnlich heißt. Ich glaube, man nennt die Gegend Venezuela, Klein-Venedig.«

»Schon wieder Venedig?« Karl grinste. »Na, viel Vergnügen. Ich nehme vorlieb mit den Niederlanden und vielleicht England. Aber wieso heißt dieses Gebiet so?«

»Keine Ahnung.« Ich hob die Schultern.

»Der Navigator und Kartograf Amerigo Vespucci …« Élodie unterbrach sich. »Vergebung, Eure Unterredung geht mich nichts an.«

»Der, nach dem inzwischen der ganze Erdteil benannt ist?«, sagte ich. »Lasst uns an Eurem – ah, lass uns an deinem Wissen teilhaben, und möge es unseren Geist ebenso ergötzlich nähren wie dies Mahl unsere Leiber.«

Sie hob eine Braue. »Du träufelst mir Honig ins Ohr; gleich ist es verklebt, und ich muss mich waschen. Vespucci hat mit Ojeda große Teile der Küste erforscht und darüber berichtet. Ein Kartograf in Deutschland hat dann aus seinem Vornamen Amerigo den Namen für den neuen Erdteil abgeleitet. Vespucci hat Dörfer auf Pfählen in flachem Wasser gesehen, das hat ihn an Venedig erinnert, und ich muss weiter abräumen.«

Ich schaute ihr nach; Karl kicherte.

»Du blickst versonnen, mein Freund. Aber habe ich nicht gesagt, sie hätte schon bessere Tage gesehen? Und nicht immer als Schankmagd gearbeitet?«

»Also du willst nach Norden?« Avram klopfte auf den Tisch. »Wann?«

Karl legte die Hände auf den Tisch und betrachtete seine Finger. »Am besten bald.« Er schaute auf und sah uns an. »Er hat Vorsprung, deshalb. Oder wollt ihr, dass ich bleibe, bis wir den alten Waffenbruder da oben unter die Erde gerammt haben?«

»Den kriegen wir allein beerdigt. Aber lasst uns nach ihm schauen. Vielleicht ist ihm noch was eingefallen. Und wir haben ihm ja Brühe und Fleisch versprochen. Dabei könnten wir einen Blick in die besseren Zimmer werfen.«

»Willst du bleiben?«, sagte Avram.

»Ein paar Tage. Hier draußen ist die Luft besser als in der Stadt. Das Essen war gut, und ehe wir aufbrechen, müssen wir uns ohnehin noch ein wenig umhören. Vielleicht erfahren wir noch etwas – wie man nach Venezuela kommt, zum Beispiel, und ob die Welser tatsächlich dorthin reisen.«

Ich ging in die Küche, bat den Koch um Brühe oder Sud und ein wenig Fleisch und erkundigte mich nach seinen Gastzimmern.

»Schaut Euch um, Herr«, sagte er. »Im Winter reist kaum jemand; sie sind alle zu haben.«

Mit einem Napf und einem mit Fleisch bedeckten Brettchen stiegen wir treppauf. Aber Marañón schlief ganz fest, öffnete die Augen auch nicht, als Avram ihn an der Schulter berührte. Wir stellten das Essen ab und gingen eine Treppe hinunter, dorthin, wo die besseren Zimmer waren. Sie alle waren klein, mit Bettgestell, Matratzen, Decken und einem Waschtischchen ausgestattet. Avram und ich wechselten einen Blick; er hob die Schultern.

»Von mir aus«, sagte er. »In der Stadt wird es allenfalls voller sein, sodass wir ein Bett mit vier anderen zu teilen haben.«

»Willst du sofort aufbrechen oder noch eine Nacht hier schlafen, Karl?«

»Aufbruch morgen bei Sonnenaufgang wäre besser, oder? Ich bin ganz vollgefressen.«

»Wo und wann sehen wir uns wieder?«

Er zögerte einen Lidschlag lang; dann lachte er. »Nächstes Jahr Mittwoch auf der Miralda.«

Ich brauchte mit dem Wirt, der Koch und Eigentümer war, nicht lange zu feilschen. Wir brachten unsere Pferde im Stall unter, hinter dem Gasthaus, und schleppten unsere Habseligkeiten in die Zimmer. Karl und Avram beschlossen, ein gründliches Abschiedsbier zu trinken, und gingen in den Schankraum; ich stieg wieder zu Marañón hinauf und setzte mich auf die Bettkante. Eine Weile sah ich ihm beim Schlummern zu und lauschte auf seinen Atem, der ganz flach war. Dabei dachte ich über die anstehenden Entscheidungen nach. Irgendwann bemerkte ich, dass der Atem kaum noch zu hören war, tippte Marañón auf die Schulter, legte ihm die Hand auf die Stirn. Sie glühte nicht mehr, sondern war fast eisig; in diesem Augenblick stieß er einen leisen Seufzer aus, eher einen Hauch, und starb.

Am nächsten Morgen nahmen wir Abschied von Karl, eine Stunde später von Gonzalo Marañón. Der Winter war nicht allzu kalt in diesen Tagen, die Erde an der Oberfläche getaut; auf dem Dorffriedhof konnte man ein seichtes Grab ausheben. Élodie weinte ein wenig bei der Beerdigung; als ich ihr im Schankraum Marañóns Geldbeutel gab, wollte sie ihn zuerst nicht annehmen.

Ihr Vater war wohlhabender Gutsherr in Burgund gewesen, Besitzer von Weinbergen, Rindern, schönen Pferden und einer Bibliothek. Vor zwei Jahren hatte eine Horde vorbeiziehender Söldner – die Kämpfe zwischen François I. und Karl V. wurden nicht nur um die Lombardei ausgetragen, sondern auch um Burgund und Teile Flanderns – das Gut verwüstet, die anderen getötet, Élodie mitgeschleppt und immer wieder vergewaltigt. In der dritten Nacht war es ihr gelungen, sich aus dem Lager der Betrunkenen zu stehlen. Nachbarn hatten sie eine Weile aufgenommen; als sie merkte, dass die Schänder sie geschwängert hatten, brach sie zu Fuß auf, um bei Straßburg in diesem Gasthaus Zuflucht zu suchen, das einem Vetter ihrer ermordeten Mutter gehörte. Unterwegs, im vierten Monat, verlor sie das Kind.

Sie erzählte mir diese schreckliche Geschichte am vierten oder fünften Tag, als wir ein wenig vertrauter geworden waren. Zum ersten Mal seit langer Zeit hatte ich die Fiedel in die Hand genommen, mit steifen Fingern einige Melodien zu spielen versucht und beschlossen, dass ich neue Saiten brauchte, um zur verlorenen Geläufigkeit zurückzufinden. Ich packte die Fiedel wieder ein und ging aus meinem Zimmer nach unten.

Élodie saß an einem Tisch und las. Als ich eintrat, blickte sie auf, nickte mir zu und fragte, ob ich einen Schluck trinken wolle. Es war ein bleigrauer Nachmittag ohne Gäste, wir saßen allein im Schankraum und tranken einen Kräuteraufguss. Sie erkundigte sich nach der Musik, die sie undeutlich gehört hatte; ich erzählte ein wenig von meiner Geschichte und fragte dann nach ihrer.

Zu meiner Überraschung zögerte sie nur kurz, dann begann sie zu sprechen. Aber sie erzählte kühl, als sei alles einer anderen, einer Fremden, widerfahren. Für den alten Soldaten hatte sie Tränen vergossen, für die Hauptperson ihrer Geschichte gab es keine.

»Und das Gut?«

Sie schob die Unterlippe vor. »Alles niedergebrannt. Ich habe ein paar Briefe geschrieben; bis jetzt weiß ich nicht einmal, ob ich als Tochter die Trümmer und den Grund erben kann oder ob alles, da es keinen männlichen Erben gibt, an einen Vetter oder an den Staat fällt.«

Ich schwieg eine Weile. »Ich mag das kaum behaupten«, sagte ich schließlich, »aber ich kann einiges nachempfinden.«

Mit Blicken und Körperhaltung errichtete sie eine eisige Wand zwischen uns. »Was denn?«, sagte sie bitter, mit harter Stimme. »Hat man dich auch geschändet? Hast du ein Kind getragen und verloren? Oder hast du nur ähnliche Geschichten oft genug von anderen Frauen gehört, die sich dann von dir nicht trösten lassen wollten?«

»Ich habe an einem Herbstmorgen vom Waldrand aus zugesehen, wie Söldner mein ganzes Dorf niedergemetzelt haben. Alle Nachbarn, meine Eltern, drei Geschwister. Da war ich fünfzehn.«

»O mon Dieu.« Sie beugte sich vor, fasste nach meiner Hand und löste durch ein trauriges Lächeln die Eiswand auf, sodass es beinahe war, als habe es diese nie gegeben. »Es tut mir leid, ich …«

»Schon gut. Nein, nimm die Hand nicht weg.«

Sie hob sie, betrachtete sie, legte sie wieder auf meine und verzog den Mund. »Ein rotes herbes Ding; meine Hände waren einmal anders.«

»Als Adam grub und Eva spann, wo war denn da der Edelmann?« Ich lächelte. »Die einzigen Hände, für die man sich schämen muss, sind solche, die weich und fein sind, weil man immer andere für sich hat arbeiten lassen.«

Sie schwieg eine kleine Weile. »Und wie bestreitest du dein Leben?«, sagte sie schließlich. Sie hob meine Hand und rieb die Fingerkuppen und die Handfläche. Es war eine Prüfung, doch hätte ich es auch als Streicheln genommen. »Sag es mir – unter uns Waisenkindern.« Dann lachte sie kurz, beinahe gepresst. »Wenn du magst.«

»Ich habe mir damals die Gesichter der vier Anführer eingeprägt. Als ich fünfzehn war. Mit zwanzig habe ich begonnen, sie zu suchen. Zu jagen. Drei habe ich … gefunden.«

»Für die Rache leben?« Etwas wie Erschrecken lief über ihr Gesicht. »Ich … kann es verstehen. Fast. Aber wovon lebst du?«

»Arbeiten«, sagte ich leise. »Kämpfen. Ich war in Rom, als es geplündert wurde, und in Wien, als die Türken es belagert haben. Und mein Vater hatte ein wenig Geld bei einer Bank; ich wollte, ich wüsste, was er dafür getan hat.«

Nach einer weiteren Pause sagte sie: »Also, einer der vier Anführer fehlt dir noch? Willst du ihn weitersuchen?«

Ich schloss die Augen und sah das Gesicht des Molochs vor mir. Und die Eisenhand. »Ich werde ihn bis ans Ende der Welt jagen«, sagte ich, »und notfalls bis in die Hölle. Du hast ihn vielleicht gesehen.« Ich öffnete die Augen wieder und sah sie an. »Ich glaube, er war bei denen, die den alten Mann, Marañón, hergebracht haben. Ein Mann mit einer eisernen Hand.«

Sie zuckte kaum merklich zusammen. »Der? Ein … ein furchtbares Untier. Er hat mich angestarrt, als ob er mich zerfetzen und fressen wollte. Zum Glück waren an dem Tag viele andere Männer in der Schenke, sonst …«

Ich nickte. »Ich kann es mir beinahe ausmalen. Aber sag – Männer, nach deinen Erlebnissen; ich staune, dass du meine Hand berühren magst. Ich glaube, ich hätte bis an mein Lebensende nichts als Abscheu.«

Nun lächelte sie wieder, ein wenig spöttisch. »Meine Hand ist so rauh, dass ich deine kaum spüre.«

»Mindert das den Ekel?«

Sie lachte. »Kein Ekel. Anfangs, ja; ich wollte alle Männer entmannen, aufs Rad flechten, in Öl sieden, am liebsten alles nacheinander. Aber Nachbarn in Burgund waren gut zu mir, und hier, der Wirt, mein Verwandter. Nach und nach habe ich begriffen, dass ich nur weiterleben kann, wenn ich all das … nein, nicht vergesse; vergessen kann und will ich nicht. Aber man muss es hinter sich lassen, sonst ist es eine Bürde. Eine Last, die einen am Gehen hindert, am Fortschreiten, die einem das Leben verfinstert und einen am Ende erdrückt.«

»Es gab mal eine Frau, die so ähnlich gesprochen hat. Sie hat dann aber einen geheiratet, der bei ihr geblieben ist, statt hinter seinen Rachegedanken herzuziehen.«

»Und habt ihr einander geliebt?«

»Ja, das haben wir. Lange, sehr, oft und mit gründlicher Wonne.« Ich lachte und berührte ihre Hand mit den Lippen. »Wie ich auch dich lieben könnte – wenn da nicht die Rache wäre.«

Sie lächelte und legte kurz die Hand an meine Wange. »Zwischen heute und deiner Rache liegen vielleicht ein paar angenehme Tage.«

In der übernächsten Nacht kam sie zu mir und machte mir das köstlichste und kostbarste Geschenk. Élodies Liebe, Avrams Freundschaft, lange und erschöpfende Gespräche mit beiden – große Gaben des Zufalls, unverdient und unvergleichlich. Und unwiederbringlich verloren durch das Einzige, was noch größer war: leichtfertige Dummheit.

Aber die beging ich später. Zwei wunderbare Monate später. Da ich nicht wusste, wo sich die Welser und ihr Geleit befanden, auf welchem Weg sie reisten, ob sie wirklich nach Venezuela wollten, wäre es sinnlos gewesen, einfach so aufzubrechen. Ich musste mehr herausfinden; dies war auch eine vorzügliche Ausrede, mit der ich mir verhehlen konnte, dass ich lieber bei Élodie bleiben als hinter Zamora herreiten wollte.

Aber es war natürlich nicht nur eine Ausrede. Nachrichten über das Unternehmen waren allerdings kaum zu erhalten. Erst als ich den Leuten der Welser-Niederlassung in Straßburg sagte, ich wünschte mich mit zehntausend Gulden und meinem Degen an der amerikanischen Reise zu beteiligen, gab man sich dort Mühe, mehr herauszufinden. Zunächst hieß es, die Gesellschaft sei bereits abgereist. Ich bat um Nennung der Reisestrecke, um sie möglicherweise einzuholen und mich ihnen anzuschließen. Durch Frankreich nach La Rochelle, hieß es; ein paar Tage später waren sie angeblich auf dem Landweg nach Sevilla unterwegs, dann wieder nach Genua.

Die letzte Mitteilung, die sich schließlich als zutreffend herausstellte, lautete, sie seien noch gar nicht abgereist, weil gewisse Papiere fehlten. Um die spanischen Besitzungen in Amerika anzulaufen, müsse man über Sevilla reisen, den Hafen, der als einziger Menschen und Waren von und nach Westindien abfertigen dürfe. Dort gebe es die Casa de Contratación, und dieses Amt sei für alle Erlaubnisse oder Verweigerungen zuständig. Als umsichtige Handelsherren seien die Welser nun keinesfalls gesonnen, eine teure und gefährliche Fernreise anzutreten, wenn nicht von vornherein feststehe, dass man das Reiseziel überhaupt besuchen dürfe.

Es habe sich jedoch ergeben, dass ein mit allen nötigen Vollmachten, Siegeln und Stempeln ausgestatteter und sogar gegenüber der Casa de Contratación weisungsbefugter Sekretär des Kaisers die Reichsgebiete und Städte der Freigrafschaft und des Sundgaus von Westen nach Osten bereise und nun irgendwo zwischen Bisanz, Mömpelgard, Beffert und Mühlhausen unterwegs sei. Zu ihm habe sich die Gruppe begeben, um dann, ausgestattet mit allen nötigen Briefen und Siegeln, die große Reise anzutreten.

Abends kehrte ich – geziemend erschöpft von allzu vielen umwegigen Schreiberreden – mit dieser Auskunft aus der Stadt zurück. Inzwischen war es März, die Tage wurden länger, und der Winter schien sich früh verabschiedet zu haben. Die Frau und die beiden Töchter des Wirts, die sich in der flauen Zeit bei Verwandten in Colmar aufgehalten hatten, würden in wenigen Tagen heimkehren und Élodie und dem Vater im Gasthaus wieder zur Seite stehen.

Ich sah der Rückkehr mit gemischten Gefühlen entgegen. Der Wirt war gelegentlich brummig, aber gutmütig; irgendwann hatte er mir, als ich aß, von hinten die Hand auf die Schulter gelegt und leise gesagt: »Du tust ihr gut, Junge; es ist recht.« Offenbar hatten Élodie und ich uns vergeblich bemüht, unsere Liebschaft heimlich zu begehen – was würde die Frau des Wirts, laut Élodie »eine frömmelnde Geiß«, nach ihrer Wiederkehr sagen und tun, um uns das Leben zu erschweren? Den Nächsten durch heftiges Frömmeln zu verbittern, versüßt bekanntlich des Frommen Seligkeit.

Aber an diesem Abend herrschte noch Friede. Avram und ich waren die einzigen Gäste, und nach dem Abendessen saßen wir lange mit Élodie beim Wein. Ich stimmte die vor Tagen gekauften neuen Saiten nach und spielte hin und wieder eine ungelenke Tonfolge, bis einer von uns den Faden des Gesprächs wieder aufnahm oder einen neuen knüpfte.

Élodie fragte irgendwann, ob ich etwas in Erfahrung gebracht hätte. Als ich von den Auskünften berichtet hatte, sagte Avram: »Wie ich dich kenne, wirst du morgen also nach – wohin? Mühlhausen? Beffert? Gleichviel, von mir aus auch nach Mömpelgard oder Bisanz reiten, ja?«

Élodie murmelte: »Mulhouse, Belfort, Montbéliard, Besançon ... Den umgekehrten Weg bin ich zu Fuß hergekommen. Ich hoffe, du brauchst zu Pferd nicht so lang. Und dann?«

»Ich weiß es nicht. Noch nicht.«

Avram legte mir eine Hand auf den Arm. »Herr«, sagte er, »kleiner Bruder, darf ich dir einen Rat geben?«

»Ich lausche, mein Freund.«

»Was hast du in den letzten fünf Jahren erfahren? Dass dein Vater möglicherweise Geld verteilt hat, um die Kaiserwahl zu beeinflussen. Karl oder François – für wen? In wessen Auftrag? Wessen Geld? Und dass vielleicht einer hinterher beschlossen hat, Spuren zu tilgen – wer? Der Sieger? Der Verlierer? Willst du wirklich mehr wissen? Vielleicht erfahren, dass dein Vater sein Geld mit Schmutz verdient hat? Wäre es nicht besser, dich mit dem zu begnügen, was du jetzt weißt?«

Ich seufzte. »Das waren jetzt viele Fragen, aber noch kein Rat.«

Avram nahm die Hand von meinem Arm und deutete auf Élodie. »Schau, wer da sitzt, Jakko. Eine kluge und schöne Frau, die dich liebt und die, seit du sie liebst, noch schöner geworden ist.«

Élodie lachte. »Auch noch klüger?«

»Das wäre nicht zu ertragen. Demnächst kehrt die Herrin des Hauses zurück – jene, der man gehorchen muss. Ein guter Zeitpunkt, um in den Ungehorsam und die Freiheit zu entschwinden. Warum nimmst du nicht dein Geld, dein bisheriges Leben, diese Holde da und deinen Verstand zusammen und begibst dich mit ihr an einen Ort, an dem euch niemand stört? Außer vielleicht, wenn ihr ihn haben wollt, ein minderwertiger Handlanger, der bestimmt bald eine gut erhaltene, warmherzige Witwe findet, wo auch immer?«

»Avram, ich fürchte, aus dir wird doch nie ein guter Heide. Rat willst du mir geben und stellst stattdessen Fragen. Sagt man euch Juden nicht nach, dass ihr eine Frage immer mit einer Gegenfrage beantwortet?«

Er hob die Schultern. »Und warum soll ich eine Frage nicht mit einer Gegenfrage beantworten? Und warum soll ich dir einen Rat aufdrängen, wenn er in den Fragen enthalten ist, die du dir beantworten sollst, nicht mir?«

»Was meinst du, Liebste?«

Élodie schüttelte den Kopf. »Ich mag nicht zwischen dir und deiner Rache stehen. Ich gehe mit dir, wohin du willst, aber erst dann, wenn du nicht mehr zwischen mir und der Rache wählen musst.«

Avram ächzte laut. »Was gibts da zu wählen? Sieh sie an, Jakko! Drei hässliche Männer hast du getötet – lass den vierten laufen! Zamora oder Élodie ... Ich wüsste, wen ich nähme. Aber mich fragt ja keiner. Wieso fragt mich eigentlich keiner?«

»Ich frage dich. Morgen reite ich, und auf dem Weg werde ich grübeln. Wenn ich beschließe, nicht länger hinter Zamora herzulaufen, sondern hinter Élodie, wirst du dann mit uns kommen?«

Avram sah mich von der Seite an. »Ich werde sogar in deiner Abwesenheit auf Élodie einreden, damit sie es sich nicht anders überlegt.«

Am nächsten Morgen brach ich auf, und unterwegs änderte ich mindestens einmal pro Meile meine Entscheidungen. Zwischendurch dachte ich an die Eltern, an Kassem, an Jorgo und seine mir immer noch rätselhaften letzten Worte, an Laura, an Élodie, an geteilte Nächte und lange Gespräche und Wein und Albernheiten, dann wieder an Blut auf einer scharfen Klinge, an all die Toten im Hunsrück, im Bauernkrieg, in Rom, in Wien. Und je nachdem, woran ich zuletzt dachte, beschloss ich, bei Élodie zu bleiben oder Zamora zu verfolgen.

Der Sekretär des Kaisers hatte Mühlhausen erreicht; indem ich einem seiner Sekretäre zehn Goldgulden gab, erreichte ich es, dass ich ein paar Augenblicke mit dem hohen Herrn sprechen konnte. Ja, er hatte vor einigen Tagen in Mömpelgard den Welsern die nötigen Briefe und Siegel ausgehändigt; und ja, da ich als Nachzügler noch zu ihnen stoßen wolle, werde er dies auch mir nicht vorenthalten. Ich müsste mich jedoch beeilen, wenn ich sie noch einholen wollte, ehe sie sich in Antwerpen nach Sevilla einschifften.

Zwei Tage hatte ich für den Hinweg gebraucht, einen Tag in Mühlhausen verbracht. Auf dem Rückweg rang ich weiter mit mir. Nun hatte ich die nötigen Papiere, aber wollte ich sie verwenden? Sollte ich sie nutzen? Sollte ich sie aufbewahren, um mich in meinem Alter zu fragen, welcher Teufel mich in der Jugend geritten hatte? Bei alledem lauerte weit hinten in meinem Schädel ein anderer Gedanke, besser: ein undeutliches Gefühl. Das Gefühl, etwas übersehen zu haben. Schließlich wischte ich alles andere beiseite, und als ich an einem strahlenden Frühlingsnachmittag Straßburg erreichte, stand mein Entschluss fest.

Selbst wenn der Frühling sich verfrüht hätte, der Winter wiederkehrte, der Himmel Schnee und Hagel absonderte, die Wege Schlamm und Pfützen wären – ich würde nicht nach Amerika reisen, nicht länger den Moloch Alonso Zamora verfolgen. Und während ich ritt und vor mich hin summte, überlegte ich, wo Élodie und ich, von Avram begleitet, die nächsten Jahre verbringen könnten.

Ich kam zu spät. Die Beerdigung hatte am Vormittag stattgefunden. Der Weg von Mömpelgard nach Antwerpen führt über Straßburg. Zamora – oder einer der sechs anderen Söldner – hatte nachsehen wollen, wie es dem alten Gefährten Marañón ging. Die Schreiber der Welser ritten voraus, Zamora und ein weiterer Spanier kamen zum Gasthaus. Als sie erfahren hatten, dass Marañón gestorben war, sagte Zamora, dann wolle er wenigstens, um nicht ganz umsonst den Umweg gemacht zu haben, vom Fleisch der Schankmagd kosten. Avram, der am Tisch gesessen hatte, wollte aufspringen; ehe er stand oder zu einer Waffe hätte greifen können, rammte Zamora ihm den Degen in den Leib. Der andere Soldat hielt den Wirt fest, während Zamora sich auf Élodie stürzte. Sie wehrte sich verzweifelt, trat, kratzte und biss, aber Zamora war zu stark. Als er mit ihr fertig war, brach er ihr das Genick. Dann schlug er den Wirt nieder, den abends zufällige Gäste bewusstlos auf dem Boden des Schankraums fanden, neben den Leichen von Élodie und Avram.

29

Der Weg von Straßburg nach Sevilla ist weit; ich erinnere mich jedoch kaum an ihn. Ich glaube, man könnte sagen, dass mein Körper auf dem Pferd saß, gelegentlich abstieg, vermutlich aß und trank und schlief. Ich weiß nicht mehr, wo meine Seele herumlungerte und sich mit meinen Gedanken balgte. Ich sehe, wenn ich die Augen schließe, einige Gesichter vor mir, Landschaften, zwei oder drei Tavernen, ein paar Brücken und Fähren und endlose Meilen staubiger oder schlammiger Straßen.

Wahrscheinlich hatte ich Glück auf dieser Reise, auf der ich zumindest anfangs nicht bei mir war. Weder geriet ich in Kriegszüge, noch wurde ich von Räubern behelligt. Manchmal schloss ich mich anderen an, Pilgern zumeist, die unterwegs waren zum Grab des Apostels in Santiago; lange Strecken ritt ich allein, und zwei- oder dreimal begleitete ich Gruppen von Händlern.

Das genannte »Glück« könnte allerdings nicht nur Zufall gewesen sein. Die düstere wiewohl unsichtbare Wolke, die mich umgab und mir die Welt entzog, mag auch mich der Welt entzogen haben, sodass ich gewissermaßen als schweifender Einsiedler neben, aber nicht mit den Übrigen ritt, in einer Anderwelt.

Merkwürdig ist, dass ich einen Brief des Vizekönigs von Navarra besitze, in dem dieser – Martin Alfonso Fernandez de Córdoba, Graf von Alcaudete – mir eine »erfreuliche Unterredung« bescheinigt und mich einigen Freunden oder Verwandten in Burgos, Valladolid und Toledo empfiehlt. Ich kann mich weder ans nördliche Navarra noch an die Pyrenäen noch ans südliche, zu Spanien und damit dem Reich gehörige Navarra erinnern.

Mit dieser minderen Ausnahme: In Viana suchte ich die Verwandten von Gonzalo Marañón auf, die tatsächlich eine Garküche und Pilgerherberge betrieben. Der Vater war längst gestorben, die Mutter lebte noch und half Gonzalos jüngerem Bruder und seiner Frau in der Wirtschaft. Ich gab ihnen den Beutel, den Élodie unvermindert gelassen hatte, und erzählte die wenigen Einzelheiten, die ich vom Leben und Sterben des Arkebusiers berichten konnte.

Ich glaube, dass ich mein Leben oder jedenfalls mein inneres Leben der Fiedel verdanke. Ich hatte sie mitgenommen und war mehrmals versucht, den kleinen Kasten, der sinnloses Gepäck war, in eine Schlucht oder auf einen Abfallhaufen zu werfen. Eines Abends – es muss kurz hinter Viana gewesen sein; vielleicht hatten mich die Gespräche mit Gonzalos Verwandten belebt – saß ich unter einer Ulme am Wegrand. Mein Lager war bereitet, ich hatte notdürftig gegessen und sah zu, wie das Feuer verglomm und Sterne den Himmel zerstachen, wie glühende Nadelspitzen sich durch Samt bohren mögen. Meine Hände machten sich selbstständig; ich bemerkte, dass ich die Fiedel spielte, wahrscheinlich schon eine ganze Weile gespielt hatte.

Als ich später aufblickte, erschienen mir die Sterne nicht mehr so feindlich, der Himmel nicht wund. Von da an spielte ich jeden Abend, aber auch, wenn ich mit anderen war, spielte ich für mich. Oder um mich herum; ich weiß nicht, wie man dies beschreiben soll. Es war, als würfe ich Klangschlingen, die streunenden Fetzen meiner Seele zu fangen und zu bündeln.

Und mit diesen Fetzen auch Gedankentrümmer. Andere mögen anders denken; bei mir war es gewöhnlich immer so, dass mir von den Umständen, den Menschen oder dem Wind etwas gegeben oder zugeweht wurde, und daraus ergaben sich weitere

Gedanken, aus denen ich allmählich ein Gebilde verfertigte, oder dass ich gewissermaßen zielgerichtet Gedanken verband und schichtete, wie man aus abgewogenen Steinen ein Haus baut. Diese beiden Formen kannte ich, ebenso wie alle möglichen Mischungen.

Damals aber war es, als zöge ich mit der Schlinge der Musik aus einer Art Tümpel oder Treibsand Bruchstücke, die einmal zusammengehört hatten und sich von selbst wieder zusammenfügten. Ich musste nichts dazutun; ich konnte aber auch nichts davon wegnehmen. Plötzlich wusste ich, dass ich wie meine Feinde geworden war. Nicht erst in der finsteren Zeit zwischen Lauras Heirat und dem seltsamen Erwachen in Breda, sondern viel früher. Um sie zu jagen und zu töten, hatte ich wie sie werden müssen: ein Jäger und Töter. Sie, ihre Tat, die geschworene Rache oder ich selbst – es war gleich, was mich so gemacht hatte. Es zählte allein, dass ich mich kaum von ihnen unterschied.

Piranesi, Sohn einer Hure aus Florenz; Haspacher, Kind armer Tagelöhner aus Köln; Castelbajac, Bauernsohn aus der Gascogne; Zamora, von dessen Herkunft ich nichts wusste; und ich. Vielleicht hatten sie keine Möglichkeiten gehabt, anders zu werden; mir hatten sie die Möglichkeit genommen … Oder hatte ich sie mir selbst genommen? War die Rache vielleicht nur ein Vorwand, das mit Grund zu tun, was ich sonst auch ohne Grund getan hätte? Und wie konnte ich je wieder der werden, der ich eigentlich sein wollte?

Durch das Ende der Rache? Die Gnade eines unglaubhaften Gottes?

Derlei Gedanken lichteten die Finsternis, die mich umgab, ohne sie ganz zu vertreiben. Aber irgendwann auf der langen Reise löste sich die dumpfe Dunkelwolke; ich nahm wieder Anteil am Leben der anderen und der Welt, und ich lernte Spanisch, wobei mir Latein, Italienisch und Französisch sehr hilfreich waren. Spätestens in Sevilla – und in Bruchstücken bereits unterwegs, durch Gespräche in Tavernen und auf den Wegen – erfuhr ich auch mehr über das Abenteuer Venezuela. Was man davon in Straßburg gewusst hatte, entsprach nicht recht der Wahrheit, und auch die Schreiber der Welser hatten offenbar keine weitergehenden Kenntnisse gehabt. Natürlich hätte ich den kaiserlichen Sekretär in Mühlhausen fragen können, doch war ich wohl davon ausgegangen, dass alles so sei, wie es zu sein schien.

Tatsächlich hatte nicht der Kaiser vorgeschlagen, seine Schulden dadurch zu begleichen, dass er den Bankherren einen Teil der neuen Länder jenseits des Meeres zur Ausbeutung überließ. Es waren die Welser selbst, die dies vorgeschlagen hatten, als sie des Wartens auf Schuldentilgung überdrüssig wurden: ein Lehen in Amerika. Und Karl V. überließ ihnen Venezuela.

Bereits vor mehr als zwei Jahren, im März 1528, hatte man in einem zu Madrid abgefassten Vertrag die Bedingungen geregelt. Die Welser durften Gouverneure und Amtmänner einsetzen und wurden befreit von der Salzsteuer und von sämtlichen Zöllen und Gebühren, die ansonsten im Hafen von Sevilla fällig gewesen wären. Sie durften Teile der Ureinwohner des Landes, der Indios, zu Sklaven machen und afrikanische Sklaven einführen. Von den Welsern angesiedelte Einwanderer sollten jeweils ein Stück Ackerland bekommen.

Die Welser mussten ferner zwei Städte gründen und besiedeln und drei Festungen bauen. Ein Zehntel der Gold-, Silber- oder Edelsteinfunde erhielte der spanische König. Die Casa de Contratación hatte die Grenzen festgelegt.

Im Jahr darauf, 1529, ein Jahr vor meinem Ritt nach Sevilla, ging Ambrosius Alfinger, manchmal auch Ehinger geschrieben, als erster Gouverneur von Klein-Venedig mit fast dreihundert Siedlern nach Santa Ana de Coro, das er Neu-Augsburg nannte. Im August 1529 stieß er von dort nach Westen vor, wo es an einem

See zu blutigen Schlachten mit den Coquibacao-Indios kam. Er gründete dort die Stadt Neu-Nürnberg, die aber, wie der große See, zugleich auch nach dem Namen des gefallenen Fürsten der Coquibacao, Maracaibo, genannt wurde.

Jene »Welser«, die Zamora und die anderen Soldaten als Geleitschutz verpflichtet hatten, waren lediglich ein paar Schreiber und zur Verwaltung der neuen Lande vorgesehene Beamte gewesen; die eigentliche »Reisegruppe« waren künftige Siedler, die auf anderen Wegen nach Antwerpen gelangten und dort warten mussten, bis die Schreiber und Amtleute mit den nötigen Briefen zu ihnen kamen.

Auch ich musste warten – in Sevilla, jedoch nicht auf Welser, nicht einmal auf spanische Schreiber, die angesichts meiner Briefe und Siegel beinahe zuvorkommend waren. Aber es gab kein Schiff, das nach Venezuela gehen sollte und Platz für mich gehabt hätte. Es warteten Spanier, die dort – Welser hin oder her – siedeln oder kämpfen und plündern wollten, es stapelten sich Nachschubgüter, Waffen, Munition, und unterhalb der Stadt zeigte man mir einen großen Pferch mit Pferden und Rindern, die in Amerika dringend benötigt wurden; dringender als ich jedenfalls.

Nach zwei Monaten wartete ich immer noch, der Sommer hatte seinen Höhepunkt hinter sich, und allmählich begann ich zu befürchten, dass ich vor Beginn der Herbststürme den Ozean nicht mehr würde überqueren können.

Der Hafenbeamte, den ich zum zwanzigsten oder dreißigsten Mal aufsuchte – immer mit einer Münze oder einem Wein, seufzte, als er mich kommen sah.

»Noch immer nichts; kein Platz auf den Schiffen, die nach Coro de Santa Ana gehen.«

»Wenn ich jemals hinkommen soll, muss ich vielleicht einen Umweg machen«, sagte ich.

Der Mann stülpte die Lippen vor. »Eure Briefe, Caballero, gelten aber nur für Venezuela.«

»Brauche ich denn für ein anderes Ziel auch so etwas?«

Er zwinkerte. »Wenn ich behaupte, es gesehen zu haben … Morgen geht ein Schiff nach Santo Domingo, auf La Isla Española, wisst Ihr?«

Ich überlegte nicht lange.

»Bringt mich darauf unter, ja?«

Santo Domingo auf der großen Insel Hispaniola. Ich hatte gehört, dass es dort inzwischen, seit achtzehn Jahren, sogar eine Universität gab. Und von dort musste es möglich sein, Venezuela zu erreichen – wahrscheinlich leichter als von Sevilla aus.

Das Schiff war eher ein schwimmender Tierpark, zu diesem Zweck mehrmals umgebaut, und pendelte seit Jahren zwischen Sevilla und den Häfen jenseits des Meeres. Es stank nach den Äußerungen all der Jungtiere: Fohlenäpfel, Kälberfladen, Lämmerkötel; und es hallte wider vom Wiehern, Blöken, Meckern, nicht zu vergessen auch das Gackern eines guten Gros von Hühnern und das Krähen der sieben Hähne. Der Kapitän hatte Stockschnupfen und ein Pferdegesicht, und die Matrosen verständigten sich durch eine Art Gebell. Merkwürdig, wie sich Menschen im Lauf der Zeit manchmal dem angleichen, womit sie Umgang pflegen; ich habe Schäfer gesehen, deren Gesicht morgens einem Hammel und abends einem Hütehund zu gehören schien, graue Eseltreiber, schlüpfrige Schlangenfänger, und mancher Bauer hat einen rechten Kohlkopf. Es mag aber auch sein, dass derlei von vornherein in ihnen steckte und sie nichts anderes werden konnten.

Ich hatte mich mit Decken, Proviant und Büchern ausgerüstet und verbrachte die meiste Zeit auf dem leicht erhöhten Vorderdeck. Nach und nach gelang es mir, das Sprachgemenge der Besatzung zu verstehen; die Männer kamen von den Kanarischen

Inseln, aus Andalusien, Portugal und der Berberei, und dazu gab es zwei karibische Sklaven, die die Tiere versorgten.

Der Kapitän war um die sechzig und hieß Flores. Abgesehen von den langen gelben Pferdezähnen und der dauerverstopften Nase, zeichneten ihn scheußliche Geschwüre und Pockennarben aus. Am ersten Abend lud er mich aufs Achterdeck zu Brot, Wein und Käse. Mit Verblüffung stellte ich fest, dass in diesem hässlichen Leib eine poetische Seele schmachtete; Flores konnte die gesamte *Divina Commedia* des Dante Alighieri auswendig und hatte vor zwanzig Jahren eines der Kriegsschiffe befehligt, die in den Gewässern zwischen Neapel und Sizilien Franzosen jagen, spanische Truppen befördern und manchmal berberische Seeräuber bekämpfen mussten. Aber nie, sagte er, habe er so viele Menschen in die Höllenkreise geschickt wie auf den Westindischen Inseln.

»Unabsichtlich, gestehe ich.« Er fasste sich ins Gesicht, berührte eine der Pockennarben. »Damit. Sie sind zu Tausenden gestorben. An den Pocken, sogar an einfachen Erkältungen. Warum? Ich weiß es nicht. Aber sie sind Menschen, kein Zweifel, ganz gleich, was die Kirche darüber denkt. Nur Menschen können so erbärmlich verrecken.«

Eine weitere Überraschung wartete bei den Kariben auf mich. Mit einem der beiden, Caonabo, gelangte ich in den Wochen der Überfahrt zu einer vorsichtigen Freundschaft. Er sprach geläufiges Spanisch und erzählte mir, sein Name sei der des großen Kaziken, der vor sechsunddreißig Jahren die erste von Kolumbus gegründete Festung, La Navidad, zerstört und die Besatzung niedergemacht hatte. Inzwischen sei nicht einmal mehr ein Zwanzigstel der ursprünglichen Bevölkerung übrig; Krankheiten und Sklaverei hätten dafür gesorgt. Übrigens gehöre er nicht dem Volk der Kariben an, sondern sei ein Ciboney, aber die Spanier bezeichneten alle, gleich ob Ciboney, Quisqueya oder Arawak, mit dem Sammelnamen Kariben.

»Ich weiß nicht, ob die Götter mich verschont haben, damit ich länger leide, oder weil ich Großes tun soll. Tiere füttern zum Beispiel.«

»Hat dein Volk immer schon auf La Española gelebt?«

»Wir nennen die große Insel Aytí«, sagte er, »und die Alten haben, als sie noch lebten, Geschichten von den Ahnen erzählt, großen Kriegern, die von einer anderen Insel gekommen sind und Aytí erobert haben. Und nun sind andere große Krieger gekommen, mit Feuerwaffen und Krankheiten.«

»Wahrscheinlich hat vor ein paar Hundert Jahren ein anderer Caonabo, der einem von den Ciboney besiegten Volk angehörte, eine ähnliche Geschichte erzählt.«

Er bleckte die Zähne. »Ist das auch bei euch so? Du klingst, als ob du so etwas schon gehört hättest.«

Ich breitete die Arme aus, und ein vorbeischlenderndes Zicklein leckte an meinen Fingerspitzen. »Wo ich herkomme, wohnte einmal ein Volk. Sie hießen Kelten. Nach ihnen kamen andere, die Germanen, und haben die Kelten nach Westen vertrieben. Dann kamen von Süden andere, die Römer, und in der Heimat der Spanier ist es ähnlich. Sie haben ihr Land von den Mauren erobert, die es den Goten stahlen, die die Römer vertrieben haben, welche die Karthager vernichtet hatten, die es den Iberern genommen haben. Es ist überall so, fürchte ich. Vor den Iberern waren andere in Spanien, vor den Kelten waren andere in meiner Heimat. Immer war schon jemand da, und immer kommen Neue hinzu.«

Er schwieg einen Augenblick, dann neigte er den Kopf. »Ich danke dir«, sagte er.

»Wofür dankst du mir?«

»Da ich durch dich nun weiß, dass es immer und überall so ist, fühle ich mich nicht mehr allein.«

»Die Götter, die dich vielleicht für Schlimmeres verschont

haben, sind immer und überall gnadenlos«, sagte ich. »Vielleicht hätten sie, als sie uns erschaffen haben, dafür sorgen sollen, dass alle da bleiben, wo sie aufwachsen.«

»Du meinst, dann wird niemand erobert, gemetzelt, vertrieben?«

Ich nickte.

»Ah.« Er grinste plötzlich. »Aber wäre das nicht ein furchtbar langweiliges Leben, wenn alle immer nur zu Hause blieben?«

Das Wetter schlug um, scharfer Nordwind trieb uns weit nach Süden, und Kapitän Flores sagte, ehe alle Tiere krank oder von einem der nächsten Brecher über Bord gespült würden, wolle er den Kurs ändern – lieber die Tiere woanders mit Verlust verkaufen als alles verlieren.

Drei Tage später liefen wir in den kleinen Hafen von Coro de Santa Ana ein. Ich sagte mir, die schlimme Zeit der ungünstigen Zufälle sei offenbar vorüber. Aber ich irrte mich. Als ich an Land ging, um erste Fragen zu stellen und später in der mehrere Meilen entfernten eigentlichen Stadt mit der Suche nach Zamora zu beginnen, geriet ich zunächst an einen deutschen Hafenmeister. Es dauerte eine Weile, bis er Zeit fand, meine Fragen anzuhören; Flores' Ladung war wichtiger. Schließlich schickte er Boten los, abgemagerte Indioknaben, um einige Verwalter und die Sprecher der Siedler zu benachrichtigen.

»Und nun zu Euch, Landsmann«, sagte er. »Was führt Euch her? Wollt Ihr siedeln? Land kaufen? Gold suchen?«

»Nichts von alledem, Herr. Wo kann ich mich nach einem spanischen Soldaten erkundigen, der vor ein paar Monaten mit einer Siedlergruppe angekommen sein müsste?«

Der Hafenmeister wackelte mit dem Kopf. »Ungut, ungut«, murmelte er. »Es gibt viel Ärger mit den Spaniern. Einige sind einfach verschwunden, ein paar sind tot.«

»Ärger welcher Art?«

»Es gab hier ja schon Spanier, als wir gekommen sind, und die meisten mögen nicht unter unserer Verwaltung leben. Sie sagen, wir misshandeln die Indios und machen alles falsch, aber das gehört nicht hierher. Welchen Soldaten sucht Ihr denn? Sagt mir den Namen – vielleicht steht er auf der Liste der Gesuchten.«

»Alonso Zamora«, sagte ich.

»Ha! Nach dem brauche ich nicht erst zu suchen.« Der Hafenmeister musterte mich misstrauisch. »Ein Freund von Euch?«

Ich schüttelte den Kopf. »Ein Feind.«

»Das spricht für Euch. Er ist entflohen, als wir ihn festnehmen wollten, und dabei hat er drei Männer getötet.«

»Dabei? Hm. Und weshalb wolltet Ihr ihn festnehmen?«

Der Hafenmeister klopfte an eine offene Kiste, in der allerlei Papiere lagen. »Hier fangen alle neu an«, sagte er. »Die meisten Dinge, gute wie böse, bleiben in der Heimat zurück, und wenn einer in Spanien etwas Böses getan hat – nun ja, sollen sich die Spanier darum kümmern. Aber in den deutschen Landen … Wisst Ihr, manche sind vor schlimmen Grundherren geflohen, und wenn die nach ihnen suchen, wissen wir gewöhnlich nicht, wer gemeint ist.« Er lächelte flüchtig. »Aber einer, der Welser-Schreiber geleitet und auf dem Weg, sozusagen in ihrer Gesellschaft, in Straßburg zwei Morde begeht, ist ein anderer Fall.«

Ich mochte kaum glauben, was ich da hörte. »Wollt Ihr sagen, man sucht ihn – daheim? Im Reich?«

»Ja. Und nein.« Wieder ein flüchtiges Lächeln, das eher ein Grinsen war. »Der große Bartholomäus Welser selbst hat befohlen, ihn zu ergreifen und zurückzuschicken. Zamora war mit Welser-Schreibern zusammen, dadurch ist das ganze Handelshaus mitbetroffen. Schlecht fürs Geschäft, wenn wir offenkundig Mörder beschäftigen.«

Wenn wir offenkundig Mörder beschäftigen … Wäre Zamora nicht gewissermaßen in guter Gesellschaft gewesen, hätten die Verwalter von Klein-Venedig ein ihn betreffendes Schreiben aus der Heimat wahrscheinlich blinzelnd gelesen und ihm geraten, sich in Zukunft ein wenig vorzusehen. Aber die Ehre des Handelshauses … Zamora hatte drei Männer getötet, die ihn festnehmen sollten, und irgendwie war es ihm danach gelungen, an Bord eines Schiffs zu gelangen.

Eines Schiffs nach Santo Domingo. Da stand ich nun in dem kleinen Hafenort, atmete die fremden Gerüche, sah bunte kreischende Vögel umherflattern und Affen im Geäst der staubigen Bäume zappeln, und während ich versuchte, all das Neue aufzunehmen und es nicht allzu schäbig zu finden, schwankte ich. Einerseits wollte ich lachen, weil ich vor wenigen Stunden noch gedacht hatte, die Zeit der ungünstigen Zufälle sei vorüber. Andererseits wollte ich nun so schnell wie möglich nach Santo Domingo.

Drei Tage später nahm Kapitän Flores mich mit. Er hatte nur einen Teil seiner lebenden Fracht verkaufen können; alles andere – vor allem Schießpulver und Waffen – war ohnehin für Santo Domingo bestimmt, für den Vizekönig und die spanischen Truppen.

30

In der wichtigsten spanischen Stadt Westindiens mögen damals, als ich dort im Herbst 1530 ankam, an die dreitausend Spanier, viertausend Indios und vielleicht tausend schwarze Sklaven gelebt haben – falls man das Los der Indios und Neger »leben« nennen kann. Es war nicht nur die wichtigste, sondern auch die größte spanische Stadt jenseits des Meeres. Versorgung, Truppen, Waffen, Nachrichten, Befehle – alles, oder fast alles, kam aus Europa hier an und wurde verteilt, weitergeleitet. Wie mir Flores gesagt hatte, gab es in Santo Domingo nicht nur Kirchen, Freudenhäuser, ein Kloster und sonstige Wohn- und Nutzgebäude, sondern auch zwei Schenken.

»Ach was, es gibt mehr als zwei, aber vor allem diese beiden: die beste *posada* westlich des Meeres und die lausigste. Wenn Ihr genug Geld habt, begebt Euch in die beste; wenn Ihr nicht genug Geld habt, wappnet Euch gegen Läuse, Wanzen, Diebe, Bettler und nicht essbaren Fraß.«

Ich hatte genug Geld. Genug, um die »Vier Winde« aufzusuchen, die Taverna de los cuatro vientos – und genug, um dem Kapitän zuvor Caonabo abzukaufen.

»Warum tust du das, Herr?«, sagte der Ciboney, als wir vom Hafen zur Plaza de Armas gingen.

»Hin und wieder ist es gut, angenehme Gesellschaft zu haben. Ich kenne hier ja sonst niemanden. Was muss ich tun, um dich freizulassen?«

Caonabo schwieg; nach ein paar Schritten sagte er, mit belegter

Stimme: »Herr, das ist überaus freundlich. Es ist aber auch überaus sinnlos.«

»Wieso ist es sinnlos?«

»Weil der nächste Spanier mich wieder versklavt.«

»Gibt es denn keine Liste?«

»Doch, aber keine Möglichkeit, einen bewaffneten Spanier zu einem Amtmann zu bringen.«

»Dann werden wir uns etwas anderes einfallen lassen müssen. Vielleicht nehme ich dich mit nach Europa und lass dich da frei.«

»Was hast du denn jetzt vor, Herr?«

»Hör auf, mich ›Herr‹ zu nennen – Jakob, Jakko, Jaime, Santiago, he, du, was du willst, und ...«

»Gern – wenn wir unter uns sind. Jaime.«

»Auf dem Schiff habe ich dir doch von meinem Feind erzählt. Wahrscheinlich ist er hier. Ihn suche ich. Und für dich sollten wir eine Waffe besorgen.«

»Das wäre nicht gut.«

»Warum? Er könnte dich auch angreifen.«

»Ein Sklave, der einen weißen Herrn tötet, stirbt. Sehr langsam, aber sehr gründlich.«

In der *posada* gab es keinen freien Gastraum. Ich fand nach kurzem Suchen ein schlichtes, luftiges Zimmer in einem Haus unweit der Plaza, zahlte für fünf Tage voraus und bat um eine zweite Matratze samt Decken für meinen Diener. Er könne doch im Stall schlafen, sagte der Hausherr; ich sagte, das könne er durchaus, werde er aber nicht.

Es war später Nachmittag, als wir wieder ins Freie traten. Vielleicht war ich – außer für ein paar Augenblicke in Wien – Zamora noch nie so nah gewesen; im Hals verspürte ich ein breiiges Würgen, und ich musste die Zähne zusammenbeißen und mehrmals schlucken, um nicht meinen Hass zu erbrechen. Alles drängte mich, ihn sofort zu suchen. Aber das war natürlich unsinnig.

»Essen«, sagte ich, »dann einen kleinen Rundgang. Und morgen werde ich ihn suchen.«

Wir gingen zurück zu den »Vier Winden«. Vor der Tür lehnte ein älterer Mann mit grauen Haaren, graugrünen Augen und einem grauweißen Kinnbart. Er hatte die Arme vor der Brust verschränkt und wippte auf den Fußspitzen.

»Wenn ihr essen wollt«, sagte er, »müsst ihr euch noch ein wenig gedulden.«

»Ist es zu früh für den Koch?«

»Der Koch heißt Vasco und atmet gerade frische Luft vor der Tür.« Er grinste leicht.

»Dann sag ihm, er soll in Ruhe atmen. Aber da du dich auskennst – ich suche einen Mann. Alonso Zamora.«

Vasco nickte. »Sitzt rechts an einem Tisch, allein.«

Es traf mich fast wie ein Faustschlag; ich fühlte mich, als müsse ich in der Luft ertrinken. So viele Jahre, so viel Blut und Hass und Gedanken und Versuche …

»Danke, mein Freund«, sagte ich.

Wir gingen hinein. Drinnen war es noch fast leer, nur links saßen zwei Männer, die würfelten, und rechts, allein, an der Längsseite eines Tischs, Alonso Zamora. Er hatte Münzen vor sich liegen und ein Büchlein, in das er etwas kritzelte.

Die alte Frau, die mir vor einiger Zeit gesagt hatte, es gebe keine freien Zimmer, erschien in einer Tür, wahrscheinlich der zur Küche; sie sagte nichts, blickte mich nur fragend an.

»Wein«, sagte ich, »und frisches Wasser. Zwei Becher.«

Sie schaute an mir vorbei, schien Caonabo zu mustern, hob dann die Schultern und wandte sich um.

Ich ging langsam zu Zamoras Tisch, auf die andere Seite, und blieb ihm gegenüber stehen. Ich starrte auf ihn hinunter, die rechte Hand mit dem Federkiel, die Eisenhand neben dem Büchlein, die strähnigen schulterlangen Haare, deren Schwärze nur hier und da ein wenig Grau aufhellte. Die Gesichtszüge, die verhassten Züge des Molochs, konnte ich kaum sehen, da er den Kopf über sein Gekritzel beugte. Er schrieb Zahlen, in langer Reihe untereinander, dahinter immer irgendwelche Wörter.

»So viele Jahre suche ich dich«, sagte ich halblaut, »da hast du sicher nichts dagegen, dass ich mich zu dir setze.«

Er blickte auf und zuckte mit den Schultern. »Setz dich. Du suchst mich? Warum? Seit wann?«

Ich zerrte an meinem Gürtel, bis der Degen nicht mehr vor meinem rechten Bein hing, und ließ mich auf die Bank sinken. »Ah, zehn Jahre. In Wien hätte ich dich beinahe gefunden, aber die Türken kamen dazwischen.«

Er legte den Federkiel beiseite, neben das kleine tragbare Tintentöpfchen; mit der eisernen Linken schob er das Rechenbuch von sich. »Wien?« Er lächelte – beinahe. »Wo warst du? Hast du gekämpft?«

»Ein Tor weiter rechts. Und – ja, ich habe gekämpft. Auf der Mauer, vor den Toren, unter der Erde. Ohne dich und die anderen Arkebusiere hätten wir die Stadt nicht halten können.«

Er nickte. »Ich habe es gelernt. Das Kämpfen.«

»Sonst nichts?«

Zamora hob die Schultern. »Was kann der dritte Sohn eines Maultiertreibers lernen?«

»Was er kann und will.«

»Ich kann und will kämpfen.« Er legte die Eisenhand auf das Rechenbuch und bleckte die Zähne. »Ich habe genug zusammen, um die nötige Rüstung und die Fahrt auf einem Schiff zu kaufen. Ich werde Pizarro folgen, der ins Goldland will. Danach? Man wird sehen. Aber wir waren bei Wien.«

»Ob es bei Pizarro so behaglich wird wie in Wien?«

»Es war ein harter Kampf«, sagte er. »Vor allem unter der Erde. Hartes Kämpfen für harte Männer, aber du siehst nicht so hart aus. Was willst du von mir?«

»Ich habe dich gesucht«, sagte ich, »um dich etwas zu fragen.«

»Dann frag. Vielleicht weiß ich die Antwort.« Er lachte. »Vielleicht sage ich sie dir sogar. Wie heißt du?«

»Jaime. Dies ist die Frage. Vor vielen Jahren bist du mit ein paar anderen in Deutschland gewesen, auf der Suche nach einem Mann namens Spengler. Warum hast du ihn gesucht?«

Zamora kniff die Augen zusammen. »Warum? Ich bin dafür bezahlt worden.«

»Von wem? Wer hat es angeordnet? Warum?«

»Wieso willst du das wissen?«

»Ach, eigentlich weiß ich es«, sagte ich leichthin. »Jedenfalls teilweise. Mantegna hatte damit zu tun, nicht wahr? Aber den konnte ich bisher nicht fragen.«

»Er ist jetzt Eminenz und viel beschäftigt.« Zamora presste die Lippen zusammen. »Viel beschäftigt, ja, nicht zu sprechen für solche wie uns. Ein feistes Schwein.«

»Ein feistes frommes Schwein. Was ich aber nicht weiß – woher hatte er den Befehl?«

Zamora blähte die Wangen auf. »Keine Ahnung. Es war Medici-Geld, glaube ich. Kam von weit oben. Aber warum willst du das wissen, nach all den Jahren?«

Die alte Frau erschien mit zwei Krügen und zwei Bechern, stellte sie neben mich und watschelte zurück zur Küche. Ich sah mich nach Caonabo um. Er stand zwischen der Eingangstür und der Treppe zur Balustrade des oberen Stockwerks, im Schatten, ließ die Arme hängen und machte ein ausdrucksloses Gesicht.

»He, warum?« Zamoras Stimme klang nun schärfer.

»Alonso Zamora«, sagte ich halblaut, »Lukas Haspacher, Giambattista Piranesi, Jérôme de Castelbajac. Vier große Raubtiere. Ich heiße Jaime – auf Spanisch, auf Deutsch Jakob. Jakob Spengler. Georg Spengler war mein Vater.«

Zamora nickte leicht; er schien nicht überrascht. Mit der Eisenhand schob er Buch, Feder und Tinte weit nach links.

»Wo warst du, damals?«, sagte er.

»Im Wald, oberhalb des Dorfs. Ich habe Schüsse gehört und dann alles gesehen. Und ehe ich sterbe, will ich wissen, warum das alles geschehen ist. Was hat mein Vater getan?«

Zamora rümpfte die Nase. »Er hat für die falsche Seite Geld verteilt, für den Franzosen. Und später wollten die Geldgeber nichts mehr davon wissen. Reicht dir das – vor dem Sterben, meine ich? Wann, übrigens, hast du das vor? Zu sterben?«

»Ich weiß es nicht. Irgendwann erwischt es jeden. Vielleicht heute, vielleicht in fünfzig Jahren, wer kann das denn sagen?«

»Was ist mit den anderen? Haspacher und den Übrigen?«

Ich langte nach einem Krug und goss Wein in einen Becher.

»Haspacher habe ich bei Heilbronn getötet, vor fünf Jahren. Piranesi vor drei Jahren in Rom, beim *sacco*. Castelbajac in Wien, als die Belagerung zu Ende war.«

Zamora grinste. »Und jetzt willst du mich erledigen, ja? Wie? Wann?«

»Lass uns etwas anderes erörtern.«

»Was denn noch?«

Ich nahm den Becher, trank aber noch nicht. »Straßburg«, sagte ich. »Der Mann war mein bester Freund, und die Frau wollte ich heiraten. Und ich war entschlossen, dich deswegen nicht mehr zu verfolgen.«

»Das wäre schade gewesen, nicht wahr? Wo wir doch so angeregt plaudern. Wann und wie willst dus haben?«

Ich ließ den Becher los und drehte die Handfläche nach oben. »Heute Abend, morgen, mit dem Degen, vor der Stadt, ganz wie es dir gefällt.«

Er kratzte sich mit der Rechten den Kopf, dann den Nacken. »Ziemlich sicher scheinst du zu sein. Aber, weißt du, meine Zeit ist noch nicht gekommen.«

Ehe ich eine Bewegung machen konnte, sauste seine rechte Hand auf den Tisch herab. In ihr steckte ein dünnes Messer mit dünnem Griff; und dann steckte die Klinge in meiner Handfläche und nagelte sie auf den Tisch.

Zamora betrachtete mich mit einem gehässigen Grinsen. Dabei nestelte er an seinem Hals und zog eine schmale Lederscheide, die an einem Lederband hing, von hinten nach vorn.

Ich biss auf die Zähne, um nicht laut zu brüllen. Vor Zorn, nicht vor Schmerz. Die Hand schmerzte scheußlich, aber die Wut war schlimmer. Ärger, Zorn, Hass auf mich selbst und meinen Leichtsinn.

»Tölpel«, krächzte ich mühsam.

»Selbstgespräche führen zu nichts.« Zamora stand auf und zog den Degen. »Und Gespräche zwischen uns wollen wir doch jetzt überflüssig machen.«

Er winkelte den Arm an, zum Stoß. Hinter ihm tauchte ein Schatten auf. Caonabo hatte keine Waffe. Er ließ die rechte Faust auf Zamoras Schwertarm krachen und stieß ihm die linke in die Nieren. Der Degen fiel auf die Tischplatte. Zamora taumelte vornüber. Die Strähnen hingen fast bis auf die Klinge. Ehe er sich aufrichten konnte, packte ich mit der Linken seine Haare und riss ihn auf meine Hand herunter. Auf den dünnen Griff seines Messers.

Er blieb auf dem Tisch liegen; vielleicht hat er noch einmal gezuckt. Etwas Warmes rieselte, rann, floss über meine wunde Hand. Das Auge. Hirn. Blut.

Die Amtsleute brachten den Leichnam fort. Caonabo verband meine Hand, während ich dem herbeigerufenen Gerichtsschreiber mehr oder minder wahrheitsgemäß Auskunft gab. Als ich fertig war, räusperte er sich.

»Es wird kein Nachspiel geben, Caballero.«

»Trotz der Leiche? Kein Mord? Totschlag?«

»Wir haben ein Schreiben aus Venezuela erhalten, in dem einiges über Zamora steht. Wir werden es als Ehrenhandel betrachten. Ich glaube, wir sollten Euch danken.«

»Dankt nicht mir«, sagte ich. »Dankt dem da. Ohne ihn wäre ich jetzt tot.«

Der Gerichtsschreiber wandte sich Caonabo zu, der es nach langem Drängen meinerseits gewagt hatte, sich an den Tisch zu setzen. »Wohlgetan, dein Herr wird es dir zu danken wissen.«

Inzwischen waren die meisten Tische besetzt. Hier und da wurde getuschelt, man warf uns Blicke zu, aber insgesamt war die Stimmung eher gelassen. *Nicht das erste Duell, wahrscheinlich,* sagte ich mir.

Dann fiel mir etwas ein. »Hört, ich hätte eine Bitte. Ich werde morgen oder übermorgen zu Euch ins Gericht kommen.«

»Zu welchem Zweck?«

»Es könnte sein, dass man in Europa versucht, mich zu belangen. Zamora hatte hochrangige Freunde; wie Ihr wisst, ist nicht jeder Edelmann edel, und nicht jeder Schurke niederer Abkunft.«

Der Schreiber nickte und erhob sich, ein spöttisches Lächeln um die Lippen. »Wie wahr, Caballero, ach, wie sehr wahr. Ihr wollt ein Schreiben, trefflich gesiegelt und unterfertigt vom Corregidor oder gar vom Stellvertreter des Vizekönigs?«

»Lässt sich das einrichten?«

»Es lässt.«

Der Schreiber war kaum gegangen, als der Koch selbst zu uns kam, statt die Bedienung der Alten oder einem anderen Helfer zu überlassen. Als Caonabo aufstehen wollte, legte Vasco ihm die

Hand auf die Schulter, schüttelte den Kopf und sagte: »Sitzen bleiben. Hier gibt es heute keine Sklaven. Habt ihr Hunger? Oder gehört ihr zu denen, die nach einer wichtigen Handlung zunächst fasten und sich läutern wollen?«

»Kein Fasten, Vasco. Bring uns etwas.«

»Schafsaugen in Sülze? Kalbshirn?« Er kicherte.

»Keine Augen, kein Hirn, auch keine Blutsuppe.«

»Lammschulter? Ist gleich fertig.«

»Und Wein, damit ich meine Tölpelei schnell und gründlich vergesse.«

Vasco lachte und wies auf ein Bild, das in der Mitte der Rückwand des Raums hing. »In dieser Taverne hat es viele Tölpel gegeben – schau sie dir an. Aus einigen ist etwas geworden, trotz Tölpelei; du solltest die Hoffnung nicht aufgeben.«

Ich ging hin und betrachtete das Gemälde; der kaum leserlichen Signatur zufolge hatte es ein Maler namens Figu oder so ähnlich angefertigt; Pinselführung, Raumaufteilung und Farben waren besser als die Unterschrift. Das Bild zeigte das Innere der »Vier Winde«. Im Hintergrund stand ein sehr viel jüngerer Vasco, weiter vorn eine üppige, grimmig blickende Frau, die Herrin der Schenke, und an einem großen Tisch saßen teils jüngere, teils ältere Männer. Die meisten Gesichter kannte ich von anderen Bildern, von Münzen, aus Büchern, aber zu meiner und anderer Erhellung hatte der Maler kleine schwebende Fahnen mit den Namen über den Köpfen angebracht: Cristobal Colón, Vasco Nuñez de Balboa, Alonso de Ojeda, Francisco Pizarro, Hernán Cortés, Ponce de León. Mittelpunkt des Bildes war jedoch die Wirtin, Catalina Barrancas.

»Waren die alle hier?«, sagte ich.

Vasco nickte. »Sogar zusammen, vor, ah, dreiundzwanzig Jahren. Und sie haben hier einiges an Tölpeleien begangen.«

Ich pfiff leise. »Beeindruckende Versammlung. Aber solche

Eroberungen wie sie ... Ich glaube, dazu bin ich nicht tölpelhaft genug.«

Er lachte. »Du kannst ja noch ein wenig üben.«

»Ich bin bescheidener«, sagte ich. »Weder ihr Gold noch ihre Strecke an Toten ...«

»Wie viel hast du denn noch vor?«

»Gold? Genug zum Leben. Und an Toten fehlt mir nur noch einer.«

Vasco klopfte mir auf die Schulter. »Den schaffst du«, sagte er. »Überleg dir nur beizeiten, was du danach tun willst.«

31

Eine Karavelle, die vor allem amtliche Schriften, ältere Offiziere und ihre Frauen an Bord hatte, brachte uns nach Sevilla. Als wir dort eintrafen, war es Anfang November, meine Hand war wieder heil und beweglich, und Caonabo hatte ein wenig Italienisch und Deutsch gelernt.

Ich war unschlüssig hinsichtlich der Möglichkeiten, die mir das vom Schreiber mit dem Siegel des Vizekönigs versehene Machwerk bot. Zwei Tage hatte ich über dem Wortlaut gebrütet, und ich war sicher, es würde eine gewisse Wirkung haben. Falls es mir gelang, den Empfänger zu finden und dafür zu sorgen, dass er es las.

Von Sevilla fuhren wir durch die Meerenge nach Cartagena, von dort mit einer Versorgungsflotte nach Neapel. Ausnahmsweise gab es nicht nur Sold und Verstärkung, sondern sogar Lebensmittel für die in Italien weilenden Truppen. Von Neapel nach Ostia, von dort nach Rom, wo ich nach langem Warten in eisigen Vorzimmern sowie mehreren Bestechungen erfuhr, Eminenz Mantegna halte sich in Savoyen auf und werde von dort nach Deutschland reisen, um im Lauf des Winters und des Frühjahrs bei den dortigen Fürsten und Bischöfen Botschaften des Papstes zu überbringen und einen vom Kaiser beabsichtigten Reichstag über den wahren Glauben und die lutherische Ketzerei vorzubereiten. Im März, so hieß es, werde er vermutlich die rheinischen Kurfürsten besuchen.

Von Ostia fuhren wir nach Genua, von dort nach Marseille. In einem außer für Caonabo milden Januar ritten wir die Rhone hinauf, immer mit größeren Gruppen – zwar gab es ausnahmsweise keine Kriegszüge in diesen Gebieten, aber es ist immer besser, sich auf Nachrichten nicht allzu sehr zu verlassen. Von Lyon über Beaune und Dijon gelangten wir nach Bisanz und Mühlhausen, und Mitte Februar stellten wir fest, dass Eminenz Mantegna sich in Mainz aufhielt und alsbald gen Koblenz und Köln aufbrechen würde. Ein paar Tage später fanden wir die Miralda. Sie ankerte an einer kleinen Insel nördlich von St. Goar.

Albuin Apollonius Sausak, der Große Alberto Samper, hatte sich kaum verändert. Er umarmte mich zur Begrüßung, schob mich dann von sich und musterte mein Gesicht.

»Ein paar Falten mehr, wirst du erwachsen? Wo bist du gewesen? Was … ah, aber setzt euch doch. Wer ist dein Begleiter?«

»Auch dir hat die Zeit mit Holzschuhen Furchen ins Antlitz getrampelt«, sagte ich. »Das ist mein Freund Caonabo, ein Fürst der Ciboney auf der großen Insel Aytí, welche die Spanier La Española nennen. Hast du etwas zu trinken für uns? Und später zu essen?«

»Trinken, essen, reden?« Er klatschte in die Hände und brüllte nach Wein.

Ich sah mich in seiner Kajüte um. Alles war wie früher, wenn auch ein wenig abgenutzt. Abgeschabt vom Leben, wie wir alle. Entweder legte er keinen Wert mehr auf neue Vorhänge und bessere Sitzbezüge, oder sein Vermögen war ebenso fadenscheinig geworden wie die Stoffe, mit denen er zuvor seine Träume ausgekleidet hatte.

Eine junge Frau, an deren Gesicht ich mich nicht erinnern konnte, brachte einen Krug und Becher, strich Samper übers Haar, lächelte uns an und ging wieder hinaus.

»Deine Mädchen werden immer jünger«, sagte ich. »Ist sie neu, oder bin ich vergesslich geworden?«

»Sie ist neu.« Samper goss ein, verteilte die Becher, hob seinen und seufzte dramatisch. »Man wird älter, die Winter werden kälter, da ist frische Wärme hilfreich. Lasst uns auf die Frische und die Wärme trinken! Wo ist deine Fiedel?«

Wir tranken. Caonabo stellte seinen Becher ab und sagte: »Die Fiedel schläft. Auf dem Schiff hat er gespielt, aber seitdem nicht mehr. Vielleicht braucht er zum Spielen ein Schiff und Wellen.«

»Ah, Schiffe und Wellen!« Samper legte sein Gesicht in traurige Falten. »Hier ist nur noch ein altes Schiff, und die Rheinwellen sind nicht mehr das, was sie einmal waren. Jedenfalls sind sie in meiner Erinnerung heiterer. Welche Schiffe habt ihr benetzt, welche Wellen haben euch geritten?«

»Das ist eine lange Geschichte. Fang du an; ich glaube, deine ist kürzer.«

Er nickte; sein Gesicht verfinsterte sich noch mehr. »Kurz und trüb, ja. Es ist die gleiche wie beim letzten Mal. Wir leben in würdelosen Zeiten. Die gewöhnlichen Menschen, die Freude am Vergnügen haben, nehmen ab, die Pfaffen und die Prediger werden immer lauter, die Städte und die Mautner wollen immer mehr Geld. Kurz genug?«

»Ein wenig ausführlicher wäre vielleicht hilfreich. Vor allem für Caonabo, der zum ersten Mal hier ist.«

»Warum bist du« – Samper wandte sich an den Ciboney, »von deiner heiteren Sonneninsel in diesen düsteren Weltteil gekommen?«

»Sie ist nicht einmal halb so heiter«, sagte Caonabo.

»Das ist Teil der langen Geschichte.« Ich räusperte mich. »Er war Sklave, was die Heiterkeit des Lebens mindert. Aber davon später. Erzähl du zuerst.«

»Sklave? Sind wir das nicht alle?«

»Wie mans nimmt; wie meinst du das?«

Samper faltete die Hände hinter dem Kopf und lehnte sich

zurück. »Gekettet an Besitz, versklavt von Gepflogenheiten, geknebelt durch Gesetze, zerfleischt vom Leben ... Die Pfaffen führen Krieg gegen die evangelischen Prediger, und um ihn gründlich zu führen, hetzen sie die Leute auf. Die Prediger führen Krieg gegen den Papst, und darum hetzen sie die Leute auf. Die Pfaffen wollen alles verbieten, was nicht fromm genug ist. Meine Tanzmädchen sind nicht fromm. Die Prediger wollen alles abschaffen, was Vergnügen bereiten könnte, denn das Leben, sagen sie, soll nur ernster Arbeit und dem Gotteslob geweiht sein. Wenn ich auf sie höre, kann ich die Miralda gleich versenken. Wenn ich fromme Tänze und Stücke aufführe, langweilen sich die Leute und bleiben weg. Wenn ich unfromm bin, schleudern die Pfaffen ihre Bannflüche wider mich, und viele Leute wagen es dann nicht, sich zu vergnügen.«

All das hatte Samper, gleichsam ohne Luft zu holen, von sich gegeben. Er langte nach dem Becher, nahm einen gründlichen Schluck, hustete und sprach weiter.

»Die Länder und die Städte verlangen immer mehr Zoll und Maut und Liegegebühren. Warum ankere ich wohl an dieser öden Insel? Heh? Nein, es ist ein Hundeleben. Das Kästlein ist leer, der klirrende Gesang der Münzen verhallt, ›mein Fleisch ist um und um wurmig und kotig‹ – wozu all dies noch weiterhin betreiben?«

»Immerhin hast du noch Wein«, sagte ich.

»Und junge Frauen.« Caonabo lächelte versonnen.

»Sie werden deine braune Haut streicheln und lieben.« Samper gluckste. »Aber neulich habe ich eine bei unaussprechlich furchtbaren Dingen ertappt und entlassen. Entlassen müssen, damit sie nicht die anderen ansteckt.«

»Was hat sie denn getan?«

Samper beugte sich vor. »Gebetet hat sie! Was soll ich mit einem betenden Tanzmädchen? Einem beichtenden Keulenschwinger? Einem Schauspieler, der, während er einer Schönen den Hof macht, sich an die Zuschauer wendet und ihnen mitteilt, im richtigen Leben habe er ein Keuschheitsgelübde abgelegt? Ah bah. Aber genug von mir. Erzähl du, was du getrieben und unterlassen hast, seit – seit wann? Seit ihr den Spaniern gefolgt seid, die nach Wien marschieren sollten. Einen Teil der Geschichte kenne ich zwar schon, aber ...«

»Woher?«

Samper hob die Hände. »Später, später! Außerdem ist deine Fassung sicher besser als die, die ich gehört habe.«

Also berichtete ich, mit einigen Auslassungen. Beim letzten Teil ergänzte Caonabo gelegentlich etwas. Schließlich sagte ich: »Du siehst, auch auf sonnigem Eiland gibt es Finsternisse, und nun weißt du, weshalb er mich begleitet hat. Immerhin« – ich leerte den Becher und schob ihn Samper zum Nachfüllen hin – »glaube ich, dass die schlimme Zeit, da die Götzen des Zufalls mich mit ihren Gaben gemieden haben, vorüber ist. Und wenn nicht? Ich habe nicht mehr viel zu erledigen.«

Samper setzte ein schräges Lächeln auf und beugte sich wieder vor; dabei streckte er eine Hand aus. »Lass mich die Narbe sehen, Junge.«

Ich legte die Rechte auf den Tisch. Er nahm sie, drehte sie hin und her, befühlte die Haut, die sich über der Wunde gebildet hatte. »Nun ja«, sagte er, »den Degen kannst du damit führen, und den Fiedelbogen wohl auch, nicht wahr?« Dann ließ er meine Hand los und stützte die Ellenbogen auf den Tisch. »Für das, was du noch zu erledigen hast, habe ich ein Geschenk für dich – sozusagen als Sendbote der Zufallsgötzen.«

»Ich hänge an deinen Lippen und schmachte.«

»Recht so. Ich sagte ja, dass ich den ersten Teil der Geschichte schon kenne. Ich habe sie vor ein paar Tagen gehört.«

»Von wem?«

Samper grinste. »Von Karl.«

»Ist er hier?«

»In der Nähe. Er ist immer noch hinter diesem, wie heißt er, Symonds her.«

Ich schüttelte den Kopf. »Erstaunlich. Der wollte doch angeblich nach England; wieso ist Karl dann hier?«

»Symonds hat es sich eben anders überlegt. Und einen alten Dienstherrn wieder aufgesucht, der ihn offenbar gut bezahlt. Er gehört zum Geleit von Eminenz Mantegna, und Karl beobachtet die päpstliche Gesandtschaft und knirscht mit den Zähnen, weil er nicht an Symonds herankommt.«

Ich schwieg ein paar Atemzüge lang. »Das trifft sich gut«, sagte ich dann. »Magst du einen Brief überbringen, Alberto? Es könnte dich vielleicht die Miralda kosten, aber die willst du ja ohnehin versenken.«

»Will ich nicht«, knurrte er. »Ich hoffe auf bessere Zeiten, vielleicht auf eine neue Religion, deren Inhalt die Lebensfreude ist und die nicht dauernd etwas verbietet. Aber – was hast du vor?«

Da Symonds bei Mantegna war, bestand die Möglichkeit, dass er mich sah, und da er mich kannte, konnte ich den Brief nicht selbst überbringen. Nach ein paar Tagen gründlicher Vorbereitung auf der Miralda begleitete ich Samper jedoch auf der Rheinstraße nach Süden, der päpstlichen Gesandtschaft entgegen.

Ich hatte noch auf der Insel La Española das Schreiben selbst ins Deutsche und Italienische übersetzt. Auch diese beiden Fassungen waren mit den Siegeln des Vizekönigs versehen. Samper trug nun den italienischen Brief bei sich, in einem dicken Umschlag, zusammen mit einigen Zeilen, die ich auf einen weiteren Bogen geschrieben hatte.

Das amtliche Schreiben war unterfertigt von »Don Antonio de Mendoza y Pacheco, Graf von Tendilla, Vizekönig de las Indias, vertreten durch …« und hatte den üblichen imposanten Kopf mit allen Titeln, Ämtern, Zuständigkeiten und Privilegien. Der Text war vergleichsweise karg; nicht umsonst hatte ich lange darüber nachgedacht. Gerichtet an Seine Eminenz Giacinto Kardinal Mantegna, stellte es lediglich fest, dass bei der peinlichen Befragung – die übliche Umschreibung für Folter und Verhör – des verblichenen Alonso Zamora gewisse Einzelheiten in Erfahrung gebracht und verzeichnet worden seien, so etwa Namen wie Piranesi, Haspacher, Castelbajac und Symonds, ferner die Vielzahl von Namen – Franz Masinger, Franziskus Messing, Francesco Mazzini, François Massard – einer mit Geldgeschäften befassten Person, sowie auch Orte und Vorgänge zwischen einem Dorf im deutschen Hunsrück 1519, Venedig 1526 und »türkisch Ungarn« 1529. Eminenz möge dem Beauftragten zur Verfügung stehen für ein Gespräch, dessen Ziel es sei, schlimmste Folgen für die Beziehungen zwischen Kaiser und Papst abzuwenden und die Unversehrtheit von Leib und Ruf Seiner Eminenz zu wahren.

Die wenigen zusätzlichen Zeilen baten Mantegna, mit »kleiner Begleitung« der Einladung zu einer Aufführung auf dem Theaterschiff Miralda nachzukommen. Zu dieser Begleitung solle, falls verfügbar, Harry Symonds gehören, welcher möglicherweise als Pfand zur Bekräftigung einer Geste guten Willens dienen könne.

Ich hatte alles mit Samper und Caonabo durchgesprochen. Samper sah die Gefahr für die Miralda als gering an – »wenn alles so geht, wie du es dir vorstellst.« Caonabo hatte gelacht, als er bei der Zeile mit Symonds als Pfand angekommen war, und gesagt: »Das große Schwein ködern, indem du ihm andeutest, er könnte mit heiler Haut entkommen, wenn er das kleine Schwein opfert? Und was, wenn er nicht kommt?«

»Geh, lass dich von den Fingerspitzen und der Zunge der holden Jasmina ablenken und kümmere dich nicht um uns. Es gibt, für alle Fälle, einen zweiten Plan.«

Von dem ich allerdings hoffte, ihn nicht ausführen zu müssen. Er sah unerfreulich viel Gewalt vor, unzufriedene evangelische

Bauern, einen schmalen Abschnitt der Rheinstraße südlich von Koblenz und vom Hang rollende Felsen.

Und Karl, der dafür gebraucht würde. Ihn fanden wir nach ein paar Wegstunden; mit mürrischem Gesicht und offensichtlich schleifender Seele kam er uns entgegengeritten. Er hatte sich in seinen uralten Mantel aus tausend Tierfellen gehüllt und war an Haar und Bart verstrüppt, glich insgesamt einem wandelnden oder reitenden Berghang. Er blinzelte, rieb sich die Augen, begann zu strahlen, sprang vom Pferd und breitete die Arme aus, als ich abstieg.

»Jakko – kleiner Bruder – Herr! Ist denn heute Mittwoch? Oder sind wir zu früh?«

Wir umarmten einander; er stank nach minderen Waschungen, Knoblauch und Beifuß, aber für mich war es ein willkommener Duft.

Am Wegrand machten wir eine kurze Rast. Nachdem wir Karl mitgeteilt hatten, was wir tun wollten, zögerte er kurz, dann nickte er und schlug mir auf die Schulter.

»Guter Plan, Junge. Sie sind unterwegs, paar Stunden hinter mir. Kein Rankommen an Symonds – kleine Truppe, nur ein Dutzend Leute, aber immer zusammen.«

»Wieso ist die Gesandtschaft so klein?«

Karl zuckte mit den Schultern. »Kein Krieg, vorübergehend, und man will kein großes Aufsehen erregen. Geheime diplomatische Vorbereitungen, weißt du?«

Am nächsten Mittag kam Samper zurück zur Miralda, die wir von der Insel zum Ufer verlegt hatten. Als er an Bord kam, sah ich an seinem Gesicht, dass der Plan bisher geglückt war.

»Heute Abend, bei Sonnenuntergang«, sagte er.

»Keine Vorbehalte?«

»Ich habe ihm versprochen, dass wir eine besonders schöne

Aufführung eines Mirakelstücks machen werden, über Jesu Leiden und Auferstehung.« Alberto grinste. »Wie besprochen, so gerochen. Oder so.«

»Warst du bei ihm, als er das Schreiben gelesen hat?«

Er nickte.

»Und? Irgendwelche Anzeichen?«

»Er ist ein wenig blass geworden, und dann hat das Blatt in seinen Händen gezittert.«

Am Abend zitterten für ein paar Augenblicke meine Knie. Als ich sah, was ich längst angenommen, aber nicht sicher gewusst hatte. Das flammende Brandmal auf der Stirn. Mantegna, Kardinal, Geheimbotschafter des Papstes, Meister der schmutzigen Geschäfte, war jener Priester, der damals, so lange her, auf dem Karren gesessen und geweint hatte. Und vermutlich war er nicht gefesselt gewesen, sondern hatte einen Rosenkranz um seine Hände geschlungen.

Er trug ein schlichtes Priestergewand. Und er kam, wie ausbedungen, mit kleiner Begleitung – ein Sekretär und drei Bewaffnete. Einer von ihnen war Harry Symonds. Als er mich sah, stutzte er, setzte dann ein breites Grinsen auf. Karl hielt sich im Hintergrund verborgen. Zunächst.

Samper und die Mitglieder der Truppe begrüßten die Gäste. Auf dem Deck waren im Halbkreis um eine Art Podium Stühle bereitgestellt worden. Als Samper Mantegna und seine Begleitung bat, sich dort niederzulassen, winkte der Kardinal ab.

»Gebt den Soldaten etwas zu trinken.« Sein Deutsch war geläufig und fast ohne italienische Beiklänge. »Singt ihnen schlüpfrige Lieder, lasst Mädchen tanzen, was auch immer. Mein Sekretär und ich wollen derweil verhandeln. Wo ist der Unterhändler? Ich lege Wert darauf, alles so schnell wie möglich hinter mich zu bringen.«

Ich warf Samper einen Blick zu; er nickte.

»Eminenz«, sagte ich, mit einer eher angedeuteten Verneigung, »wollet mir bitte folgen.«

Ich ging voran, in Sampers Kajüte. Dort brannten vier Lampen, und auf einer Konsole hatte ich Wasser und Pokale bereitgestellt. Wein befand sich in einem Topf auf dem Ofen.

Mantegna sah sich um, hob die Schultern und setzte sich an den kleinen Tisch. Er blickte den Sekretär an und wies auf den Stuhl zu seiner Rechten.

Der Mann ließ sich nieder und betrachtete mich mit schmalen Augen. Er war dünn, fast hager, und trotz seiner Jugend – er konnte nicht viel älter als fünfundzwanzig sein – lichtete sich sein Haar bereits.

Ich neigte auch vor ihm ein wenig den Kopf. »Ihr seid?«, sagte ich.

»Mein Sekretär«, knurrte Mantegna. »Ein Gonzaga. Falls Ihr einen edlen Namen als Gewähr für einen sauberen Handel braucht. Und wer seid Ihr?«

»Ein kaiserlicher Botschafter, ohne edle Sippe. Wie der Heilige Vater bedient sich auch Seine Majestät gern minderwertiger Werkzeuge zur Erledigung … unangenehmer Arbeiten.« Ich deutete zur Konsole. »Etwas zu trinken?«

Mantegna schüttelte den Kopf. »Hinterher – falls es dann etwas zu feiern gibt.«

»Wie Ihr wollt.« Ich setzte mich.

»Keine Umschweife«, sagte Mantegna. »Zamora. Was ist mit ihm?«

»Er ist tot. Vorher hat er viel geredet.«

Ein schwärzliches Lächeln huschte um den Mund des Kardinals. »Es ist gut, vor dem Hinscheiden die Seele zu erleichtern.«

»Wie wahr. Außerdem ist er ein Zeuge, der nicht mehr aussagen kann. Nicht *noch* mehr, sollte ich sagen.«

Gonzaga räusperte sich. »Zamora«, sagte er, »einige andere Namen, die in dem Schreiben stehen – Castelbajac, Haspacher, Symonds, Piranesi; was ist mit denen?«

Mantegna hob eine Hand. »Piranesi ist in Rom gestorben. Symonds ist hier, an Bord, so sagt man das wohl. Was ist mit den anderen?«

»Darum kümmern wir uns gleich, Eminenz. Ihr, Gonzaga, habt einen Namen vergessen – den vielnamigen Masinger, Messing, Mazzini, Massuard.«

Gonzaga blickte Mantegna an, Mantegna schaute auf seine Hände.

»Seine schwache Gesundheit« – er klang deutlich höhnisch – »hat die Mühsal der Ungarnreise nicht überstanden. Ein türkisches Messer half ihm, den Weg aus diesem Tal der Tränen zu finden.«

»Dann werden am Ende dieser Unterredung nur vier übrig sein, die genug wissen. Wir drei. Und Symonds.«

Mantegna schloss die Augen; beinahe gelangweilt sagte er: »Symonds hat uns gute Dienste geleistet; wir werden ihn möglicherweise vermissen müssen. Ein paar Tage jedenfalls.« Er öffnete die Augen wieder. »Was will der Kaiser? Was ist das wirkliche Ziel dieser Unterredung?«

»Klarheit, was einige Vorgänge angeht.« Ich wusste, dass ich einen sehr schmalen, sehr stark schwankenden Steg betreten hatte, und wählte meine Worte mit Vorsicht. »Es ist gut, am Ende zu wissen, welche Rechnungen abgeschlossen werden können und welche noch offen sind. Zwischen dem Kaiser und dem Papst hat es – nun ja, sagen wir, gewisse Spielzüge gegeben, deren Ziel es, wie bei jedem Spiel, natürlich war, den Gegner zu schwächen. Im Hinblick auf die großen anstehenden Dinge sind nun der Kaiser und seine Berater zu der Ansicht gelangt, dass eine Rechnung noch nicht abgeschlossen ist, und zwar zu seinen

Ungunsten. Es gibt dazu auch einen unabgeschlossenen Vorgang bei einem kurfürstlichen Gericht.«

Gonzaga blickte verwirrt drein.

Mantegna seufzte. »Hört auf, um die Sache herumzureden, Mann! Um was geht es?«

»Ihr habt im Lauf der Jahre allerlei unternommen, um den Kaiser und das Reich zu schwächen.«

Mantegna hob die Hand und öffnete den Mund.

»Nein, lasst mich bitte ausreden, Eminenz. Ich will nicht alles aufzählen, das würde uns nur langweilen — erwähnen wir also lediglich, als Beispiele, Eure Mitwirkung beim Schmieden gewisser Bündnisse zwischen dem Papst, Venedig und Frankreich, und Eure und der Kirche Rolle beim Aufbringen und Befördern gewisser Summen für den Woiwoden Zapolja und das türkische Heer. All dies« — ich beugte mich vor und sprach mit etwas mehr Nachdruck — »wird aufgewogen durch gewisse Gegenzüge des Kaisers und seiner Berater. Diese sehen jedoch eine Unausgewogenheit in einer anderen Sache, die, wie gesagt, als Anzeige und unabgeschlossenes Verfahren bei den Richtern des Kurfürsten von Trier liegt. Der Kurfürst legt Wert darauf, die Sache abzuschließen, um seine Untertanen, einige Richter und etliche sehr mürrische Amtleute zu beschwichtigen. Die Berater des Kaisers wiederum wissen, wie sehr er auf der Kurfürsten Wohlwollen, ihr Geld und die Bereitstellung von Soldaten angewiesen ist. Kurzum: Damit die Waage ausgeglichen sei, will man Euren Kopf, Eminenz. Oder den eines anderen samt einer guten Erklärung. Einer *sehr* guten Erklärung.«

»Meinen Kopf?« Mantegna kniff die Brauen zusammen. »Man wird es nicht wagen, Hand an einen Gesandten des Heiligen Vaters zu legen.«

»Ich versichere Euch«, sagte ich, »dass die Garde des Kurfürsten von Trier die Straße beobachtet, auf der Ihr reist. Und natürlich wird sie nichts tun, Eure Gesundheit zu gefährden. Es könnte aber sein, dass eine Horde evangelisch aufgewiegelter Bauern Euren Reisezug überfällt, ehe man sie daran hindern kann. Man würde es natürlich sehr bedauern; es ist jedoch allgemein bekannt, dass wir in wirren Zeiten leben.«

»Aber«, sagte Gonzaga.

Mantegna warf ihm einen Blick zu; dann wandte er sich an mich. »Um welchen Vorgang handelt es sich?«

»Vor zehn Jahren«, sagte ich, »seid Ihr mit Zamora, Haspacher, Castelbajac, Piranesi und einer von ihnen befehligten Truppe nicht weit von hier in den Bergen gewesen, um einen Mann namens Spengler zu suchen. Dabei wurde das ganze Dorf ausgerottet. Später starb noch ein Graf, mit dem Spengler offenbar in Zusammenhang stand. Was hatte Spengler getan, und warum mussten so viele sterben?«

»Sie hatten uns gesehen – zu viele Zeugen.« Mantegnas Stimme klang, als sei er über meine kindliche Einfalt verwundert. »Und Spengler hatte Geld verteilt, vor der Kaiserwahl. Geld, mit dem Stimmen für François gekauft werden sollten. Masinger, eh, Mazzini hatte es so eingerichtet, dass dieses Geld über verschiedene Wege nach Deutschland gelangte und nicht zu verfolgen war. Übrigens schon vorher; Geld für unzufriedene Fürsten, für Bauernführer, für Reformer. Alles, was das Reich schwächt. Und dann mussten Spuren beseitigt werden. Könnte man sagen.«

Ich bemühte mich, mir nichts anmerken zu lassen. Mein Vater … warum? Nur für Geld?

»Gut«, sagte ich. »So ungefähr haben wir … haben es sich die Berater des Kaisers gedacht. Es bleiben zwei Fragen, ehe wir die Sache abschließen können. Woher kam das Geld? Und wer hat die Spurentilgung angeordnet?«

Mantegna lächelte – boshaft, wie ich fand. »Was meint Ihr, woher das Geld kam?«

Ich zögerte. »Von François? Kaum; warum sollte Geld aus Frankreich so schwierig umgeleitet werden? Es wäre einfacher, ein paar Männer mit Münzen über die Grenze zu schicken, nicht wahr? Vom Papst?«

Mantegna schüttelte den Kopf; seine Augen funkelten.

»Damals befanden sich der Heilige Vater, Leo und Karl sowie François in einem verwickelten Dreier-Reigen. Leo hat François unterstützt, um sich später mit Karl zu einigen. Und er hat François ganz offen unterstützt – wozu also heimliche Geldverteilung?«

»Aber wer war es denn? Die Fugger? Die Welser?«

»Beide haben Karl unterstützt. Und insgeheim, wenn auch nicht so stark, François; man weiß ja nie, wer gewinnt, und das Geld will immer auf der Seite des Siegers sein. Deshalb konnte das Geld über die Fugger und die Welser laufen. Aber es kam von Suleymans Vater, Selim.«

Ich schwieg ein paar Lidschläge lang, um diese Nachricht zu verdauen. »Und der Sultan«, sagte ich dann, »wollte hinterher die Spuren verwischen?«

Gonzaga blickte zwischen Mantegna und mir hin und her; ihm war deutlich anzusehen, dass er zwischen Unglaube und Empörung schwankte. Plötzlich begann er zu lächeln.

»Ich begreife«, murmelte er. »Dies ist das Große Spiel, nicht wahr?«

Mantegna zwinkerte. »Ein Spiel, das hin und wieder hohe Einsätze fordert, ja. Aber – nein, es war nicht der Sultan. Die Spuren zu verwischen, war … die Rache des Kaisers. Nicht persönlich, natürlich; wahrscheinlich wissen seine Berater deshalb nichts davon. Einer seiner alten Ratsherren hat es angeordnet; er lebt nicht mehr. Und um die Leute des Kaisers bei Laune zu halten, hat der damalige Heilige Vater mich beauftragt, es auszuführen. Dazu gehörte auch jener Graf.«

»Und Masinger, Messing, Mazzini hat Euch gesagt, wo Ihr Spengler findet?«

»Nein; er mochte Spengler und hat sich geweigert; dafür musste er mir später einige … Gefallen tun. Nein, um Spengler zu finden, brauchten wir die Hilfe des Sultans.«

Mantegna beugte sich vor und legte die Hände flach auf den Tisch. »Aber das tut nichts mehr zur Sache. Können wir diese Angelegenheit nun beenden? Es ist kalt hier, ich mag nicht weiter in diesem schäbigen Raum sitzen.«

Ich wollte noch mehr Fragen stellen, aber im Rahmen der Vorgaben war das nicht möglich. Ich beherrschte mich mühsam. Und ich stand auf.

»Ein wenig heißen Würzwein?«, sagte ich. »Er wärmt, und damit können wir auf die Beilegung der Sache trinken.«

Gonzaga sagte: »Gern.« Mantegna knurrte etwas.

Ich nahm die drei Pokale und ging mit ihnen zum Ofen. »Wir werden gleich«, sagte ich dabei, »den gültigen spanischen Brief des Vizekönigs verbrennen. Ich erhalte Symonds, der Euch nicht belasten wird, und Ihr seid weiterhin geehrter Gast und Gesandter im Reich. Einverstanden?«

»Amen«, sagte Mantegna.

Mit einer Kelle füllte ich die drei Pokale aus dem Topf. »Heißer Wein«, sagte ich, »Kräuter und Honig. Gut für einen kalten Abend – und zum erfolgreichen Abschluss einer schwierigen Verhandlung.«

Ich stellte Löffel in die gefüllten Pokale und trug sie zum Tisch. »Die Löffel sind zum Rühren, damit sich der Honig besser verteilt.«

Mantegna kniff ein Auge zu. »War der Honig in den Pokalen? Oder im Topf?«

»In den Pokalen«, sagte ich. »Diesen hier.« Es waren Gefäße aus buntem Glas, mit tropfenförmigen Verzierungen in verschiedenen Farben am Stiel. »Der mit den roten Knospen für Eminenz, wie es sich gehört. Der mit den grünen für Euch, Sekretär. Und der mit den gelben für mich.«

Gonzaga griff zum Pokal; Mantegna hatte die Arme vor der Brust verschränkt.

Ich griff nach dem gerollten und gesiegelten Schreiben, einem Metallteller, entzündete eine bereitgestellte Kerze an der nächsten Lampe und setzte mich. »Ich werde einen Bericht verfassen«, sagte ich, »in dem zu lesen steht, dass ein gewisser Überfall auf ein Dorf vor zehn Jahren von einer Bande unter der Führung des berüchtigten Totschlägers Harry Symonds verübt wurde. Seine Eminenz, Kardinal Mantegna, hat diesen Schurken der kurfürstlichen Gerichtsbarkeit ausgeliefert.«

»Was geschieht mit ihm?«

»Ich weiß es noch nicht. Vielleicht versucht er zu fliehen und kommt dabei ums Leben. Er wird jedenfalls nicht aussagen.«

»Gut. Und ...« Mantegna starrte auf die Pokale, sprach jedoch nicht weiter.

»Dies noch.« Ich hielt das Schreiben aus Santo Domingo in die Kerzenflamme; als es brannte, ließ ich es auf den Teller fallen, und wir sahen zu, wie das dicke Papier verbrannte. »Ich heiße Jakob Spengler. Georg Spengler war mein Vater.«

Gonzaga stieß einen Laut der Überraschung aus; Mantegna schwieg und starrte mich an.

»Ich war damals fünfzehn und habe vom Waldrand aus zugesehen«, fuhr ich fort. »Und Rache geschworen. Aber ich habe zu viel Blut gesehen.« Ich hob den Pokal.

»Das ehrt Euch«, sagte Mantegna. »Seid doch so gut, mit mir den Pokal zu tauschen. Als Zeichen der Gastlichkeit, natürlich.«

»Natürlich«, sagte ich. Ich schob ihm den Pokal mit den gelben Knospen hin und nahm den roten. Dann rührte ich, die beiden anderen rührten ebenfalls, und wir tranken. Mantegna leerte seinen Kelch bis zur Neige und stand auf.

»So wollen wir in Frieden scheiden«, sagte er. »Ich nehme an, ich sollte, wiewohl Kardinal und Priester, Euch jetzt nicht segnen, oder?«

Ich erhob mich ebenfalls. »Es wäre zu viel des Guten.«

Wir verließen die Kajüte. Draußen klatschte Mantegna in die Hände und sagte: »Aufbruch. Eh, Symonds?«

»Eminenz?«

Aus dem Schatten hinter Symonds tauchte Karl auf, der sich bis jetzt verborgen hatte.

»Symonds, ich danke dir für lange Dienste; ab sofort stehst du im Dienst dieses Herrn hier.« Er deutete auf mich und begab sich zum Steg, um an Land zu gehen.

»Was …« Mehr sagte Symonds nicht, denn Karls Pranke legte sich vor seinen Mund, und zwei Männer der Miralda nahmen ihm die Waffen ab.

Ich berührte Gonzagas Arm. »Auf ein Wort noch«, sagte ich leise. Er schaute ein wenig verblüfft. Ich wartete, bis die beiden anderen Soldaten, die keine Hand für Symonds rührten, das Schiff verlassen hatten, dann sagte ich: »Vielleicht ändere ich meine Meinung, dann komme ich morgen früh zu Euch. Wenn nicht, gebt Eminenz dies hier.« Ich hielt ihm ein weiteres gesiegeltes Schreiben hin.

»Was ist das?«

»Es geht nur Eminenz und mich etwas an – und erst morgen Vormittag. Und noch etwas. Sollten sich in den nächsten Tagen seltsame Dinge ereignen, denkt an das Große Spiel und verhaltet Euch Eurem Auftrag gemäß, als wäre nichts geschehen. Nun geht.«

Caonabo kam zu mir, als Karl mit zwei Männern und Symonds in das kleine Ruderboot kletterte.

»Warte noch«, sagte ich. »Karl!«

Er blickte über die Schulter zurück und fletschte die Zähne. »Ja?«

»Du bist sicher, dass du es so willst?«

»Bin ich, Jakko. Danke. Für dies und anderes. Wir sehen uns – hier oder viel später.« Er hob die Hand; dann verschwand er hinter der Bordwand.

»Hat er getrunken?«, sagte Caonabo.

»Er hat. Alles.«

»Gut.« Caonabo nickte. »Dann war die ganze Arbeit nicht umsonst.« Er gluckste. »Möge er in der Hölle braten. Aber was hättest du getan, wenn er die Becher hätte tauschen wollen?«

»Er hat getauscht«, sagte ich. »Mit mir. Aber ich hatte den für ihn bestimmten vor mich hingestellt.«

Caonabo riss die Augen auf. »Und wenn er nicht getauscht hätte?«

»Hätte ich es vorgeschlagen.«

»Und wenn er ›nein‹ gesagt hätte?«

Ich klopfte auf den Messergriff an meiner Seite. »Hätte ich Gonzaga niedergeschlagen und Mantegna gezwungen. Oder abgestochen.«

»Ay. Aber dann wäre ja meine ganze Arbeit … All der Glasstaub und die kaum noch sichtbaren Pferdehaare!«

»Dann hätte ich mich bei dir entschuldigen müssen.«

Morgens brachen die Männer mit dem Ruderboot zur Insel auf; sie kamen mit Karl zurück. Er war zerkratzt und blutete aus mehreren leichten Wunden, aber er nickte mir zu und wirkte zufrieden.

»Er leistet jetzt Jorgo Gesellschaft. Und meinem Ohr«, sagte er.

Beim Gedanken an Jorgo verdüsterte sich mein Gemüt.

Am nächsten Tag brachte ein Junge einen Brief. Er war an

mich gerichtet. Ich nahm ihn und las, aber ich konnte weder Freude noch Triumph empfinden, nur eine große Müdigkeit.

Gonzaga schrieb, er werde die päpstlichen Aufträge stellvertretend ausführen und schweigen. Mantegna habe sich sehr unwohl gefühlt und begonnen, Blut zu spucken und auszuscheiden. Er habe ihm den Brief gegeben und den Auftrag erhalten, mich zu verfluchen; was hiermit geschehe. Gegen Mitternacht sei Seine Eminenz unter furchtbaren Qualen gestorben.

32

Als ich nach vielerlei Abschieden gen Koblenz ritt, fühlte ich mich einsam. Ich war oft allein gewesen, aber dieses Gefühl hatte ich nie gekannt. Es glich ein wenig, wenngleich nicht vollständig und sehr abgeschwächt, jenen Empfindungen, die ich nach dem Abschied von Laura und dem Tod von Élodie gehabt hatte.

Karl wusste nicht, was er später tun würde, doch wollte er zunächst auf der Miralda bleiben und sehen, ob der Große Alberto nicht einen guten Keulenschwinger oder Ringer aus ihm machen oder in neuen Aufführungen als Schrat auftreten lassen konnte.

»Schrat«, hatte ich gesagt, »Kaiser – Karl, mein Freund – bist du wirklich sicher?«

»Nein, aber es kommt mir besser so vor. Der Kaiser hat sich gerächt, Symonds wird jetzt von den Aalen gefressen; der Kaiser wird nicht mehr gebraucht, Zeit für den Schrat.«

»Und Karl der Freund?«

»Bleibt hier. Und bleibt Freund, wo immer wir uns sehen.«

Caonabo – der andere Freund – hatte Gefallen an den Fingern und sonstigen Zuwendungen Jasminas gefunden.

»Vielleicht komm ich wieder vorbei.«

Caonabo hatte mich umarmt und gesagt: »Viel Glück. Ah, wenig Unglück, Herr und Freund. Und wenn du weißt, wo du dich länger aufhalten magst, schreib mir.«

Der Große Alberto hatte geschwiegen, nur traurig gelächelt und den Kopf geschüttelt.

Ich wusste, wenn ich wieder zur Miralda käme, wäre ich

willkommen. Aber ich hatte anderes vor. Danach? Ich wusste es nicht.

In Koblenz wollte ich Ohm Krischan aufsuchen; ich hoffte, mit dem, was ich inzwischen wusste, bessere Fragen stellen und vielleicht mit seiner Hilfe bei den Ämtern des Kurfürsten etwas herausfinden zu können.

Aber Ohm Krischan war gestorben, vor zwei Jahren. Der neue Amtmann gab mir einen Brief, den Krischan für mich hinterlassen hatte. Ich setzte mich ans Rheinufer, erbrach das Siegel und las; dann riss ich den Brief in kleine Fetzen und warf ihn ins Wasser.

Es war ein langer, düsterer Brief. Nein, nicht düster – er war voll von unendlicher Trauer und Reue. Er habe etwas getan und etwas unterlassen, schrieb er. Unterlassen, es mir zu sagen; deshalb wolle er es nun aufschreiben in der Hoffnung, dass ich es zu Gesicht bekäme.

Und getan? »Dein Vater war kein Verräter, Jakko. Er war ein kluger Mann, der wusste, dass sich im Reich, in Deutschland, vieles ändern, dass vieles reformiert werden muss. Er wollte die Fürsten und die Bischöfe schwächen, und er hatte Verbündete, sogar im Adel, die dies Bündnis ebenfalls mit dem Leben bezahlt haben. Und er sah voraus, dass das Reich unter einem Habsburger entweder von sich aus stärker würde als zuvor, oder dass es zu langen – möglicherweise stärkenden, sicherlich blutigen – Kriegen gegen Frankreich und den anderen Thronanwärter kommen musste. Beides würde die nötigen Veränderungen unmöglich machen. Dies wollte er verhindern. Als Wochen vor der Wahl feststand, dass die Kurfürsten nicht für François stimmen würden, hatte er eine Ahnung – dass ihm vielleicht eine Art von Rache oder Strafe drohen könnte. Deshalb die Flucht in das abgelegene Tal. Dies geschah Ende Mai 1519. Karl wurde am 28. Juni gewählt. Dein Vater hat mich angewiesen, niemandem je zu verraten, wo er sei; und mir hat er es nur gesagt, weil einer Bescheid wissen musste, um ihn zu benachrichtigen, wenn etwa eine allgemeine kaiserliche Vergebung ausgesprochen würde oder dringende Dinge zu erledigen seien. Als dann Ende September ein Priester und ein orientalischer Fürst nach ihm fragten und sagten, es gehe um unaufschiebbare Geschäfte für den Papst, habe ich ihnen gesagt, wo sie ihn finden konnten. Der Priester hatte ein Brandmal auf der Stirn. Und der Fürst war dein Herr Kassem. Hast du dich nie gefragt, Jakko, warum er zufällig gerade an jenem Tag gerade im Wald oberhalb des Dorfs war, wo es keine Straße gibt, wo kein Reisender zufällig vorbeikommt? Er war dort, um zu sehen, ob der Auftrag ausgeführt würde. Die Soldaten wussten wohl nichts von ihm; einfache Männer, brave Christen, der Teufel soll sie holen, die vielleicht nicht gehorcht hätten, wenn einer aus dem Lager des Feindes der Christenheit dabei gewesen wäre. Und er hatte in Europa noch viel zu erledigen und durfte nicht bei einer solchen Verrichtung gesehen werden ... Ich habe es nicht gewollt. Die schlimmste aller Rechtfertigungen. Vielleicht wirst du mich verfluchen, vielleicht wirst du, wenn du genug Blut vergossen hast, mir vergeben. Ich kann mir nicht vergeben.«

Mein leiblicher Vater ermordet. Dass er kein Verräter gewesen war, dass ich seine Gründe begriff und billigte, bedeutete viel – aber doch so wenig gegenüber dem Wissen, dass mein geliebter zweiter Vater, Kassem, dem ich so viel verdankte, der Mann war, der die Mörder zu ihm brachte. Führte. Hatte Avram etwas gewusst? Vielleicht ja, vielleicht nein. Jorgo hatte gewusst, oder geahnt, und seine letzten Worte, *warum hast du mich nie* konnte ich nun ergänzen: *Warum hast du mich nie gefragt?* Gefragt, ob er etwas wusste; gefragt, warum sie an jenem Morgen »zufällig« dort im Wald gewesen waren; gefragt, warum er und Avram darum bitten mussten, dass ich überleben und sie begleiten durfte.

Seit jenem Abschiednehmen in Venedig hatte ich Kassems

goldenen Ring mit dem grünen Stein bei mir getragen: selten am Finger, meistens in einer Innentasche. Ich nahm ihn heraus, wog ihn einen Moment in der rechten Hand, wo er für diesen kurzen Augenblick die Narbe von Zamoras Messer verdeckte. Dann schleuderte ich ihn in den Fluss.

Langsam ritt ich nach Süden, spielte unterwegs auf der Straße und in Gasthäusern die Fiedel, manchmal zusammen mit anderen Musikanten, und wieder war es die Musik, die die Verfinsterung vertrieb. Eines Tages, in den Alpen, hatte ich das Gefühl – nein, die unbegründete Gewissheit –, wieder ich zu sein, nicht der Rachebruder meiner Feinde. Trotzdem fühlte ich mich leer, ohne zu wissen, warum. Und ich wusste nicht, wohin ich reiten sollte.

Natürlich kannte ich das nächste Ziel: Venedig. Ich wollte meine Guthaben auflösen, die in den letzten Jahren ohnehin arg geschwunden waren. Und dann? Nach Konstantinopel reisen, um Kassem zu suchen, der vielleicht nicht dort war, sondern in Damaskus oder Bagdad oder Tunis – oder tot? In den Osten, durch die Steppen nördlich des Schwarzen Meers oder die Berge südlich, nach Persien und Indien? China gar? Nach Portugal reiten und von dort mit einem der zahllosen Indienfahrer in See gehen? Wieder über den Ozean, nach Amerika, um zu sehen, wie es auf dem Festland aussah, in den sagenhaften Goldländern? All das, ja; nein, nichts von alledem; und wozu? Und: wozu nicht?

An einem stickigen Sommertag erreichte ich Venedig. Und wurde beim Verlassen des Fährboots festgenommen. Als Feind der Republik, Spitzel des Kaisers, der in Rom und in Wien gegen Anliegen der Serenissima gehandelt und für ihre Feinde gekämpft hatte. Sie nahmen mir alles ab, was ich bei mir trug, und steckten mich in ein dunkles, feuchtes Loch.

Am dritten Tag holte mich der Schließer heraus; ihn begleitete ein bewaffneter Büttel. Ich war an den Händen gefesselt und

hätte keine Aussichten gehabt, gegen zwei Männer einen Flucht-
versuch zu unternehmen.

Sie brachten mich in einen hellen, geräumigen Raum, eine Art
großer Schreibstube. Überall lagen Papiere und Aktenbündel,
aber nach der Zeit in dem dunklen Loch war ich zunächst so
geblendet, dass ich weder die Papiere sah noch die Tische und
Bänke, auf denen sie lagen.

Und auch nicht den Mann, der an einem Schreibtisch lehnte,
den Rücken zum Licht, zum blendenden Fenster.

»So sieht man sich wieder«, sagte er.

Es war Lorenzo Bellini, Hauptmann der Stadtwache, mit dem
ich vor Jahren – vor hundert Jahren, in einem anderen Leben –
zu tun gehabt hatte, nach jenem Überfall, bei dem ich den Neapolitaner Emilio töten und Symonds verletzen konnte.

Ich kniff die Augen zusammen; allmählich nahm ich nicht
nur Umrisse wahr. »Ich hatte es mir anders vorgestellt«, sagte ich.

»Wenn überhaupt.«

»Du siehst scheußlich aus. Rasieren, baden, essen, trinken?« Er
deutete auf einen Stuhl. »Muss alles warten; setz dich.«

Ich ließ mich auf den Stuhl sacken und hob die gefesselten
Hände. »Muss das sein? Ich werde nicht fliehen. Was habt ihr mit
mir vor?«

Er kam zu mir und schaute auf mich herab. »Ehrenwort?«

»Unter alten Waffenbrüdern.«

Er lächelte flüchtig, zog ein Messer und zerschnitt die Fesseln.
Ich bewegte die Finger, um wieder Gefühl zu bekommen. Das
Erste, was ich fühlte, war prickelnder Schmerz. »Was habt ihr mit
mir vor?«

»Du wiederholst dich. Tja, was wohl? Drüben« – er wies aus
dem Fenster; da ich nicht wusste, wo ich war, konnte ich nur
annehmen, dass er nach Westen deutete, zum Festland –, »in
Europa, gewissermaßen …«

»Gehört ihr nicht dazu?«

Er lachte. »Venedig ist *bei* Europa. Drüben geht bald der nächste Tanz los, und dazu müssen wir möglichst viel wissen.«

»Damit ihr euch wieder mit den Türken verbünden könnt?«

Er hob die Schultern. »Jeder mit jedem, solange es nützlich ist. Das müsstest du doch inzwischen gelernt haben.«

»Habe ich. Gründlich.«

»Siehst du. Deswegen haben wir Listen gemacht, auf denen alle stehen, die vielleicht etwas wissen könnten. Die weit genug herumgekommen sind und, zum Beispiel, die Kampfweise spanischer Arkebusiere kennen.«

»Die kennt ihr doch selbst.«

»Ich sagte ja: zum Beispiel. Die, zum Beispiel, etwas über die Geschäfte der Fugger und der Welser wissen. Über Venezuela, sagen wir mal. Und über verstorbene Kardinäle.«

»Ich bewundere eure Wissensquellen.«

»Sie sind vorzüglich, das stimmt; aber natürlich sind sie nicht vollkommen.«

»Noch einmal – was wollt ihr? Was soll ich tun? Was erhalte ich dafür?«

»Bewegungsfreiheit hier, nicht auf dem Festland – bis auf Weiteres. Verfügung über dein Geld und deinen sonstigen Besitz. Wenn alles fertig ist, einen angemessenen Lohn und die Gunst des Rats. Das Recht, dich unter den Schutz der Serenissima zu stellen, wenn du willst.«

Ich seufzte. »Ich habe gerade nichts anderes vor«, sagte ich. »Wie fange ich an? Und kann ich vorher baden?«

Ich konnte baden und durch Venedig wandern, in Tavernen trinken, mit Leuten reden. Niemand hinderte mich daran, jenen wilden Garten aufzusuchen, in dem ich vor langer Zeit geweint hatte ob der Schönheit des Sonnenaufgangs. An Lauras Seite.

Ich wohnte in einem geräumigen Zimmer in einem der Gästehäuser des Dogen. Dort begann ich, diese Aufzeichnungen zu Papier zu bringen, und immer, wenn ich ein Bündel Seiten fertiggestellt hatte, nahm Bellini es mit und lud mich zum Trinken ein.

Gewisse Gassen mied ich. Einmal, als ich mit dem Schreiben fast bis hierhin gediehen war, wanderte ich zerstreut, ganz in Gedanken, durch ein vergessenes Viertel und stand plötzlich vor der Druckerei.

Ich fluchte lautlos; dann hob ich die Schultern und ging hinein. An einer Presse stand der alte Meister Giovanni; er sagte, ohne mich anzusehen: »Ja, bitte?« Als ich nicht antwortete, blickte er auf, starrte mich ungläubig an, umarmte mich. Und begann zu weinen.

»Giovanni, mein alter Freund«, sagte ich. »Warum weinst du?«

»Weil du wieder da bist, du Trottel«, sagte er. »Hast du sie schon besucht?«

Ich schüttelte den Kopf. »Glückliche Eheleute soll man nicht stören.«

»Ah«, sagte er. »Du weißt es also nicht?«

»Was soll ich wissen?«

Leise sagte er: »Sie hat ihn nie geliebt. Und er ist tot.«

Ich sah ihn stumm an.

»Eine Geschwulst. Sie ist nach innen und außen gewachsen, und am Schluss ging es ganz schnell.«

Ich atmete tief durch. »Und du meinst, ich soll sie besuchen?«

Er presste die Lippen zu einem Strich. »Du wärst … ah, du bist ein Trottel. Weil du damals gegangen bist. Wenn du jetzt nicht zu ihr gehst, bist du ein noch größerer Trottel.« Leise setzte er hinzu: »Dich hat sie nämlich immer geliebt. Und …« Er sprach nicht weiter.

»Was und?«

»Ah, sieh selbst.«

Also bin ich zu Bellini gegangen, um ihn zu fragen, ob ich, da das, was er mein »Werklein« nennt, bald abgeschlossen sein wird, für einen Tag aufs Festland gehen darf.

»Morgen«, sagte er. »Heute schreib noch, morgen geh aufs Festland. Zu ihr, nehme ich an. Und danach schreib zu Ende. Weißt du inzwischen, was du tun willst, wenn du fertig bist?«

»Das kommt darauf an. Vielleicht möchte ich hierbleiben. Wenn ...«

»Ei, wenn.« Er grinste. »Wenn, dann – ja, du kannst.«

Nachschrift

Drei Jahre?, dachte ich, als ich mich den Häusern am Stadtrand von Mestre näherte.

Dreihundert Jahre.

Die Papiermühle. Das andere Haus – mein Haus, das nicht mehr meines war. Ich klopfte an die Eingangstür des zur Papiermühle gehörenden Wohnhauses, und da ich innen Stimmen zu hören glaubte, ging ich nach kurzem Zögern hinein.

Die Stimmen gehörten Kindern. Und Laura. Langsam, mit schwachen Beinen, ging ich in die Richtung, aus der die Stimmen kamen. Das Zimmer mit der großen Tür zum Garten. Ich klopfte noch einmal.

»Wer ist da?« Lauras Stimme.

Ich trat ein. Zwei Kinder, ein Mädchen und ein Junge, offenbar Zwillinge, schauten mir entgegen. Sie kamen mir vertraut vor, denn sie hatten Lauras Züge.

Laura hatte sich zu ihnen gebückt, um ihnen irgendein Spielzeug zu reichen. Oder zu erklären. Sie richtete sich ganz langsam auf.

»Du …«, sagte sie. Es war keine Frage.

»Nein«, sagte ich, »vor allem du.«

Ein Lächeln, aber zugleich sah ich die Tränen, die sich in ihren Augen bildeten. »Was macht« – sie schluckte; ihre Stimme war belegt, wie verhangen –, »was macht die Rache? Der Hass?«

In diesem Augenblick begriff ich, warum ich mich die letzten Monate so leer gefühlt hatte. Nutzlos. Ziellos. Und dass ich nie aufgehört hatte, an Laura zu denken. Auch nicht in Straßburg – denken ohne Hoffnung, damals.

»Der Hass?«, sagte ich. »Er ist aufgebraucht. Meine Feinde haben mich im Stich gelassen; ich bin erledigt.«

»Kannst du darauf Liebe aufbauen?«

»Ich muss nichts aufbauen; es war nie zerstört.«

Die Kinder blickten zu ihr, zu mir, wieder zu ihr, ohne zu begreifen, was da vor sich ging. Wie sollten sie auch.

Die beiden Tränen lösten sich und rannen die Wangen hinab. Ich machte zwei Schritte, dann noch einen, dann hielt ich Laura in den Armen und fing die Tränen mit den Lippen auf.

Sie hielt mich fest, wie umklammert; dann schob sie mich ein wenig von sich, sah mich an, und es kamen keine weiteren Tränen.

»Ist es dein Ernst?«, sagte sie.

»Tödlicher Ernst.«

Sie lachte. »Na ja, lebender ist besser.« Sie näherte ihren Mund meinem Ohr und flüsterte: »Weißt du noch, unsere letzte Nacht?«

»Ich habe keinen Hauch vergessen.«

Sie ließ mich los, blickte zu den Kleinen, die kaum älter als zwei Jahre sein konnten, und sagte: »Laura, Giacomo – begrüßt euren Vater.«

Radscha

Indien in der zweiten Hälfte des 18. Jahrhunderts: eine Zeit mächtiger Fürsten und großer Kriegsherren, Schauplatz dramatischer Kämpfe und ein Land für Abenteurer aus aller Herren Länder. Als der irische Bauernsohn George Thomas – eine historische Figur – 1781 an Bord eines englischen Kriegsschiffs nach Madras gelangt, erliegt er sofort der geheimnisvollen Faszination dieses farbenprächtigen und betörenden Ortes. Verführt von der Schönheit des Landes und dessen Versprechen von Reichtum und Ruhm, beschließt George zu desertieren. Denn einst prophezeite ihm eine geheimnisvolle Frau in seiner Heimat unermesslichen Reichtum. Doch dann lernt er die gefährliche Seite der Macht kennen.

»Spannend, präzise, witzig, grausam und schlicht und einfach gut geschrieben. Ein Roman, den man mit Wonne liest und den man wiederlesen wird.« *Kölner Stadt-Anzeiger*

»Gisbert Haefs ist ein virtuoser Meister der Erzählkunst und findet seine Stoffe in allen Epochen. In seinen historischen Romanen bringt er dem Leser Weltgeschichte nahe, sodass man sie aus einer neuen Perspektive wahrnimmt.« *Westfalenpost*

CHANTAL THOMAS *Leb wohl, meine Königin!*
Das Porträt einer mutigen Frau: Die Vorleserin Marie-Antoinettes erinnert sich an ihre letzten Momente in Gesellschaft der Königin, kurz nach dem Sturm auf die Bastille. Es sind Augenblicke des zerbrechenden Glücks. Stunde für Stunde zeichnet sich ab, dass die Revolution nicht mehr aufzuhalten ist.

KATHLEEN WINSOR *Amber*
England zur Zeit der Restauration: Unerschrocken kämpft sich eine mittellose junge Frau durch die Jahre des Bürgerkriegs, der Pest und des Großen Brands von London hindurch an den höchsten Platz, den eine Frau in jener Gesellschaft einnehmen kann: Sie wird die erste Geliebte des englischen Königs.

PEARL S. BUCK *Das Mädchen Orchidee*
Mit Klugheit und Tatkraft gelingt es dem einfachen Bürgermädchen Tsu Hsi, von der kaiserlichen Konkubine zur Herrscherin über ein Weltreich emporzusteigen – um den Preis ihrer einzigen und ersten Liebe. Die Nobelpreisträgerin Pearl S. Buck hat aus dem Leben der Kaiserin Tsu Hsi ein atemberaubendes Panorama des alten China geschaffen.

PATRICK DEVILLE *Äquatoria*
Schon als Kind packte ihn das Entdeckungsfieber. In Frankreichs Auftrag reist Pierre Savorgnan de Brazza durch Gabun, Angola, Algerien, in den Kongo, an die Ufer des Tanganjikasees und nach Sansibar. Als er später der brutalen Gewaltherrschaft der kolonialen Regimes begegnet, wird sein Bericht im Safe des Ministeriums weggesperrt.